Os turistas

Os turistas

JEFF HOBBS

Tradução: Antônio E. de Moura Filho

Título original
THE TOURISTS

Copyright © 2007 *by* Jeff Hobbs
Todos os direitos reservados, incluindo o de
reprodução no todo ou em parte sob qualquer forma.

Esta é uma obra de ficção. Nomes, personagens, lugares e incidentes
são produtos da imaginação do autor e foram usados de forma fictícia.
Qualquer semelhança com acontecimentos reais, localidades ou pessoas
vivas ou não é mera coincidência.

Direitos para a língua portuguesa reservados
com exclusividade para o Brasil à
EDITORA ROCCO LTDA.
Av. Presidente Wilson, 231 – 8º andar
20030-021 – Rio de Janeiro, RJ
Tel.: (21) 3525-2000 – Fax: (21) 3525-2001
rocco@rocco.com.br
www.rocco.com.br

Printed in Brazil / Impresso no Brasil

preparação de originais
AMANDA ORLANDO

CIP-Brasil. Catalogação na fonte.
Sindicato Nacional dos Editores de Livros, RJ.

H598t   Hobbs, Jeff, 1980-
            Os turistas / Jeff Hobbs; tradução de Antônio E. de Moura
         Filho. – Rio de Janeiro: Rocco, 2010.

            Tradução de: The tourists
            ISBN 978-85-325-2504-8

            1. Ficção norte-americana. I. Moura Filho, Antônio E. de. II. Título.

09-6160   CDD - 813
                                                 CDU - 821.111(73)-3

Para Bret Easton Ellis, que leu este trabalho mais vezes que qualquer pessoa deveria ler qualquer coisa e por me ensinar, com extraordinária paciência, a escrever – ou pelo menos a tentar. Serei eternamente grato pela força.

Ser turista é fugir da responsabilidade. É desfrutar de uma condição em que a distância de casa ameniza o peso dos erros e fracassos. É poder cruzar continentes e experienciar outros idiomas, suspendendo as operações do pensamento sensato.

– DON DELILLO
Os nomes

1

UMA RECORDAÇÃO de oito anos atrás:
O fim da primavera se aproxima, estamos cursando o primeiro ano em Yale – um período em que as aulas estão ficando mais fáceis e vivemos uma sequência de dias tão arrastados que parece até que o inverno nunca existiu –, somos mais ou menos cem pessoas sentadas no gramado de um pátio, onde o grupo de teatro está encenando algumas partes de *Trabalhos de Amores Perdidos*. Estou acompanhando Ethan Hoevel e a garota que nos apresentou no início do ano, e estamos de bobeira, só aproveitando a noite tranquila e fresca antes de as festas começarem e as coisas saírem do nosso controle.

A apresentação vai se arrastando e a noite vai ficando mais fria, e a gente não vê a hora do negócio acabar logo e poder partir para a próxima parada, que é de fato o que a gente mais quer ultimamente, não interessa onde se esteja. E enquanto um ator se contorce sob um roupão pesado, a voz abafada por uma barba branca de algodão, Ethan para de assistir à peça completamente e lança o olhar para o outro lado do palco, onde David Taylor está sentado com Samona Ashley. Nós dois sabemos que são o novo casal ainda no início – encontram-se naquele espaço meio que onírico, no qual ainda não estão desafiando um ao outro a dizer as palavras que podem de fato gerar consequências e, em vez disso, conseguem simplesmente rir enquanto trocam carícias nos rostos ou roubam um beijo em público, sem que percam a sensação de intimidade e emoção – motivo pelo qual nenhum deles sequer desconfia de que eu acompanhei o olhar de Ethan em direção a David passando o braço por trás dela, a mão em sua lombar, ou que estou estudando o rosto de Samona quando ela se deixa envolver naquele abraço e repousa a cabeça no ombro dele, descansando delicadamente o joelho sobre sua coxa.

Meus sentimentos por Samona Ashley não penetram no mundo em que eles estão.

Mesmo assim, quando David puxa seu rosto pelo queixo para beijá-la, fica difícil evitar a pergunta: como – nesta noite, neste momento – a luz fraca vindo das centenas de janelas dos quartos dos dormitórios pode dar um toque tão etéreo ao fato de os dois estarem juntos, e como pode expor tão claramente o quão ignorantes os dois se encontram com relação às coisas terríveis que estão por vir?

Quando Samona prolonga o beijo agarrando a nuca de David – sua pele morena destacando-se da pele clara do namorado, seu cabelo encaracolado misturando-se com o cabelo ruivo e liso dele, suas curvas suaves espremendo-se contra aqueles membros magros e rígidos –, forço-me a virar para Ethan e murmurar algo vago e sem sentido a respeito da direção incompetente da peça.

Ethan entretanto, nem dá ouvidos – continua a observá-los, completamente transtornado.

E embora eu já saiba muito bem que para Ethan Hoevel, assim como para David Taylor e Samona Ashley, está começando uma nova fase da vida (Ethan revelará sua homossexualidade duas semanas após esta noite na primavera de nosso primeiro ano na faculdade), só muito mais tarde, depois que tudo acabar, conseguirei olhar para trás e imaginá-lo visitando este momento muitas vezes em sua imaginação, sempre lembrando-se desta cena de David Taylor e Samona Ashley – duas pessoas que ele nem conhece – considerando-o como o início de alguma coisa que ele, Ethan, acabou.

Oito anos monótonos se passaram desde a noite no pátio, pontuados por quatro ou cinco mudanças de endereço, marasmos profissionais, inícios e fins necessários de alguns relacionamentos insignificantes e – perto do fim – o ataque daquele tipo de pânico solitário e latente que acompanha o processo em que o sujeito atina para o fato de que não dá mais para viver sem saber aonde quer chegar.

Já estamos em meados de maio em Nova York: aquele rápido período de não mais que duas ou três semanas quando todos abandonam seus casacos pretos e mostram a pele, ainda pálida do inverno. Os parques, cafés, butiques, bares – todos eles cheios de peles vendo a primeira luz do dia propriamente dita em meses. Era uma boa época para se aprender a viver novamente, reaprender como é andar na rua de cabeça erguida.

Foi por isso que, quando Ethan me ligou por volta das nove, saí do meu apartamento na rua Dez para encontrá-lo.

O cara do andar de baixo estava sentado na escada que dá para a entrada principal do prédio, fumando um cigarro, com o dobermann puxando uma coleira quando passei por eles, segurando o corrimão. Tomei a direção oeste após a delicatessen e a igreja de São Marcos na Segunda Avenida, onde os bancos propiciavam a reunião de praxe dos sem-tetos aprontando-se para dormir ali fora, ao lado de casais *yuppies* juntinhos, comendo saladas de frutas do Starbucks em copos plásticos transparentes. Uma senhora enorme com os cabelos pela cintura, embaraçados e sujos, estava parada no meio do triângulo de bancos, com os pés descalços, absurdamente inchados. Gritava com uma voz suave:

– Onde já se viu, minha gente! Um homem chupando o pau de outro homem! Ninguém mais *sabe* o que é certo.

Quando atravessei diagonalmente a Stuyvesant para a rua Nove e a Terceira Avenida, ela ainda estava repetindo aquilo.

Parei numa livraria para folhear os lançamentos que eu queria, mas não tinha dinheiro para comprar; depois peguei a Astor Place, tentando não olhar diretamente ao dar a volta por um bando de crianças com cabelos arrepiados fumando cigarros e maconha, passeando pelo grande cubo de aço bem no centro da ilha, vestindo camisetas estampadas com slogans irônicos que não entendi. Peguei a Lafayette, onde as garotas já faziam fila atrás de uma corda de veludo para o karaokê da noite de quarta-feira no Pangea, pedindo a Deus que os caras da porta achassem que elas tinham pinta de modelo e as deixassem entrar. Desci a Lafayette até a rua Grand, onde virei para o oeste, entrando no SoHo, escolhendo meu caminho mais cuidadosamente agora que teria de me desviar dos casais que olhavam as vitrines. Peguei a direção sul na West Broadway, passando rapidamente pelo caos do Canal, e entrei em Tribeca, onde encontravam-se clubes de rock para lá de velhos e novos bistrôs que não demorariam muito para falir. Aquele caminho estava mais tranquilo, daí reduzi o passo. Já dava para sentir no ar a proximidade do rio: a primavera corria fresca na cidade, vinda do Hudson, onde o clima estava sempre fresco.

Fumei a metade de um cigarro do lado de fora do loft de Ethan na esquina da Warren com a Greenwich, pois ainda estava um pouco tenso desde que recebi sua ligação – ele sempre me deixava assim. Nem mesmo a música country, melancólica, que vinha lá de cima, conseguiu ajudar a diminuir a tensão.

O porteiro se levantou, deixando de lado seu *New York Post* (capa: HOMEM MORRE AFOGADO EM PROSPECT PARK, BROOKLYN) para digitar o código do elevador, o qual Ethan nunca revelara para mim; era seu jeito de evitar maiores intimidades. O elevador levou dois minutos para chegar ao nono andar enquanto observei os feixes de luz descendo pela parede dentro daquela gaiola. Então a porta se abriu, fazendo um ruído, dando para o loft de Ethan, que esta noite estava iluminado de vermelho por uma lanterna japonesa de papel crepom, próxima a uma janela.

Era o apartamento que as pessoas da cidade passavam a vida sonhando em ter: o nono andar inteiro, amplo, tábua corrida bem lustrosa, janelas enormes, do chão ao teto, dando para a rua Warren e com móveis retos, leves, em um estilo bem clean, desenhados pelo próprio Ethan. Uma espécie de casulo com uma pintura imitando mármore – metade quarto, metade estúdio de desenho – ocupava o centro do loft. Passagens estreitas curvavam-se tanto para um quanto para o outro lado de suas estantes, dando para uma cozinha de aço inoxidável com uma geladeira de porta de vidro, dentro da qual seis garrafas de Budweiser me aguardavam. Peguei duas, movendo-me ao redor das pilhas de utensílios de ferro fundido de tudo quanto é canto do mundo – lembranças de suas viagens frequentes – e potes exóticos de tempero enfileirados atrás do balcão. Janelas salientes davam para o rio e além da cidade de Jersey. No canto mais adiante, uma escada em caracol dava para o terraço. A porta lá em cima estava aberta e a música vinha na minha direção: Ani DiFranco em um de seus momentos menos inflamados, que parecia legal para este tipo de noite.

Ethan estava com os pés para cima, repousados na parede que dava para o oeste do rio onde a barca Hoboken ia em direção às luzes de Nova Jersey. No colo, uma garrafa de Domaines Ott pela metade, perto de uma taça de vinho vazia, que ele encheu assim que eu me acomodei em uma espreguiçadeira ao seu lado. Ethan era alto, moreno, esguio, parecendo até uma encarnação bela e muito menos esquisita de Joey Ramone. Apesar do frio, não estava ventando, de forma que ele vestia apenas uma camiseta de malha e uma calça jeans Wrangler rasgada.

Apontei para cinco holofotes intercruzando-se lá em cima no céu escuro.

– O que será que está rolando?

Ele olhou fixamente as luzes e fingiu concentrar-se profundamente antes de responder:

– Se não for uma estreia de algum filme, só pode ser um aviso de mais um ataque terrorista.

– O movimento cadenciado... significa... estreia?

Ele encolheu os ombros, tomou um gole de vinho e aceitou o cigarro que ofereci. Acendi para ele.

– Você sumiu, Ethan.

– Ando ocupado. – Ele parou de encher mais uma taça de rosé. Parecia considerar algo antes de continuar. – Muito ocupado mesmo, pra falar a verdade.

Então ficamos mais uma vez em silêncio até que ele começou a acompanhar a canção de Ani DiFranco, que eu conhecia, mas não sabia o nome.

– Ocupado com o trabalho? – finalmente perguntei.

— Até que não. Tenho trabalhado como de costume.

— Então são as viagens, né?

Ele fez que não com a cabeça.

— Já tem um tempo que não ando a fim de viajar. Talvez em breve, quem sabe.

— Tem ido a festas bacanas? — Eu já estava nervoso, sem mais nenhuma ideia.

— Festas. — Ethan suspirou. — Parei com isso. — Ele voltou a cantarolar até o fim da música. — Mas, primeiro você. O que tem aprontado?

Dei um trago para relaxar antes de contar a ele que o trabalho andava devagar, mas estável, que o apartamento estava uma zona e eu não via a hora de o verão chegar — como sempre —, e acrescentei que a última garota pela qual me permiti me empolgar, Amy, tinha conhecido alguém melhor — na verdade, o ex-namorado chamado "Brian não sei lá das quantas" — e ela havia me dispensado pelo celular duas semanas antes, mais ou menos.

Ele balançou a cabeça de cima para baixo, olhando para as águas do rio lá fora enquanto eu falava. E depois que terminei — sem se virar para mim — ele perguntou:

— E aí, como foi?

— Como foi o quê?

— Como foi que ela se despediu?

— Acho que foi mais ou menos assim: "Aí, espero que a gente não perca o contato. Se cuida, tá?"

Ethan apagou o cigarro e acendeu outro enquanto eu acrescentava:

— É uma das últimas coisas que se ouve de alguém que nunca mais quer ver a nossa cara, certo?

— Com certeza — ele concordou, contorcendo-se. — Se cuida, tá?

— É desesperador, cara.

A palavra ficou pairando no ar enquanto a música mudava para U2 e nós ficamos ali bebendo e fumando. "Where the Streets Have No Name" cruzava o teto, pulsando, e então estávamos balançando as cabeças para cima e para baixo, acompanhando a música, e não precisamos conversar por um tempo porque já tínhamos vivido uma situação muito parecida — uma noite qualquer, os dois sentados sozinhos, deixando a música completar o momento até que todos os seus pequenos detalhes parecessem muito distantes.

Ethan batia na base do repouso de braço da minha espreguiçadeira, eu estudava seu rosto no brilho fraco do cigarro enquanto "I Still Haven't Found What I'm Looking For" acabava lentamente. Uma brisa suave passou pelos cabelos dele, rapidamente revelando seus olhos. Eu me dei conta de que ele não tinha olhado para mim nessa noite — não diretamente — e que sua voz estava bem mais suave e mais distante do que de costume. Fiquei curioso para saber o motivo que o levou a me ligar.

Ao me inclinar para abrir a outra cerveja, tentei disfarçar a hesitação na minha voz ao perguntar:

— E aí... o que você tem aprontado?

— Estou transando com uma outra pessoa — respondeu, aparentemente de forma espontânea quando abaixou o volume e apagou o cigarro ainda pela metade. — Peraí. Foi isso que você perguntou?

— Alguém que eu conheça?

— Na verdade sim. Ela é conhecida sua sim.

Tomei um gole da cerveja.

— Ela?

Ele fez que sim com a cabeça.

— Uma garota maravilhosa. Meio... tipo... Sei lá: ela é maravilhosa.

— *Maravilhosa* — finalmente repeti. — É muito poético de sua parte, Ethan.

— Acho que você entende bem, já que é escritor. — Ethan ignorou meu sarcasmo. — Só que, o que mais posso dizer? Ela me pegou de jeito.

— Ora, ora, Ethan Hoevel finalmente se deixa levar. E por uma mulher, ainda por cima. — Forcei uma risada. — De onde eu a conheço?

— Da faculdade.

Ele escolheu esse momento para se virar para mim e reclinou-se. O estranho sorriso afetado que marcava seu rosto me deixou ansioso.

Ele cruzou os braços por cima da cabeça. Sua espinha estalou.

Senti uma dor no peito antes de ele dizer:

— É a Samona.

Lembrei-me de uma pele morena, perfeita. Ah, aqueles olhos castanhos profundos, quase pretos. Escutava o eco daquela voz quente, charmosa, que ainda me assombrava.

— Samona Ashley — completou Ethan.

— Você quer dizer Samona *Taylor*, certo? — Sem querer, as palavras saíram com um tom de urgência. — Porque você... você está sabendo que ela é... casada, certo? E que você ainda tem um namorado. Certo, Ethan? Você está consciente disso tudo?

Fiz um gesto negativo com a cabeça, lentamente.

Ele levantou os olhos, zombando de mim com sua calma.

— Gente, nem me passou pela cabeça que você fosse tocar nesse ponto!

— Parece... parece que há uma certa gravidade aqui e...

— Sim, mas a gravidade tem alguma coisa a ver com as razões que você acabou de colocar? — Ele sorriu sugestivamente enquanto aguardava minha resposta, mas a única coisa que consegui fazer foi balançar a cabeça negativamente e me afundar na espreguiçadeira.

— Sim, ela é casada — ele continuou em voz baixa. — Sim, estou namorando o Stanton. Sim, é errado. Mas — ele se virou novamente — só se você escolher encarar as coisas desse jeito.

— E existe outro jeito para encarar as coisas?

Ele suspirou e abriu outra garrafa de vinho que estava escondida no canto perto dos seus pés.

— Pra você, acho que não.

Começou a tocar "With or Without You", e nós dois nos calamos. Tomei um gole da cerveja e dei uma olhada ao nosso redor. Ao norte, os prédios da Credit Suisse, Chrysler e o Empire State formavam uma tríade afastados por espaços simetricamente iguais.

E embora o terraço uma vez tivesse desfrutado da sombra do World Trade Center antes de este cair, Wall Street ainda formava um horizonte marcante. Ao leste estava a ponte do Brooklyn e os bairros mais afastados, com suas luzes bem distantes.

Então minha cerveja acabou e eu respirei fundo.

— E por acaso a Samona sabe que você é...

— Viado? — ele me cortou.

— Eu ia dizer gay, mas tudo bem. — Fiz uma pausa. — Ela sabe?

Ele não respondeu.

Subi acompanhando o rio em direção à rua Jane naquela noite, e quando passei pelo túnel Holland, o barulho dos carros entrando e saindo da cidade trouxe à tona a ideia de que talvez àquela altura — ao caminhar ali ao longo da água sozinho — Samona já estivesse na espreguiçadeira onde eu tinha me sentado, e que talvez ela estivesse sussurrando no ouvido de Ethan com aquela voz profunda e morna e que talvez ele também estivesse sussurrando coisas para ela, e talvez aquilo tudo tivesse começado assim — com um sussurro.

A quantidade de perguntas era tão grande que todas as respostas pareciam impossivelmente distantes, e eu não estava a fim de confrontar nada nem ninguém.

Porque Samona Ashley tinha me mostrado uma vez que a maior das rejeições residia no silêncio ao observá-la ir embora.

Porque mesmo oito anos de barulho em Nova York não foram suficientes para expurgar aquele silêncio.

Porque o ciúme era tão inegável quanto destrutivo.

Ao voltar ao meu apartamento, um prazo para concluir um artigo me aguardava: um texto vago e chato que eu estava escrevendo para o *Observer* sobre a revitalização de uma rua no Lower East Side, coisas que qualquer um que lê o *Times* ou mesmo o *Post* já sabia. Ou seja: passei os cinco dias seguintes ocupado com funcionários da prefeitura ou conversando com donos de comércio em Chinatown em um idioma que eu não compreendia ou visitando websites do governo. E já que não havia nada a se escrever mesmo, eu me distraí com os olhos distantes de Ethan e o jeito com que ele tinha segurado sua taça de vinho tão apertado, com os cinco dedos, e o som desagradável de sua risada e o momento em que ele dissera o nome dela de forma tão sugestiva.

Quando Ethan Hoevel não atendeu a chamada que fiz para seu celular uma semana depois, deixei um recado, meio que gaguejando, mais ou menos assim: "Oi, sou eu... ah, sei lá... só liguei pra dizer... que... tô na área."

Ele não me retornou, é claro – tudo que recebi de Ethan foi silêncio.

2

ETHAN DESAPARECE assim que concluímos a universidade. Depois de se declarar gay perto do final do primeiro ano em uma faculdade tradicional da Ivy League com uma arquitetura gótica que esconde sociedades secretas exclusivas (só para dar uma ideia de que não se trata de um lugar fácil para ninguém se declarar gay – apesar da grande população de homossexuais no campus e da atitude liberal), Ethan acha a vida acadêmica – que foi muito dura para ele – particularmente estressante e precisa se afastar. Assim, ele se forma com honras – o único aluno a se graduar em língua espanhola e engenharia mecânica na história de nossa instituição – e passa um ano e meio dando aulas de ginástica para crianças em pequenos vilarejos montanheses no Peru.

O resto da turma acaba traçando caminhos mais convencionais. Levo minhas coisas para casa no subúrbio fora de Baltimore e passo duas semanas explicando a meu pai (contador de nível médio) por que "falta-me a programação necessária para a faculdade de administração" e ao mesmo tempo garanto à minha mãe (professora primária) que "pensarei seriamente nos tipos de garotas com quem eu me relacionarei". E enquanto estou sendo estrategicamente bombardeado por essas duas criaturas (que se casaram em 1964 e nunca saíram do subúrbio), não consigo deixar de me sentir completamente indiferente às suposições básicas às quais eles se apegam com relação às minhas experiências de vida até então; há muito tempo que não sinto culpa associada a todas as coisas que eles não sabem a meu respeito.

E enquanto meu pai folheia o *Baltimore Sun* e minha mãe tenta esconder todas as minhas calças jeans rasgadas e as camisetas pretas, eu organizo todos os meus pertences dentro de uma bolsa de acampamento e uma mochila, e pego um trem para a Penn Station em Manhattan.

— Como é que é? Você quer ser *escritor*? — indaga meu pai enquanto compro minha passagem.

— Escritor, não — respondo na maior cara de pau. — Jornalista. Quero pegar papel e caneta, sentar em algum canto e descobrir o que me intriga neste mundo.

Passo algumas semanas com uma namorada no Upper East Side e não demora muito para que ela se torne uma ex; acabo arranjando outros lugares para morar, pois é isso que os jovens fazem na cidade — além de procurar trabalho. Meu primeiro emprego é como redator, três dias por semana, para um catálogo de artigos para caça. Minha carreira — se é que se pode chamá-la assim — começa a capengar para a frente a partir daí.

Não penso no Ethan. Tiro-o das ideias até ele cair na inexistência. E quando o cara tem 23, 24 anos e precisa se virar em Nova York, é normal que ele não pense em mais ninguém além de si mesmo, de forma que se esquecer dos outros é moleza. Também não quero nenhuma recordação dele porque são todas muito dolorosas e não estou podendo me dar ao luxo de perder o foco.

No fim não é nada difícil. O nome dele é mencionado por vários colegas de faculdade, mas com o passar do tempo esses colegas também vão sumindo. Nesse ínterim, sucessos profissionais moderados vêm e vão: pequenos trabalhos para o *Observer*, o *Sun*, algumas coisinhas em websites sobre o cotidiano de pessoas comuns, um informativo esquerdista. Cubro as inaugurações de restaurantes e festas de lançamentos editoriais para pagar o aluguel e ter o bastante para morar no Brooklyn por um tempo ("Apenas seis estações do L!", lembro aos meus amigos); e então — depois de "fazer pós-graduação" em estreias de filmes e eventos de caridade organizados por celebridades — alugo um estúdio em East Village (no último dos seis andares de um prédio sem elevador, cujas escadas me impedem de ganhar o peso que meus amigos estão ganhando depois da faculdade).

No fim, à medida que passo por esses altos e baixos, o idealismo desafiador que chocou meu pai tão profundamente na estação de trem transforma-se em uma ambição débil, de acordo com a consciência que vou tomando com relação a quem sou.

Isso tudo acontece em menos de dois anos.

Nada me intriga.

* * *

Quando Ethan Hoevel e eu finalmente voltamos a nos cruzar em novembro, dois anos e meio depois da formatura, é um daqueles encontros que parecem predestinados.

Uma redatora no *Observer* que há muito tempo tem o maior tesão em mim e que sempre me coloca nas melhores fitas, arranjando vários trabalhos para eu fazer em função desse tesão, me convida para a inauguração de uma galeria em Chelsea, cheia de jovens e pretensiosos nova-iorquinos, e eu sei que será um saco aguentar – como sempre –, mas, devido à forma com que a cidade funciona, encontro-me na posição de não poder recusar o convite da redatora que está subindo pelas paredes de tesão.

Ethan me vê primeiro. Estou no bar, esperando que me sirvam um taça de vinho pela quinta vez.

– As coisas se desmoronam – diz a voz atrás de mim.

– O centro não consegue... suportar? – respondo, inseguro.

– A anarquia reina pelo mundo.

Trata-se da introdução da única matéria que fizemos juntos: Literatura do Imperialismo, no outono do primeiro ano. O primeiro livro que lemos foi *Quando Tudo se Desmorona*, de Chinua Achebe. E já que a turma era cheia de alunos irritantes que adoravam tagarelar, Ethan e eu sentávamos isolados no fundo da sala, onde ele desenhava caricaturas horrorosas dos colegas. Naquele semestre, Ethan tocava baixo em uma banda de rock chamada Amber Blues e compôs uma canção (que virou o maior sucesso nas festas do campus) sobre um cara que não tinha um braço e uma perna, tentando conquistar a mulher que ele jamais teria. "Só tenho um braço para envolvê-la / mas juntos temos dois corações." (Não faço a menor ideia de como posso me lembrar tão claramente da letra.)

Eu me viro.

— Ethan Hoevel — digo, meio entorpecido pelo vinho.

— Eu não ia falar com você, cara. Ia te deixar quieto, cuidando da sua vida, e cuidaria da minha.

— Mas não me deixou.

— Só porque estou sozinho e de saco cheio.

— Isso está parecendo até a letra de uma canção bem velha, Ethan.

Automaticamente retornamos ao gentil sarcasmo que norteava todas as nossas conversas em Yale.

— Não vai me perguntar o que faço da vida? Onde estou morando? O que estou fazendo neste lugar ridículo? — ele indaga, olhando-me fixamente.

— Não.

Ele agarra meu braço e me leva até um pequeno cubo de plástico sobre um pedestal em um canto. DROGAS, SEXO, ROCK 'N' ROLL é o título em negrito e, logo abaixo, *Ethan Hoevel Designs* em itálico. Dentro do cubo há três objetos: um pedaço de plástico da forma e tamanho de um cartão de crédito, um preservativo e um par de minifones de ouvido que se parece com algo que um agente do Serviço Secreto usaria. Aponto para o negócio de plástico.

— É uma tigelinha — ele explica sem maiores floreios.

— Tipo... para...?

— Maconha.

— Oh.

— Cabe dentro da carteira. — Ethan me mostra o pequeno volume no meio que termina em uma pequena concavidade. — Bem sacado. — Ele encolhe os ombros. — Mas nada de brilhante.

— Acho que a pergunta aqui é: vai vender?

— Já foi vendido — responde.

— Por quanto?

— Não quero deixá-lo constrangido.

Não sei como andam as coisas agora (na verdade, não sei de nada durante esse tempo), mas desde que Ethan voltou do Peru ele está rapidamente ganhando destaque no mundo do design. Nova York está sempre à procura de grandes novidades em qualquer campo e de alguma forma Ethan tornou-se um dos poucos privilegiados em sua área. A velocidade com a qual ele ganhou essa notoriedade é impossível. Ele já morou em diferentes vilarejos nas Montanhas Andinas por dois anos e então — apenas seis meses depois — ele está pagando a entrada em um loft maravilhoso em Tribeca. Nenhum conhecido meu fez isso.

Saímos da inauguração juntos. Digo à redatora que estou passando mal e acho que não vai dar para jantar, mas que em breve marcaríamos outra vez.

Ethan e eu vamos a um bar no quadrilátero conhecido como Meatpacking District, antigo local de cortes de carne, e ele se encarrega da conta. Ethan saboreia um Martini (ele ainda não havia se afeiçoado ao vinho) enquanto me diz que no Peru tudo que fez foi cheirar muita cocaína, o que — a ficha caiu só dois anos depois — ele podia estar fazendo aqui.

— Se bem que o brandi Moonshine com aquela cobra não deixava de ser interessante.

— Moonshine o quê?

— Na verdade, era uma víbora, pra ser mais específico.

— Nossa, parece que é preciso coragem pra beber esse troço.

— Tem uma víbora morta, de verdade, dentro da garrafa, fermentando. Toda enroscada.

— As víboras não são venenosas?

— Uma picada pode matar. — Ele encolhe os ombros. — Depende da víbora.

E então não consigo me segurar. Sou tomado por um sentimento que corre meu corpo inteiro. Não vejo Ethan há dois anos e meio e agarro-lhe o antebraço.

— O Peru deve ter sido maravilhoso, Ethan.

Agora que estou me derretendo todo, cheio de amor pra dar, ele para de falar sobre o Peru, mas não afasta minha mão. Por causa de Ethan eu fico muito bêbado nessa noite, ao contrário dele, que decide não perder a lucidez. Quando ele resolve parar de pedir as doses, é sinal de que chegou a hora de irmos embora. Ele murmura alguma coisa, dizendo que quer dar uma caminhada. A única coisa que sinto na hora em que vestimos os casacos (estamos no inverno) é uma baita admiração acompanhada por um pouco de inveja, que logo perceberei que é o que a maioria das pessoas sente na presença de Ethan Hoevel. Ele tem os olhos profundamente penetrantes, que parecem absorver e admirar tudo em alguém, e inevitavelmente acabo me sentindo especial e querido. Mesmo assim, em meio à nevoa do sentir-se especial e querido, eu me dou conta de que ele deve tratar todo o mundo desse jeito e que, na verdade, no fim, eu não sou tão especial ou querido assim. Torna-se claro que não preciso dizer muita coisa.

A decepção reduz um pouco minha embriaguez ao deixarmos o Pastis. Ethan diz que vai caminhar pelo West Village até seu novo apartamento em Tribeca. E então me pergunta se eu quero ir com ele. Dou uma rápida parada — pensando numas coisas, colocando a cabeça em ordem — e então digo que sim.

— Do que você se lembra a meu respeito? — pergunta quando começamos a andar.

— Ethan... — aviso.

— Não, sério mesmo. Do que você realmente se lembra a meu respeito?

— Você tocava numa banda.

— Que mais? Tô curioso.

— Agora?

— Você está lembrado da gente, certo?

— Estou sim, Ethan. Eu me lembro da gente — digo com um falso sarcasmo pesado, só que as palavras acabam não soando como eu queria, já que estou bêbado. — Por que você está me perguntando sobre essa parada? É coisa do passado.

Ele me observa curiosamente por um instante antes de dizer:

— Deixa pra lá.

É óbvio que ele só está de sacanagem comigo mesmo em meio à nevoa. Está se divertindo, tentando fazer com que certas recordações — aquelas que parecem oníricas — tornem-se reais novamente.

O clima entre a gente muda e Ethan me diz que estou bêbado e que seria melhor para nós dois se ele me colocasse em um táxi de volta para casa. Quando ele está fazendo sinal para um, eu me aproximo, balbuciando as palavras.

— Talvez eu possa ajudá-lo, Ethan.

— Como?

— Posso ajudá-lo profissionalmente... talvez com os meus contatos... tenho uma porção... já estou na cidade há algum tempo e sei como funciona.

— Não tenho dúvida disso — ele murmura, com o braço erguido, prestando atenção nos táxis que descem a Nona Avenida.

— Já tive muito sucesso com isso, Ethan.

— Que ótimo — ele comenta, monótono.

Um táxi vem cortando três pistas e para perto da gente.

— Acho que você devia pensar nisso... seria um prazer ajudar... — Nesse momento eu já não sei onde estou e me agarro a Ethan para me equilibrar. Ao tocar em seu braço, digo espontaneamente: — E quanto àquilo... eu me lembro perfeitamente...

Ethan abre a porta para mim. Entro no táxi, balbuciando meu endereço. Ethan deixa uma nota de vinte com o taxista e fica ali no meio-fio, observando enquanto partimos; alguns minutos depois, estou na minha cama, apagado.

Quando acordo na manhã seguinte, enfio as mãos nos bolsos à procura de fósforos para acender um cigarro. Quando levanto a mão e vejo o telefone dele na caixinha (quando foi que ele fez isso?), já saquei tudo. A última coisa de que Ethan precisa ou deseja é minha ajuda.

Inevitavelmente, isso me leva a uma segunda conclusão: Ethan quer algo mais.

No último ano em Yale, Ethan torna-se uma lenda. Tranca-se no laboratório de engenharia mecânica situado em uma colina a um quilômetro do campus para trabalhar em seu projeto final. Praticamente todos os meses ele é visto no refeitório ou nas festas mais notórias, dançando com uns caras, recitando juntinho as letras das canções de hip-hop que berram da parede de alto-falantes antes de desaparecer novamente, de volta ao laboratório. Há somente boatos, pois ninguém sabe o que ele está aprontando.

Só eu.

Só vejo seu projeto final uma vez: uma única asa suspensa em uma redoma de vácuo, uma confluência de arte e física. Ele me convida para visitá-lo depois que conclui o projeto em abril e concordo relutantemente em vê-lo novamente depois de um ano sem praticamente pôr os olhos nele. Aquela subida para Science Hill – a Colina da Ciência – não é fácil: a ladeira é bem íngreme, o clima gélido de primavera é um horror, e, pra completar, tenho medo de ficar a sós com Ethan em um espaço restrito longe dos pátios e refeitórios cheios de gente. Passo uns dez minutos ali fora do prédio, no frio, seriamente pensando em voltar. Ele não diz nada quando entro. Simplesmente liga a máquina.

O ar flui pelo vácuo a várias velocidades e ângulos, e a tal asa começa a oscilar de acordo com gráficos predeterminados empilhados numa mesa ao lado, e fica claro que o que Ethan fez – o que ele passou quase um ano de sua vida fazendo – é isolar um dos fenômenos mais lindos e mágicos – o voo – e reduziu a beleza e a mágica gradualmente até não restar mais nada além de uma forma – preta, lisa e obscura – que ele controla. Um ano de sua vida está dentro desta caixa de vidro, naquele ano final, dúbio e incerto da faculdade. Ele se colocou em seu laboratório claustrofóbico cercado por pilhas de livros grossos sobre aviões, pássaros e vento. As paredes estão cobertas de pôsteres de jatos e foguetes, os irmãos Wright, águias, nuvens, um mapa dos planetas. Ele criou um outro mundo para si.

Passo os olhos pela sala e volto a encarar a caixa. Não sei o que dizer.

Quando ele vê minha reação, lança-me um olhar de desaprovação.

Passo menos de dez minutos no laboratório no alto de Science Hill. Três meses depois, Ethan Hoevel desaparece pelo Peru.

Quando Ethan retorna a Nova York dois anos mais tarde – quando está bem no auge de sua sorte, notoriedade, sua cara nas revistas –, o que sei dele ainda permanece naquela salinha em Science Hill.

Ele agora trabalha como designer de produtos – a maioria deles cadeira e conjuntos de sala de estar. É algo que ele fez em seu "abundante tempo livre no Peru" – criar na mente formas nas quais pessoas possam se sentar –, onde ele se inspirou na "simplicidade das cadeiras e bancos" (frase dele publicada na *Dwell*). Entretanto, não há nada de simples nos desenhos de Ethan, os quais são materializados no tipo de cadeira que se vê no SoHo (*Interiology*, *Format*, *King's Road Home*) e que você jamais imagina comprar, pois são todas muito deselegantes, desconfortáveis e caras.

A primeira peça de Ethan que vejo – coincidentemente numa vitrine em Tribeca alguns dias após o nosso encontro – é a mais popular e lucrativa de sua coleção: uma folha de alumínio bem fina, de um prateado reluzente, que se enrosca para cima e para baixo feito uma onda em tubo (que na verdade serviu como sua inspiração; Ethan é da Califórnia e adora o mar). Parece com uma letra H em uma caligrafia graciosa. Instintivamente acho a peça uma droga – pretensiosa, com uma verve de ficção científica, indiscreta mesmo no canto mais escuro, um horror. E mesmo assim, durante o ano seguinte, quase toda firma de engenharia e empresas de computadores do país (isso tudo está acontecendo no auge do estouro da Internet) terão em suas salas de conferência conjuntos completos dessa peça. Impulsionado por esse sucesso, ele passará a desenhar mesas e luminárias e, às vezes, salas inteiras que combinem com as tais peças. Seus desenhos e projetos mais simples – almofadas de pelúcia laranja e vermelha – chegarão às butiques em Nolita e aos bares *yuppies* em Midtown, aos salões da Avenida Madison e aos restaurantes em West Village e saguões no distrito de Flatiron.

Ele retorna do outro lado do Equador na primavera de 1999, e no verão de 2000 o nome Ethan Hoevel Designs estará em todos os lugares.

Para mim, no entanto, quando o encontro na galeria em novembro – onde ele simplesmente participa de uma exibição coletiva antes de sua fama verdadeiramente aflorar – e ele me embebeda e me coloca em um táxi na Nona Avenida, Ethan ainda é o cara que eu temia visitar em Science Hill.

Na manhã seguinte, olho para o seu número de telefone na minha mão e me dou conta de que por toda sua frieza na noite anterior, Ethan Hoevel de fato quer alguma coisa de mim. Ao colocar seu número de telefone em meu bolso, ele está perguntando se eu quero algo dele.

Mais tarde, ainda com uma ressaca dos diabos e me inclinando em direção ao chão empoeirado para pegar uma colher que derrubei enquanto mexia o café solúvel, decido ligar para Ethan. Ele não atende. Algumas semanas depois, quando ele jocosamente me informa que estava lá escutando minhas mensagens inseguras e desajeitadas – que ele sabia que era eu e simplesmente não atendeu, pois ainda estava evitando maiores intimidades comigo –, encontro-me novamente do lado de fora daquele laboratório no alto de Science Hill vestindo meu casaco azul-marinho, tentando decidir se devo ou não entrar.

Tento manter contato, mas só esporadicamente. Quase voltamos a ser amigos, mas nem tanto. Existe agora uma nova separação entre nós. De várias distâncias nos próximos anos, eu o vejo entrando em um bar ou numa boate ou passo por ele sentado com algum cara bonitão em uma mesa num novo restaurante sobre o qual devo escrever algo para ser publicado pelo *New York*. Pego-me seguindo a trajetória de sua carreira em revistas obscuras: o desenho dos produtos que rapidamente dominam os ambientes, e então passam a ser adotados em videoclipes, e finalmente o levam à direção de um filme para a Miramax. Sua vida flui como um sonho. Ele é visto e adorado e nunca precisa procurar trabalho, nem convites para festas, publicidade, nem sexo – tudo vem ao seu encontro, batendo-lhe à porta, o que é bizarro em uma cidade onde a maioria das pessoas passa grande parte do tempo desesperadamente à procura de todas essas coisas. Só que este sonho não é necessariamente de Ethan. Na minha opinião – como escritor *freelancer* que passa os dias compondo cartas de apresentação para redatores, brigando para assinar um artigo, jogando piadas para ver se consegue um espaço e esperando na linha para checar fatos e pedindo a Deus que uma hora ou outra eu encontre alguém –, sei que ele está sonhando com outra coisa, e que, para Ethan, tudo que é oferecido tão facilmente é apenas a superfície de uma pseudocelebridade (motivo pelo qual ele viaja tanto – para a Costa Rica, México, Islândia, Japão, tudo quanto é tipo de lugar, em todo o mundo).

Ethan Hoevel tem uma necessidade mais profunda, e acabarei sabendo (e ainda acredito que sou o único que algum dia saberá de fato) que se trata de uma necessidade de algo mais sombrio.

Sei que o que ele quer mesmo existe além da fama que ele já está se prometendo naquela noite na inauguração da galeria.

Das cadeiras de Ethan, a que prefiro é a mais simples: dois círculos idênticos vermelhos, um para o assento e outro para o encosto, ligados por um único tubo de alumínio em L que desce para formar uma base giratória parecendo uma teia. É uma das poucas coisas desenhadas por Ethan que não vende muito bem, e no meu aniversário de 26 anos ele me dá um par para minha mesa de trabalho e para minha mesa de jantar – com exceção de um colchão, os únicos móveis que possuo.

3

DEPOIS DAQUELA NOITE de primavera no terraço onde Ethan Hoevel falou sobre Samona, ocorreu-me na longa caminhada para casa que eu tinha visto David Taylor, casado com ela há quatro anos, no frio do último mês de janeiro, durante um de nossos reencontros de atletas em Yale – no bar de um restaurante em Midtown, muitos cheeseburgers, os Knicks perdendo num televisor preso na parede lá em cima. As coisas estavam difíceis para mim naquele inverno. Só conseguia pagar o mínimo do cartão de crédito nos últimos três meses e havia uma lacuna cada vez maior entre mim e todos que me rodeavam – e essa disparidade ficou muito evidente quando eu me encontrei sentado a uma mesa de madeira com um grupo de ex-atletas vestindo ternos caros, escondendo suas panças de chope, e que, apesar da calvície já avançando, conseguiam manter uma cor jovial do que restava dos cabelos, desembolsando US$150 em tratamentos no Salão Avon na Trump Tower. Eu não os odiava nem desgostava deles, e foi fácil conversar, rir das recordações de que compartilhávamos. Entretanto, pairando ali pelo ar, estava uma ideia que se acendeu em minha cabeça assim do nada e que se manifestou feito uma alucinação:

Sete anos antes; estamos todos correndo, dando conta de um circuito oval, vestindo nosso uniforme azul e branco, e então – sem que nós percebamos – esse circuito fechado se abre e o pessoal do naipe de David Taylor fica em uma pista e a galera do meu nível fica pastando.

E enquanto eu mal tinha condições de pagar por um hambúrguer e uma dose de Corona em nosso reencontro sete anos mais tarde, David arcou com toda a conta, passando seu cartão de crédito para nossa garçonete ao levantar-se para ir ao banheiro.

* * *

Na faculdade, David Taylor e eu fazemos o curso de graduação em língua inglesa e participamos dos mesmos eventos de corrida, de forma que acabamos cursando os mesmos créditos juntos (na verdade, ele estava na mesma turma de Literatura Imperial comigo e com Ethan Hoevel) antes de correr para treinar lá na pista a um quilômetro do campus toda tarde. Ele é bonitão e anda todo arrumadinho, e assim que chega ao campus automaticamente – cordialmente – sai com as garotas mais bonitas de Yale. É o tipo do cara que o chama de "camarada" sem ser de um jeito irritante. É o tipo do cara que raspa os pelos púbicos e diz aos "camaradas" que assim o negócio fica parecendo "maior" e todo o mundo ri, mas ele também é o tipo do cara que, durante nossas corridas, reclama para mim que o negócio coça pra diabo e que assusta as gostosas em potencial.

Nas aulas de literatura, ele não escreve lá muito bem, sempre optando fazer o trabalho cuidadosamente na noite anterior ao dia da entrega em seu quarto no último andar da casa dos Sigma Alpha Epsilon (ele é o tesoureiro da fraternidade no primeiro ano). "Noventa por cento do que se aprende na faculdade acontece *fora* das salas de aula" é um axioma que David Taylor curte repetir sempre.

Na pista de corrida, ele ganha fama em toda a Ivy League por vencer o campeonato de oitocentos metros *indoor* como calouro, vindo lá de trás nos cinquenta metros finais, ultrapassando o vencedor invicto do último ano de Princeton. Mas aquela vitória torna-se um fardo: embora David Taylor esteja sempre entre os três melhores, jamais voltará a vencer outro campeonato. Ele não tem o corpo de um corredor poderoso – é magro demais e não é muito alto –, só que, mesmo assim, ele ainda consegue correr feito uma máquina estável e resistente. E uma vez que sua velocidade e sua força não vêm dos músculos, sempre penso que vêm de algum desejo básico e intenso, localizado bem lá no fundo, em seu interior, de simplesmente *vencer* o outro cara – David Taylor parece ter essa ambição específica. Ele lidera todos os treinos: em quatro anos de prática, David me deixa lá atrás, a milhares de metros, vendo apenas suas pernas moverem-se freneticamente sem parar e chateado pelo fato de as minhas não conseguirem fazer o mesmo.

Embora David e eu sejamos um pouco mais que conhecidos, nunca chegamos a nos tornar amigos. Ele é agradável demais, muito suave para o meu gosto; o sucesso lhe vem com muita facilidade.

Quando ele começa a namorar Samona Ashley, quase no final do primeiro ano, eu me afasto ainda mais dele.

Então nós nos formamos e tomamos rumos completamente distintos: enquanto eu tomo a direção dos pobres sem rumo, ele entra no Merrill Lynch em maio de 1997 (basicamente porque pelo jeito os bancos valorizam muito os atletas campeões, e ele traz no currículo aquela vitória de oitocentos metros) e fica lá por dois anos antes de passar para um empresa nova de fundo de hedge chamada The Leonard Company. Ele dedica noventa horas semanais de trabalho, tem um desempenho muito bom, e logo se torna a pessoa chata que todos nós sempre soubemos que ele era. Nos reencontros dos velocistas ele para de nos entreter com piadinhas rápidas e levemente indigestas e passa a falar de taxas de juros, mercado e de todos os custos, benefícios e riscos que compõem sua vida, o que só serve para levantar a questão: que riscos poderia haver para um cara que já ganha um salário altíssimo, mora em um apartamento extremamente luxuoso e tem Samona ao seu lado?

Sua resposta a essa pergunta – e o único risco real que ele corre na vida – é casar-se com Samona aos vinte e seis anos de idade. Leio o anúncio do casamento na página de Matrimônios/Celebrações do *New York Times*, na seção *Sunday Styles*, e depois de pensar a respeito por um bom tempo, finalmente tomo coragem: ligo para David para lhe dar os parabéns, mas ele nunca retorna a ligação e fico sabendo da cerimônia por meio de antigos colegas de equipe que foram convidados – um evento mediano em Darien, Conecticut, cujo único detalhe memorável é que Samona bateu boca com a mãe durante a recepção no jardim, o que fez com que a festa terminasse mais cedo. Quando se toca no assunto de quanto David pagou pelo vestido de Samona — um Vera Wang ("não menos que dez mil", uma voz murmura), finjo que não ouvi —, aquilo me dá uma baita dor no coração.

Mais tarde, sempre que menciono a ligação não retornada, David Taylor fará um gesto como se coçasse a cabeça e dirá que deve ter se perdido na caixa de mensagens de voz. Passamos a nos ver apenas nos reencontros bienais da equipe de corrida; entre nossas desculpas estão o trabalho e as obrigações matrimoniais dele e a minha constante falta de grana.

Nunca admito o motivo verdadeiro para ele, e nunca fica claro se ele sabe ou não.

O nome de Samona só é mencionado em nossas conversas sem querer, e eu invento formas de evitar o assunto.

Sempre que um conhecido em comum me pede para descrever David Taylor, eu respondo de um jeito reservado: "É um cara bacana", e só consigo dizer isso porque em uma cidade como Nova York — onde todo o mundo tem uma opinião, onde todos querem algo de você ou então não dão a mínima —, há um consolo em um cara como David Taylor. Sua falta de mistério é uma bênção.

Próximo ao fim daquele jantar em janeiro, alguém perguntou a David Taylor como estava Samona — como sempre se fez para passar rapidamente para a alfinetada obrigatória do "casou-se muito novo" —, e David disse que ela estava "muito bem" — como ele sempre fez para evitar as alfinetadas —, e quando eu tomei um gole barulhento da minha cerveja para ignorar o papo, ele mudou de assunto, virando-se para mim e perguntando como estava minha carreira de escritor. Depois que eu lhe disse que estava muito difícil encontrar trabalho nos últimos tempos, David — em um jeito graciosamente espontâneo — mencionou que a The Leonard Company estava lançando um novo prospecto em seu website para o próximo trimestre e precisava de alguém para escrever, e que não seria muito trabalho, mas pagaria bem — provavelmente melhor do que qualquer revista.

Caso eu estivesse interessado, David me recomendaria. Ele deixou subentendido que a coisa estaria praticamente certa.

Alguns dias depois, quase liguei para ele. Cheguei a discar os quatro primeiros números, mas desliguei – algo me impediu de fazer a ligação para pedir a ajuda de David Taylor.

E nunca precisei me dar ao trabalho de entender o que exatamente me segurou, pois acabei dando sorte de uma hora para a outra: fui chamado pela *Maxim* para cobrir a Semana de Moda de Fevereiro. Ethan Hoevel tinha arranjado essa com um simples telefonema. Foi uma semana de correria, de um desfile para outro, catalogando modelos e roupas, bebendo demais, dormindo de menos – e eu me senti animado pela distração boba daquilo tudo. Foi como voltar ao mundo após um exílio – dinheiro no bolso, o telefone tocando, mensagens exigindo minha presença, prazos reais a cumprir. Cheguei até a dar uns amassos numa modelo da Tommy Hilfiger em um spa (embora, quando tentei tirar sua calça, ela tenha mencionado alguma coisa a respeito de um namorado). E eu esqueci da Leonard Company e da manhã em que quase liguei para David Taylor.

Mas ao ouvir Ethan Hoevel falar sobre Samona Ashley três meses depois, a coisa mudou, pois se o que ele disse era verdade, então eu queria saber mais.

(Parte de mim assumiu que essa paixão – a forma com que eu não conseguia apagar certas imagens da cabeça – não passava de um impulso jornalístico.)

(O resto de mim, é claro, não se enganava.)

E uma vez que eu não podia perguntar a Ethan – por motivos muito específicos, eu não conseguia confiar nele – e não podia perguntar para Samona – eu tinha medo da forma com que ela pudesse me fazer sentir –, a única pessoa que me restava para perguntar era David Taylor.

E no final de maio, finalmente, peguei o telefone.

Eram 4:45 da tarde, bem depois que o mercado fechou em uma quinta-feira.

— Leonard Co — atendeu. Havia milhares de telefones tocando e uma porrada de gente gritando ao fundo.

— Alô, David? Aqui é...

— Oi, camarada! — ele me cortou abruptamente. Não acreditei que ele tinha reconhecido minha voz.

— Você está podendo falar agora?

— Estou ocupado, muito ocupado mesmo. — Ele suspirou, distraído.

— Tá um barulho do cacete aí. Pensei que você tivesse sua própria sala.

— E tenho. É que a porta está aberta. O sistema de ventilação deu pau. — Ele gritou para alguém, dizendo uma frase ininteligível e voltou para mim. — Estão fazendo umas reformas aqui no meu andar e alguma coisa deu errado. O que você manda?

Eu não tinha pensado nisso. Ele me pegou.

— Acho que você precisa arranjar um ventilador. — Dava pra ouvi-lo digitando enquanto murmurava "hum", mas não necessariamente para mim. — É melhor eu ligar um pouco mais tarde, né?

— Não, pô, que é isso! Mas fala rápido. O que manda?

— Bem — comecei, hesitante. — É que eu andei pensando no que a gente falou em janeiro e queria saber se ainda estão precisando de alguém para escrever aquele prospecto para o site.

— Ah, sim... Eu mencionei esse trabalho, né? — A estática o interrompeu. — Espere. Segure aí um instante. — Ele ainda estava digitando. — Desculpe aí. Pois é, o prospecto. Já faz um tempo, né?

— Eu nunca liguei. Fiquei completamente tomado por outras coisas, mas...

— Não tem problema. Não sei bem em que pé as coisas estão agora. É que não é exatamente a minha praia. — Uma pausa, e, de repente, pareceu mais tranquilo do outro lado. — Mas então... você ainda está interessado? Quer que eu descubra de novo?

Tudo ficou mais lento para mim. Foi por isso que eu não tinha ligado da última vez — o tom de voz que parecia especificamente projetado para me lembrar que David Taylor trabalhava num arranha-céu em Midtown enquanto eu mal trabalhava. E nem importava que eu o conhecesse tão bem a ponto de assumir que não era intencional — a condescendência dele ainda traduzia-se tão fortemente através do telefone que eu quase lhe disse que sua esposa estava tendo um caso.

— Fico muito agradecido, David. Eu estou precisando mesmo do trabalho.

— Sem problema, cara.

Seguiu-se um silêncio estranho antes de eu perguntar:

— Está tudo bem por aí?

— Tudo bem. Quer dizer, o trabalho é um saco, mas já estou acostumado.

— E... como vão as coisas... em casa?

Ele parou de digitar.

— Bem — respondeu sem expressão. — Você está precisando de mais alguma coisa?

— Seria legal marcarmos um almoço um dia desses.

— Olha só, agora não vai dar pra conversar porque as coisas aqui estão bombando. O negócio aqui não dá descanso.

— Bem, podemos colocar o papo em dia? — perguntei meio que rápido demais. Ele respirou, surpreso com a minha insistência, então acrescentei: — Sabe como é nos reencontros... a gente mal consegue conversar de verdade e eu quero saber como andam as coisas contigo e como está a Samona.

Alguém, uma mulher, estava conversando com ele. Dava para ouvir a voz dela com um tom de urgência ao fundo. Mas também dava pra perceber que David tinha levantado um dedo, sinalizando para ela parar de falar, e então disse sem muitos floreios:

— Samona está ótima. — Mais uma vez pairou um silêncio que preocupou os dois. Assim, rapidamente, o rompemos.

— Que bom. Fico muito feliz em saber.

Após uma rápida hesitação, David disse:

— Olha só, camarada, tenho que correr. Estou com uma pessoa aqui.

— Tudo bem. Beleza. — Eu estava tremendo.

— Podemos almoçar sim. Mas, você pode dar um pulo aqui em Midtown?

— Não sei se tenho dinheiro para almoçar por essas bandas — eu meio que brinquei.

Uma semana depois — numa tarde agradável no final de maio —, com um velho terno de linho e sandálias, peguei a Terceira Avenida, passando por Murray Hill, Grand Central até a rua Cinquenta e Dois. O restaurante chamava-se Carotta, e embora eu já tivesse lido a seu respeito, nunca tinha ido lá, pois era o tipo de lugar onde uma pequena entrada custava quarenta dólares e depois, quando chegava a hora de se escolher algo para se comer de verdade, tinha-se que ir ao Wendy's mais próximo e devorar um hambúrguer. Acabei chegando cedo depois de caminhar rapidamente. A hostess me conduziu à "Mesa do Sr. Taylor" e logo chegou uma garrafa de San Pellegrino. O lugar estava lotado.

David chegou com quinze minutos de atraso, mas eu não me importei até que vi um outro cara vindo atrás dele, acompanhando-o. Fiquei decepcionado com o fato de haver uma terceira pessoa e mantive um sorriso no rosto enquanto David me apresentava a James Gutterson como um ex-jogador de hóquei de Cornell que, depois de um MBA de dois anos na Hunter, estava fazendo grandes progressos no departamento de análises da Leonard Company.

— Estou sabendo que você também foi atleta — foi a primeira coisa que James Gutterson me disse, olhando para as minhas sandálias que eu então escondi sob a mesa. Ele tinha um sotaque canadense.

— Só pratiquei corrida mesmo — respondi.

James pensou por um instante, então fez que sim com a cabeça.

— Corrida é dureza.

— É. — David riu. — Toda. Aquela. Correria.

Olhei para ele fixamente, um pouco confuso.

— É, mas de vez em quando eu sinto saudade — comentei.

— Saudade do quê?

O garçom veio e David pediu uma garrafa de shiraz, que James provou e aprovou. James deixou que o garçom enchesse sua taça até a metade.

— Tenho que ir com calma — ele murmurou. — Tô cheio de trabalho.

David concordou e também só bebeu meia taça. O resto da garrafa, pelo jeito, tinha ficado para mim. E por que não? Afinal, aonde eu ia depois do almoço?

Eu estava prestes a perguntar a James se Cornell alguma vez tinha vencido algum membro da Ivy League, mas ele acabou me cortando, dizendo:

— David me contou que você tem interesse em trabalhar para a Leonard. — Sua voz carregava um ar pesado de compromisso, então entendi por que David o levara.

— Talvez, tipo: fazendo um "freela".

— A gente faz isso de vez em quando. Mas só para o website.

Tentei reduzir as coisas aos elementos mais essenciais e básicos: eu tinha passado os últimos sete anos escrevendo quase exclusivamente sobre festas com as ocasionais eleições municipais ou pequenas crônicas que eu conseguia escrever pouquíssimas vezes ao ano. Em seguida, eventos beneficentes, apresentações em galerias, inaugurações de restaurantes e Fashion Weeks tinham sustentado minha carreira e, por extensão, essa coisinha conhecida como "minha vida", certo? E se a mediocridade de minhas realizações ainda não tinha começado a me incomodar até bem pouco tempo, então, o que havia de tão vergonhoso num trabalhinho rápido como *freelancer* escrevendo sobre resgates de ações e mudanças de mercado? Quando compartimentei meus pensamentos dessa forma (e ignorei o fato de que uma grande razão pela qual eu tinha escolhido minha carreira era que eu nunca quis pôr os pés em um banco, temendo acabar como David Taylor e James Gutterson, e enterrei meus firmes motivos anteriores os quais David parecia ignorar), o trabalho na Leonard não parecia tão mau.

Percebi que eu tinha me ausentado do curso natural da conversa, perdido em meus devaneios, e acabei despertando com o pigarreado de James Gutterson.

– Você se importa se eu der uma olhada no seu currículo?

Levei um segundo para perceber que ele não estava brincando.

– Eu sei, eu sei, não é de bom-tom fazer um negócio desses durante um almoço, mas o tempo é curto e só quero ajudar a decidir onde você pode se encaixar. – James esticou o braço para pegar a cestinha de pães, mas franziu as sobrancelhas e mudou de ideia. – Comunicação corporativa é bem importante.

David estava longe, viajando no cardápio, e percebi que ele não ia ajudar.

– Será que eu poderia lhe dar uma ideia oralmente?

James suspirou e deu um sorriso forçado. Olhou para David, que não tirou os olhos do cardápio.

– Claro.

Comecei a falar. Ninguém ali se importaria mesmo. Rendemo-nos simplesmente à realidade do momento. Aquilo tudo estava um saco. Os artigos sobre controle de aluguel pareciam ter sido impressionantes, mas não foram e eu sabia disso. Pensei que tivesse coberto alguns eventos "importantes" – a abertura do Intrepid, a demolição do Columbus Circle para abrigar o novo AOL Time Warner Center – mas ninguém se importava. Pedimos o almoço (abstivemo-nos das entradas, pois eles estavam sem tempo). Continuei a conversar. James estava perdendo o interesse enquanto David corria os olhos ao redor do salão, reconhecendo algumas pessoas, cumprimentando-as com a cabeça. Sem relutar, eu disse que eu também tinha feito a cobertura da Fashion Week para a *Maxim* e, de repente, eles voltaram a se interessar em mim.

– Você conheceu alguma modelo? – James perguntou.

– Sim, algumas.

– Deu tapinha em algum traseiro? – ele perguntou sem a menor vergonha.

– Na verdade, sim – menti.

Percebi que David estava franzindo a testa. Lembrei-me de que Samona Ashley tinha trabalhado como modelo por mais ou menos um ano depois de se formar, e seu silêncio me trouxe de volta ao verdadeiro motivo pelo qual eu o convidara para almoçar: Ethan Hoevel estava dando tapinha no traseiro de Samona. Esse pensamento me invadiu violentamente e então enchi mais uma taça de vinho enquanto James falava sobre modelos – sugerindo que ele tinha transado com várias, embora desse para sacar, pelo tom de desprezo em sua voz, que ele não tinha transado com nenhuma –; depois serviram nossos pratos. Eu havia me esquecido de que David nunca tinha nada particularmente interessante a dizer, quando de fato dizia algo, era tão óbvio que ele tinha pensado bastante – não havia nada que saísse de sua boca ao acaso, o que tirava toda e qualquer espontaneidade de suas frases e dava a todas as suas observações um ar de condescendência muito mal disfarçado. Ele falava como um programa de computador utilizado em suas negociações bancárias.

– Você é casado? – perguntei a James.

Ele fez que não com a cabeça e respondeu com a boca cheia; não deu para entender o que ele disse. Ele percebeu a cara que fiz, meio que zombando, e limpou a boca com um guardanapo, engolindo.

– Não. Ainda curto um sexo selvagem.

Ele piscou para mim. David estava comendo seu salmão em pedacinhos.

Depois daquela, não restava mais nada a dizer.

Eu tinha quase terminado o vinho e todos nós percebemos que não havia mais nenhuma razão que nos prendesse ali no Corotta – exceto a razão secreta, é claro. E, enquanto eu observava David cortando cuidadosamente os pedacinhos do salmão ao mesmo tempo em que pensava nos afazeres da tarde, até isso começou a parecer um experimento sem-vergonha e cruel. Mas continuei mesmo assim.

– Como está a Samona? – finalmente perguntei.

– Está ótima. – Ele olhava fixamente para o prato enquanto comia.

– Faz muito tempo que eu não a vejo.

– A gente tem que se encontrar. – As palavras deles soaram meio falsas.

James tinha terminado seu ravióli de pato e estava bebendo água, produzindo um barulho estranho. Olhou indiferente para o traseiro de uma garçonete que passou pela mesa.

— Samona é gostosa — ele comentou.

David largou o garfo delicadamente, em sinal de crítica, mas sem fazer alvoroço.

— Qual é, James?

— Ah, você é sensível demais, Davey. — James levantou as sobrancelhas, movendo-as na minha direção. — Você não acha o Davey sensível demais?

Antes que eu pudesse responder, David me disse:

— Ela abriu uma estamparia no SoHo alguns meses atrás.

— Que David Taylor financiou — frisou James.

— Estamparia tipo...

— Estampando cores em tecidos para estilistas. — David parou para pensar um pouco. — Basicamente é isso.

— Não se empolgue tanto — James avisou a David. Então virou-se para mim. — David obrigou a esposa a escrever uma proposta comercial para ele antes de desembolsar — ele fez um gesto com os dedos indicando aspas — o capital inicial necessário.

David pensou em alguma coisa e vagarosamente virou-se para James.

— Desembolsar? — Ele soltou um suspiro. — Você acha que é uma prática ruim alguém escrever uma proposta comercial? Sobretudo uma mulher que nunca tocou nenhum negócio na vida?

Antes que James Gutterson pudesse usar a frase *"Mas ela é sua esposa"*, eu perguntei:

— E como anda o negócio?

David fez outra pausa para pensar.

— Bem, ainda não está no azul. Talvez, quem sabe, no próximo trimestre.

— A economia está uma droga para pequenos negócios — afirmou James.

— Moda não é exatamente um pequeno negócio — argumentei sem muita convicção.

— A área que Samona atende é sim — replicou James. — Sabe quantas estamparias de tecido há nesta cidade?

— Muitas?

— Trezentas e cinquenta e sete — David respondeu baixinho.

— E quantas agências de modelos? — James pressionou.

— Quarenta e duas. — David suspirou mais uma vez. — Já falamos sobre isso, Jimmy.

— A coisa se chama nicho de mercado. — Esta frase foi dirigida a mim, novamente com os dedos indicando aspas.

Eu tinha acabado a garrafa de shiraz e precisaria voltar para casa de metrô. E ainda estava com fome.

— Olha só, ela está se divertindo com a coisa — disse David. — Ela está indo bem.

Aquela última parte era a resposta para a minha pergunta inicial. Mas quando David se tocou de que deveria corrigir e dizer "Nós estamos bem", em uma voz que sugeria o contrário, surgiram várias novas perguntas. Então ele se voltou para James para dar uma resposta ao comentário anterior.

— A proposta foi só para fazê-la pensar bem sobre o negócio. Foi como um mapa rodoviário.

— Ela deve conhecer muito bem a área — comentei, criticando a falta de fé de Gutterson. — Afinal, ela trabalhou como modelo, certo? Elas sabem como são as coisas.

— Ela não trabalhou muito tempo como modelo. — David estava na defensiva e começou a me olhar de forma estranha. — Menos de um ano. — Então largou o garfo e me olhou muito seriamente antes de perguntar: — Você conheceu bem a Samona?

Então eu estava distraidamente limpando a boca e tentando elaborar um tipo de "não resposta" que mudaria o foco da conversa, mas, de repente, Gutterson tirou os olhos do cardápio de sobremesas e disparou:

— David precisava que ela voltasse pra casa para servi-lo. Davey precisava de alguém para preparar o jantar ou pelo menos esquentar as sobras no micro-ondas.

James largou o cardápio de sobremesas e anunciou que não ia pedir nada porque estava cuidando do peso.

David suspirou e concordou. Eu queria mais um drinque.

— Como você conseguiu ficar com ela? — James perguntou enquanto aguardávamos a conta. — Tipo assim, quando você estava trabalhando horas a fio nas operações e ela corria pela cidade com todos aqueles jovens bonitões?

David estava retirando o cartão de crédito, gesticulando para que eu guardasse a minha carteira.

— Como assim? Quer dizer que assim, de uma hora pra outra, eu virei um coroa?

— Ah, você me entendeu.

— Olha só, não havia competição. A maioria dos modelos não sabe ler, que dirá formar uma frase completa. Do que eu deveria sentir ciúmes?

Seguiu-se um longo silêncio.

— Ler? Quem diabos *lê*? — James finalmente perguntou.

— As pessoas leem livros — respondi. — As pessoas leem jornais.

James me ignorou.

— Você é muito babaca, Davey. Você lê a porcaria do *Wall Street Journal*. O que você falava assim de tão interessante?

Embora James estivesse só pegando no pé de David, havia algo de cruel por trás daquela carinha de bebê, meio sem graça. Ele continuou:

— O que o tornava tão mais cativante do que esses modelos masculinos pelos quais Samona obviamente nunca se interessou? Por favor, conte pra gente.

David refletiu, recostando-se, levantando um pouquinho os pés frontais da cadeira. "Deus do céu", pensei. Daria para secar um varal inteiro de roupas enquanto se esperava por uma resposta de David.

— Estávamos apaixonados — declarou.

Não consegui deixar de notar o uso do tempo passado na frase.

Parei um garçom e pedi um Peroni. Eu não tinha comido nada naquele dia e o peito de frango que pedi veio do tamanho de um polegar; depois de uma garrafa de vinho, eu estava meio tonto.

— Ah, e também tem outra: esses modelos são quase todos gays — mandei.

— Pois é — David olhou para mim como se tivéssemos um acordo mútuo. — É uma... cultura gay.

— E bota gay nisso — frisei.

— Falou. — James abriu um sorriso debochado. — Não é o que fiquei sabendo, pessoal, mas *abafa o caso*.

O garçom pôs uma travessa de biscoitinhos de amêndoa na mesa com minha cerveja e a conta, orientando-me a pagar pela cerveja diretamente no bar. James e David olhavam para mim ansiosamente, tentando entender por que eu tinha feito aquele pedido. Quando cheguei no final da cerveja — e pensei em pedir outra —, ocorreu-me que David Taylor simplesmente não era o tipo do cara que sequer consideraria a possibilidade de sua esposa o trair. Enquanto James limpava a travessa de biscoitinhos e tagarelava sobre a heterossexualidade da maioria dos modelos (ele tinha razão, é claro), sobre hóquei no gelo e sobre o tempo em que estudou na Cornell, dizendo que havia sido moleza, tudo que pude fazer foi olhar fixamente para David à minha frente e pensar: "Ele é um cara bom; seu único defeito é a chatice." David Taylor — complacente como era — não merecia ser sacaneado por Ethan Hoevel — uma bichinha talentosa que conseguia pegar quem bem quisesse. De repente, baixou-me uma tristeza e acabei me arrependendo de ter ligado para David, e senti vergonha daquilo tudo: da comida cara, do papo inútil sobre o website, meu currículo medíocre, sobre todo aquele papo de sexo selvagem e modelos — porque por baixo daquilo tudo ainda existia o fato de que a esposa de David Taylor o chifrava com um antigo colega nosso, e eu me senti como a única pessoa no mundo que sabia o quão triste e cruel Ethan Hoevel conseguia ser de fato.

Quando veio a conta e David se ofereceu para pagar, James olhou para o lado e disse:

— Essa gorjeta aí é pouco, Dave.

— Oi?

— São quinze por cento. Você tem que deixar no mínimo dezoito pratas.

— Eu estou sempre aqui.

— Neste caso, deveria deixar vinte. O dinheiro não é seu e além do mais, faz bem ao carma. — James estava sorrindo. — E Deus sabe que precisamos.

David rabiscou uma quantia.

— Dezoito por cento. É razoável.

Então, ele se levantou da mesa e acrescentou:

— Faz bem ao carma é o cacete.

Enquanto saíamos, a hostess disse:

— Tenham um bom dia.

Eu os acompanhei até o escritório na esquina da Cinquenta e Um com a Sétima Avenida.

— Um abraço, amigo. — James deu um tapinha no meu ombro. — Me passe seu currículo pelo e-mail: James ponto Gutterson arroba Leonard tudo junto ponto com.

E então, já que nós dois sabíamos que a oferta provavelmente não era boa, ele simplesmente se foi.

David ficou ali comigo enquanto eu acendia um cigarro.

— Você não deveria fumar — ele comentou depois que eu já tinha dado três tragadas.

— Você tem razão. — Eu não queria mesmo fumar. Acendi o cigarro automaticamente como resposta à embriaguez. Apaguei-o no cinzeiro de pé ali próximo à gente.

Ele me olhou de forma curiosa, que já estava ficando cada vez mais familiar, e comentou:

— Vou dizer a Samona que você mandou lembranças.

Quando David entrou no prédio, na esquina da Cinquenta e Um com a Sétima Avenida, virou-se para trás com uma expressão confusa, como se tivesse mais uma pergunta, mas então mudou de ideia e passou por uma série de portas giratórias. Eu o vi passando pelos seguranças, usando o crachá de funcionário. Virou-se para trás mais uma vez — novamente confuso — antes de desaparecer na direção dos elevadores. Então caminhei em direção à Times Square, procurando um McDonald's.

4

DEPOIS DAQUELE ALMOÇO, diminuí o ritmo de procura de trabalho junto ao mercado editorial. Liguei para os meus contatos para tentar abrir caminho em algumas revistas famosas – algumas de minhas altíssimas ambições incluíam a *Esquire*, *The New Yorker* e a *Rolling Stones*. A reportagem que fiz da Fashion Week para a *Maxim* em fevereiro deve ter pago dois meses de aluguel, mas não ajudou muito a minha carreira, pois acabou sendo cortada em pedacinhos (ficou tudo uma porcaria açucarada), e culpei Ethan Hoevel por tentar salvar minha vidinha ao me enfiar naquele mundo por sete dias. Precisei me forçar a acreditar que eu tinha feito uma coleção impressionante de artigos; tive de me forçar a acreditar que valia a pena enviá-los.

E creio que o que motivou isso tudo foi a sensação de inutilidade que tomou conta de mim quando acordei do cochilo depois daquele almoço no Corotta com David Taylor e James Gutterson, deitado em meu colchão, olhando para as manchas de água no teto e me perguntando que diabos me levara a marcar um almoço com um velho amigo só para tentar decifrar se ele estava por dentro do mesmo terrível segredo que eu sabia. Imediatamente cheguei à resposta: falta do que fazer.

(Só que aquele não era o verdadeiro motivo. O verdadeiro motivo por trás de minha iniciativa de marcar aquele almoço chato em Midtown era mais complicado porque estava atrelado a Ethan Hoevel e Samona Ashley. A presença deles tinha pairado sobre aquele almoço – na verdade tinha sido mais distinta do que qualquer outro homem ali naquela mesa.)

Tentei afastá-los todos de meus pensamentos, concentrando-me em um novo artigo que parecia carregar algum peso: os problemas da poluição no Canal de Gowanus no Brooklyn. Eu tinha lido uma matéria pequena sobre o assunto no *Times* naquela manhã e o negócio ficou martelando na minha cabeça: a situação era supostamente "periclitante" e a população local estava "sofrendo", reinos de ratos apareciam "em todo lugar" e contaminavam a água e invadiam os porões das casas populares ao longo da margem norte do Brooklyn.

Naquela mesma tarde, em um raro e impulsivo surto de criatividade, peguei o metrô até o Canal de Gowanus, mas não consegui me concentrar. O lixo putrefato das docas, o par de tênis cor de laranja abandonado nos bancos enlamaçados, uma vara de pescar quebrada, um preservativo usado — detalhes inúteis era tudo o que eu percebia, e eles me fizeram ver que eu vinha me esquivando o dia inteiro: nada que eu pudesse escrever mudaria qualquer coisa no Brooklyn. Na verdade, nada que eu pudesse fazer jamais mudaria qualquer coisa — simples assim. E quando olhei para uma corrente de água pútrida passando por mim vagarosamente, eu sabia que aquilo incluía a pequena novela envolvendo três ex-colegas de faculdade.

Como escritor, por natureza, eu deveria estar antenado às vidas das pessoas. Deveria observar a distância, descobrir o que me intrigava (como certa vez eu disse ao meu pai, ingenuamente, em um tom de discurso), afastar-me completamente para traduzir suas pequenas histórias, descobrir o que era engraçado, otimista, romântico, patético ou triste, dar-lhes um tom de verdade para que significassem algo, e então dar-lhes um título.

Entretanto, o defeito que me incapacitava — ocorreu-me agora, como uma revelação, enquanto eu estava parado numa poça de algas puxando o preservativo da sola do meu sapato com a vara de pescar — era que Nova York não tinha me ensinado ainda a viver sozinho. Era isso que me encurralava no purgatório das inaugurações de boates e desfiles de moda: passava todo o meu tempo tentando entrar pelas portas da frente, após passar pela corda de veludo, sempre me aproximando — mas, me aproximando do quê?

Que importância tinha o fato de eu me preocupar com David Taylor e Samona Ashley?

Que importância tinha o fato de eu ter sido apaixonado por uma garota um dia, ela ter me dado o fora e feito a vida com um cara que corria comigo na faculdade?

Que importância tinha o fato de aquela garota agora estar tendo um caso com Ethan Hoevel?

Eu não podia mudar as pessoas – não a sua essência. Só podia escutar com atenção. Só podia assistir. Eu não passava de mais outro fracassado da East Village que bebia demais, estava chegando aos trinta, que só queria se esquecer de tudo e fingir que tocava a vida naquela cidade frenética e cansativa.

Depois de andar para cima e para baixo no Canal de Gowanus, resmungando para mim mesmo e acendendo cigarros nesse estado de leve autocomiseração, retornei à rua Dez.

Fiquei olhando para a tela vazia do meu computador antes de decidir limpar o apartamento, o que acabou me tomando apenas quinze minutos do meu tempo. Tinham umas coisas embaixo da cama – fios de cabelo, uma pilha de moedas grudada com alguma coisa – que eu simplesmente não tive coragem de mexer. Enojado, voltei para o computador e passei meia hora apagando arquivos antigos: artigos que eu escrevera anos antes para periódicos que não mais existiam, como *Golf-Pro* e *New York P.M*. Prometi a mim mesmo que começaria a fazer três refeições diárias. Prometi que voltaria a malhar. Prometi beber menos. Prometi que evitaria três antigos colegas da Yale.

Só que, então, uma voz anunciou: "Você tem e-mail!"

De: David.Taylor@Leonardco.com
Para: readyandwaiting@hotmail.com
Enviado: terça-feira, 27 de maio, 20:57
Assunto: Fwd: 15 Macacos

oi, parceiro, foi divertido hoje. desculpe aí pelo james. pensei que ele pudesse ajudar. seguinte: quero te convidar para uma festinha – acho que você vai querer ir. samona estará lá. seria legal todos nós colocarmos o papo em dia. abração, d.

quarta-feira, 2 de junho às 18:00, Quinta Avenida número 988, apto 12D. Coquetel para celebrar a compra do "Quinze Macacos" de N.W.Reinhardt.
RSVP para: rtor77@aol.com

....

Esta mensagem é destinada exclusivamente à(s) pessoa(s) indicada(s) como destinatário(s). Caso esta mensagem tenha sido recebida por engano, solicitamos que seja devolvida ao remetente e apagada imediatamente de seu sistema. É vedado a qualquer pessoa que não seja destinatário, usar, revelar, distribuir ou copiar, ainda que parcialmente, esta mensagem. A Leonard Company não concede qualquer confidencialidade ou privilégio. A Leonard Company retém e monitora a comunicação eletrônica enviada por sua rede.
A Leonard Company não se responsabiliza por quaisquer instruções transmitidas por este sistema. Não há garantia quanto à segurança na transmissão de mensagens.

....

Respondi no dia seguinte:

Valeu. Obrigado mesmo. Talvez a gente se veja lá.

Um minuto depois recebi uma resposta:

vc tem que rsvp para confirmar se vai. d.

Não respondi.

As pessoas que escrevem e-mail sem letras maiúsculas me irritavam.

Não é possível que alguém esteja ocupado demais a ponto de não conseguir apertar a tecla shift!

Na tarde da terça-feira seguinte – um dia antes da festa dos Quinze Macacos –, Ethan retornou minha ligação de três semanas antes. Eu estava aguardando uma posição do organizador da seção de eventos da revista *New York* com relação à carta de apresentação que eu enviara, meio que sem esperança, sobre o Canal de Gowanus, então atendi logo de imediato. Eu mantinha aquele telefone fixo só para estas ligações porque o código de área 212 parecia mais respeitável e menos desesperado do que o alternativo 917 do celular – uma pequena ilusão.

– Oi!

Reconheci a voz logo de cara.

– Ethan.

– Você me ligou? – Ele não esperou que eu respondesse. – Quer ir à inauguração de uma galeria amanhã à noite?

– Pra quê? – perguntei, curto e grosso.

– É um lance de design de interiores. Tenho que ir pelos clientes. Não estou muito a fim, mas não deve ser tão ruim assim. Além disso, temos que colocar o papo em dia. Já faz um bom tempo.

– Você não me ligou, Ethan. Por isso que faz tanto tempo.

– Ah, para, vai. Você sabe que eu não sou de retornar logo de imediato.

– Isso não atenua as coisas.

– Atenua? E quem tem tempo de *atenuar* o quê? Eu estou por aqui a trabalho. Nossa, nem sei por que ainda me importo com você às vezes. – Ele inspirou e então expirou. – Bom, você vai ou não vai? A gente pode se encontrar depois da minha aula.

(Por quase um ano, Ethan vinha dando aulas de desenho industrial na New School.)

– Stanton vai? – Eu me arrependi de ter feito essa pergunta de cara.

Ethan parou. Na verdade dava até para ouvi-lo sorrir.

– Acho que ele tem um outro compromisso.

– Tô achando que vocês não estão assim tão agarrados como antes. É que alguns meses atrás vocês estavam se dando... tipo... o quê? Três? Quatro noites por semana? Mas acho que com uma nova namorada e coisa e tal fica difícil.

– Na verdade é bem capaz de Stanton te ligar hoje. – Ethan deixou meu comentário no vácuo. – Era outra coisa que eu queria te dizer.

– Não quero que Stanton me ligue. – Suspirei. – Meu Deus, Ehtan...

— Você quer ferir os sentimentos de Stanton? — Ethan perguntou, genuinamente interessado.

— Eu não sabia que Stanton tinha sentimentos. — Fiz uma pausa e abrandei o tom. — Olha só, eu mal conheço o cara, Ethan. Por que diabos Stanton ligaria para mim?

— Vão começar a vender a linha de roupas dele naquela nova Urban Outfitters perto da sua casa. Ele quer conferir os expositores e eu disse que você provavelmente estaria na área.

— Tem uma Urban Outfitters no East Village? — murmurei.

— Acho que vocês dois podiam se conhecer melhor.

— Hoje eu estou ocupado.

Um ar morto pairou sobre a linha.

— O que você está fazendo, Ethan? — indaguei, de repente. — Está querendo que eu me ocupe do seu "namorado" por causa da Samona?

O ar morto continuou, mas dava para ouvir Ethan respirando e não consegui decidir se ele estava achando graça naquilo ou se estava pau da vida, e então um bipe interrompeu tudo. Era alguém ligando para mim.

— Cara, tenho que desligar — eu disse, apressado. — Não vou me encontrar com Stanton e tenho que atender a esta ligação. Tchau.

— Só estou dizendo que seria legal se vocês...

Desliguei antes que Ethan pudesse completar a frase.

Deixei cair na secretária eletrônica, achando que pudesse ser Stanton, mas era a assistente do organizador da Página de Eventos da revista *New York*. Ela disse que "gostaram" do que escrevi sobre o canal Gowanus, mas que "provavelmente" não seria possível "arranjar espaço" para o artigo em nenhuma das edições de outono, só que mesmo assim eles gostariam muito de "discutir" sobre o tema no ano que vem. Enquanto isso, eu estava pensando que se eles tivessem ao menos lido o artigo saberiam que estaria completamente desatualizado no mês seguinte.

Depois daquela mensagem, decidi que dava azar deixar as ligações caírem na secretária e, já que Stanton não ia mesmo ligar para o meu fixo, atendi a ligação seguinte meia hora depois, esperando que fosse o organizador editorial dizendo que tinham arranjado um espaço.

Era Stanton, ligando do celular, dizendo que estava chegando na rua Dez.

— Ethan me deu o número do seu fixo. Posso subir? Eu nunca fui ao seu apartamento.

— Cara, faz tempo que eu não o arrumo e está um nojo.

— Eu curto coisas nojentas.

— Te encontro na rua — suspirei, sabendo que Stanton era o tipo que esperaria do lado de fora do meu prédio até eu sair.

Quando saí, Stanton estava de pé, encostado no corrimão da escada principal. O doberman do andar de baixo estava com o focinho enfiado entre as pernas, na região do saco, rosnando, e Stanton, é claro, estava rindo. O dono do cachorro puxava a guia, dizendo "Sai daí!", até que Staton começou a paquerar meu vizinho, fazendo com que o cara puxasse o cachorro para longe. Expressões como aquela no rosto de Stanton Vaughn não eram o motivo pelo qual o cara de baixo sentava-se na escadaria com seu cão o dia inteiro — ele gostava que as pessoas ficassem nervosas e sofressem. E então aconteceu: o cachorro amansou, balançando o cotoco de rabo e colocando as patas em Stanton, que tinha, como de costume, saído como vitorioso daquela — depois de domar mais uma coisa na vida.

* * *

Stanton Vaughn em seu próprio clichê: o garoto sulista do interior expulso do time de futebol, ator aspirante que torna-se o modelo de sucesso que abandona tudo. Stanton Vaughn é o cara que finalmente faz amizade com a pessoa certa numa noite num terraço na rua Doze em Little West.

A coisa rola no verão de 2002. Ethan já se estabeleceu como designer e está aprontando o set de um desfile de moda de pequeno porte num terraço no Meatpacking District. Stanton — que acaba de abandonar uma curta e rápida carreira de modelo – está fazendo alguns trabalhos de free-lance como estilista. Stanton sabe muito bem quem é Ethan Hoevel, como quase todo o mundo na indústria a esta altura do campeonato, e Stanton não sente a menor vergonha de procurar Ethan e mencionar que ele quer "entrar no mundo do design". Stanton, tentando impressionar, cita alguns investidores que se mostraram interessados em seu trabalho, e Ethan, entediado e pau da vida com o desfile de moda, por não se tratar mais do tipo de trabalho que ele faz – está apenas fazendo um favor para um ex-amante –, limita-se a balançar a cabeça, concordando.

Logo, parece estranho que Stanton acabe passando a noite no loft de Ethan na rua Warren depois do desfile.

E parece mais estranho ainda quando os dois logo se envolvem numa relação.

Ethan só me conta mais tarde (depois de Stanton se mudar para o loft da rua Warren) como aconteceu; como, embaixo de todo aquele egocentrismo de Stanton Vaughn, Ethan Hoevel começa a ver algo que acha divertido. Por exemplo, Stanton Vaughn passou um tempo na China. Deprimido com o fracasso de sua carreira como ator, Stanton voltou para o Sul, e por meio de vários acontecimentos em série, lugar-comum demais para contar aqui, acabou fazendo *backing vocal* para Peggy Randall, uma cantora country em uma desafortunada turnê de Páscoa. Seu grande sucesso, "Lookin' for a Woman to Love" (À procura de uma mulher para amar), foi o primeiro *single* country sobre lesbianismo a tornar-se um sucesso cult entre os universitários liberais e fãs de novidades musicais. Só que seu público-alvo – o pessoal que comprava discos – a odiou ardentemente e depois a ignorou. Um executivo em sua gravadora decidiu enviá-la à China, onde os selos country tentavam penetrar naquele mercado milionário. Peggy Randall (e Stanton Vaughn) fizeram uma turnê por três semanas antes de voltarem para casa. A China acabou mostrando-se tão desinteressada no trabalho de Peggy como o Alabama, West Virginia, Tennessee e Kentucky.

E há muito tempo que Ethan Hoevel quer ir à China, mas a logística da viagem — embaixadas, grupos de turismo, transporte — é sempre complicada demais para alguém que prefere viajar de impulso.

Quando Stanton Vaughn conta essa história para Ethan na noite em que eles se conhecem, o entediado e irritado Ethan decide levá-lo para seu loft em Tribeca, com vista para o Rio Hudson, onde, depois de uma garrafa de Domaines Ott, Ethan começa a fazer perguntas sobre a China e então passa para bandas obscuras de country alternativo e estilistas britânicos dos anos sessenta — todas as perguntas certas, embora Stanton não saiba responder a nenhuma delas. Essa falta de conhecimentos gerais, entretanto, atrai Ethan Hoevel, pois ele está de saco cheio de todas as bichas chatas e entediadas que ele conhece, que só querem conversar sobre as séries que fazem nas academias, os suplementos que tomam, sobre que astro do cinema é enrustido, qual boate atrai os caras mais gostosos e qual idade pode ser considerada jovem demais. Stanton Vaughn não pareceu fazer parte desse círculo do qual Ethan se cansou, e assim as coisas ficam sérias bem depressa. Na semana seguinte, Ethan viaja para o México e leva Stanton a tiracolo. No final de junho de 2002, Stanton passa a morar no loft e a marcar sua presença nos pequenos toques decorativos japoneses, a bananeira de folhas douradas perto da janela saliente, o cabideiro cheio de jaquetas de couro. Ethan admite estar oficialmente "saindo" com Stanton só depois que eu o coloco contra a parede. Mas Ethan, ao me contar sobre seu novo "bofe", percebe que eu não fico à vontade com a "situação" (embora eu sequer tenha conhecido Stanton pessoalmente) e meu desconforto o "incomoda"; assim, a resolução de Ethan é a seguinte: Stanton e eu passaremos um dia juntos, só nós dois — sem ele.

Então, numa tarde chuvosa no início de agosto daquele ano, eu me encontro com Stanton na delicatéssen da Segunda Avenida, onde ele compra um sanduíche de pastrami para mim, com o dinheiro que Ethan lhe deu para a ocasião. Eu não como. Caminhamos todo o percurso na direção oeste do rio, sem dizer uma palavra, e ele acompanha meu ritmo, enquanto sua mão bate em meu quadril – de tão perto que ele está – e então paramos para tomar um refrigerante em Chelsea Piers (Diet Coke para ele, Dr. Pepper para mim) e ficamos olhando uns caras jogando hóquei de rua. Cruzamos novamente o Chelsea (obviamente, são tantos os caras com quem esbarramos na rua e que parecem conhecê-lo que chega a dar nos nervos), onde acabamos assistindo a um filme com Sean Penn no Clearview, na rua 23, e onde Stanton Vaughn continua tentando agarrar minha coxa com a mão, a qual toda hora enxoto até que tenho de ir me sentar em outra fileira no cinema quase vazio. Não sei muito bem se Stanton está mesmo a fim de mim ou se o negócio é um teste que Ethan quer ver se eu passo – embora eu não consiga entender quais seriam os resultados desejados. De qualquer forma, não vai rolar nem a pau. Depois do filme, Stanton me diz que tem um apê em West Village e me convida para ir lá e tomar uma taça de vinho, mas tudo de forma muito chata e artificial: o sorrisinho "maldoso", o brilho nos olhos, a combinação alarmante de esperança e desejo que ele não tenta esconder. Eu não estou a fim do Stanton, de forma que nos separamos ali mesmo. Estou tão exausto que sequer consigo pegar o telefone e ligar para Ethan quando volto para casa na rua Dez.

Quando aquela tarde finalmente (graças aos céus) acaba, estou por dentro de vários detalhes: no penúltimo ano do ensino médio, Stanton Vaughn foi expulso do time de futebol da Clarksdale no outono de 1993 (mesma época em que Ethan e eu nos matriculamos em Yale). Sei que ele entrou no grupo de teatro porque estava louco para ficar com os caras; ele acabou estrelando numa produção escolar na primavera daquele ano. Sei que Stanton Vaughn fez o papel de Lennie em *Ratos e homens* (sabe lá Deus como o escolheram para o papel) e, encorajado pela repercussão, Stanton deu mais um passo adiante: saiu de Clarksdale e foi para Little Rock, depois para Cleveland e então para Chicago – fazendo pequenos papéis em peças apresentadas em restaurantes –, e finalmente chegou a Nova York, onde esperava deslanchar, o que nunca aconteceu. Sei que o sotaque do Mississipi (que ele tinha enterrado) de vez em quando se manifestava quando ele xingava. Fico sabendo como ele acabou trabalhando como modelo – transou com o "contato" certo. Soube que Stanton não aguentou a vida de modelo essencialmente devido a sua incapacidade em lidar com a rejeição.

A única coisa que não sei: o que Ethan Hoevel viu nele?

– Você já deve ter ouvido isso – Stanton me diz naquela tarde enquanto saímos do cinema –, mas pouquíssimos modelos masculinos se dão bem. Quando fazem algum sucesso, não dura muito. É um mercado difícil.

Stanton está se defendendo, tentando me mostrar que ele não é o aproveitador que eu acho que é. Quer se passar como simpático. Quer que eu acredite nesse Stanton Vaughn inventado. Deixo-o contar sua historinha.

Perto do fim da carreira de modelo, Stanton passava os dias arrastando um álbum com capa de couro pelos metrôs onde todos aqueles moleques do Bronx gritavam e cada par de assentos era ocupado por uma gorda lendo romances; ele esperava nos saguões das agências com vários outros caras – todos com o mesmo visual – e sempre tocava algum hip-hop suave de merda no fundo, quando não era Usher, era Janet Jackson, e Stanton entregava seu álbum a uma garota imatura, enfrentando o primeiro trabalho, porque os pais a mandaram esvaziar o apartamento na Park Avenue e fazer algo na vida. A tal garota olhava para Stanton e (com uma piscadinha de olho) dizia: "Acho que esse trabalho não é pra você." Stanton sentia vontade de estrangular a desgraçada porque ele tinha cruzado a cidade de metrô para chegar até ali e todo aquele negócio era um horror.

– Você quer ver meu portfólio? – ele me pergunta meio tímido, virando-se na direção do Village. – Está lá em casa.

Baixinho, juro que jamais cruzarei a porta do apartamento de Stanton Vaughn (embora, mais tarde, em um certo momento, eu acabe cruzando-a).

Então tento mudar de assunto. Acho fácil, contanto que o assunto seja sobre ele.

— Mas você não estava fazendo os desfiles?

Stanton gostava dos desfiles; o problema é que depois de um ou dois meses — isso *se* o cara estiver se saindo bem — tem sempre um estilista magricelo gritando com você porque seus ombros estão crescendo muito ou você está comendo muito sushi (Carboidrato! Carboidrato!) no lugar de sashimi e você tem que parar de fazer musculação (Pilates! Pilates!), pois precisa estar mais magro. Só que Stanton tinha que fazer musculação, senão acabava se sentindo flácido e inútil, e o dinheiro dos desfiles, na verdade, nem era tão bom assim e não valia a dor de cabeça.

— Você não é estilista também? — pergunto depois que o longo discurso termina.

— Sou designer.

(Daí eu me lembro que depois que Ethan decidiu se envolver com Stanton Vaughn, naquele mês de junho, lançou a carreira de Stanton como designer quase que instantaneamente, apresentando-o a um publicitário e a alguns investidores importantes e fazendo propaganda boca a boca, que é tudo de que uma pessoa moderadamente talentosa e esporadicamente inspirada como Stanton Vaughn precisa para começar.)

— Mas quando Ethan o encontrou, você estava trabalhando como estilista, certo? — Menciono o nome de Ethan pela primeira vez naquele dia.

— Quando *nós nos encontramos*. — Ele faz uma careta.

— Não quero discutir semântica aqui, mas... Ethan deu o pontapé inicial, certo? — Eu ainda não sei que a melhor maneira de lidar com Stanton Vaughn é recuando-me.

Ele dá uma parada na esquina da rua 21 com a Oitava Avenida. Aponta o dedo para mim. Seus olhos me assustam.

— Eu sou designer, ok? Ethan me deu uma força porque é meu companheiro. Mas eu sou a fonte. Também conhecido como o impulso criativo. Entendeu?

Levanto as mãos.

– Entendi.

Um dia Stanton se deu conta de que nunca ganharia bem desfilando (a grana de verdade estava nos catálogos, e Stanton Vaughn não tinha aquela "vibe paternal" de que os catálogos gostavam) e que, ainda que ele tentasse, tudo logo se esgotaria, mesmo porque havia milhares de outros caras – mais jovens, mais frescos, mais bonitos – esperando para substituí-lo e Stanton se deu conta (ele estava substituindo um cara que, na última hora, não apareceu para desfilar para a Calvin Klein) de que a grana de verdade não ia para o cara na passarela (só chegava a mil dólares durante a Semana de Moda – para, né?), mas para aquele que desenhava as roupas, que embolsava a melhor parte. Stanton vinha batendo com a cabeça na parede errada; decidiu então – em nome da longevidade – que ele precisava desenhar.

Ele não tem o talento de Ethan, mas possui algo praticamente com o mesmo poder – uma fúria intimidante e poderosa. De fato, essa fúria se reflete em cada palavra que ele pronuncia. Talvez seja por causa de sua criação no interior sulista, com um pai onipresente, fracassado e traidor, e a mãe viciada em perdoar, ambos deixados para trás durante todos aqueles anos. Ou talvez essa fúria tenha aflorado quando ele chegou a Manhattan e encontrou todas essas superfícies de concreto e esquinas pontiagudas, tão difíceis de se navegar. Mas é a fúria de Stanton Vaughn que alimenta seu sucesso, permitindo-lhe abrir caminho e chegar às propagandas, aos investidores e às vitrines. Ele expele fúria em seus desenhos. Expele fúria em sua relação com Ethan (que me revela algumas noites mais tarde que Stanton Vaughn é o melhor parceiro sexual masculino que já teve: "Não subestime o poder do sexo selvagem", Ethan diz com o mesmo sotaque horroroso e hipnotizante que James Gutterson usará no almoço no Corotta).

Uma coisa é inquestionável – por menos que eu queira tocar no assunto –, Stanton é bonito. Ele tem todos os pré-requisitos: alto, ombros largos, cintura de garoto, cabelo grosso e desestruturado que cai harmoniosamente sobre um rosto cinzelado, tipicamente americano. Ele insiste em culpar os ombros pelo seu fracasso na carreira de modelo. Mas admite que, no fim, tudo deu certo.

— Sem estes ombros eu ainda estaria no metrô com meu portfólio.

Tento decifrar essa frase — sabendo que na cabeça de Stanton ela faz todo o sentido — ao passarmos pelo restaurante onde Ethan me embebedou na noite em que eu o encontrei após seu retorno do Peru.

— Quer ver meu portfólio? — pergunta novamente.

Minha tarde com Stanton Vaughn termina com as más intenções embutidas naquelas palavras. E enquanto eu tento apagá-las da memória no caminho para casa, jamais considero a possibilidade de ele permanecer na vida de Ethan — muito menos de ele me ligar, me chamando para ir à Urban Outfitters — dois anos depois, no verão de 2004.

Em frente à Urban Outfitters Stanton olhava para a vitrine, todo infeliz. Havia três araras — uma de camisas, uma de calças e outra de jaquetas (Stanton desenhava o que ele gostava de chamar de "Boi-Wear", que refletia-se em sua logo: um peitoral sarado com mamilos protuberantes). As camisas destacavam-se com uma marca peculiar — uma mistura estranha de retro-punk com alguns símbolos egípcios, aos quais Stanton se referia como xeiques urbanos. Essa linha vendeu muito mais que a outra mais sofisticada que ele desenhou — costumes em preto, marrom e cinza monocromáticos, e geralmente não muito diferente do que se encontraria na Club Monaco ou na Banana Republic, só que mais caro. Stanton já tinha gritado com um adolescente que estava no caixa, mandando-o chamar o gerente, e outro discurso começou assim que o garoto sumiu de nossas vistas. Cacete! Stanton já deveria saber que a porra da Urban Outfitters nesta porra de West Village — entre todas as porras de lugares — não faria a coisa certa. Qual a dificuldade de se colocar roupas para serem exibidas na merda de uma vitrine? É preciso apenas um pouco de bom senso, cacete! A Urban Outfitters já estava na merda (e pelo jeito o mesmo acontecia com a Barneys e a Bloomingdale's) e Stanton jamais deveria ter concordado em fornecer-lhes suas peças. Ele deixara os patrocinadores convencê-lo a aproveitar o burburinho da Semana de Moda do outono. Mas era para isso que ele me queria: para testemunhar aquela catástrofe. E *foi* uma catástrofe, já que Stanton era perfeccionista, entende? Como o Ethan. Por isso que eles se deram tão bem – os dois eram perfeccionistas. Sempre compreendiam muito bem a forma *"perfeitinha"* com que cada um projetava as coisas. E Stanton tinha que ser perfeccionista pois, ora bolas, o cara era um designer.

O bafafá continuou até que o gerente apareceu, vindo em nossa direção. Tinha a nossa idade (assim como todo o mundo que conhecíamos em Manhattan naquela época). O cara curtiu levar aquela discussão com Stanton e chegou até a sorrir ao forçá-lo a mostrar seu cartão de visita, e então Stanton teve de pegar o celular e ligar para o distribuidor antes mesmo que o gerente discutisse a possibilidade de modificar a vitrine, porque a porcaria das camisas tinham que ir logo na frente e são elas que atraíam a atenção do público – eram as camisas que faziam com que os consumidores entrassem na loja, porra! Será que ninguém conseguia entender isso? Será que ninguém ali entendia nada?

Quando a coisa já tinha se prolongado além do limite e todas as ligações necessárias haviam sido feitas, o gerente mandou o garoto trocar as calças e as jaquetas e colocar as camisas para a frente na vitrine. Stanton só arredou o pé dali depois que isso tinha se concluído e nem se ofereceu para ajudar. Ele estava preocupado demais em analisar de perto a costura numa perna de uma calça; fazia um gesto negativo com a cabeça como se alguém tivesse feito mais uma besteira. E então continuou olhando furiosamente para o gerente e para o garoto, de braços cruzados, batendo a bota esquerda impacientemente. Ele ignorou o pequeno grupo de pessoas que se juntaram na calçada lá fora, atraídas pelo chacoalhar dos braços de Stanton durante toda a discussão. Stantou vestia uma jaqueta de couro clássica com listras amarelas nas mangas e zíperes prateados por todos os cantos, e jeans rasgados com remendos; por mais que me aborrecesse, era difícil não perceber que ele estava bonito, como quase sempre – a camiseta vermelha apertada valorizando seu abdômen retinho, a jaqueta alargando ainda mais seus ombros. Comecei a pensar em outra coisa para desvirtuar as ideias daquilo. Aquele frio que estava fazendo era muito estranho para o mês de junho.

– Tá precisando de roupas? – Stanton me perguntou ao sairmos da loja uma hora depois.

– Não, tô na boa.

Ele me olhou de cima a baixo e passou o dedo em volta do colarinho da minha camiseta que comprei numa queima de estoque.

– Tem certeza? Não é o que parece.

– O que você está querendo dizer com isso?

– Preciso beber alguma coisa. Talvez uma sangria.

– Não está meio cedo pra isso?

Ele olhou para o relógio, um Timex de prata com uma pulseira de couro bem grossa.

– Já está quase na hora de se tomar um coquetel. Credo! Quando foi que os profissionais liberais tornaram-se tão bundas-moles?

– Stanton, eu tenho trabalho – retruquei meio que de saco cheio. – Estou todo atolado.

– Imagina, você não tem merda nenhuma pra fazer. Nós dois sabemos muito bem disso. Precisamos tomar uma sangria.

– Eu vou é pra casa, isso sim. E o senhor não vai me acompanhar dessa vez.

– Olha só, eu preciso falar com você. – Stanton parou de andar e de repente fez uma expressão que denotava preocupação, mas não convenceu. – É... sobre o Ethan.

Eu também parei de andar.

Stanton deu uma olhada a nossa volta para se certificar de que ninguém estava ouvindo.

– Estou preocupado com ele – continuou ele. – Com o Ethan.

– O que é que tem o Ethan?

Fomos ao Xunta, que servia *tapas* na rua Onze e que acabara de abrir para a noite – música latina, luzes vermelhas natalinas entrançadas com redes de pesca penduradas no teto – e éramos os únicos no local. Sentamo-nos no bar onde a primeira jarra de sangria subiu-me rapidinho à cabeça; eu estava com tanta fome que comecei a bater o copo de geleia contra a boca, tentando ver se os pedaços de laranja e de limão que ficaram no fundo caíam. Stanton pediu calamari e salsicha, mas os pratos eram tão pequenos que a comida pouco serviu para matar minha fome ou aliviar o efeito do álcool, e, enquanto isso, o cheiro das salsichas fervendo no molho estava me deixando enjoado.

Eu estava esperando Stanton me contar o motivo de sua preocupação com Ethan (alias, eu só estava ali sentado com ele no Xunta por isso), mas o álcool me pegou tão rapidamente que minha cabeça começou a girar. Enquanto tomamos a primeira jarra, em vez de falarmos sobre Ethan, falamos sobre um novo espetáculo de total e completa responsabilidade de Stanton, chamado A Vingança de Stanton, e fiquei só olhando, de queixo caído, enquanto ele tagarelava sobre um monólogo enorme que escrevera e queria apresentar off-Broadway; disse que a coisa começava com ele sendo expulso do time da Clarksdale e evoluiria pelas suas tentativas na carreira de ator antes de chegar ao auge com sua primeira experiência sexual com um homem. O final seria sua estreia como um designer promissor na cena nova-iorquina, e a fama que veio em seguida.

– A China vai aparecer em algum momento? – perguntei. – Sabe, toda aquela história com a Peggy Randall...

– Você está bêbado e adorável. – Ele fez um sinal, pedindo uma segunda jarra.

Eu já não aguentava mais ouvir tanta baboseira, mas Stanton não estava nem aí, pois passava por uma renascença, sabe? E talvez fosse o tempo, aquele clima rejuvenescedor de início de verão, apesar do frio que fazia naquele dia, mas talvez fosse outra coisa. Só que Stanton tinha passado o tempo todo pensando em ser ator, pois sentia muita saudade disso, e embora tivesse prometido a si mesmo que nunca mais pensaria no assunto, não conseguia ficar sem fazer uma retrospectiva de sua vida, sabe?, e havia algo que estava ali, revirando dentro dele, e advinha só o que era? Isso! Sua vida e todas as coisas que ele teve de enterrar no curso de sua história: o futebol, o pai, a hipocrisia da cidadezinha, assumir a homossexualidade, e todo aquele tempo carregava bloquinhos para rabiscar as memórias aleatórias que se reviravam dentro dele.

Terminamos a segunda jarra em questão de minutos, e Stanton pediu uma terceira.

Senti o maior prazer ao imaginar Ethan rompendo com Stanton no momento em que esse troço começasse a ser ensaiado.

E então surgiu o papo do roteiro que Stanton concluíra e que tinha ficado muito bacana – o troço também era uma espécie de memórias, outro retorno às suas raízes em Clarksdale – e o plano era dirigir o filme, mas sem estrelá-lo, já que era novato no ramo – dá para imaginar? –, mas assim que ele conseguisse algum investidor interessado, selecionaria o elenco para atuar nessa meleca e mais uma vez ele se aprofundaria na sua experiência com o mundo do futebol e falaria do zagueiro para quem ele pagou um boquete e de toda a cocaína que ele cheirou enquanto trabalhou como modelo. Eu já estava para lá de bêbado, fazendo de tudo para manter-me sentado na posição ereta e concentrar-me enquanto Stanton me contava como seu personagem – o próprio Stanton Vaughn – numa série de sequências de sonhos em todo o filme transformou-se em um transexual, que era um tabu enorme em lugares como Clarksdale, mas "interessante" em todos os outros lugares, e seu nome era Lucy, mas o apelido era "Luce" e então Stanton perguntava "Tá entendendo? Tá entendendo?" enquanto cutucava minhas costelas com o cotovelo e eu tentava puxar o último pedaço de laranja preso no fundo do copo de geleia.

Daí ele se calou, pensando em alguma coisa, e então virou-se para mim.

– E é aí que você entra – disse ele.

— O quê? — A rodela de laranja não queria se desgrudar do fundo.
— Bem, quero te pedir uma coisa.
Parei e correspondi ao olhar.
— O quê?
— Já que eu não quero estrelar no filme... sabe como é... Pô, eu estarei megaocupado dirigindo tudo. Quero saber uma coisa.
— O quê, Stanton? — perguntei, rangendo os dentes, levando o copo de geleia de volta à boca.
Ele respirou e sorriu, como se estivesse fazendo-me um favor.
— Eu queria saber se você quer fazer o papel do meu primeiro amante no filme sobre minha vida.
Ele piscou o olho e me cutucou mais uma vez com o cotovelo, desta vez com mais força, fazendo com o que o copo rachasse contra meu dente e a última rodela de laranja caísse no meu colo. Só levou um segundo para eu perceber que o dente estava quebrado — havia um fragmento duro sob minha língua. Gritei. Foi uma reação retardada pelo brilho nos olhos de Stanton, que fez com que o garçom que esfregava o chão atrás da gente viesse correndo. Stanton finalmente parou de falar, e quando a dor tornou-se mais branda alguns minutos depois — eu sentia pontadas na boca —, ele colocou a mão nas minhas costas e acariciou-as em círculos largos.
— O que foi? — perguntou. — Isso é um não? Só estou pedindo que você *pense* na possibilidade.
Tomamos um táxi até o dentista de Stanton, e devido à minha embriaguez a dor ficou mais suave, só que crônica. Stanton embrulhara a metade quebrada do meu dente em um guardanapo e a colocara em um dos vários bolsos de sua jaqueta de couro, e quando eu me inclinei para frente no táxi, todo tonto, ele começou a esfregar minhas costas e a embriaguez era tanta que não deu para pedir-lhe que parasse. Na sala de espera do dentista, para quem Stanton ligou do seu celular enquanto estávamos presos no engarrafamento da hora do rush na Sexta Avenida ("É uma emergência, Dr. Nadler"), vi um garotinho brincando no "Cantinho da Criançada". Ele estava empurrando um ônibus escolar amarelo de brinquedo pelas prate-

leiras, paredes e pelas pernas da mãe, e aquilo estava me deixando louco, mas era a única coisa na qual eu conseguia me concentrar. Stanton ainda esfregava minhas costas com uma das mãos e folheava uma *Town & Country* com a outra. Eu só balançava a cabeça para cima e para baixo, perguntando-me por que eu não era mais um garotinho no "Cantinho da Criançada". Por que eu estava nesse lugar, morrendo de dor? E a dor teria realmente alguma coisa a ver com um dente quebrado? Como eu tinha conseguido chegar aos 29 anos?

Stanton continuou a tagarelar sobre o roteiro enquanto lia a revista.

– Daí, na sequência do sonho, Lucy conhece o cara certo e aprende a amá-lo. Mas é triste pois a família dela é toda doida. Só que ela muda. E é essa a questão. Trata-se de uma história sobre como uma pessoa pode mudar a outra.

– Pode nada, Stanton. – A frase saiu toda enrolada, quase ininteligível.

– Ai, ai, ai! Que pessimista mais fofinho você!

– As pessoas não mudam. – Eu estava quase chorando.

– Olha só. – Stanton apontou para uma página da revista e girou os olhos. A foto de Ethan estava lá, a mesma foto que havia sido reproduzida em tantos outros periódicos, com os olhos fundos e tristes e um sorriso amarelo. – Não é um astro? – Stanton suspirou antes de virar a página.

Como se inspirado pela foto de Ethan, Stanton esfregou minhas costas mais firmemente e sua mão desceu mais um pouco até que a recepcionista chamou pelo meu nome. Stanton combinou com Ethan que os dois pagariam pela restauração, e então ele me disse que tinha de ir se arrumar para uma reunião de distribuidores na Arqua.

– Dr. Nadler vai cuidar de você. – Ele me cutucou de leve.

– E quanto ao Ethan? – perguntei. – Você queria falar sobre ele.

Stanton cerrou as sobrancelhas como se estivesse tentando se lembrar de algo. Ele também estava olhando para a mancha de sangria na minha calça, na região do meu pau.

— Não era nada, não — ele respondeu, finalmente. — Acho que esqueci.

— Que inferno! O que você queria me dizer com relação ao Ethan? — eu precisava saber.

Stanton deu uma olhada em volta da sala de espera e, então, sussurrou alto o bastante para o dentista escutar:

— Foi o único jeito que tive para embriagar você, fofinho!

Com um esplendor teatral, ele deu as costas. Mas então lembrou-se de algo. Abriu o zíper de um dos bolsos da jaqueta de couro e tirou o guardanapo com o dente quebrado.

— Gente, olha só o que quase esquecemos!

Ele pegou minha mão e, apertando-a, depositou o pedaço de marfim amarelo.

5

O EFEITO DA ANESTESIA passou depressa e, mesmo com o Vicodin que o dentista receitou, eu ainda fiquei com o dente sensível — sentia latejar ao tentar falar alguma coisa, se bem que não podia mesmo conversar, pois minha língua não conseguia tocar o céu da boca e passava por uma explosão de dor sempre que ingeria alguma coisa que não estivesse em temperatura ambiente. Eu esperava que Ethan me ligasse para ver como eu estava, pois eu tinha certeza de que Stanton havia contado sobre o incidente no Xunta — com um sorrisinho, insinuando que talvez fosse algo mais, o sorrisinho que provocaria um ataque de ciúmes — mas ele não contou. Tomei uma sopa fria e duas cervejas quentes, três daqueles comprimidos brancos, e então — achando que não fosse doer — um velho Percocet do armário do banheiro. E de repente anoiteceu e eu estava deitado na cama murmurando alto o quanto eu amava todo o mundo e como eu queria dizer isso a todos. Finalmente decidi ler o convite de David Taylor para o tal coquetel. Logo apareceu brilhando na tela do computador, mas quando eu estava prestes a desligar — já que eu não ia mesmo — vi uma nova mensagem esperando por mim.

De: samona.taylor@printingdive.com
Para: readyandwaiting@hotmail.com
Enviado: quarta-feira, 2 de junho, 16:18
Assunto: Festa Hoje

Tdo bem? David falou de vc outro dia e daí eu me lembrei de tantas coisas... Dá pra acreditar que já estamos chegando aos 30? Dá pra acreditar que nós nos formamos há 7 anos? Nossa! Tudo isso está acontecendo! Bem, não sei se vc vai ler esta msg a tempo, mas D me disse que vc recebeu um convite pra hj e espero que vc venha — faz muito tempo que não te vejo.
Um beijo,
SAT

E, ao ler suas palavras, senti uma confiança obscura crescendo dentro de mim.

Sua voz sussurrava *Um beijo* por uma névoa enquanto eu vestia um terno marrom de veludo cotelê.

O cheiro do cabelo dela, arraigado em minha mente anos atrás, estava pungente quando entrei em um táxi indo para a Quinta Avenida, número 988 (eu estava tão fora de mim que o metrô nem sequer me ocorreu como alternativa).

A imagem do corpo macio de Samona estava ao meu lado feito um fantasma, acenando, quando o porteiro me perguntou se eu estava ali para a festa de Randolph Torrance e me pediu para assinar um registro, e já que o Vicodin estava dificultando minha fala – eu me sentia ótimo, mas não conseguia dizer nada – ele finalmente encolheu os ombros.

– A festa está quase terminando mesmo.

A primeira coisa que vi quando entrei no 12D foi a luz extremamente brilhante de uma lâmpada bem forte sobre o objeto da celebração daquela noite: um quadro do tamanho de uma parede, com quinze macacos sentados ao redor de uma mesa, vestidos formalmente, com suas faces símias sem expressão alguma. Meus pensamentos se perderam ali, concentrados no quadro, à medida que o burburinho das conversas vindo do outro recinto aproximou-se de mim. Uma dor chata trouxe tudo de volta ao foco e eu me arrastei para o salão de onde vinham as vozes. Havia cerca de 25 pessoas espalhadas ali enquanto se ouvia um rock dos anos setenta ("*Brandy, you're a fine girl... what a good wife you would be...*"), vindo de algum lugar escondido; e levou mais tempo do que eu queria para que minha presença fosse percebida. Sutilmente as pessoas interromperam as conversas e se viraram para mim.

Imediatamente vi a mulher que estava ao lado de James Gutterson.

Era a única pessoa com pele cor de caramelo ali no 12D.

Samona Ashley sempre fora tão exótica e graciosa que sempre que eu me encontrava próximo a ela o mundo virava-se em sua direção – como acontecia ali naquele momento. *Um beijo* me veio à cabeça, piscando.

De salto alto, ela estava alguns centímetros mais alta do que James e sorria de alguma coisa que ele dizia; seu sorriso me atraiu e mesmo assim era tão enigmático que não me mostrou absolutamente nada – eu não sabia dizer se ela era sincera, ou se estava só agradando ou debochando de James Gutterson. A posição em que eu me encontrava – tentando, sem o menor sucesso, decifrar o que Samona Ashley estava pensando – me trouxe de volta à mente todas aquelas noites na faculdade. Enquanto isso, a mão de Gutterson continuava movendo-se na direção das costas de Samona e ela continuava enxotando-a, cada vez mais chateada, até que ela murmurou alguma coisa e James grosseiramente moveu os lábios como que dizendo *escrota*.

Ela olhou para mim rapidamente – sem me reconhecer – e um suspiro cheio de Vicodin saiu dos meus lábios, acompanhado de um gemido baixo e incontrolável. O efeito de Samona Ashley não diminuíra nos oito anos que fiquei sem vê-la desde que nós nos formamos. Seu olhar frio – o brilho daqueles olhos pretos, o jeito com que os seus cachos sedosos e brilhantes arrastavam-se pelo seu ombro, sua pele uma sombra suave sob a luz fraca – e eu estava possuído pelo desejo irresistível de possuí-la.

O fato de ela não ter me reconhecido não diminuiu nem um pouco esse desejo.

Quando ela se virou, o desejo continuou e ficou mais intenso.

Foi quando então uma imagem surgiu através da nuvem do Vicodin: Ethan Hoevel trepando com ela.

E quando ela juntou-se a outro grupo, pareceu que o resto do salão perdeu o interesse em mim também, o que me levou ao bar para tomar um uísque duplo – a única coisa que me faria aguentar firme até o fim da festa. Alguém tocou-me levemente o ombro – era David Taylor –, o que me lembrou da mão de Stanton antes de descer até a minha lombar no consultório do Dr. Naddler. David apertou-me o músculo do ombro como fazia antes das corridas e perguntou:

– O que você está bebendo?
Levantei meu copo de uísque.
– Uísque? Fala sério! Quantos anos você tem? 76?
David pegou uma Amstel.
– Estou com dor de dente e...
– Deixe-me apresentá-lo ao nosso anfitrião.
David me puxou até uns caras que formavam um grupo em um canto escuro. Terminei o uísque em mais ou menos dez passos e percebi que David tinha colocado a mão nas minhas costas enquanto me conduzia até seus amigos. Fui rapidamente apresentado como um velho colega, um escritor que podia ajudar o departamento de comunicação com seu talento urbano. Os caras da Leonard Company – jovens, altos e com uma beleza sem sal, tomando Heineken no gargalo, bebericando martíni – todos balançando a cabeça indiferentes, e então David me apresentou ao nosso anfitrião que estava bem no meio deles. Randolph Torrance era um sujeito vistoso, beirando os sessenta anos, um dos clientes mais importantes de David (motivo pelo qual tantos caras da Leonard Company estavam na festa) e que imediatamente mostrou-se interessado em mim, dando-me um aperto de mão tão firme que chegou a ser irritante. Seus olhos brilhavam repletos de intenções, mas o uísque e o Vicodin disfarçaram meu desconforto. Eu flutuava com um sorriso alcoolizado no rosto, pronto para enfrentar as perguntas de Randolph Torrance, como por exemplo, "E para quem você escreve?", respondendo de forma inteligente: "Sou autônomo", o que divertiu a bicha velha, fazendo-a inclinar-se sobre mim, até eu dar um passo para trás e gesticular para a sala onde estava pendurado o quadro dos macacos, e perguntar:

– Quer dizer então que você comprou aquele quadro, né?

– É por isso que estamos todos aqui. – Não consigo entender como ele fez com que a frase soasse como "Que coisa mais óbvia!".

À medida que eu andava para trás, ele se aproximava ainda mais – a coisa tornou-se uma dança –, quando, de repente, em algum lugar no escuro, um copo se quebrou. O som do vidro espatifando-se fez com que Randolph sobressaltasse e se afastasse.

No momento em que Randolph Torrance saiu, deu-se início a uma conversa sobre o quadro, mas o canto estava tão escuro que não consegui ver quem dizia o quê.

— Credo! Dois ponto cinco por essa porcaria? E ele ainda está comemorando?

— É um investimento.

— É uma idiotice.

— Ah, não ferra! O cara é excêntrico.

— Que nada! Isso é uma bicha louca e velha que tem dinheiro demais, isso sim.

— Até parece que você não daria uma mamada no pau dele pra ganhar as comissões.

— Espere aí! Foi *isso* que o Taylor teve que fazer?

Ouvi então uma risada rouca.

— Que é isso, meu irmão? — ouvi David dizendo, indiferente.

Ao escutar aquele papo, lembrei por que eu nunca entrei em fraternidade nenhuma e fiquei muito pau da vida com meus amigos que tinham entrado (inclusive David Taylor). Os tapinhas nas costas, os abraços calorosos, os constantes papinhos sobre sexo, a bebedeira intensa que sempre acabava em lágrimas, abraços e frases melosas do tipo "gosto muito de você, seu mané" e ainda aquelas reuniões de marmanjos vestindo apenas cuecas na mesma sala, com as pernas entrelaçadas — tudo parecia mais homoerótico do que qualquer coisa que se vê num catálogo da Abercrombie & Fick e com um verniz mais grosso de hipocrisia. Os caras da Leonard Company continuaram a conversar sobre o quadro horroroso.

— Tipo assim, cara: em dez anos, por quanto esse negócio poderá ser vendido?

— Depende do mercado para a arte símia. — O cara que disse isso não estava nem um pouco bêbado e ninguém riu. — Quem é o artista?

— Um alemão. Reindardt. Acho que ele pinta macacos. — A resposta tinha um sotaque inglês.

— Nunca vi nada mais arrepiante, cara.

— Será que ele não entende? Quanto mais macacos ele pintar, menos esse troço vai valer. Será que ninguém tem noções básicas de economia?

— Torrence ainda conseguiria ter um lucro. O suficiente para levar um garotinho para o Caribe em seu Gulfstream e se divertir no final de semana.

— Não tem o menor potencial futuro. Alto risco. Não vale a pena. — O sotaque inglês novamente.

O efeito do Vicodin me permitiu falar.

— Não vale a pena o quê? — perguntei na direção de sua silhueta.

— Investir — ele respondeu diretamente.

— E se não for? — insisti.

— E se não for o quê? — O cara ficou confuso, mas tentou me entender.

— Um investimento.

Senti o silêncio incômodo. E então uma das sombras concluiu:

— Bem, então é definitivamente uma droga de quadro para se pendurar na porra da parede.

Eu me encontrava em um estado no qual sentia-me à vontade para simplesmente dar as costas às pessoas e voltar ao bar sem dizer nada. Peguei outro uísque e olhei para Samona; nesse momento, senti a ardência e em seguida a dor de dente voltando. Comecei a andar na direção dela. James Gutterson tinha sido substituído por Randolph Torrance, que não parecia nada interessado em Samona, apesar de haver uma espécie de desejo na voz dela ao contar-lhe coisas; e no estado em que eu me encontrava, pude ver que embora ela estivesse trabalhando para o marido, tentando encantar o cliente-anfitrião, não estava conseguindo muita coisa. Ela não conseguia romper aquela barreira porque Randolph Torrance não tirava os olhos de mim.

Quando ela começou a acompanhar o olhar dele para ver o que o distraía, rapidamente caminhei para o outro lado do salão e fiquei olhando para uma parede.

Havia fotos recentes de uma viagem de férias que Randolph Torrance fizera com um cara baixinho e corpulento a uma estação de esqui; havia também um quadro de uma capela no Williams College, provavelmente onde ele se formou, e uma capela grande de uma casa de praia no extremo leste de Long Island com o título Water Mill, 1978. Apertei os lábios, comecei a fazer um som de "humm..." e não consegui mais parar.

Quando eu me virei novamente, David tinha substituído Randolph Torrance ao lado de Samona e os dois estavam agora sozinhos, entreolhando-se. De salto alto, Samona ficava exatamente na mesma altura de David, e do ângulo onde eu estava, do outro lado do enorme salão decorado, eu o vi colocar a mão na lombar de Samona – onde havia uma abertura no vestido, revelando a pele. Quando ele se inclinou em sua direção, ela inclinou-se na direção de sua mão, fazendo um outro tipo de dança. Ele disse algo, e o clima ficou tenso. Ela se afastou. Ele tentou puxá-la de volta com a mão, que agora tocava-lhe o quadril, e disse mais alguma coisa. Ela fez que não com a cabeça firmemente e então soltou uma gargalhada. Não deu para eu ouvir – o burburinho estava no auge –, mas pela expressão que ela fez, era algo amargo, acho eu, porque David Taylor jamais dissera uma coisa intencionalmente engraçada em toda sua vida consumida pela covardia. Então ela recuou e começou a mover-se em direção ao bar. David não a seguiu.

Eu ia falar com Samona. Ia ver se ela se lembrava de mim.

Ela estava no bar, de costas para mim, mostrando aquele diamante de pele morena revelando-se através do decote do vestido onde David Taylor colocara a mão.

Outro desejo incontrolável tomou conta de mim, mas lutei contra ele porque o ciúme era inútil, destrutivo (mas inegável, certo?); então a imagem apareceu novamente como um flashback – em cores e muito clara – de Samona na cama de Ethan naquele ambiente no meio daquele loft; ela estava nua, com Ethan ajoelhado atrás, gemendo, olhando para baixo onde a curva de suas costas dava lugar ao desenho de suas nádegas. Tive que matar aquele uísque num só gole.

E precisei fechar bem os olhos, que nesse momento lacrimejavam, sem ranger os dentes.

Quando os abri, Samona vinha em minha direção.

Ouvi uma voz feminina – a dela – dizer meu nome.

Respirei. Ela olhou bem para mim, com aqueles olhos pretos, e estendeu a mão, que ficou ali, esperando pela minha.

Fiquei completamente surdo quando finalmente a apertei.

Ela brilhava e eu ainda estava com a cabeça no ar, sentindo algo penetrar-me – uma lembrança, uma canção, um beijo, seu afastamento.

E então, como foi o almoço com David e James? Nem acredito que você agora é escritor – como está indo? É verdade que East Village ficou caríssimo? Você ainda corre?

Eu ouvia suas palavras e sua voz como se fossem coisas separadas. Eu dava respostas muito vagas, pois não queria que Samona Taylor soubesse nada ao meu respeito, nem dos fracassos que definiam minha vida; além disso eu não queria que ela soubesse por que eu estava ali naquela festa.

– David me contou que você abriu uma empresa. – Finalmente dei uma pigarreada.

– Foi mesmo? – O sorriso em seu rosto atenuou-se sutilmente. – Pois é, abri.

Foi vacilo fazer essa pergunta, pois nós dois ficamos mudos.

Tentei novamente:

– Isso meio que me lembra das reuniões da Zeta Psi, só que sem os barris de chope e os ficantes aleatórios.

Ela riu educadamente e tocou-me a mão que segurava o copo de uísque; então esfregou-se em meu paletó e vi quando seu braço voltou ao lugar. Somente quando minha mão estava quase tocando a dela foi que eu me dei conta do que estava rolando – eu tentava tocá-la –, mas imediatamente puxei a mão de volta, de forma abrupta. O copo vazio caiu no chão, mas não quebrou. Ficamos os dois ali, simplesmente olhando-o rolar em câmera lenta, até parar contra a parede, sob o quadro. Ela deu um sorriso sem graça, educado.

Voltei a tremer. Foi um erro aproximar-me tanto.

— Acho que os ficantes aleatórios ainda rolam por aí — ela murmurou enquanto olhava para pessoas diferentes no outro lado do salão. Aquela fora uma frase inocente, mas conseguiu me chocar a ponto de fazer com que minha tremedeira passasse.

— Quem, por exemplo?

Ela suspirou e esticou o pescoço.

— Bem, tem a esposa alcoólatra e extravagante que sempre envergonha o marido sério. — Ela olhava para um casal que eu não conseguia ver de onde estava. — Ela ainda não está pegando ninguém. Está presa nesta festa e com a cabeça no amante.

Do outro lado do salão, David nos olhava atentamente; estava levando um papo com Randolph Terrance, que viu as pessoas para quem David olhava e começou a me encarar como se me convidasse a me juntar a eles. Samona e eu estávamos perto de um canto para onde James Gutterson estava vindo, na direção do quadro tenebroso, fazendo curvas gigantescas no ar com os braços e derramando vinho a cada gesto exagerado.

— Deve ser difícil gerenciar uma estamparia de tecidos nesta cidade — comentei.

— Eu sei. David não para de me lembrar desse fato. Todos os dias.

Alguns fatos de oito anos atrás — alguns irrelevantes, outros não.

David Taylor é o astro da corrida que marca os pontos — quaisquer que sejam — de que a equipe precisa; é admirado por milhares de alunos no campus que nunca o conheceram pessoalmente.

Samona Ashley é, logo de cara, o garota linda que adora uma festinha e se amarra em *amarettos sours*; nos bailes, ela acompanha os bonitões cabeças-ocas; a morena exótica que até nas reuniões do comitê de atividades estudantis aparece com vestidos sensuais; a vencedora do concurso de modelos do campus (no qual ela se inscreve só de brincadeirinha); a garota que mexe com o coração de uma porção de rapazes desacreditados, pois a consideram como um ser de outro planeta e, ao mesmo tempo, talvez pelo seu sorriso enigmático, ela mantém as esperanças deles.

Assim, era inevitável – pelo menos natural – que dois importantes membros da realeza de Yale acabassem, em algum momento, transando.

O que era menos inevitável: que uma trepada etílica virasse algo sustentável – a propagação de uma atração superficial e a expectativa coletiva conspirando para que aquilo se torne o que comumente se considera uma relação.

E embora David Taylor e Samona Ashley logo passem a ser vistos como um casal perfeito no restrito universo de Yale, os mais próximos, que estão por dentro dos problemas que eles enfrentam, fazem a seguinte pergunta básica: se esse negócio vai durar muito tempo ou, mais importante, se é ideal que dure.

Várias vezes, depois de beber feito um gambá, David Taylor mija na cama enquanto dorme com Samona Ashley.

Uma vez David aparece com chato, "herança" de uma noite que passou num motel com os lençóis sujos.

David usa o termo "show de horrores" para se referir à relação íntima que Samona tem com o pai de sangue azul, praticante da igreja episcopal, Keith Ashley. A relação consiste basicamente em telefonemas diários que sempre acabavam em lágrimas, o que leva David a desconfiar das razões pelas quais Samona só namora brancos. Ele acaba tentando esquecer o assunto, concluindo que se trata apenas de uma fixação no pai, mas é difícil. É que Keith Ashley também tem o cabelo castanho, é bem baixo, de pele clara, com uma voz aguda que combina com o físico franzino, e foi o tesoureiro de Yale trinta anos antes. A esquisitice de todas aquelas similaridades é algo que David jamais mencionará em voz alta.

Esta relação pai e filha enfurece Tana Ashley, a ganesa "louca", mãe de Samona, que Keith conheceu enquanto trabalhava para o Corpo de Paz nos anos setenta e a quem Samona se refere com indiferença como "Tana de Gana"; Tana sempre aproveita os momentos de maior vulnerabilidade emocional da filha para dizer-lhe que está muito gorda. Tana Ashley justifica sua aspereza dizendo que guarda "segredos de infância inimagináveis", o que não funciona para que Samona perdoe seus ataques de fúria.

Samona é diagnosticada bulímica; faz várias sessões de terapia no Centro de Saúde Mental, algumas das quais ela comparece acompanhada por David.

Os alunos querem acreditar na esfera serena e perfeita em que David Taylor e Samona Ashley habitam, pois aquilo serve de inspiração para as garotas e liberta os garotos da responsabilidade de conquistar uma garota como Samona Ashley – todos suspiram de alívio quando fica claro que Samona não está mais na pista. E embora os boatos sobre eles sejam constantes pelo campus, acabam sendo ignorados, pois ninguém quer acreditar nas fofocas. Além disso, os desejos e fantasias das outras pessoas não têm nada a ver com o motivo pelo qual David e Samona permanecerão juntos.

O momento é perfeitamente oportuno para ambos: David está cansado de sair à caça (ou ser caçado) pelos bares, boates e casas de irmandade de New Haven; está cansado das trepadas meia bomba e das manhãs seguintes que acabam com a inevitável caminhada da vergonha de volta para seu quarto na Sigma Alpha Epsilon.

E Samona, por sua vez, após uma sequência de relacionamentos com homens egoístas que só querem comer a princesa para poder dizer que treparam com uma negra, sente-se atraída por algo em David: ele é meigo, possessivo, vem de uma família pobre, mas tem um sonho, uma ideia claramente definida e sincera do que ele deseja para sua vida, que envolve mais do que mudar-se para a cidade e ganhar rios de dinheiro. É a primeira vez que Samona Ashley relaciona-se com um homem que mantém essa espécie de foco sério.

A última imagem que guardei de David e Samona juntos foi na formatura, quando os dois racharam um baseado durante a entrega dos diplomas.

E o elemento que completa essa imagem, que na época pareceu inócuo, mas logo – enquanto conto esta história fazendo um retrospecto de tudo que se desmoronou – se revelaria como uma profecia:

Ethan Hoevel, sentado na fileira imediatamente atrás deles, com sua mãe irlandesa, de cara tristonha, e seu irmão mais velho, barbudo, com cara de poucos amigos.

Ethan Hoevel olhava irado para o casal perfeito de Yale, com uma intensidade que fugia à minha compreensão.

Esta é, para mim, uma descrição precisa dos eventos.

É que antes de a cerimônia começar, Ethan e eu imergimos ao acaso em passagens que se cruzavam no oceano de becas pretas; eu olho em seus olhos verdes, saturados por um desconforto, e sei que uma coisa que poderei fazer por ele, antes de nossas vidas tomarem rumos opostos novamente, é sentar-me ao seu lado, calado, durante a cerimônia.

E naquele dia de junho, tantos anos atrás, no espaço entre as duas cadeiras dobráveis nas quais estamos sentados, escondidos sob nossas becas, Ethan me perdoou e segurou minha mão.

Como sempre, eu tinha me demorado muito na festa, e os motivos que me fizeram ir haviam se perdido em algum lugar. Eu estava ficando muito cansado. Escutava James Gutterson falar do mercado e como estava em baixa, como tudo ia desmoronar em breve, e que *já estava* se desmoronando, culpando os negociantes gananciosos, os contadores corruptos e os novatos ainda no processo de tirar a licença para atuar, que estavam sempre clicando o mouse no botão de *Vendas*, quando era para clicarem no botão de *Compras*, cacete! Pior foi quando ele começou a falar das mulheres jovens vestindo roupas que chamavam de executivo casual (pareciam o que a Heather Locklear vestia em Melrose Place) e que ainda não tinham aprendido que era preciso ter culhões para ser negociante.

— É um mundo de merda — o inglês dizia, bêbado, derramando seu martíni no chão de Randolph Terrance. — E tudo vai acabar indo pra puta que pariu uma noite dessas, enquanto estivermos dormindo e... alguém aí está a fim de encarar uma carreirinha?

Eu estava com tanto Vicodin e uísque na mente que tentava me segurar para não babar. Dava para eu perceber vagamente que estavam tocando *Os maiores sucessos de Van Morrison*. Sentia o dente latejar e já não estava mais adiantando nada encharcá-lo com álcool. E sentia uma fome dos diabos – os salgadinhos tinham terminado; só restavam algumas tigelas de amendoim, castanhas e nozes que eu não podia comer por causa do dente – e então, como já era de se esperar, a fome transformou-se em raiva. Raiva de Stanton por me levar àquele bar espanhol na esperança de sabe lá Deus o quê. Raiva de Ethan por se envolver com uma cara como Stanton, e por mentir para mim sobre Samona (onde ela estava? Eu a perdi de vista). Sentia raiva também de David Taylor por ter me convidado para aquela festa como alguma espécie de evento beneficente (ou teria sido uma tentativa malsucedida de resgatar o que a gente tinha perdido no dia da formatura? Opa, espere aí. A gente é muita gente. Me tire fora dessa!).

E então eu estava flutuando em direção à porta quando percebi alguém parado ali no escuro, analisando o salão.

O cara vestia calça jeans rasgada e uma camisa preta da Gucci que valorizava seu físico magro e musculoso, e um casacão de dois bolsos, feito de caxemira, que ia até o joelho.

O salão inteiro parou quando as mulheres (inclusive as casadas) olharam para ele, cheias de desejo, e os homens fizeram caras de entediados e trocaram caretas – tentativas inúteis de zombar da elegância do estranho invasor que tinha, no momento em que entrou no salão, derrubado suas fachadas de tranquilidade e indiferença.

Era Ethan Hoevel.

Estavam tocando "Moondance" e eu me senti em perigo só por estar ali.

Voltei para a escuridão e observei quando Ethan finalmente localizou Samona e David no meio do pessoal e caminhou na direção deles.

O inglês tinha me descoberto e dizia:

– A galera está cheirando uma carreira no quarto, e nosso anfitrião gostaria que você participasse.

Só que ele estava na minha frente, empatando minha visão, daí eu só inclinei a cabeça e não disse nada até ele sair, fazendo um som de quem estava frustrado e assoando o nariz.

Vi quando Ethan Hoevel apertou a mão de David Taylor.

Vi quando David Taylor colocou a mão no ombro de Ethan.

David piscava os olhos, tentando se recordar daquele rosto estranhamente familiar, e então vi o momento em que ele se lembrou.

Devido à sua posição naquele momento, o sorriso de Samona fazia algo que nunca fizera antes: mostrava exatamente o que ela estava pensando.

David Taylor olhava ao redor do salão, e eu lentamente comecei a me afastar quando percebi que ele estava me procurando.

Mas ele não me encontrou, pois eu estava espremido contra uma parede no escuro e saindo pela porta, sabendo exatamente por que o sorriso de Samona Ashley Taylor vinha se aperfeiçoando durante a vida – o sorriso que me assombrava ao esconder todos os seus pensamentos e sentimentos sob os lábios levemente apertados, o sorriso que tinha ficado na minha cabeça por oito anos – e estava agora traindo a própria Samona.

6

A NOITE NA PRIMAVERA de 1996 começa num quarto do alojamento em Trumbull Hall com uma "festinha pré-olímpica": doses de Cuervo e latas de Busch enquanto alguns ouvem os *Grandes sucessos de Bob Marley*. O papo é sobre a aula de Meyerson sobre a Guerra Fria e concordamos que é um saco, pois todas as calouras estão lá só para fazer zona. Falamos ainda sobre o Nick, que está comendo a Karen ao mesmo tempo que namora a Jéssica, mas a galera toda acha que Nick é gay, o que deixa a situação muito esquisita.

Daí um grupo vai parar numa festa anos oitenta no quarteirão ao lado. Chegando lá encontramos basicamente algumas garotas em grupinhos, pulando como loucas sempre que reconhecem alguma música. Uma vez que o DJ está atendendo aos pedidos, os pulinhos rolam toda hora, com todas as músicas. A festa é patrocinada pela universidade, o que significa cachaça zero.

Algumas pessoas do nosso grupo vão então à festa da Vaca Roxa na Zeta Psi, onde é certo ter caixas de champanhe, mas já acabou tudo, de forma que só encontramos chope e ponche. Há algumas garotas com lama na cara, vestindo aquelas ombreiras dos jogadores de futebol americano. É iniciação no time feminino de hóquei no gelo, que pouca gente sabe que existe. Rola uma tensão na entrada porque alguém está falando com a namorada de alguém e no meio está um cara que adora um drama e o outro é jogador de futebol; eu sei que aquilo não vai acabar bem, daí o pessoal tem que apartar, pois o dramático (Adam?) só estava *conversando* com ela, nada mais, e o jogador de futebol (Daryl?) está na maior manguaça. Só que depois do bafafá, Daryl apaga em algum canto e o pessoal começa a comentar que, na verdade, o Adam tinha mesmo carcado a namorada do cara.

Dançando no Kavanaugh's Pub: uma jukebox maneira e margaritas bem baratinhas. Só que o lance está muito chato: uma porrada de calouros. Bem, dava para dizer que só tinha calouros no lugar, já que o pub não exige a apresentação da carteira de identidade para entrar.

Surpreendentemente, já são 2:30 da manhã.

Estamos na Sigma Alpha Epsilon — bem tarde da noite — onde estão servindo Miller em enormes copos plásticos vermelhos, e eu me dou conta de que já não estou mais acompanhado de ninguém da galera do início da noite e nem sei quem estou procurando. Começo então a pensar que logo a noite chegará ao fim e eu irei começar a me perguntar: "Ah, quando foi que uma noite terminou de outra forma?"

Então Samona Ashley senta-se ao meu lado no braço do sofá todo rasgado e inevitavelmente percebo que nossos quadris se tocam; na verdade, estão até espremendo-se enquanto "Sweet Child o' Mine" sai aos berros das caixas de som. De repente, me vêm à cabeça todos os momentos em que estive tão perto dela com um nível de embriaguez baixo o bastante para dizer algo. Durante as instruções no primeiro ano, os caras nos passaram o *Guia do sexo seguro*; durante a apresentação, achei o jeito com que ela sorria para todas as novidades ao seu redor a coisa mais linda que eu tinha visto. Tudo que consegui fazer foi dar um sorrisinho sem graça enquanto o instrutor ensinava a colocar a camisinha, utilizando uma banana para fins ilustrativos, mas ela imediatamente desviou o olhar. No primeiro semestre do penúltimo ano, fizemos juntos "Introdução à história da arte", quando por duas horas, duas vezes por semana, eu ficava olhando na direção onde ela estivesse sentada, observando os desenhinhos esquisitos que Samona fazia, tentando ignorar qualquer atleta ou membro de alguma fraternidade que por acaso a estivesse paquerando. Certa noite, durante a semana de provas, eu estava correndo no New Haven Green quando a vi sozinha num banco, passando o marcador num livro, e passei por ela sem parar, percebendo que ela levantara a cabeça na minha direção, educadamente, escolhendo não retribuir o olhar. E nesses momentos eu desejava ser o cara que pudesse sentar-se ao lado de uma garota como Samona e fazê-la sorrir como se fosse a parada mais fácil do mundo — as coisas sempre começam assim; queria ser o cara que conseguia conhecê-la melhor, fazê-la se apaixonar por mim, dar forma a seus dias, trazê-la para o meu mundo e ao mesmo tempo ser absorvido pelo dela; queria ser o cara que pudesse tornar sua vida serena e apagar todas as besteiras e tolices, batalhas e confusões que permeiam a era em que vivemos.

Mas, já que não sou esse cara — o mais próximo que cheguei dela foi quando me sentei em carteiras mais perto de onde ela estava —, passo os três primeiros anos da faculdade sem conhecer Samona Ashley direito. Para mim ela não passa de um sonho inatingível.

E agora ela está aqui, caindo de sono ao meu lado na festa da Sigma Alpha Epsilon — ela se sentou perto de mim sozinha — e dizendo:

— Em que outros lugares você já esteve esta noite?

E isso parece direcionado a mim especificamente e eu passo uma lista de lugares que consigo lembrar, sem seguir nenhuma ordem específica, e balbucio:

— Este é o melhor momento da noite.

E seus olhos se encontram com os meus pela primeira vez — ela está bêbada, totalmente chapada, só que eu não estou nem aí. E, embora ela esteja claramente se esforçando para manter a cabeça erguida, apesar de seus olhos vidrados, ela olha para mim por um tempo que me permite ver que, de perto, seus olhos são lindos, de um preto profundo; é aí que eu me dou conta de que Samona Ashley, uma garota que até então eu só vi no meio de um monte de gente em salões lotados, nos braços de outros caras, está conversando comigo bem ali naquele momento e seu rosto está bem pertinho e dá até para sentir o cheiro de seu cabelo pela primeira vez.

Ela está deslizando no braço do sofá, quase caindo, quando eu a seguro; ela diz meu nome e sorri — o que pode sinalizar um convite ou qualquer outra coisa —, então murmura *"obrigada"* e depois, não sei como, seus lábios encostam-se nos meus e acaba saindo um beijo. Samona Ashley me beija e eu correspondo. É um beijo com gosto de cerveja e brilho labial. Cinco segundos depois ainda estamos nos beijando. Coloco a mão em seu quadril e ela toca o meu peito. Fico torcendo para que ela vá pra casa comigo, já que a festa parece estar no fim. Não consigo parar de pensar: "Cara, é tão simples! É tão fácil!"

Entretanto, um dos membros da fraternidade aparece no meio do salão, anunciando alguma coisa relacionada à polícia, e os caras que moram na casa se juntam próximo à porta da frente (David Taylor entre eles) e então Samona para de me beijar. Uma de suas amigas faz um gesto para ela largar o copo e acompanhá-la; a festa se encerra de fato. Subitamente, estamos todos na rua sem nossos copos vermelhos.

E a última coisa que vejo nessa noite – a coisa que acaba me enviando para casa – é Samona Ashley de papo com David Taylor na escada que dá acesso à casa.

Algumas semanas depois, fico sabendo que os dois transaram pela primeira vez naquela noite na Sigma Alpha Epsilon.

Depois disso, eu a vejo em lugares diferentes, por acaso; não consigo deixar de pensar que a minha lembrança mais marcante daqueles quatro anos em Yale é de um momento que durou cinco segundos na noite em que ela deu para David Taylor.

7

NA MANHÃ SEGUINTE à festa de Randolph Terrance, acordei sem me lembrar de como voltei para casa. Sobre a cama havia uma porção de batatas fritas espalhadas, e a metade de um hambúrguer estava na mesinha de cabeceira. Só levantei mesmo porque o dente ainda estava latejando, eram 6:30 e eu não conseguiria mais pegar no sono. Tomei o último Vicodin e ouvi a mensagem que deixaram no telefone em algum momento durante a noite:

"Sou eu, Ethan. Olha só, eu sei que você estava lá naquela festa deprê dos macacos ontem à noite e fiquei chateado por você não ter me dito que ia. Você deveria ter... Samona me disse que talvez você fosse e foi por isso, entre outras coisas, que eu fui: pra te ver..." Ele suspirou. "O primeiro passo para que você continuasse a tocar essa coisinha que você chama de vida talvez fosse evitar a grosseria. Vamos deixar as coisas como estão por enquanto... Talvez outra hora a gente possa conversar sobre todas as coisas que você não sabe... Não consigo deixar de pensar que você é..." A voz dele sumiu e achei que a ligação tivesse caído. E então voltou. "Bem... ligue caso dê vontade."

Com toda certeza eu não estava com nenhuma vontade de ligar. O que fiz foi sair e comprar o *Post* e uma vitamina de frutas, que fez o dente doer, mas o Vicodin estava segurando a barra. Com a visão toda turva, li o *Post* de cabo a rabo, começando pela seção de esportes. Os Yankees estavam passando por uma boa fase, mas venderam o passe do melhor canhoto; as bolsas da Juicy Couture estavam na moda. Duas atrizes de *Friends* estavam passando férias no Havaí. Fotos das irmãs Hilton com Ashton Kutcher na inauguração de uma boate na rua 22 estavam ao lado das de um bombeiro que morrera no desmoronamento de um prédio lá pelas bandas do Harlem.

Quando terminei de ler o jornal, já passavam das nove. Eu me conectei à Internet e vi que David tinha me mandando um e-mail.

De: David.Taylor@Leonardco.com
Para: readyandwaiting@hotmail.com
Enviado: Quinta-feira, 3 de junho, 5:52
Assunto: ontem

que bom que você apareceu ontem. pena que você sumiu. um cara de yale, Ethan Hoevel, chegou um pouco depois. acho que você o conhecia. cara bacana – ele é gay? talvez faça alguns trabalhos pra gente. coincidência, não? vê se não some. abração.
d

Percebi duas letras maiúsculas.

Respondi:

Eu é que agradeço pelo convite. Foi ótimo ver você e sua esposa (a patroa, a dona encrenca, a cara-metade etc.). Fiquei morrendo de inveja – e hoje acordei e encontrei meia porção de batatas fritas na cama. Nem me pergunte, porque não sei responder.

E quando apertei "enviar", chegou uma nova mensagem.

De: samona.taylor@printingdivine.com
Para: readyandwaiting@hotmail.com
Enviado: Quinta-feira, 3 de junho, 9:02
Assunto: (sem assunto)

Oi! Adorei te ver ontem. Me fez lembrar de muitas coisas legais. Queria que você desse uma passada aqui na estamparia uma hora dessas. Que tal amanhã?
Beijinho
SAT

Li e reli algumas vezes, sempre voltando à frase "coisas legais".

Respondi:

Samona. Foi muito divertido mesmo. Você estava bem bonita. Só tem um problema: estou atolado de trabalho. Que tal semana que vem?

Então fechei o e-mail, desliguei o celular, programei para que as ligações do fixo caíssem direto na secretária, como Ethan fazia quando viajava, e dei início a um período de três dias de trabalho incessante, na tranquilidade do meu apartamento.

Passou rápido. Não bebi nada, com exceção da cervejinha ocasional para acompanhar o sushi comprado pelo telefone (um risco, só que barato). O dente começou a melhorar. O apartamento parecia limpo. O computador estava organizado e funcionando perfeitamente. A redatora da revista *New York* retornou minha ligação e eu submeti minha ideia do Gowanus muito lucidamente e ela prometeu fazer de tudo para arranjar um espaço. No domingo, voltei ao Brooklyn e entrevistei alguns residentes sobre a poluição. Além disso cobri a inauguração de um bar no Mearpacking District e ainda um evento beneficente num apartamento estilo mausoléu em Central Park West em nome de um porta-voz da prefeitura de Nova York que se candidataria a prefeito no ano seguinte.

Coloquei uma calça jeans escura e uma camisa polo azul e fui para University Place, de lá peguei a NYU, passando pelo SoHo. O tempo estava nublado, com uma garoa morna. Havia algumas pessoas sentadas em volta da Washington Square, suando com o calor. Eu me preparei para um encontro rápido com uma garota que eu não via (sóbrio) desde a faculdade. Disse a mim mesmo que tratava-se apenas de uma formalidade. Eu elogiaria seu visual e mandaria lembranças ao seu marido e diria alguma coisa que servisse para dar uma força ao seu negócio, baseando-me em minha experiência limitada com a indústria da moda; daria algumas ideias para aumentar a publicidade, controlaria meu inevitável desejo por ela e ignoraria o ciúme que eu sentia de David Taylor; tentaria afastar das ideias as minhas fantasias dos três em uma cama enorme. Cruzei os paralelepípedos escorregadios da rua Greene com lucidez.

Quando abri a porta e entrei na recepção, não havia ninguém na Printing Divine. O estúdio ficava em um espaço estreito – talvez uns cinco metros de comprimento – que se esticava até o outro lado do quarteirão, e o pé direito tinha uns seis metros de altura, com claraboias, o que ajudou a diminuir a claustrofobia que senti enquanto esperava. O piso e as paredes eram todos brancos; na salinha de espera havia duas cadeiras, um pequeno sofá e uma mesa de madeira cheia de revistas. Espalhados pelas paredes em todos os cantos havia pôsteres de filmes antigos (*O último tango em Paris*, *Janela indiscreta*, *Tarde demais para esquecer*) ao lado de algumas propagandas de eventos recentes emolduradas (Betsey Johnson na Lótus, Tommy Hilfiger na Lot 61). Das caixinhas de som saía uma música New Age que eu não conhecia. Na mesa da recepção estava um livro que os visitantes deveriam assinar e deixar "comentários". Além da recepção havia duas salas do tipo "aquário", ambas desertas.

Abri o livro de "comentários" – várias páginas em branco com datas no topo de cada uma. Passei para o registro de visitantes, mas ouvi um estalo lá em cima.

Uma mulher beirando os quarenta anos descia uma escadaria que ficava praticamente grudada à parede à minha direita. A primeira coisa que percebi foram seus braços, longos demais para sua estatura baixa. Ela me olhou de cima a baixo, exatamente o que eu estava fazendo com ela (exatamente o que todo o mundo fazia com todo o mundo nesta cidade), e então ela perguntou bem alto:

— Pois não?

— Eu gostaria de falar com Samona.

— Ela está lá em cima. Você marcou com ela?

— Sou um velho amigo. — E então disse meu nome.

— Muito prazer — ela respondeu muito entusiasmada. — Eu sou Martha, colega de Samona.

Enquanto apertávamos as mãos, ouvimos passos bem pesados pelo estúdio e a voz de Samona surgiu de algum lugar lá em cima.

— Olá!

Olhei para cima tão rapidamente que me deu câimbra no pescoço.

Samona estava inclinada em uma grade; vestia uma blusa de seda vermelha que valorizava-lhe os seios e revelava uma sarda pequena e escura que eu não tinha visto antes.

— Já estou descendo aí.
— Não precisa correr. Eu deveria ter ligado. Foi mal.
— Sem problema. — Ela sorriu para mim. — Pode se sentar na minha sala que eu já vou. Martha, você poderia assumir as coisas aqui em cima para mim?

Martha resmungou alguma coisa e revirou os olhos.
— Claro. Sem problema.

Alguns minutos depois estávamos sentados um de frente para o outro em uma pequena mesa de conferência, tomando chá-verde morno e conversando vagamente sobre negócios. A sala era apertada e Samona mexia em um portfólio bem fino, falando de coisas como distribuidores de corantes orgânicos, secagem de estampas, brilho, contagem de fios. Tive a nítida impressão de que ela não entendia nada daquilo muito bem.

— E geralmente estampamos até meio centímetro da borda do tecido. — Samona fez uma pausa. — Espere aí... gente, é meio centímetro mesmo? Pois é, depende. Bem, nos tecidos mais escuros, estampamos toda a dimensão da peça. Certo. Isso mesmo.

Eu a observava enquanto ela falava, parecendo até que eu era um cliente. Fiz algumas perguntas educadas. "Quem seria o seu cliente ideal?" "Você não acha maravilhoso ter aberto sua própria empresa?" "Você não se formou em história da arte?". E ela dava respostas básicas enquanto dava uma olhada no tal portfólio, distraidamente tentando limpar um borrão.

— Você estava trabalhando no quê, antes de eu chegar aqui? — perguntei finalmente, clareando as ideias.

— Ah, eu estava lá em cima, onde todo o trabalho de verdade é feito. Aqui embaixo é basicamente onde realizamos a contabilidade e atendemos os telefonemas.

— Certo, certo.

Samona estava distraída. Havia algo que ela ainda não estava dizendo, mas Samona foi se animando lentamente no decorrer da conversa.

— Mas lá em cima, meu amigo, o que temos é a última palavra em máquinas de estampagem. E neste exato momento estamos trabalhando em dois projetos. Um deles é bem importante: Betsey Johnson e...

— Como foi que você conseguiu um contrato desses? — perguntei, como se estivesse surpreso.

— Foi o marido da Martha. Ele é estilista. Faz guarda-roupas. — Ela parou e então assegurou: — Betsey está muito feliz com nosso trabalho.

— Quem é o outro cliente?

— Não é tão grande. Um designer de quem talvez você não tenha ouvido falar. Stanton Vaughn.

Ela desviou o olhar.

Não sei como, mas aquilo não me surpreendeu. Com a maior naturalidade do mundo, virei e disse:

— Outro dia eu vi umas coisas feitas por ele na Urban Outfitters na esquina da minha rua.

De repente, ela voltou a me olhar e riu.

— Você compra na Urban Outfitters?

Quase sem conseguir falar, consegui dizer:

— Ah, só... cueca e... cachecóis.

A palavra "cachecóis" fez com que um silêncio pairasse na sala enquanto Samona me encarava firmemente, como se eu fosse uma charada a ser desvendada.

— Bem — ela retomou a conversa —, nossos objetivos aqui são um pouco mais ambiciosos do que atender a um Stanton Vaughn. Quer dizer... — E então ela se inclinou como se fosse contar um segredo. — Ouvimos umas histórias por aí dizendo que ele importa o material que usa da Indonésia.

A princípio não entendi o que aquilo significava.

Então levantei uma hipótese e tentei me safar:

— Dez mil criancinhas com bolhas infeccionadas trabalhando por dezessete centavos ao dia?

Samona fez que sim com a cabeça, muito séria.

— Não queremos estar ligados a uma coisa dessas.

O papo a fez se levantar.

— Está chato aqui embaixo. Deixe-me lhe mostrar as máquinas, venha.

Ela me levou para o andar de cima, um espaço claustrofóbico onde as máquinas espremiam-se entre as paredes estreitas, as araras de roupas e um teto baixo. Havia três máquinas de estampagem e, entre elas, tábuas de corte e uma mesa de medidas cheia de lentes de aumento, bandejas de corante e pigmentos, ferramentas de corte e um iMac conectado a um scanner e uma impressora grande. Na máquina menor havia um conjunto de camisas pretas com o desenho de um músculo peitoral; atrás dela estava Martha, monitorando a saída.

Reconheci a roupa.

Então: Ethan iria salvar Samona e seu pequeno negócio.

Assim como ele salvou Stanton.

Assim como ele tentou me salvar.

Só porque todos nós precisávamos de que ele nos salvasse — e porque ele podia nos salvar.

Pensei em voz alta, perguntando como conseguiram encaixar todas as máquinas e as araras naquele espaço tão pequeno.

— Contratamos um consultor de espaço interno — Martha respondeu do outro lado da sala com sua voz de garotinha.

— O que estava na proposta que você escreveu para David? — perguntei.

Samona parou.

— Ele te contou da proposta?

— Eu escrevi grande parte — disse Martha.

— Ele é um homem de negócios e estava investindo dinheiro — explicou Samona, na defensiva. — Claro que escrevemos uma proposta.

Mudei de assunto, fazendo um gesto em direção à Martha.

— Foi assim que vocês duas se conheceram? — perguntei tentando me fazer ouvir sobre o barulho das máquinas.

Samona ficou aliviada ao ouvir uma pergunta que podia responder com facilidade.

— Ah, conheço a Martha desde a época em que eu trabalhava como modelo.

— Naquele tempo eu era estilista — acrescentou Martha. — E Samona é de peixes, eu sou de touro e, sabe como é... Netuno e Vênus... órbitas paralelas. — Ela piscou para mim. — Qual o seu signo?

— Eu não acredito muito em horóscopo. — Tentei sorrir.

Martha inclinou-se para a frente, sobre a máquina.

— Quando você nasceu?

Respondi.

— Você é de virgem. — Ela voltou à sua posição, satisfeita. Aquela informação parecia explicar o que exatamente eu estava fazendo ali.

— O que isso quer dizer? — perguntei, tentando não olhar para Samona.

— Você é regido por Mercúrio. Isso quer dizer comunicação — Martha me analisou. — E quer dizer também que você é prático, flexível, mas geralmente indireto... entre outras coisas.

— Você acha melhor eu escrever isso? — perguntei.

— É como uma previsão de tempo. Não precisa escrever. Só precisa ficar atento, por dentro.

— Os meteorologistas só acertam um terço das vezes.

Martha encolheu os ombros como se dissesse "problema seu, ora". Samona revirou os olhos.

— Martha é fanática por astrologia.

Então Martha voltou-se para a máquina e me disse:

— O que exatamente *você* faz da vida?

— Sou escritor, ou algo assim. Trabalho com jornalismo, basicamente. Escrevo muitas resenhas de moda.

— É mesmo? — Martha levantou a cabeça, intrigada, olhando-me de cima a baixo, como se tentasse checar se aquilo era verdade mesmo.

Samona fez o mesmo.

— Ei, talvez você pudesse escrever alguma coisinha sobre uma estamparia de tecidos criada por duas amigas com um olho na moda e um gosto pela aventura!

— Eu poderia... tentar — respondi, distraído pelo jeito com que Samona me olhava, com aqueles olhos pretos, bem abertos, ansiosos e impressionados.

Tive que disfarçar, concentrando-me em Martha, que já tinha perdido o interesse em mim — ela vira o jeito com que eu olhava para Samona, logo percebi, e sabia que o motivo da minha ida não tinha nada a ver com jornalismo de moda — e ela murmurou:

— Quer dizer então que vocês dois eram amigos na faculdade...

Samona e eu trocamos um sorriso amarelo.

— É — respondi. — A gente se conhecia.

— Não muito bem — Samona corrigiu. — A gente se conhecia assim de vista.

— Você me conhecia de vista? — deixei escapar. Então levantei a manga de uma das camisas de Stanton. O tecido estava morno.

— Cuidado — Martha advertiu, vindo para tomar a camisa de mim, mas, então, por algum motivo, ela mudou de ideia.

— A tinta ainda não secou.

— Isso aqui é da Betsey ou do Stanton? — perguntei. A situação toda parecia me levar a fingir que eu não sabia de nada.

— É do Stanton — respondeu Samona. — Espere aí... essa máquina está fazendo muito barulho. Deixe-me pausá-la.

Ela apertou alguns botões antes de Martha exclamar:

— Não faça isso!

E então ouvimos um rangido vindo do fundo da máquina. Uma das máquinas parou de rodar. Ouvimos outro som: um tecido se rasgando. E então as camisas pararam de sair.

Martha foi até o teclado e começou a apertar alguns botões, mas aquilo só causou outro rangido.

O computador do outro lado da sala começou a bipar e dizer "ERRO".

Martha desligou a máquina. No silêncio que se seguiu, tudo que se ouvia era a música New Age.

— Desculpa — disse Samona. — Já fiz isso antes.

— Eu sei. — Martha ficou olhando para a máquina com a mão nos quadris. — Que merda!

Pigarreei.

— Acho melhor eu ir andando...

— Não, não. — Samona tocou a minha mão como fez no apartamento de Randolph Torrance. — Fique. Por favor. Não quer almoçar?

— ERRO.

— Eu estava planejando dar uma passada em Chinatown e comer uns *noodles*...

— Nada disso. Vamos pedir alguma coisa por telefone — Samona falava de um jeito desesperado.

— Mas você deve estar ocupada e agora vai ter que dar um jeito nisso. — Sacudi a mão na direção da máquina, onde Martha tinha retirado o console e checava o interior.

— Que tal uns *paninis*? Tem um lugar ótimo ali na esquina.

Eu tinha me virado na direção das escadas, mas Samona agarrou-me pelas costas da camisa.

Martha virou-se e disse:

— Samona, vamos precisar da máquina para esta tarde.

— ERRO.

— Darei um jeito nela, Martha. Por que você não dá uma passada no Angeli e compra alguma coisa pra comer? Quando voltar, vai encontrar tudo certinho.

Martha passou a se concentrar em mim, e timidamente desviei o olhar e fingi que inspecionava a máquina pifada.

— Compre uns *paninis* de mozarela e tomate, tá?

Samona estava quase suplicando quando surgiram duas notas de vinte em sua mão, que foram parar no bolso de Martha.

— ERR...

Martha apertou o botão "RETORNAR" ao dirigir-se para a escada. Saiu sem dizer nada. A campainha eletrônica acima da porta tocou quando Martha a abriu e mais uma vez quando fechou.

Ficamos os dois ali parados feito duas estátuas. E então Samona, que parecia estar um pouco mais calma, largou a camisa que antes eu segurava e, no silêncio, consegui ouvir seu suspiro discreto. Ela começou a seguir as instruções em um painel lateral, abriu a parte de cima da máquina e inclinou-se para dentro.

— Só vai levar um segundinho. — Ela se desculpou. — Só está emperrado, eu acho.

— Você... precisa de uma ajudinha? — ofereci-me, mas fui interrompido por um profundo rangido de plástico e metal. Samona gritou e pulou para longe da máquina, agarrando a mão direita com a esquerda, dando-lhe uma chacoalhada com o punho frouxo. Havia uma mancha de tinta preta em sua blusa, logo abaixo dos seios.

Tive que me esforçar para desviar o olhar e concentrar em sua mão, que já estava inchada.

Segurei a mão de Samona. Seus dedos eram supermacios e lisinhos, sem nenhum calo.

— Não parece ser muito sério — atestei. — Você tem gelo?

— Tá tudo bem — ela murmurou. — Tá tudo bem.

E então, após um silêncio constrangedor, ela ficou sem outra alternativa e afastou a mão, deixando a minha manchada de tinta preta.

— Quer saber — eu disse —, acho que eu posso dar um jeito nisso.

— Estamparia de tecidos: negócio de macho. — Ela suspirou e tentou sorrir.

Quando Samona desceu para pegar gelo, eu me enfiei na máquina. A esteira e o rolo estavam fervendo de tão quentes, e um colarinho rasgado de uma camisa tinha emperrado na engrenagem. Comecei a afrouxar o tecido, bem devagar a princípio, tentando preservar o que sobrara da camisa.

Samona voltou e me encontrou ainda com a cabeça dentro da máquina.

— Geralmente, quando isso acontece, retiramos o rolo, mas provavelmente ainda está bem quente, né? — Sua voz veio por trás de mim.

— Para mim, a culpa é do Stanton Vaughn — brinquei, passando para ela um pedaço de manga estraçalhada. — Como você conseguiu o contrato com ele?

E o silêncio voltou.

Embora não desse para vê-la, eu sabia que ela estava ali, e comecei a pensar num filme de terror em que a metade do corpo de um homem estava em um quarto enquanto a outra metade projetava-se da parede em outro, onde um animal aguardava pelo momento mais vulnerável para atacar, mas estava tão escuro que não dava para ver que animal era — só dava para saber que ele estava ali observando por causa do brilho amarelo de seus olhos.

— Samona?

— Você sabe como consegui o contrato com ele.

Tentei não gaguejar, e embora eu tivesse terminado de resolver o problema na máquina, permaneci inclinado sobre ela.

— Não sei não. Como foi?

— Por meio do Ethan.

Passamos um bom tempo sem dizer nada.

— Bacana a consideração dele. — Eu saí de dentro da máquina. Ela estava segurando uma bolsa azul de gelo contra sua mão.

Ficamos mais um tempo sem dizer nada.

Ela fez um gesto em minha direção.

— Tem tinta na sua camisa.

Encolhi os ombros.

— Ah, eu compro outra na Urban Oufitters.

Então veio um rápido sorriso triste. Ela queria dizer algo mais. Abaixou a cabeça.

— Eu não tinha certeza do que você sabia. — Ela se aproximou da máquina e ligou a força. Ouvimos um estalo seguido por um rangido e então a máquina voltou a funcionar normalmente, fazendo o zumbido de sempre. Os restos da camisa rasgada foram parar numa bandeja. — Embora você seja o único que... está por dentro de alguma coisa, acho eu.

— Eis uma honra duvidosa. Mas acho que... — Eu me afastei e fiquei olhando para o teto.

— Acha o quê?

— Acho que foi o que me trouxe aqui. Assim, eu mal a conhecia na faculdade, e agora, oito anos depois, esse lance está rolando... e eu estou aqui. Diz aí se não é esquisito!

— Oito anos. — Ela ficou ali parada, com cara de culpada. — É.

Respirei fundo.

— Samona?

Ela ergueu a cabeça para me olhar.

— Esse lance todo deixa você nervosa? — perguntei gentilmente, sem acusar, mas seu sorriso triste endureceu.

— Por que eu deveria estar nervosa?

Não pude responder pois teria soado meio violento. Ela estava perto de mim e eu não estava nem aí se ela percebia que eu não tirava os olhos da mancha na blusa, bem embaixo de seus seios. Queria até que ela percebesse. Eu não sabia de onde vinha tanta confiança.

— Você ia me falar alguma coisa sobre o Ethan? — Samona perguntou com uma voz distante. — Algo que eu ainda não sei?

— Não tenho certeza do que você realmente sabe.

— Muito pouco. Quase nada.

— E foi por isso que... você me chamou aqui? — Tentei manter um tom tranquilo, bem normal. Tentei manter a calma. Tentei fingir que não ligava para a resposta. Desviei o olhar.

— Mais ou menos — ela respondeu hesitante. — Mas não foi só por isso.

— Ele viaja — foi tudo que consegui dizer. — Está sempre viajando. O negócio dele é viajar.

— E para onde ele vai?

— Por que não pergunta para ele, Samona?

— Não sei se ele me diria.

— Para onde você acha que ele vai?

Ela parou e então, num sussurro triste, disse:

— Para tudo quanto é lugar. — E fez um gesto negativo com a cabeça. — Lugar nenhum. Sei lá... Em Yale você era mais próximo do Ethan do que eu. Eu nem sabia que ele estudava lá. — Ela fez uma pausa. — Acho que eu estava ocupada demais.

— Fazendo o quê?

— Sei lá. De papo com o pessoal. Sem estudar. O Comitê de Atividades Estudantis. Voleibol interno. Enchendo a cara toda noite. Indo ao museu de arte. — Ela parou e riu, irritada com o vazio em que tudo aquilo parecia cair. — Ah, qualquer outra besteira que eu fazia enquanto você e David corriam em círculos todos os dias.

O zumbido da máquina ajudou a deixar a conversa mais íntima.

– Então... – ela continuou. – Ele te contou alguma coisa... sobre a gente?

– Nada.

Ficamos parados. Ela olhou rapidamente para mim e suspirou.

– Estou falando sério – continuei, tentando acabar logo com aquele papo. – Ethan não me conta muita coisa. Eu não o conheço assim tão bem como você pensa...

– Entendi. Eu sei. Mas se você quiser... – Ela parou, pensando bem no que ia dizer. – Posso te contar. Vou te contar como rolou. – Samona abaixou a voz, olhando para mim com uma submissão sedutora. – Eu não me importaria em te contar.

Não respondi. Eu estava considerando a proposta que ela me fazia e me perguntando o que poderia estar motivando aquilo. E ela interpretou meu silêncio como uma deixa para começar.

– Eu estava numa galeria na rua Mercer logo que o lugar abriu. Ethan estava lá também. Ele me reconheceu da faculdade e puxou papo comigo... – Ela fechou os olhos e se distanciou, e assumi que ela fosse parar por ali: algumas frases simples, matizadas com insinuações o bastante para saciar qualquer curiosidade que porventura tivesse me levado a ela, só que vagas o bastante para serem postas de lado, praticamente ignoradas.

Então eu sairia de seu escritório e continuaria tocando a vida; se o Ethan me ligasse novamente, eu deixaria cair na secretária eletrônica; não responderia a nenhum e-mail de Samona ou David; eu me afastaria e me concentraria no trabalho e logo o verão chegaria ao fim.

Só que Samona não parou por ali; aquela foi apenas uma pausa para que tomasse fôlego.

Então ela me contou exatamente o que aconteceu naquela noite.

E fiquei ali parado escutando tudo, lúcido, congelado, porque (e a consciência a seguir tornou-se completa e dolorosamente clara só naquele momento, enquanto ela falava) eu construíra meu mundo de tal forma que a única coisa que eu podia oferecer a Samona

Taylor — minha única significância para ela — era que por acaso eu compartilhava pequenas histórias com seu marido e seu amante, tais histórias fazendo de mim a pessoa mais adequada para escutar sua confissão e, só de permiti-la contar para mim, absolvê-la. Entretanto, o que Samona Taylor não sabia era que, ao ouvir sua história, voltei a uma realidade a qual eu passara os últimos oito anos tentando esquecer, e (essa era a parte mais absurda) naquela realidade, ela poderia ter sido minha — Samona Ashley poderia ter sido minha — e poderíamos ter andado juntos pela cidade, poderíamos ter nos afastado de todo o mundo, e eu não teria ficado só.

Então, a forma com que Samona terminou me obrigou a esquecer meu arrependimento.

— E agora preciso que você me prometa uma coisa.

Finalmente olhei bem para ela.

— Tem problema se eu disser que nunca cumpri nenhuma promessa?

Ela sorriu.

— Preciso pedir que você não diga nada. Não que você fosse dizer, mas... tudo bem?

— Samona...

E então o sino acima da porta tocou e Martha estava de volta. Ela ouviu a máquina funcionando novamente e gritou:

— Que maravilha!

Samona passou a mão para enxugar uma lágrima no rosto e se recompôs. Disse:

— Espero te encontrar novamente em breve. — E me fez levar um sanduíche para casa.

Saí sem me despedir.

8

EU JÁ ESTAVA NO MEIO DO CAMINHO para casa e não conseguia esquecer as palavras de Samona. Elas vinham e martelavam na minha cabeça sem parar. Algo naquele eco, a persistência, era mais do que um aborrecimento doloroso.

Uma parte de mim queria se envolver. Parte queria ser um personagem na história de Samona Taylor e Ethan Hoevel. Parte queria que eu ficasse ao lado deles.

E então parei na esquina da Mercer com a rua 4, do lado oeste; naquele momento, ocorreram-me vários flashes de acontecimentos, todos muito vívidos em minha cabeça, acontecimentos que para mim era inevitável reimaginar, acontecimentos que me magoavam ao preencher as lacunas com os detalhes que ela omitira, acontecimentos que Samona Taylor tinha escolhido para recontar para um cara que ela achava ser inconsequente demais para não escutar e descomplicado demais para não manter o segredo.

No início de maio, durante o verão, antes de fazer trinta anos, Samona Taylor vai a uma certa inauguração de uma galeria no SoHo onde ela marcou com Olívia (Olívia conhece o artista); de lá as duas irão jantar no Balthazar. Mas Olívia acaba dando o bolo, pois o marido está passando mal. Samona fica sentada sozinha na Printing Divine desligando o computador e o som, deprimida só de imaginar a noite sem graça e vazia que a aguarda, e já que a galeria fica a alguns quarteirões na Mercer, ela decide dar uma passada lá, tomar uma ou duas taças de vinho e então pegará um táxi de volta a Riverview. Entretanto, a terceira taça de vinho – que ela não pretendia beber – deixou-a alta logo de imediato; David liga para seu celular para dizer que só voltará para casa depois da meia-noite; aquilo é tão típico e irritante que ela só diz "Até mais tarde, então" e desliga. Samona nunca se sentiu à vontade em festas sem alguém do lado, mas aquela terceira taça de vinho sobe à cabeça e ela começa a se sentir... digamos que sofisticada. Tendo acabado de abrir a Printing Divine (inauguração oficializada por um pequeno artigo publicado na seção "Sunday Styles" do *Times* e uma foto sua na "Page Six" clicada na festa de abertura e um comentário na *BizBash*), Samona acha que será reconhecida ali, mas logo perde as esperanças. Depois de passar meia hora escutando conversas entre socialites da Park Avenue e fãs de jazz de Tribeca que aplicam sua grana em fundos de investimento ("Mas o artista ainda não encontrou sua *identidade*..."), ela começa a se sentir triste e só; fica aguardando que apareça alguém que ela possa rejeitar: algum otário vestindo Prada, o qual ela possa paquerar antes de ridicularizar, o que então servirá como desculpa para ela sair da galeria na rua Mercer e voltar para o conforto tedioso do apartamento na Riverview, onde provavelmente conversará com o pai por alguns minutos ao telefone antes de adormecer numa cama vazia. Mas ninguém se aproxima dela. Resta-lhe caminhar pela galeria por um tempo suficiente para sucumbir completamente à tristeza.

Alguém pega Samona na porta bem na hora em que ela está partindo.

(Ethan Hoevel mais tarde me contará que estava na mesma galeria na rua Mercer naquela noite, pois ficara sabendo que um dos investidores de Stanton Vaughn estaria lá e, já que o problema da Indonésia estava sendo associado ao nome de Stanton Vaughn com uma frequência alarmante, o tal investidor estava numa dúvida tremenda com relação ao futuro de Stanton, cujas ligações ele não retornara. Assim, Ethan Hoevel achou melhor "esbarrar" com o investidor na inauguração, com Stanton, é claro, já que Stanton sempre tinha mais credibilidade ao lado de Ethan. Só que Stanton não deu as caras, pois estava trepando com um jovem escultor em Williamsburg, de forma que Ethan Hoevel estava na galeria sozinho; ele finalmente encontrou o investidor e fez logo uma média, dizendo que a arte era ótima e que era uma jogada inteligentíssima investir neste artista naquele momento em que ele encontrava sua *identidade*. Aproveitou então o gancho e passou a falar de Stanton, dizendo que a "Boi-Wear" ainda tinha um grande potencial, embora fosse bem verdade que a indústria tinha perdido o interesse devido a uma alegação com relação ao estado em que se encontra a mão de obra na Indonésia, mas as tais oficinas não passavam de boatos dentro de um mercado tão disputado – ainda que, pensando bem, Ethan não soubesse ao certo onde Stanton adquiria os materiais, se tocando então de que nunca vira os recibos –, e o investidor estava acreditando naquilo, pois era Ethan Hoevel quem estava dizendo. Sendo assim, no final do discurso, quando Ethan estendeu a mão para o investidor, ele se afastou, pois do outro lado do salão avistou Samona Ashley, andando sozinha num canto perto de dois painéis repletos de planetas; ela analisava cada painel separadamente, embora eles tivessem sido concebidos para serem apreciados juntos, de longe. Ele a viu por cima do ombro do investidor, que naquele instante afirmava que continuaria a apostar na "Boi-Wear"; Ethan não precisava mais ficar na galeria. Entretanto, não foi embora, pois estava olhando fixamente para Samona, que parecia meio perdida e talvez um pouco triste; uma mulher que – caso ela deixasse a galeria extremamente iluminada na rua Mercer e saísse andando sozinha pelo SoHo frio e escuro – ficaria mais perdida e triste ainda.)

A primeira coisa que Samona percebe naquele homem é o verde intenso de seus olhos: tão intenso que chega a doer. E logo de cara ela gosta do que ele veste: uma clássica Levi's 517 (ela não se lembra mais da última vez em que David vestiu uma calça jeans), botas de caubói autênticas, uma camiseta preta da Calvin Klein e um blazer cinza da Barneys. É exatamente por causa dessas duas coisas (os olhos e as roupas) que Samona permite que esse sujeito alto e magro a pare na porta da galeria na rua Mercer em vez de assustá-lo com sua aliança de casamento e sua bem praticada voltinha para trás, como ela já fez com tantos outros.

– Nós nos conhecemos? – ele pergunta.

— Creio que não. Eu deveria reconhecê-lo?

— Poxa, eu esperava que sim, pois eu a reconheço.

Samona analisa o rosto diante de si. Não sabe quem é. Não o viu em lugar algum recentemente. Mas, então, um tempo e um lugar que ela quase se esqueceu voltam-lhe à mente, fazendo-a sorrir, constrangida.

— Agora estou lembrando. Você estudou em Yale.

— Isso mesmo. — O alívio dele a toca.

Ela mal se lembra daquele cara, e, por algum motivo, naquela noite, ela está feliz com esse fato. A princípio ela não quer que o passado os lance em uma zona de intimidade. Deseja passar pelo processo de conhecer aquele homem.

Os dois voltam à galeria, apresentando-se novamente e, ao ouvir o nome dele, ela logo o reconhece das revistas de negócios e aproveita para falar sobre seu novo empreendimento. Então, Ethan Hoevel começa a dar alguns conselhos para aumentar a visibilidade de mídia da Printing Divine — ele já havia lido a matéria no *Times* e a menção feita pela "Page Six". Pergunta se ela já pensou em contratar uma firma de relações públicas, pois ele conhece algumas, e logo Samona Taylor não está mais escutando com atenção: ela se perdeu nos olhos tristemente fascinantes de Ethan. Foi fácil assim.

Quando ele pergunta se ela quer comer alguma coisa, Samona decide manter a reserva que Olívia fez no Balthazar e os dois saem da galeria e caminham até a rua Spring. Embora ela tenha uma mesa reservada, o maître, que conhece Ethan, os acomoda em um dos três espaços mais cobiçados do lugar, sempre reservados para as celebridades que aparecem por lá sem se darem conta de que o restaurante está lotado.

— Não estou tentando impressioná-la — diz Ethan com um pouco de timidez.

— Vai ver é por isso que estou tão impressionada — ela devolve, com a cabeça mareada pelas quatro taças de Yellow Tail que bebeu na galeria.

Ethan troca algumas ideias com o sommelier e pede uma garrafa cara de um Burgundy no qual ela jamais ouviu falar, e então ele se concentra exclusivamente nela, de tal forma que Samona se dá conta de que naquele momento não haverá mais blá-blá-blá sobre cotações de mercado, nem discussões a respeito da estamparia e da possibilidade de mudar-se para o subúrbio. Ela percebe que embora aquele espaço no restaurante seja grande demais para os dois, eles estão sentados mais próximos um do outro do que quando chegaram lá, e ela não se lembra de quando aquilo aconteceu.

– Bem, eu já sei o que você está fazendo da vida agora – diz Ethan. – Mas não sei o que aprontou nos últimos anos.

– Bem, eu estou... – Samona tenta decidir o que contar, o que ela quer que ele saiba, e então vê quando ele olha para sua aliança.

– Casada?

– Sim, estou casada.

– Com aquele cara da faculdade? O corredor?

– Isso. – Ela ri. – Você o conhece?

– Se for o mesmo cara com quem você namorou na faculdade, sim, acho que conheço. Ele era muito... – Ethan busca a palavra certa... – proeminente.

– David Taylor – ela pronunciou o nome sem qualquer emoção.

– Isso mesmo. David Taylor.

Samona quer mudar de assunto.

– E você, Ethan? Você era um daqueles caras proeminentes?

– Se eu tivesse sido, você não teria lembrado de mim?

– Acho que sim. – Ela sente que o equilíbrio ali entre eles está sempre ameaçado.

Ethan percebe.

– Esquece. Era uma instituição enorme. Acho que eu era proeminente no meu pequeno universo lá dentro.

– Isso é um pouco evasivo. Não quer que eu saiba?

Ela franze o rosto, fazendo uma expressão de curiosidade, como se acabasse de se lembrar de algo.

E então pergunta se Ethan Hoevel conheceu um cara que corria com David Taylor. Ela se lembra que os dois – Ethan e o tal cara – andavam muito juntos durante o primeiro ano, o que ela percebeu só porque David Taylor fez algumas insinuações – sem entrar nos detalhes, pois não os tinha mesmo – dizendo que esse cara tornara-se uma "parte séria" do mundo de Ethan Hoevel.

Ethan, que nesse momento degusta seu vinho, fica sério; depois de tomar mais um gole, responde:

– Sim.

Samona, no entanto, ainda está perdida em suas lembranças e murmúrios.

– O que significa fazer parte do "Mundo de Ethan Hoevel"? – Então ela chacoalha a cabeça, como se tentasse apagar o que terminou de dizer. – Estou meio bêbada.

A partir daquele momento, Ethan Hoevel não tira os olhos de Samona, nem mesmo quando ela quer que ele tire, enquanto saboreia cada garfada de seu risoto. A comida reduz o efeito do álcool e ela volta a relaxar, ficando mais expansiva. Ethan sente-se muito confiante, o que para Samona é extremamente excitante (ela passou a noite toda fazendo de tudo para evitar chegar a esse ponto). Em Nova York, ela já conheceu mil homens que transpiram confiança, mas só como uma reação às exigências impostas pela cidade sobre eles. Nunca lhe pareceu algo espontâneo – e nenhum deles jamais conseguiu empolgá-la. A confiança de Ethan é mais sombria – ela percebe uma enxurrada de pensamentos conflitantes enterrados sob aquela fachada de tranquilidade –, e mesmo assim parece se manifestar naturalmente, sem que ele tenha que se esforçar. Essa confiança complexa e sensual – isso mesmo, definitivamente sensual! – é uma coisa que ela nunca viu em David Taylor. Mas, sentada ali naquela área enorme com assentos vermelhos no Balthazar (eles se aproximaram ainda mais um do outro), Samona compreende que nunca buscou isso. David cedera ao cansaço e à rotina há muito tempo; os olhos de David estão sempre vermelhos de tanto ficar com a cara grudada no brilho do monitor; David se distanciou dela.

E agora ela se encontra ali, sentada com um artista bem-sucedido – lúcido, lindo, animado, espremendo a perna contra a sua, – encarando-a como se quisesse saber tudo.

Antes de terminarem de jantar, ela já está falando com Ethan sobre o casamento e sua insatisfação, a tristeza e o desespero; conta que David a fez implorar pelo dinheiro para abrir a Printing Divine. Diz que o mais patético é que não se trata apenas da estamparia – no fundo David quer mesmo é que ela implore pela chance de *fazer* algo da vida. Então Samona conta a Ethan que eles discutem quase todo dia porque ela deseja encontrar um loft em Tribeca e se mudar do apartamento sem graça de um quarto em Hell's Kitchen e que morre de medo do inevitável momento em todo jantar quando David, depois de duas doses de Grey Goose, começa a falar que quer ter filhos e se mudar para Connecticut ou, pior ainda, Nova Jersey. Depois que Ethan e Samona terminam mais uma garrafa de Burgundy, ela diz que o sexo com o marido é sempre muito rápido. Ethan continua a olhá-la através daqueles olhos torturados, e, aos poucos, ela conclui que não é a confiança de Ethan, mas sim sua dor que ela acha tão atraente.

Pela primeira vez em dois anos ela sente tesão de verdade.

Ao ouvi-lo convidando-a para ir ao seu loft em Tribeca, ela topa na hora.

Quando entra no loft no nono andar do prédio na rua Warren, os olhos de Samona estão cheios de lágrimas, pois é o loft com o qual ela sempre sonhou e chega a ser doloroso estar ali no centro do apartamento, porque isso a lembra de tudo que ela quer, mas não tem.

E depois que Ethan abre uma garrafa de Domaines Ott em seu terraço enluarado, ela sente a mão dele aconchegar-se gentilmente em sua lombar, enquanto com a outra ele acaricia-lhe a nuca. E ela deixa.

Uma hora depois ela o sente penetrar-lhe enquanto os dois gemem baixinho, um atrás do outro, e quando está atingindo o orgasmo, ela soluça, praticamente chorando, e então Ethan olha no fundo de seus olhos – arregalados de prazer – durante todo aquele orgasmo, e algo no jeito com que ele olha dentro dela, com tanta firmeza, como se a analisasse, a faz acreditar que aquilo não é comum para ele, que ela é especial.

Samona sequer cogita a possibilidade de se arrepender daquela noite.

Ela chora de alívio.

E depois, enquanto Samona se veste, em torpor, Ethan fica na cama, observando-a, e ela adora o fato de ele não sentir necessidade de dizer nada.

David já está dormindo quando ela retorna a Riverview.

E, em vez de deitar-se na cama com ele, ela toma um banho bem demorado e mesmo depois de tanto vinho não consegue pegar no sono – de tanta excitação. Assim, ela pega o antigo anuário da faculdade e fica olhando para a foto em preto e branco de Ethan Hoevel: aquele rosto sem graça ganhando vida com aqueles olhos penetrantes, e só então ela consegue dormir feito um anjo.

Continuei a caminhar pela rua Mercer, pegando a direção leste na Oitava Avenida. As imagens então vieram à tona. Foi aí que entendi que talvez com o vinho e o sexo, mas muito mais quando ela abriu o anuário, deu-se início a relação.

O que eu também sabia (e o que Samona não devia saber, pois se soubesse a relação teria acabado muito antes de começar) era que ela e Ethan já estavam caminhando em direção a um fim imprevisto que, na verdade, encaixava-se em outro começo que aconteceu anos atrás, no porão do alojamento, em Trumbull College, em um sofá apertado, num canto escuro.

9

CONHEÇO ETHAN HOEVEL logo nas primeiras semanas do primeiro ano no outono de 1995, quando Debbie Wranger, minha ex-namorada, que agora mora num apartamento diante do de Ethan, nos apresenta, convencida de que nós vamos nos dar "muito bem". Quando exijo que me explique por quê, ela simplesmente responde que Ethan e eu somos "profundos" e fica por isso mesmo. Na noite em que conheço Ethan, nós três saímos para jantar em um restaurantezinho japonês perto do campus e Ethan Hoevel não me impressiona muito a princípio. (Só fico sabendo que estamos na mesma turma de Literatura do Imperialismo depois que, por acaso, ele menciona o fato.) Penso logo de cara que Debbie quer que eu conheça seu novo namorado; acho que ela me apresenta a Ethan Hoevel para me atacar, vingando-se de mim por dar um fim ao que eu achava até então se tratar apenas de uma noite divertida (que infelizmente acabou se estendendo por todo o penúltimo semestre). De certa forma ela consegue me atingir, pois começo a achá-la mais bonita do que antes, e então me baixa um ciúme, já que Ethan Hoevel é claramente bem mais bonito que eu – e parece muito mais interessante, além de todas as baboseiras da faculdade, sem ser pretensioso. É porque ele já está voltado para coisas mais sérias e importantes. Aos poucos, e com a ajuda de muito saquê, Debbie Wranger e suas motivações desaparecem da conversa enquanto eu troco ideias com Ethan sobre livros, aulas, hobbies e lazer. Gosto do jeito com que ele escolhe as palavras cuidadosamente e ainda assim consegue dizê-las com entusiasmo, como se elas fossem espontâneas, e que, qualquer que seja o assunto, ele sempre diz o que se espera ouvir. Como um calouro inseguro, admiro isso logo de cara.

Na festa em Woolsey Hall mais tarde, estão tocando "Roam" bem alto na pista de dança e nós três – chapados pelo saquê e vários copos de ponche – fazemos um sanduíche com a Debbie no meio e depois viramos tudo de forma que vou parar no lugar dela e o Ethan, atrás de mim, comprimindo-se contra as minhas costas – mas naquele momento até que acho bacana –, e continuamos rebolando ao som de "Like a Prayer" e "Stand!". De repente, formamos um trio de bêbados já perdendo o controle, o que, aliás, é o ponto alto da diversão – a noite é tão surpreendente –, e então, em algum momento, o trio se desfaz, pois Debbie se afasta e fica nos observando até ir desaparecendo paulatinamente da pista lotada, embrenhando-se pelo labirinto da festa, deixando-nos ali, alucinados com o som de "Sweet Child o' Mine" (a mesma canção que tocará meses depois quando eu beijarei Samona Ashley na Sigma Alpha Epsilon). Então damos um tempo e nos sentamos num sofá apertado, cheio de gente, e papeamos muito intimamente sobre as mesmices de sempre – garotas, aulas, o futuro – concordamos que uma porrada de coisas chatas acabam nos surpreendendo de uma hora para a outra, e a festa acabou antes de o sol raiar. Enquanto caminho de volta para o alojamento, percebo com felicidade que conheci um cara genuinamente interessante e que acha o mesmo de mim. Isso jamais aconteceu antes. Sempre houve uma distância – aquela estranha falta de intimidade que eu encontro nos homens. Caio no sono pensando que Ethan Hoevel rompeu essa distância, e com isso despertou algo em mim.

Quantos amigos homens legais eu tenho? Na verdade, só o David Taylor mesmo. Se bem que David é vítima de sua própria diplomacia. Os homens no meu mundo nunca sentem a necessidade de se conhecerem melhor. Quando o cara cresce no subúrbio, com pais tão caretas que chegam a dormir de pijama e não se beijam em público, ser "bom amigo" de um outro cara não implica necessariamente nenhum tipo de intimidade. Não há trocas de confidências, choros, sensação de vazio quando alguém está ausente; o universo limita-se aos esportes, trabalhos de meio expediente, noites a fio em lanchonetes — coisas que essencialmente nos fazem perder tempo até que estejamos velhos o bastante para nos mudarmos para outro lugar. Não se estabelecem vínculos porque, no final, as relações baseiam-se tanto no que um não sabe a respeito do outro quanto no que realmente se sabe. Então saio de Baltimore, vou para a faculdade e não encontro nada diferente disso: só o que muda são as pessoas e o fato adicional de passar grande parte do tempo meio embriagado. Assim, nunca paro para considerar que essas distâncias são problemáticas, até que conheço Ethan Hoevel e vejo pela primeira vez o que é tristeza. Porque Ethan — mesmo na primeira noite em que a gente se conhece — mostra-se como a própria personificação de uma tristeza profunda (que ele não tenta disfarçar) com a qual eu me identifico. Sou eu quem sempre tenta manter as coisas leves. Sou eu quem sempre muda para um assunto menos controverso. É tudo que sei fazer — sou o cara otimista que nunca se abateu pela dor, dúvida ou sofrimento; tais sensações jamais estiveram presentes em minha vidinha estável. O que sinto pela Samona e meu jeito complacente de lidar com esses sentimentos é o mais próximo que chego do tormento verdadeiro, e no final do dia nada disso significa qualquer coisa mesmo.

Entretanto, Ethan tem um jeito de fazer com que nossos papos descambem para o grande lado negro do mundo — sempre explorado nos mínimos detalhes, ruminando sobre o destino, a sorte, a morte e a crueldade do universo — e de forçar essa sensatez estranha para criar um vínculo de identidade comigo. Ethan Hoevel sabe — e, pelo jeito, por experiência própria — que as coisas nem sempre acabam bem, que a vida não tem nada de retilíneo, e essa é uma atitude diferente dos colegas privilegiados ao nosso redor, cujas vidas florescem com um otimismo infantil (incluindo eu mesmo até esse ponto). Ethan Hoevel transpira dor, e logo sinto um desejo enorme de consolá-lo.

No início tudo que consigo dizer a ele é:

— Uma boa forma de enfrentar os momentos difíceis é pensar que tudo vai acabar bem.

— Mas, e se não acabar?

Ethan percebe que fiquei chocado e dá uma amenizada:

— Acho que tudo acabaria bem mesmo para alguém como você.

O comentário é outra porrada, pois volta e meia Ethan tem toda razão.

Mantenho a calma e continuo falando baixo:

— Por que você diz isso? Qual a grande diferença entre a gente?

(Ele não responde, mas somos diferentes sim. Só que eu ainda não sei disso.)

Porque de alguma forma Ethan Hoevel sabe que todos os anos de nossas vidas podem facilmente acabar num único momento decisivo que, na maioria das vezes, é uma decepção enorme. E já que, depois que esse momento passa, provavelmente haverá tempo de sobra para viver, será preciso ter muita força para não deixar essa decepção definir o resto da vida. Naquele mundinho fechado e seleto de nossa universidade, muitos colegas não estão nem aí para nada além das festas, dos bailes, dos namoros, do visual. As decepções que ocorrem ali são tão banais — um beijo negado, um vinho derramado, um barril de chope vazando, um fracasso numa prova — que, mesmo se as coisas não saírem dentro das expectativas, há apenas uma pequena reclamação antes de continuar tocando a vida. As reclamações de Ethan, entretanto, são tão contundentes, tão cheias de algo próximo à angústia, tão assustadoramente honestas que fico chateado comigo mesmo, com Debbie Wranger e com todo o mundo à nossa volta, pela ingenuidade, pela desonestidade e pela ignorância. A dor nos olhos vidrados de Ethan é honestíssima; sua honestidade é que me molda.

— Vou lhe dizer uma coisa e não sei bem como você vai reagir.

Não fico surpreso. Não estou nem aí. Compreendo rapidamente. Só que dessa vez eu já estou consciente.

— Eu sei o que você vai dizer, Ethan, e, por mim, tudo bem.

Ele olha para mim e reflete.

Estamos no meu quarto, bebendo cerveja, ouvindo um CD que o Ethan gravou para mim, com várias músicas, a maioria do U2 e Jeff Buckley. Estamos nos preparando, dando uma aquecida antes de dar a hora para cair na noite. Estou na cama, recostado em dois travesseiros dispostos contra a parede, e Ethan, sentado no chão com as pernas cruzadas, inclinado para frente, descascando o rótulo de sua garrafa.

— Achei que você tivesse sacado desde a primeira noite.

— Na verdade nem pensei nisso.

— Não sei se acredito.

— Bem... acho que quando a gente estava dançando...

Ele sorri e desvia o olhar.

— Você nunca disse nada.

Encolho os ombros.

— Não havia nada a dizer.

— Ou talvez você não estivesse prestando atenção.

— O que eu devia fazer? Adivinhar? Eu mal conhecia você.

— Você foi a primeira pessoa para quem contei.

— Por que você não sabia como eu ia reagir? Cara, do jeito que você coloca fica parecendo que a questão é mais minha do que sua. — Tomei um gole da cerveja.

— Talvez seja mais fácil assim.

Ethan então me diz que sempre soube. Sabia muito bem quando entrou para o time de futebol no oitavo ano; sabia quando perdeu a virgindade com a garota mais gostosa do colégio, ainda no primeiro ano do ensino médio. Ele sabia no segundo ano, quando comprava cerveja para os amigos héteros que ele achava atraentes, na esperança de que eles o aceitassem por conta do favor (nenhum balconista jamais pediu que Ethan Hoevel mostrasse a carteira de identidade para vender-lhe meia dúzia de cervejas); sabia quando estava dançando entre três garotas na mesa de uma cozinha numa festa de formatura do ensino médio. Sabia quando ficava de bobeira no vestiário depois do treino, tentando não abaixar os olhos ali no meio da rapaziada (apesar de sua constituição franzina, Ethan era forte, musculoso, rápido, fazia parte do time de futebol, no qual travava uma batalha interna por conta de várias questões, sobretudo o amor não correspondido pelo zagueiro que era simplesmente um gato); sabia quando, involuntariamente, prestava toda a atenção do mundo enquanto seu professor de escultura falava sobre como os antigos gregos apreciavam capturar a beleza das formas masculinas.

Entretanto, Ethan nunca colocou sua orientação sexual em prática, até que no início do terceiro ano em Yale (um pouco antes de me conhecer) ele estava no banheiro de uma pizzaria badalada perto do campus, encostado na parede enquanto uma linda garota lhe pagaria um boquete, sob uma lâmpada pendurada no teto só pelos fios; a cabeça da garota ia e vinha, para cima e para baixo a poucos metros da pixação na parede para a qual ele olhava: DARREN BROADBENT É VIADO! Imediatamente, Ethan pediu para que a garota parasse. A revelação foi simples assim, mas qual foi a revelação exatamente? Quem era Darren Broadbent? Será que ele era mesmo gay ou aquilo não passava de uma calúnia fortuita? Ou teria alguém escrito aquilo, feliz da vida, mal conseguindo controlar a alegria só de pensar na possibilidade de Darren Broadbent ser, de fato, gay? Ethan fez uma leitura muito profunda daquela pixação na parede, concedendo-lhe uma ambiguidade certamente não merecida. Mas foi, seja lá qual tenha sido o motivo, o catalisador. E na noite seguinte, um cara do último ano, que o vinha paquerando o semestre inteiro, convidou-o até seu quarto e ele topou. Às quatro da manhã ele estava sentado na cama, sentindo a mão do cara em sua coxa; de repente, os dois agarraram-se num beijo e Ethan sentiu uma língua quente e forte penetrando-lhe a boca; ele então sabia que não tinha como parar, pois uma vez liberado, era impossível voltar ao jeito como era antes.

Ele espera que eu diga mais alguma coisa – algo muito específico que eu sei que ele quer ouvir –, mas ele vai ter que perguntar.

– Eu não tinha certeza se você era...

– O quê? – interrompo.

— Se talvez...

— Talvez o quê? — interrompo novamente. É o meu jeito de adiar o momento.

— Se você era... também?

Só olho para ele e não respondo; observo sua expressão confusa lentamente ficar ansiosa e, por fim, desejosa.

— Que diferença faria se eu fosse? — finalmente pergunto. — Somos amigos, certo?

Ele franze a testa.

— Eu não esperava uma reação assim tão fria e desencanada de sua parte.

Encolho os ombros novamente.

— Eu sou um cara desencanado.

O fato de Ethan ter saído do armário não muda nada entre nós por um tempo. Tento fazer de conta que o que eu disse para ele ("Sou um cara desencanado") é verdade e então eu meio que me envolvo com uma garota, pois nós dois estamos a fim e não tem por que não me envolver — eu não estou na dela assim a ponto de me magoar no final, e quando estamos juntos, geralmente imagino Samona. Ethan passa algumas outras noites com o cara do último ano e, apesar de estar assumindo uma nova identidade, mais ousada, ele consegue manter o caso na surdina. As festas continuam rolando com frequência, as aulas ficam mais sérias e importantes, começa outra temporada de corrida e, no final do túnel, vem a formatura.

A coisa tem início numa noite em novembro. Passaram-se quase oito semanas desde que jantamos com Debbie Wranger e nós dois estamos em Trumbull College, bêbados e entediados; é uma festa de irmandade na qual não queremos ficar, mas com o frio desgraçado que está fazendo fica difícil irmos a qualquer outro lugar. Paramos em um canto tentando decidir o que fazer. Ele me pede para acompanhá-lo até o porão.

— Pra quê? — pergunto.

— Pra gente ter privacidade — ele responde sob a luz azul bem fraquinha do saguão.

(Mas eu perguntei só por perguntar mesmo, pois a esta altura do campeonato eu só preciso de um empurrãozinho.)

— Me acompanhe.

Hesito apenas porque é meu jeito mesmo. Sei o que vai acontecer — Ethan vem sutilmente tentando fazer isso desde quando nós nos conhecemos —, mas eu não tenho certeza de que estou pronto. Quando hesito no saguão da Trumbull College, Ethan me olha com uma expressão que eu nunca o vi fazer. Ele ficou com um ar poderoso, assim de uma hora para outra, pois sua nova expressão diz, basicamente, *Eu o desafio*.

E então descemos as escadas, ele conduzindo. O porão é uma sala de concreto iluminada por uma única lâmpada fluorescente. Não passa de uma cozinha: pia, micro-ondas, geladeira, uma mesa com um monte de garrafas de cerveja vazias contornando a beirada e um sofá comprido, pesado, empurrado para um canto escuro. Nunca me esquecerei das ripas de madeira do teto rangendo com o peso da festa lá em cima. Nunca me esquecerei de Ethan passando a chave na porta, virando-se e dizendo: "Assim eles não pegam a gente." Nunca me esquecerei dele pegando duas cervejas da geladeira, jogando-se no sofá e gesticulando para que eu vá me sentar ao seu lado. Não esquecerei que fiquei ali esperando, em vez de sentar perto dele. Ele se inclina e me dá um beijo. Naquele instante acho que posso fazer aquilo, e então lá estou, retribuindo o beijo com toda força. Caímos no sofá enquanto as ripas continuam a ranger bem alto sobre nós. No porão de Trumbull College, tenho total consciência do presente — a porta trancada, a solidez do local e o peso do que acontece ali dentro, as garrafas de cerveja que de repente parecem tão frágeis que me dá até vontade de reorganizá-las, nós dois ali buscando coisas diferentes no mesmo abraço. Acabamos rapidamente, e neste exato momento, como se ensaiado, alguém bate à porta que Ethan trancou. Olhamos um para o outro por um instante, atordoados com o que acabou de rolar ali.

Não serei o primeiro a desviar o olhar pois sinto que ainda tenho de provar que sou um cara liberal, que não sou convencional ou careta, que está tudo na boa.

Ainda agarrado a mim naquele abraço, Ethan se levanta e, antes de abrir a porta, antes de se virar, hesita por mais um instante. Quando percebo o que há por trás daquela hesitação, eu desvio o olhar.

Nem tentamos esconder nada naquele primeiro ano. Aliás, não há mesmo o que esconder. Afinal, eu participo da equipe de corrida e trago no currículo oito conquistas e Ethan ainda não se declarou gay, de forma que ninguém vai desconfiar de nada mesmo. Mantemos a fachada de dois amigos inseparáveis. Ele tem a vida dele e eu, a minha. O primeiro ano é muito trabalhoso, e fico até a raiz do cabelo de projetos para entregar; o treino ocupa todas as tardes e eu tento enfrentar tudo com um sorriso no rosto. Ou seja: não andamos de mãos dadas pelos pátios da faculdade. Quando minha mãe me pergunta ao telefone se eu estou namorando, respondo vagamente, sem mencionar nomes ou pronomes, e fico surpreso como ela tira as próprias conclusões. Quando meu pai encaminha um e-mail de seu escritório de contabilidade com uma piadinha idiota sobre gays (pergunta: como se chama um peido no banheiro masculino de um bar gay? resposta: um convite), respondo mandando outra piada que conheço (pergunta: por que o viadinho aceitou o trabalho de estivador? resposta: porque ele se amarrava em levar no lombo).

E já que Ethan é algo que eu não esperava, considero o tempo que passamos juntos simplesmente como outra coisa interessante que aconteceu comigo – o "escritor" que eu quero ser faz com que eu me esforce, o "artista" sente a necessidade de cruzar as fronteiras, experimentar tudo, e assim eu me consolo com o fato de estar usando Ethan exatamente como ele me usa.

Eis o meu vacilo: não vejo isso como um caso amoroso; contento-me em pensar: "Tudo bem, vamos ver o que acontece." Nunca levo a relação com o mesmo grau de seriedade que Ethan. Trata-se de algo inesperado sobre o qual jamais fantasiei e, consequentemente, para o qual não estou preparado – Ethan surge do nada para mim. Nada parece particularmente esquisito ou profundo. Não é nada chocante. Não me assusta mais depois da primeira vez. Simplesmente acho irônico e experimento o lance com um certo descaso. (Embora se alguém me dissesse um ano antes que eu me deitaria pelado na cama de Ethan Hoevel como se fosse a coisa mais natural do mundo, eu não teria acreditado. Eu teria me afastado de quem tivesse me dito uma coisa dessas. Eu teria ignorado o louco.)

E, por fim, há um fator que sempre colocaria um fim naquilo.

Eu simplesmente nunca achei os garotos bonitos e tem sempre uma garota no campus – exótica, graciosa, morena – que é importante para mim.

Vestígios de talvez nossa última conversa em maio antes do fim do primeiro ano. Passaram-se oito meses desde aquela noite no porão de Woolsey Hall.

Estamos deitados na cama de Ethan no escuro, sóbrios, pelados, com as pernas entrelaçadas, jogando conversa fora e olhando para o teto.

– Do que você vai sentir saudade? – ele pergunta. – Depois que a gente deixar a faculdade?

Hesito.

– Dos momentos estranhos – suspiro, esticando os braços sobre a cabeça. – Aqueles que eu não esperava.

– Como esse agora?

– Cara, esse ano todo foi cheio de surpresas. – A cama balança quando retiro a perna que estava entre as dele.

– Você foi uma surpresa – ele diz bem baixinho, tentando impedir que eu afaste a perna.

Ele acha que estou brincando, mas percebe que se enganou.

– Bem, ficar seu amigo também foi uma surpresa – digo. – E uma surpresa muito agradável. É meio idiota dizer isso para o outro.

Ele finalmente solta minha perna. Sinto um alívio.
— Como assim?
— Tipo... a gente precisa falar nisso?
Ele não diz nada; fica pensando em algo.

Estico o braço até o criado-mudo, pego a cerveja que abrimos antes de cairmos um sobre o outro, e bebo o que sobrou. Percebo a intensidade com que ele me observa enquanto bebo no gargalo.

— O que foi? — pergunto, assustado.
— Onde estaremos daqui a cinco anos?

Sinto um aperto — algo próximo à sensação de medo. Tento rir para me livrar daquele sentimento.

— Cacete! Eu não sei nem onde vou estar daqui a cinco horas, que dirá...

— Você vai estar em seu quarto, dormindo. — Ele para e se vira. — Ou no quarto de alguém.

Não digo nada. Ele tem razão. Há uma garota de quem estou meio a fim. Ethan sabe, embora eu jamais tenha mencionado o nome dela. O que ele não sabe — como sempre — é que a garota é basicamente um mecanismo de defesa contra o que sinto pela Samona. Mas e daí?

— Não é o que está parecendo, certo? — Eu me sinto muito à vontade com Ethan, a ponto de esticar o braço e acariciar-lhe o rosto, muito rapidamente, só para acalmá-lo. — Eu estou aqui com você agora.

— Mas eu te perguntei sobre o futuro. — Ele se vira, dando-me as costas pálidas e estreitas.

As palavras tão temidas. Não quero ficar na defensiva. Não quero que as coisas percam o controle. Essa é uma fase de nossa amizade e não a amizade em si. Isso não vai durar para sempre. Mas tenho esperança de que continuaremos amigos. Não digo nada disso.

— Não sei do que você está falando. Somos bons amigos, Ethan.

Ele protesta.

— Somos mais que isso.
— O que pode ser mais do que amigos?

E assim continua até que Ethan oficialmente se declara gay e – já que eu não tenho nada a declarar – acabamos brigando. Quero manter a amizade, só que Ethan deseja muito mais do que posso lhe dar. Explico que ele significa mais do que isso – quero muito continuar amigo de alguém assim tão importante para mim –, temo que chegue o dia em que Ethan deseje um compromisso sério. Quando eu finalmente lhe digo que provavelmente (é um discurso que preparei com muito cuidado) eu não sou gay e que, na verdade, eu "realmente" o amo, mas que nossa amizade precisa "evoluir", e que eu não me arrependo de nada, que deixei rolar e que talvez até fosse o que eu queria que acontecesse, e que "honestamente" isso não tem sido grande coisa para mim (essa é a frase que realmente magoa Ethan), Ethan se fecha completamente. É a última vez que nós nos falamos, e é o que leva Ethan a se isolar no laboratório de Engenharia Mecânica em Science Hill, a um quilômetro do campus, onde ele passa todo o último ano. No fim, Ethan é quem me deixa.

Durante aquele último ano, eu ocasionalmente me esbarro com Ethan e ele não fala comigo, mas estou ocupado com as reuniões da equipe de corrida e atolado com as aulas de inglês e, embora eu sinta saudades dele (mais do que imaginei que fosse sentir), faço de tudo para esquecê-lo. Digo a mim mesmo que não importa o que fazemos ou como agimos, as pessoas continuarão a entrar e sair de nossa vida, e que não há como evitar isso (a menos que realmente queiramos, Ethan teria argumentado) e, na maior parte do tempo, temos que enxugar as lágrimas e a dor no peito desaparece e, com o tempo, esquecemos e tocamos a vida, como fez Ethan.

II

10

(O texto a seguir é de uma história incompleta, apresentada em partes, e baseada em informações que o autor compilou a partir da primavera de 1996 e que seguem até a presente data. As fontes de informações incluem, mas não se limitam a conversas nos reencontros bianuais dos atletas corredores, nas festinhas ocasionais com conhecidos em comum, a boatos e à pesquisa mais dirigida do próprio autor. Certos detalhes refletem as projeções do autor, as quais ele imaginou serem reais.)

A HISTÓRIA DE DAVID E SAMONA
Parte 1: O sonho

DEPOIS DE SE FORMAR em maio de 1997, David Taylor começou a trabalhar no Marrill Lynch como "vendedor intermediário" no setor de mercado internacional. Morava em um apartamento alugado de dois quartos em Battery Park City, compartilhado com outro colega de Yale que trabalhava fazendo a mesma coisa em uma outra empresa. David alugou o apartamento porque ficava muito perto do World Financial Center, na rua Vesey.

Seus dias começavam às 3:45 da manhã. David Taylor acordava, tomava um banho, se arrumava e cruzava a rua sob a luz fraca da pré-alvorada do centro de Manhattan. Era uma caminhada de quinze minutos, da qual ele não abria mão todas as manhãs. Eram quinze minutos que ele se dava antes de doar as próximas dezesseis horas aos outros. Eram os quinze minutos em que David Taylor pensava na faculdade e em como ele costumava montar o horário das aulas de forma a não ter que sair da cama antes do meio-dia. Às 4:30, David Taylor já estava sentando em sua mesa a tempo de pegar a abertura dos mercados no exterior. Sua mesa ficava em uma sala ampla no vigésimo primeiro andar do prédio quatro, onde, junto com outros dezoito homens de sua idade, David sentava-se sob luzes fluorescentes; os limites de suas áreas de trabalho não eram definidos por baias, mas por computadores e um emaranhado de fios. Os investidores ligavam para David e lhe diziam o que comprar e o que vender. Ele computava os números em suas planilhas de Excel e então passava os pedidos para os negociantes.

David Taylor assinara um contrato de dois anos ($55 mil anuais) no final dos quais ele teria de decidir se ficaria ou não na Merrill Lynch.

Em alguns dias, ele dilatava vinte minutos de trabalho em catorze horas, com o objetivo de ser o primeiro no escritório a sair. Já que todos ali faziam a mesma coisa, eles geralmente coordenavam as saídas por meio de suas contas no Yahoo! e no Hotmail, evitando a vigilância sobre os e-mails. E todos que tinham escapado iam para um bar no Millenium Hilton para tomar alguns drinques (geralmente mais do que alguns), onde conversavam sobre o mercado – como estavam as coisas, que rumo estavam tomando, falavam da possibilidade de um dia colherem os benefícios – antes de tentarem, muito sem esforço, arranjar uma mulher e ir para outro lugar, ou, então, ir para casa. David Taylor, entretanto, na maioria das vezes, abria mão da rotineira caça às mulheres, pois sabia que se saísse do bar com uma ninfeta muito sexy, de alguma forma, teria de acordar antes de o sol raiar em uma parte desconhecida da cidade, e estaria ainda mais cansado e deprimido do que já estava. Em geral, ele voltava para o apartamento em Battery Park por volta das 19:00 (raramente via o companheiro com quem dividia o apartamento, que cumpria o expediente local), pedia comida tailandesa ou chinesa e assistia a reprises dos *Simpsons*; às vezes ligava para Samona antes de dormir, no máximo às 20:30, e enquanto pegava no sono lembrava-se da época em que assistia aos *Simpsons* com os colegas da fraternidade e sentia saudade daquela camaradagem, do simples contato humano e de sua falta de tristeza e depressão. Foi a única coisa que ele percebia em seus colegas de trabalho à medida que o milênio se aproximava – os caras estavam desesperados para trabalhar até tarde, subir na vida, ficar milionários ainda jovens, transar, usar alguma droga ou encher a cara com algo mais excitante do que Coca-Cola (que era "coisa dos anos oitenta e início dos anos noventa"), para se estabelecerem como a nova geração de prodígios que dominariam esse mundo antiquado das finanças antes que suas janelas se fechassem.

David Taylor não queria participar daquilo.

Nunca tivera a ambição de mudar nada que fosse maior que ele mesmo. Só queria ficar na dele, sem chamar a atenção de ninguém e deixar de "ser criança" e passar logo para a próxima fase de sua vida o mais rápido possível.

David Taylor também tinha consciência de sua solidão.

Ele passava uma grande parte do tempo se perguntando como chegara ao vigésimo primeiro andar do Four World Financial Center, olhando para a luz esverdeada de seu monitor. O que acontecera com seu antigo sonho, que certa vez parecera tão concebível? O sonho que nascera durante o Dia de Ação de Graças no primeiro ano, enquanto ele estava deitado na cama, no sótão de uma casa nos arredores de Chicago, lendo *Coração das trevas* para a aula de Literatura do Imperialismo, maravilhado, sem entender nada quando começou a ouvir seus pais conversando. Os dois estavam sentados na sala de jantar lá embaixo bebendo uísque e discutindo sobre o novo pátio de tijolos. David não entendia como eles ainda conseguiam se sentar para conversar depois de tudo que aprontaram um com o outro. (O pai, Patrick, dono de uma pequena rede de lojas de ferramentas, teve um casinho rápido com a babá de David e "ficou" com a viúva que morava a seis casas da deles; a mãe, Judy, vinha transando por muitos anos com o treinador de squash da Universidade Northwestern, onde ela trabalhava como secretária do diretor do departamento de língua inglesa.) Além das traições recíprocas, ainda enfrentavam uma segunda hipoteca e dez mil bate-bocas sobre trivialidades como a conta de gás, a quantidade de rum que deveria ser colocada na gemada e o ângulo em que deveria ficar o piano, porque

Patrick não queria ter mais de um filho quando Judy ainda precisava de uma filha. Sobre o que eles poderiam estar conversando agora, na véspera do Dia de Ação de Graças? Como podiam ainda estar conversando? Como podiam ter deixado que as coisas chegassem àquele ponto? Por que não se largaram em algum estágio da vida e passaram para algo pelo menos moderadamente satisfatório?

Eis o sonho que David passou a nutrir em resposta à bebedeira noturna dos pais – que ele considerava a antítese da forma com que eles simplesmente se comprometeram um com o outro e com uma vida de descontentamento: ele faria o mestrado em pedagogia, de preferência em Nova York, Boston ou Washington D.C. (aquelas cidades que atraíam milhares de jovens recém-formados pareciam intercambiáveis). E enquanto isso, ele daria aulas como professor substituto em meio expediente em colégios locais e seria aquele jovem "maneiro" com quem todos os alunos homens trocam tapinhas de mãos e por quem todas as alunas se apaixonam. Aprenderia a ser durão, atrairia a atenção das pessoas, e à noite faria algo bacana para gastar dinheiro (sua família em Chicago não tinha nenhum), como, por exemplo, preparar e servir drinques em um pé-sujo na vizinhança. E então, não demoraria muito para que David se formasse e assumisse uma posição remunerada como professor de língua inglesa na rede pública de ensino, onde ele enfrentaria os dias rigorosos sabendo que estava fazendo algo importante e desafiador; além disso, esperaria ansiosamente pelo verão, quando relaxaria nos Hamptons ou Cape Cod ou na Jersey Shore (dependendo da cidade onde ele acabasse se estabelecendo) com os ex-irmãos da fraternidade e com alguma garota com quem porventura estivesse namorando. Após alguns anos – depois de ter pago todas as dívidas por meio dos programas de assistência financeira oferecidos pela prefeitura – David Taylor se mudaria para uma escola particular onde houvesse uma vaga, de preferência um colégio exclusivamente interno em Massachussetts, localizado numa área onde desse para ir tranquilamente a Boston e Nova York de carro, onde ele moraria em uma casa modesta, com quintal e uma pista de treino – malhando ao lado de seus corredores, colocando os filhinhos de papai em forma –, e daria aulas sobre os romances de Shakespeare a pessoas que fossem jovens demais para compreender a subversão, mas que ainda assim quisessem fazer as aulas porque o professor Taylor era quem as ministrava e o professor Taylor era muito fera ("por favor, me chame de Dave", ele dizia logo de cara, no sonho). A janela de seu escritório daria para um conjunto de morros cobertos por folhas vermelhas e verdes do outono ou púrpuras com a neve no inverno, e logo (ele nunca insistiu nesses detalhes, mas simplesmente acreditava que aconteceriam naturalmente) ele teria uma adorável esposa e dois filhos, e nos fins de semana ele jogaria bola com os garotos no campo de futebol dentro da pista de corrida, onde ele treinava o pessoal. E, no sonho, nunca foi dada nenhuma importância à possibilidade de aquilo ser apenas a extensão embelezada e floreada do ambiente ao qual ele estava muito acostumado, e que seus planos, algum dia, pudessem ser confrontados por uma realidade que desafiasse o conforto que ele tanto desejava.

O que acontecera àquele sonho?

Aquele sonho morrera – havia sido assassinado, na verdade, sem que David sequer tomasse conhecimento – nas últimas semanas de seu primeiro ano na Yale, quando David Taylor estava começando a namorar sério com Samona Ashley. E já que ela passaria aquele verão no alojamento da NYU com duas amigas enquanto estagiava na Galeria Gagosian, em Chelsea, David decidiu que queria estar em Nova York com ela. Ele ficaria com dois irmãos da fraternidade (que também estagiariam na cidade) no Upper East Side, encheria a cara durante todo o verão, passaria as noites com Samona e nos fins de semana eles iriam para os Hamptons, onde os pais do vice-presidente da Sigma Alpha Epsilon tinham uma casa em Amagansett. Esse era o plano, e parecia bom pra cacete. Então, ele postou o currículo no site Jobtrack.com e fez uma pesquisa minuciosa da palavra Manhattan, candidatou-se a praticamente qualquer coisa que estivesse disponível (que não eram muitas no final de abril): um programa de pesquisa na área de psicologia na fundação Sloan-Kettering que envolvia tomografia computadorizada em esquizofrênicos paranoicos, dar aulas a crianças pobres na Mentorship USA, auxiliar em uma empresa de recolocação de executivos no mercado de trabalho e um estágio no Merrill Lynch.

Merrill Lynch era o último item da lista de David Taylor.

Entretanto, foi o único que o chamou para uma entrevista.

David foi entrevistado por um cara somente dois anos mais velho que ele, que também corria na faculdade, de forma que David – que estava nervoso em relação à entrevista – acalmou-se quase que imediatamente quando seu título conquistado na corrida de oitocentos metros virou o assunto principal da conversa. Em questão de minutos, ofereceram-lhe o estágio, o qual ele aceitou porque dessa forma ele beberia com os amigos, transaria com Samona, não esquentaria a cabeça com dinheiro e tudo seria o máximo. Então, ele teria de acordar cedo durante a semana – grande coisa. Era jovem, tiraria de letra. Aquilo não seria problema.

Ele não sabia que o trabalho chato e infinito o esgotaria muito mais que qualquer sessão de treino na pista de corrida ou qualquer semana de iniciação na fraternidade; tampouco sabia que a diversão que ele planejara para o verão de 1996 iria por água abaixo devido ao seu cansaço. Não sabia que na segunda-feira ele nem imaginaria que havia algo como uma sexta-feira, e quando a sexta finalmente chegava, parecia irreal que a segunda tivesse existido – pareceria um passado muito distante. E aos sábados parecia ainda mais irreal que outra segunda-feira começaria dois dias depois e ele pegaria o trem 6 até a Grand Station, onde cruzaria as plataformas quentes e lotadas para baldear até a Times Square e então pegar outra composição do metrô até o centro, antes de subir à superfície e enfrentar o caos do World Trade Center. E isso tudo antes de começar o expediente. David não esperava nada disso, mas foi o que aconteceu.

O estágio durou dez semanas. Os finais de semana nos Hamptons foram para o saco (quase que rolou um, mas durou apenas seis horas porque Samona tinha dito que ia e não deu as caras, o que assustou tanto David que ele voltou a Manhattan numa lotada vazia numa noite de sexta-feira de julho – um desastre total). Nos primeiros três dias de cada semana, David só conseguia se concentrar em sobreviver, nada mais; então ele saía com Samona e os amigos na quinta à noite, antes de passar uma longa e tensa sexta-feira no escritório, com uma baita ressaca. Nos fins de semana limitavam-se a consertar o ar-condicionado, lavar a roupa suja acumulada e recuperar o sono perdido, num quarto resfriado.

Entretanto, uma vez que eram apenas dez semanas, havia sempre aquela luz no fim do túnel, e o estágio seria dolorosamente enfrentado e esquecido com o maior prazer. O que David não podia ter previsto era que Ian Connor, o ex-corredor que o entrevistou no início do verão, não acreditaria que ele, David Taylor, tinha sido honesto com relação aos tempos de corrida mencionados no currículo. David não parecia atlético o bastante para ter aquela velocidade toda, e aquilo irritou Ian durante todo o verão. E, para completar, havia algo no jeito arrumadinho e charmoso de David Taylor que deixava Ian Connor mais irritado ainda. E como Ian Connor tinha naturalmente todo o estereótipo de um *trader* – agressivo, competitivo, impetuoso, indigesto –, próximo ao fim do verão de 1996 ele desafiou David numa corrida de 137 metros no Central Park. Ian era mais baixo que David e um pouco atarracado, mas ainda estava em forma – fazia musculação na academia da empresa todas as tardes e participava das aulas de spinning na Synergy todas as noites. David não tinha corrido muito naquele verão e não estava lá muito interessado (além do mais, aquilo ia contra as regras da NCAA), mas depois que o boato da corrida vazou, vários marmanjos entraram na aposta, e já que todos eles eram seus superiores, David sentiu que não tinha outra escolha senão fazer a vontade deles. Antes da corrida, James Leonard – o líder do departamento que trabalhava no Merrill Lynch há 27 anos – disse a David Taylor que ele apostara quinze mil dólares nele, David, e que ficaria "muito grato" se David ganhasse.

Vinte *traders* formaram uma fila dupla que cruzava o Sheep Meadow numa tarde de sábado em agosto. Ian agachou-se para tomar impulso. David ficou de pé. Alguém surgiu com uma pistola para dar a partida, e foram dados todos os comandos — Assumam suas posições, preparem-se. — E então o disparo da pistola. David escorregou no início da corrida e teve de fazer uma escolha: ou jogar as mãos para o alto e esquecer aquele negócio, já que só faltava uma semana para terminar o estágio, ou então tentar alcançar o adversário e vencê-lo.

Algo dentro de David Taylor — o fogo que, quando ele era calouro, o impulsionara a correr pela pista mais rapidamente que qualquer outro na Ivy League, aumentou mais ainda pelo fato de aquela corrida ser uma oportunidade de mostrar àquela cambada de otários que o vinham torturando todo o verão que ele era, na verdade, mais forte que eles — o impeliu de forma que conseguiu passar a frente de Ian Connor — 46 centímetros de vantagem — bem perto da linha de chegada, onde Samona Ashley se encontrava. David pedira-lhe para ficar lá para que ele a usasse como uma marca e assim continuar a correr em linha reta.

Os 46 centímetros — David tinha certeza disso — foram a única razão pela qual a Merrill Lynch lhe ofereceu uma das únicas duas vagas para trabalhar como efetivo naquele ano. O mercado estava em baixa, e muitos vendedores e *traders* estavam sendo demitidos, e embora não fosse esse o rumo que o sonho deveria tomar, David Taylor — para a surpresa e espanto de Samona, que passara a maior parte do verão aguentando as queixas dele — aceitou o convite.

Surpreendentemente, a escolha foi simples: enquanto a maioria dos caras de sua turma em Yale voltaria para cursar o último ano da faculdade, tentando decidir o que faria depois de se formar (e devendo uma grana preta), David Taylor teria um emprego o aguardando. Ele voltaria a Yale no outono de 1996 para cursar o último ano, daria uma relaxada, tentando concentrar-se na corrida, em Samona e na diversão. Além disso, quando parava para pensar, David achava engraçado o fato de não ter trabalhado tanto assim nem se saído tão bem em nada do que fizera no escritório naquele verão. Se ele considerasse algo além das horas passadas e das horas perdidas de fato, concluía que não era um mau negócio. Assim, quando

James Leonard o chamou até sua sala para oferecer-lhe o emprego – além de parabenizá-lo e agradecer pelos quinze mil dólares –, David Taylor se convenceu de que ele passara a perna em todos aqueles otários. Apertou a mão de James Leonard e entregou de bandeja dois anos de sua vida. Quarenta e seis centímetros de grama rasteira definiram o começo da vida adulta de David Taylor.

O novo plano: David trabalharia bastante e economizaria – um presente caído do céu para alguém que nunca teve ambição de nada além de correr e que nunca esperou ter uma conta-poupança com mais do que o suficiente para torrar em algumas noites com birita –, e então ele faria mestrado em pedagogia, sem precisar do crédito estudantil. Por causa do estado do mercado naquela época, colocaram-no no maligno grupo internacional, mas ele se preparara para aquilo. (Seriam apenas dois anos, lembra?) Além disso, não seria nada demais viver um pouco sob a luz crua do mundo real por um tempo – aquilo tornaria seu sonho ainda mais gratificante.

Contudo, aquele foi o fim do sonho de David Taylor – embora ele ainda não soubesse disso.

Havia uma distração vital que o impedia de se dar conta do que ele fizera.

No verão de 1997, assim que se formou, enquanto David Taylor estava se mudando para o apartamento em Battery Park City com o colega atleta de Yale, Samona Ashley ajudava os pais a se adaptar à mudança de Connecticut para Minneapolis, para onde seu pai fora transferido, antes que ela decidisse o que fazer com seu diploma em história da arte e onde fazê-lo. Ela tentou passar a maioria dos dias conectada à Internet procurando emprego na Christie's e na Sotheby's (não tinha nenhuma vaga a cujos requisitos ela remotamente atendesse), mas ainda era um pesadelo infernal: "Tana de Gana" vinha se comportando de maneira estranha, compulsiva, mais que de costume, o que acabou chegando ao auge: Samona já não conseguia mais levantar uma caixa ou beber uma Diet Coke sem começar a falar sem parar sobre como poderia aguentar perder "pelo menos quatro" quilos das nádegas.

Samona – embora já devesse estar acostumada a isso aos 22 anos, sobretudo com toda a terapia que fizera no Centro de Saúde Mental de Yale – não conseguia se acostumar a ser o tema central das conversas da mãe. E o pai não ajudava em nada – escolheu não tomar partido –, o que irritava Samona, pois havia sido ele quem a pedira para ir para Minneapolis. Dissera que sentiria "saudades de sua menina" e que ela não precisaria ter pressa para "decidir o que fazer da vida", mas a cada dia ela se convencia mais de que ele se mostrara tão interessado em ajudá-la só para desviar o foco da "natureza difícil" de Tana (ele dizia isso porque de alguma forma achava que a acalmaria) para outra pessoa.

A sorte era que David Taylor ligava para ela de Nova York todas as noites, às oito horas, antes de dormir, depois que acabavam as reprises dos Simpsons. Samona nunca mencionava que estava muito triste em Minneapolis porque David estava muito infeliz e ainda chocado com o fato de ter voltado a acordar antes das quatro todas as manhãs para ir muito a contragosto ao escritório e sentar-se à mesa de trabalho até as dezoito horas e por não entender como tinha ido parar no Merrill Lynch. Não entendia por que Samona não tentara tirar aquela ideia de sua cabeça. Não sabia como tinha se iludido e pensado que aguentaria aquilo por dois anos. O que estava fazendo com sua vida? Os telefonemas noturnos – embora girassem em torno de David – serviam como uma distração que Samona passara a esperar ansiosamente, sobretudo quando ele terminava cada conversa dizendo que ela era linda e que ele estava morrendo de saudades e que ela era perfeita – palavras que ela precisava desesperadamente ouvir em meio a toda autocomiseração que Tana lhe fazia sentir.

Ela corretamente presumiu que enquanto estivessem longe um do outro, David teria lá seus casinhos com algumas garotas, mas pela voz dele – seu tom desesperado – ela também presumiu corretamente que ele não estava empolgado com nenhuma delas do jeito com que outros caras em seu meio estavam. A metrópole nunca foi um "playground" para David, o que o fazia passar uma imagem mais madura que a de um típico rapaz de 22 anos. E como os dois ainda não haviam assumido nenhum tipo de compromisso, ela não via sentido em criticá-lo por dar suas escapadas e nunca xeretava para saber nenhum detalhe da vida dele. Na verdade, a própria Samona tinha "ficado" com um cara em Minneapolis numa noite no final de junho ("um amigo de uma amiga"), mas o tal cara não era nem um pouco interessante, além de ser muito "comum", "trivial", "limitado" e preocupado demais com o próprio prazer para estar sequer próximo de uma esfera de possibilidade de dar-lhe um orgasmo; para completar, a esquisitice e a indiferença de todo o encontro fez com que ela desejasse ainda mais o que tivera com David.

Samona projetou que ele sentia o mesmo em relação a ela. Por fim, ela contentava-se apenas em saber que os dias dele eram preenchidos com nada, sem ter de admitir que ficava muito mais aliviada ao saber que ele estava infeliz.

Próximo ao final do verão de 1997, quando ambos atingiram um ponto de crise, David pediu que Samona fosse visitá-lo. Comprou a passagem para ela pela Internet, esbanjou e contratou os serviços de transporte para pegá-la no aeroporto, e Samona Ashley deixou os pais naquele friozinho de início de outono em Minnesota e foi para Nova York para o que seria uma visita de duas semanas. Ela não via David Taylor desde a formatura em maio. Fizeram amor assim que ela chegou, mas foi diferente do que ela se lembrava. Ele não apresentou a mesma energia de antes, e sua pegada estava diferente. Ele nunca encontrou aquele lugar dentro dela como costumava encontrar tão rapidamente nas primeiras vezes que se encontraram.

Mesmo assim, a simples presença dele ali dentro a levava para muito longe do condomínio sem graça em Minneapolis, da voz de sua mãe, da apatia inesperada do pai e da consciência cada vez maior de que seu diploma em história da arte não lhe servia de nada e que ela nunca arranjaria o trabalho que queria. O que ela queria de David era muito mais um meio de esquecer-se de certas realidades do que o prazer intenso.

Samona sentia-se perdida e indecisa. Não queria voltar para Minneapolis, mas não estava a fim de considerar a possibilidade de ficar em Nova York – ver o que a cidade fizera com David em dois meses já era o bastante para apavorá-la.

David ficou todo bobo depois que conversou com um dos mandachuvas em seu andar e arranjou uma entrevista para Samona na casa de um marchand especialista nos mestres renascentistas italianos e espanhóis (sobre os quais ela escrevera em sua tese em Yale). Samona comprou um vestido bem discreto e foi à Riverdale, onde ficava a casa. Ela não tinha muitas esperanças, mas pelo menos era alguma coisa para se fazer. Então a porta se abriu e um par de olhos tristes tomou vida de uma forma sugestiva, fazendo-a recuar. Nos noventa minutos seguintes, ela aturou aquele senhor de setenta anos olhando para suas pernas sem parar, enquanto ela murmurava respostas evasivas às perguntas que não levavam a nada, repetidamente puxando a saia para baixo dos joelhos. Ela sabia o tempo todo que, por se recusar a corresponder ao interesse do velho, ele jamais a procuraria novamente.

– Não esquenta, amorzinho – disse David pelo telefone enquanto a ouvia chorar. – Vou arranjar outra coisa para você.

– Não tem mais nada – ela respondeu choramingando com raiva, sem saber o que era mais patético: o desespero de David para que ela ficasse ou seu próprio desespero para ir embora. – Não tem nada aqui para mim, e além do mais eu tenho que ir embora. Amanhã.

Sua festa de despedida, praticamente improvisada, foi em um bar naquela noite com os "amigos" do escritório de David – gente que Samona achava um saco. David ainda tentava desesperadamente animá-la o bastante para convencê-la a ficar um pouquinho mais. Não estava conseguindo nada – ela não parava de ir ao banheiro para conter o choro e, na última vez, para vomitar – até que ele começou a contar que Samona tinha participado do concurso de modelos em Yale – só de brincadeira (omitindo que a ideia tinha sido dele) – e que mesmo assim ela vencera e recebera como prêmio um book com suas fotos de rosto e uma entrevista numa agência de modelos que patrocinara o concurso (que ela acabou nunca marcando), e isso fez com que alguém no bar mencionasse que seria uma boa ideia se Samona ligasse para a agência antes de ir embora. Ela se animou um pouco naquela noite, e na tarde seguinte depois que David deu-lhe uma injeção de ânimo pelo telefone ("O pior que pode acontecer é eles dizerem não, o que é improvável), ela acabou ligando mesmo. A agência pediu-lhe que fosse lá para tirar algumas fotos, e quase que de imediato ela fechou contrato para uma série de fotos para o catálogo de duas linhas de cosméticos. Ela atendia ao padrão estético em vigor naquele momento: "a típica garota de Manhattan" era como sempre a descreviam. O sorriso discreto, a expressão confusa, a forma com que ela sempre desviava o olhar como se fosse totalmente indiferente ao processo (o que ela desejava ser, mas não era), tudo aquilo capturava a câmera de um "jeito muito atual", ou pelo menos era o que diziam.

Assim, as duas semanas que Samona Ashley passaria visitando o namorado tornaram-se dois meses. Ela começou a frequentar as festas da agência e a seduzir todas as pessoas certas com seu jeito discreto e enigmático; acabou que outra agência (que estava na lista das dez mais poderosas) decidiu representá-la. Ela também foi convidada algumas vezes para desfilar, o que lhe rendia uma grana excelente, ainda que não se tratassem de desfiles de grande destaque no mundo da moda. David Taylor a acompanhou nas primeiras festas – quando Samona ainda sentia-se tímida para socializar-se e precisava de alguém ao seu lado, desde que não fosse a mãe, sempre criticando alguma coisa em seu corpo. Só que David andava cansado demais para curtir as festas e, além disso, detestava os modelos masculinos de Omaha, Los Angeles, ou do Queens, que se esforçavam para conversar sobre eventos atuais sobre os quais ele não sabia nada, e como todas as festas rolavam durante a semana, David tinha uma desculpa plausível para deixar de acompanhar Samona. Sua aversão acabou sendo uma coisa boa, já que, em três semanas após a primeira entrevista, Samona tinha estabelecido uma rede de conhecidos com quem passou a andar e não demorou muito para que ela não se importasse em ir aos lugares sem ele.

Os dois sabiam que aquele obviamente deveria ter sido o fim do relacionamento. Eles estavam crescendo e amadurecendo. Não estavam mais na faculdade. Não seria nenhum grande problema, contanto que o desenlace se desse de maneira tranquila e sem sofrimento (era o que eles diziam a si mesmos), certo?

Entretanto, algo estranho continuou a acontecer: ela ainda voltava para Battery Park City todas as noites, deitando-se na cama minutos antes de David ter que acordar para trabalhar. Só que ela não precisava daquilo, pois o que não faltava eram jovens (modelos, gerentes, agentes, fotógrafos) que adorariam levá-la para casa, pois, felizmente ou infelizmente, Samona Ashley exalava sexo mesmo sem querer.

Sempre que ela voltava, ele ficava confuso.

Ficou ainda mais confuso quando ela admitiu que, quando alguém dava em cima, ela tentava se fazer de feia, rindo alto, agindo feito uma tonta, dizendo que era sapatão, até que ela se deu conta de que aquilo só aumentava o interesse da rapaziada.

Ele não entendia nada.

E era demais para Samona explicar (sem contar que ele nem pediria para que ela explicasse) que, apesar de ter sido legal e ter feito bem ao seu ego toda aquela atenção no início, não demorava muito para que ficasse claro que nenhum daqueles caras (ou garotas) viesse a cuidar e se importar de fato com ela. Obviamente era divertido; ela se sentia sexy; sempre sentira-se tentada em experimentar uma transa a três; as drogas ajudaram-na a perder peso; a mãe finalmente sentia orgulho dela. Só que nenhuma dessas razões justificava o fato de Samona Ashley ser o tipo de garota que precisava chegar em casa e encontrar alguém lá – especificamente alguém que tivesse a própria vida, os próprios sonhos e com quem ela pudesse contar, e que não achasse que ternos legais, um visual bacana, contatos na indústria e muito dinheiro simplesmente lhe dessem o direito de possuir alguma parte dela que ela não estivesse disposta a dar.

David era esse homem, em detrimento a qualquer outro que ela encontrasse e que estivesse mais do que disposto a oferecer-lhe um lugar na cama. A questão era que Samona percebia que era difícil abrir mão da supremacia que o diploma de Yale lhe conferia – o título poderia não ter adiantado para lhe abrir as portas de um bom emprego, porém era mais que o suficiente para fazer com que ela se sentisse superior ao grupo de pessoas ao qual estava exposta, a maioria das quais mal concluíram o ensino médio. Não era por lealdade nem por pena que ela sempre voltava para David, mas sim porque ele era do seu nível. Ele conseguia desafiá-la e fazia isso com uma confiança gentil pela qual Samona, depois de ter crescido como objeto da ferocidade de Tana Ashley, sentia-se atraída.

"Por que os prédios comerciais de Midtown são tão sem graça e feios?" era uma pergunta típica.

"Acho que você não aprendeu nada sobre arquitetura de custo-benefício na faculdade de história da arte" era uma resposta típica.

Uma razão menos importante, obviamente, era que apesar da relativa estabilidade financeira de que Samona desfrutava, ela vinha gastando grande parte do que ganhava com roupas e bebidas e não tinha ainda o suficiente para morar sozinha. E David estava economizando o que ele ganhava – fazia isso religiosamente (embora um pouco menos depois que ficou claro que Samona ainda passaria mais "um tempo" lá) – e pensava muito no futuro.

Mas, por enquanto, no presente, eles compartilhavam de uma rotina doméstica: Samona se arrastava para a cama no meio da noite, cheirando a cigarro, suor e vodca, e por volta das 3:45, quando o relógio interno o despertava, David esticava o braço e repousava a mão sobre o abdome de Samona, e passavam os próximos cinco ou sete minutos fazendo amor, antes de David tomar um banho e sair para o trabalho.

David nunca expressou nenhum desconforto ou dúvida com relação aos horários tão diferentes que eles tinham, nem sobre a vida noturna tão agitada de Samona. Ela achava que ele não dizia nada porque tinha medo de perdê-la. Porque – e os dois sabiam disso – Samona era tudo que ele tinha em seu novo mundo de nada.

Ela adorava o temor dele.

E adorava o vazio de Nova York.

11

DEPOIS DE VISITAR SAMONA na Printing Divine, passei duas semanas caracterizadas pela rejeição vinda de todos os lados. O silêncio de meus editores (até mesmo dos mais insistentes) me forçou a engolir meu orgulho – que estava diminuindo rapidamente – e a começar a fazer algumas "ligações de S.O.S.". A matéria sobre o Canal Gowanus não estava gerando resultado nenhum e o redator encarregado da matéria sobre Lower East Side que eu tinha escrito para o *Observer* a havia ignorado completamente. A resposta comum – dos assistentes que falavam feito robôs – era que estava rolando uma guerra, de forma que as revistas onde eu tinha meus contatos ("Venhamos e convenhamos: não somos exatamente os novos republicanos") queriam distrair a atenção de seus públicos de qualquer coisa que estivesse errada no mundo. As pessoas queriam distrações da dor, das ameaças terroristas, do mercado em declínio, dos atrasos nos aeroportos, do desemprego e de todos os nossos jovens e corajosos soldados no Iraque. Queriam amostras grátis – avaliações sobre cremes para a pele, punhos de camisas italianas e a última coleção de sapatos da Christian Louboutin. Queriam que lhes garantissem que a segunda-feira era a nova quinta-feira, que o rosa estava na moda e o marrom já não estava com nada, que aquela loja de bebidas de Schiller era o novo Pastis, que Lisa Davies era a nova Kate Moss, que Marc Jacobs era o novo Armani e que um pouco de cor no guarda-roupa podia garantir o sucesso – ou o completo fracasso – de uma noite de sábado. Queriam historinhas água com açúcar com inteligência. A última coisa que queriam, me garantiram, eram artigos com um tom depressivo. Eu só precisava esperar que o panorama mundial se acalmasse.

E, para completar, eu estava duro.

E como não havia nada de interessante rolando em minha vida naquele verão – exceto o que estava rolando com três ex-colegas de faculdade – passei o tempo concebendo e descartando praticamente uma dúzia de coisas que eu podia fazer para arranjar uns trocados inclusive, mas não exclusivamente trabalhar como auxiliar de barman no Xunta, no Doc Holliday's, no Lucy's ou em outro pé-sujo qualquer perto de casa (me disseram que eu não tinha muita experiência); levar cachorros para passear (eu tinha medo de ser mordido); mensageiro ciclista (eu não estava nem podendo comprar uma bike); vender os meus móveis a um antiquário (as cadeiras de Ethan eram os únicos itens que valiam mais que cinco dólares), ou a tão temida visita a uma agência de serviços temporários (eu não tinha nem como comprar um terno escuro. E esse era o estado de coisas que me fez sentir vontade, durante a terceira semana de junho ("... ligue caso lhe dê vontade" foi o que ele dissera), de responder ao recado de Ethan Hoevel do dia após a festa de Randolph Torrance; e como eu precisava pedir uns conselhos profissionais, com certeza eu teria de jogar fora todo o discurso cuidadoso e indignado que eu vinha preparando.

(Embora eu tivesse consciência de que não havia nada que eu pudesse dizer que o fizesse mudar de ideia, ainda assim eu queria que ele soubesse que eu desaprovava aquela relação com Samona Taylor. Antes do aperto financeiro, eu planejava fazer uma pergunta retórica a ele, como "Onde você está com a cabeça?", "Tem certeza de que quer destruir um casamento?" e "Essa é mais uma de suas experiências passageiras que provavelmente não durará além do verão?", porque era óbvio que havia tantas coisas que Ethan Hoevel e Samona Taylor não sabiam um sobre o outro, e essas coisas, eu sentia, importavam.)

Outro motivo para esquecer o discurso: eu tinha uma intuição muito forte que Ethan provavelmente saberia o real motivo da minha desaprovação. E Ethan, de todas as pessoas, não me pouparia nem um pouco da humilhação.

Stanton Vaughn atendeu.

— O Ethan está aí? — foi tudo que perguntei. De repente, os olhos de Ethan, que sempre achei hipnóticos e lindos, estavam aparecendo na frente do meu campo de visão, e tive que fechar os olhos para que a imagem desaparecesse.
— Ele não está — Stanton respondeu.
— Sabe a que horas ele volta?
— Ih, não. Ele viajou. Deve voltar daqui a uma semana. Não me passou nenhum detalhe sobre a viagem. Como sempre.
— Para onde ele foi?
— O que você está fazendo agora? — Stanton Vaughn perguntou com o que ele achava ser um tom adequado de insinuação.
— E aí, Stanton? Você sabe ou não para onde ele foi?
Stanton suspirou, desistindo mais rapidamente do que lhe era de costume.
— Ele disse que ia à Tailândia, mas não sei se acredito nele. A agência de viagens deixou um recado mencionando alguma coisa sobre um voo da Lufthansa. A Lufthansa faz voos com destino à Tailândia? Acho que não.
— Acho que fazem conexão na Alemanha para algum canto.
— Eu disse para ele não ir. — Ouvi Stanton acendendo um cigarro e soprando a fumaça. — A Tailândia deve estar a mesma merda que o Afeganistão. Só que ele não me dá mais ouvidos. Uns garotos tentando explodir aviões com a porra dos sapatos? Quem quer viajar assim? Quem quer se levantar da cama?
De repente eu me vi com uma única missão nesta vida: desligar o telefone o mais rápido possível.
— Mas, sabe como é... sou apenas a porra do namorado, certo?
— Se ele entrar em contato, daria para dizer que eu liguei?
— Ele não vai ligar, cara. — Seguiu-se uma pausa com a respiração pesada de Stanton. — Mas, me diga: não está a fim de dar uma passada aqui pra beber alguma coisa?
— Eu tô muito ocupado por aqui.
— Nossa, que pena. — Ele parou. — É uma pena mesmo.
Mais tarde, fui ao caixa eletrônico da esquina e fiquei olhando para o número de dois dígitos no extrato: era o dinheiro que

me restava na conta. Eu também estava consciente da cobrança do aluguel que colocaram no peitoril da janela, e também do fato de que estava agora procurando refeições em Manhattan que custassem menos que cinco dólares. Em algum lugar do planeta, Ethan Hoevel estava deitado numa praia, David Taylor em seu escritório faturando milhões e Stanton Vaughn ia fazer um desfile na Semana de Moda de outono. Mergulhei até as profundezas de meu orgulho e mandei meu currículo para o e-mail de James Gutterson, e uma hora depois liguei para perguntar se o trabalho na Leonard Company ainda estava disponível.

O balcão dos seguranças cruzava toda a parede dos fundos do saguão, onde havia quatro guardas de ternos azul-marinho. Passei pela porta giratória e percebi vários pedreiros passando pelos detectores de metais sob um cartaz bem grande anunciando que a Leonard Company estava renovando seu andar: INICIANDO UMA NOVA ERA COM O NOVO SÉCULO.

 O elevador foi tão rápido que senti um estalo nos ouvidos momentos antes de chegar ao vigésimo primeiro andar. Depois de mostrar a uma recepcionista desconfiada o crachá que recebi de um dos seguranças, passei por um espaço enorme, aberto, onde havia um lado cheio de salas de executivos e, o outro, com salas de reuniões cobertas de lona e cheias de escadas sob as quais uma porção de pedreiros desapareceu, e entre essas duas paredes havia uma enorme área abarrotada de estações de trabalho ocupadas por homens da minha idade, gritando ao telefone com muita ira enquanto batiam com toda a força nos teclados dos computadores. Depois de uma volta, finalmente encontrei James Gutterson em uma dessas estações, num canto afastado do vigésimo primeiro andar. Gutterson pareceu maior, mas isso era basicamente porque no espaço que ele ocupava mal havia lugar para ele girar a cadeira. Por todos os cantos havia pilhas de papéis – a maioria impressões de gráficos mostrando linhas despencando. Gutterson estava com a cara a oito centímetros da tela do monitor e só tirou os olhos dela quando finalmente bati na superfície plástica e murmurei:

— Oi!

— Senta aí, parceiro. — Gutterson voltou a olhar para a tela.

A mesa era tão pequena e bagunçada que não sobrava espaço para outra cadeira, de forma que afastei uma pilha de papéis, colocando-a sobre outra, e simplesmente me sentei sobre a mesa.

— Tente não tirar nada do lugar, falou? — ele pediu, sem mexer um músculo do rosto. — Está tudo exatamente do jeito que preciso.

Na tela do computador, a página de esportes do Yahoo!: MAPLE LEAFS NEGOCIA O PASSE DE JASMOVICH NUMA BATALHA FORA DA TEMPORADA. Gutterson passava os olhos pela tela horizontalmente. Depois de mais ou menos uns cinco minutos, ele fechou a página e se recostou na cadeira até sentir-se confortável. Não disse nada.

— Está ocupado? — perguntei.

— Você sabe. — Ele esfregou a testa com as pontas dos dedos. Sua pança estava de fato caindo sobre aquelas coxas monstruosas, vestígios das tardes passadas deslizando no gelo tentando estraçalhar qualquer pessoa que visse pela frente. Com os pés para trás sob a cadeira e as mãos no colo, James Gutterson pareceu, por um instante, Buda vestindo um terno Hugo Boss.

— Fico muito agradecido por você me receber, James.

Ele mergulhou nas pilhas sobre a mesa e uma enorme pilha de gráficos caiu no chão, esparramando-se pela área de passagem. James se contorceu e então abriu a última gaveta de baixo quando comecei a recolher os papéis; ele apareceu com uma nova pilha e alguns livros de referência junto aos três últimos relatórios anuais da Leonard Company.

— Aqui está tudo de que você precisa. Ele sorriu ao jogar tudo nas minhas mãos; aquele peso me fez perder o equilíbrio. — Tem um resumo aí em alguma parte dizendo como queremos que fique o negócio.

— Valeu.

Ficamos em silêncio por um instante, durante o qual percebi que a respiração de James estava pesada e melancólica. Ele bateu as mãos nas coxas enormes, fazendo-as tremer.

— Então é isso.

— É. Bem...

— Divirta-se. Se precisar de alguma coisa, é só me avisar.

— Cara, acho que não vai dar — comentei, indicando a pilha nas minhas mãos.

— Ah, que nada, cara! Não vai ser tão ruim assim. — Ele deu um sorriso afável.

Duvidei, mas fiz que sim com a cabeça como se estivesse tudo na boa.

— O David está por aí?

O sorriso afável mudou, tomando uma aparência artificial e forçada.

— Sr. Taylor tem uma sala só para ele. — James olhou para o canto no outro lado do andar. — E a porta está fechada. Logo, é muito provável que sr. Taylor esteja bem ocupado.

— Ah, sim, claro. Tudo bem.

James tinha até parado de sorrir.

— Seria ótimo que lá pelo final da semana você já tivesse preparado um rascunho. — Ele me viu contrair a testa, mostrando-me preocupado. — Bem — James abrandou o tom —, no mais tardar, no início da próxima semana. Esse negócio já está quase mofando aqui na mesa.

Ele já estava se virando. Enquanto eu reorganizava o material para facilitar o transporte, ele abriu uma nova janela: UM OUTUBRO NADA PROMISSOR PARA OS MIGHTY DUCKS.

Fui andando, pisando sobre as lonas no chão, passando por baixo de uma escada para chegar à sala de David Taylor, onde sua secretária me parou e — depois de pegar o telefone e ler o nome no meu crachá, lançando-me um olhar antipático, como se eu fosse um intruso — disse:

— Ele não o estava esperando, mas pode entrar.

A mesa de David Taylor era mais ou menos quinze vezes maior do que a de James Gutterson e a sala toda combinava em cores, variando entre branco e marrom claro, em harmonia com molduras graciosas de madeira nos cantos onde as paredes encontravam-se com o teto. David estava parado à sua mesa entre um novo computador iMac e uma antiga tela do Bloomberg, e, atrás dele, janelas que iam do chão ao teto, dando para o oeste da cidade, onde mal se via o Hudson River entre os arranha-céus.

– Que surpresa! – David exclamou com um sorriso amarelo. – O que você está fazendo aqui?

Coloquei a pilha no sofá de couro e mencionei a reunião com James Gutterson.

– Certo. Certo. – Ele se inclinou para trás e esticou os braços acima da cabeça. O estalo em suas costas ressoou em toda a sala. – Pois é, que cabeça a minha. James me contou que você mandou um e-mail pra ele. Certo. É que estou tão atolado de trabalho que acabo esquecendo as coisas. – Eu percebi suas olheiras profundas.

– E aí, como estão as coisas?

– Tudo mais ou menos. – Ele se inclinou para frente e apoiou o corpo sobre a mesa.

Na parede direita da sala havia uma estante embutida; na última prateleira, de cima para baixo, havia uma porção de pastas bem grossas marcadas por ano, e a prateleira logo acima continha toda a literatura corporativa para o mesmo período. A *Enciclopédia Britânica* completa ocupava toda a terceira prateleira, e nas três prateleiras superiores havia livros que reconheci da faculdade, organizados por autor em ordem alfabética, começando pela *Poética* de Aristóteles e terminando com uma coleção de Yeats e, entre eles, as irmãs Brontë, Dostoievski, Ralph Ellison, Faulkner, Hemingway, Melville, Platão, Shakespeare, Sófocles e Tolstoi. Imaginei que David Taylor jamais tivesse lido nenhum daqueles livros e que eles somente existiam como lembranças dos dias quando a definição de responsabilidade era ler os livros que os professores passavam. Eu me arrependi de ter passado lá na sala de David. Deveria ter tomado o elevador para ir embora.

O lado esquerdo da sala era praticamente um espaço vazio: havia apenas um sofá de couro preto sobre o qual estava pendurado um pôster emoldurado com um corpo maravilhoso descendo uma rampa delineada sobre as palavras PRINTING DIVINE em letras cursivas bem grandes. Passei os olhos em seus certificados das corridas ao redor do pôster e um velho relógio de parede que fazia um tique-taque bem alto acima deles.

À esquerda do relógio parei os olhos em uma foto de David e Samona dançando grudados em seu casamento. Então desviei o olhar.

David esfregava as mãos no rosto, de cima para baixo, dando um sorriso triste, como se estivesse prestes a me contar uma piada trágica.

— Perdi catorze milhões de dólares ontem. Só eu. Sozinho. Catorze milhões de dólares. O que você acha?

— Totalmente inimaginável.

— Na verdade, não é tão ruim quanto parece. — David deu uma parada. — Só significa que eu tenho que... ficar ligado, acho. — Esfregou o rosto novamente. — Riscos — suspirou. O sorriso se foi. — Trilhei uma carreira bem legal enfrentando e vencendo os riscos. Foi meio que um conto de fadas por um tempo. Bom enquanto durou, entende? Mas agora... para momentos de desespero...

— Medidas desesperadas. — Ele me deixou completar a frase.

— Na verdade, apenas medidas conservadoras. Eu sei o que fazer. O que só torna o dia mais longo.

De repente ele pareceu confuso quanto à razão de minha presença.

Lembrei-me da forma como David Taylor corria — ele não era o tipo de corredor que se segurava para explodir nos últimos cem metros; lembrei-me de que no início de sua carreira, uma ou duas vezes, ele se cansou cedo demais e morreu no final enquanto os outros corredores o ultrapassaram, e então aprendeu com aquele erro e começou a correr de maneira mais conservadora, medindo o passo para ganhar os adversários pelo cansaço.

Eu pensava nisso tudo enquanto olhava para fora pela janela atrás de David.

— Admirando a vista? — Eu o ouvi perguntar.

— Só estava pensando nas corridas. Na faculdade.

— Ai, ai, ai... pega leve, senão vai acabar me deixando muito, muito deprimido. Definitivamente não preciso que ninguém me lembre dos nossos dias de glória.

— Para alguns mais do que para outros.

— Ah, qual é? Você era muito bom.

— Mas você era nota mil.

Ele não discordou. Esticou as páginas em uma pasta e então a fechou.

Andei em direção ao pôster da Printing Divine.

— E aí, como anda o novo negócio de Samona?

Ele riu, só que meio forçado. Ficou aparente que ela não lhe dissera que nós tínhamos nos encontrado. Fiquei pensando na razão daquilo.

— Não acredito, mas ela está, na verdade, indo de vento em popa. Nas últimas duas semanas ela fechou tantos contratos que está perto de alcançar a margem de lucro, o que é simplesmente inacreditável. E surpreendente.

— Incrível! — exclamei, sem ter certeza se David estava mentindo nessa história.

— Não é? — ele suspirou. — Eu mal a vejo, cara. Ela anda tão ocupada que nunca a encontro quando volto pra casa. Está planejando uma porrada de desfiles em setembro, acho, e pra completar...

— O quê?

Ele me encarou com os olhos arregalados.

— Bem, na quinta-feira, ela me disse que tinha de viajar a negócios e deu uma explicação tão chata e complicada que não prestei muita atenção, e então partiu no dia seguinte e eu ainda estou meio que... traumatizado com o fato de minha esposa estar viajando a negócios. Está em Milão num desfile ou algo assim. – Ele olhou para as mãos e esticou os dedos, analisando-os. – Fiquei muito preocupado com a segurança na Alitalia, mas acho que ela chegou bem.

O telefone tocou.

Na foto de casamento, os dois estavam com os rostos quase se tocando enquanto dançavam.

Ele colocou a mão no telefone que tocava.

– Acho que vou ter de atender, mas, quer saber? Gastei uma grana preta para que minha mulher tivesse um hobby que a distraísse e de uma hora pra outra a coisa se transformou de uma tal maneira que eu chego a me perguntar: pra que fui fazer isso?

Nossos olhos se encontraram rapidamente antes de ele atender o telefone e depois de dizer "Pronto", ele fez um gesto indicando que se tratava de algo importante; levantei a mão e fiz que sim com a cabeça. Tirei minha pilha do sofá e saí da sala. Na rua havia apenas duas coisas nas quais pensei enquanto eu me dirigia cegamente para a Broadway.

Nessa época do ano não rolam desfiles em Milão.

E a segurança na Alitalia era "confiável" segundo o *New York Times*.

Mas, àquela altura, eu já tinha ligado alguns pontos.

A segurança na Alitalia não tinha a menor importância, já que os dois tinham voado de Lufthansa.

O material do banco – no qual trabalhei durante os três dias seguintes – era composto por mil páginas de texto acompanhado por gráficos simples que tentavam dar uma interpretação positiva a uma economia estagnada (pense: "potencial em crescimento" em vez de "queda no consumo"; pense: "mão de obra mais eficiente" em vez de "cortes"). Os gráficos simplesmente mudavam os eixos x e y de forma que as linhas fossem para cima e não para baixo. O único efeito que todo aquele trabalho causaria era me deixar envergonhado, pois era o tipo do serviço que eu passara os cinco últimos anos fazendo de tudo para evitar. Eu disse a mim mesmo que a dificuldade em me concentrar naquilo era porque eu estava enfiado num apartamento na rua Dez, do qual eu estava prestes a ser expulso; mas eu sabia que o verdadeiro motivo — o mistério que não permitia que eu me concentrasse — tinha a ver com o fato de eu querer saber para onde exatamente Ethan Hoevel e Samona Taylor haviam viajado.

Essa oportunidade surgiu pouco mais de uma semana depois, quando Ethan Hoevel — de volta, fosse lá de onde ele a tivesse levado — ligou sem quê nem pra quê, no dia 3 de julho.

— Oi.
— Ethan. Por onde você andou?
— Estive fora, mas não é por isso que estou ligando. — Ele parecia apressado. — Esqueci de lhe dizer que minha mãe e meu irmão mais velho passarão o feriado aqui... É uma longa história... E preciso muito que você me ajude.
— Hum... talvez. Estou meio ocupado. Do que você precisa?
— Você se lembra da minha família, certo?

12

ETHAN TINHA UM IRMÃO MAIS VELHO, Aidan Hoevel Jr. A diferença de idade entre eles era de onze meses. Lembro-me de Aidan como uma das poucas pessoas sobre as quais Ethan conseguia falar com certa importância. Só o vi uma vez, em nossa formatura em New Haven na primavera de 1997. De longe vi os irmãos com a mãe, Ângela Hoevel, posando para uma foto – Ethan todo orgulhoso com a beca preta, Ângela radiante ao seu lado, estufada de tanto orgulho, com seu vestido floral. Atrás deles, entretanto, e com uma separação perceptível, estava Aidan Hoevel, amuado, recusando-se a compartilhar do orgulho e da alegria deles. Aidan Hoevel – uma versão mais baixa e menos bonita de Ethan – comprimia a mandíbula em um sorriso agressivo, que mostrava claramente que ele jamais conseguiria se sentir feliz pelo irmão. E a razão por trás disso tinha a ver com uma promessa que certa vez Ethan fizera, uma promessa que, mesmo naquele momento, no dia da formatura, Aidan sabia que não seria cumprida.

Aquele era o mesmo Aidan Hoevel – mandíbula contraída, amargura latente em todas as suas palavras e expressões faciais – que encontrei falando com todo fervor no grupo íntimo composto de Ethan, Stanton, Ângela Hoevel e a nova namorada de Aidan, Suzanne, na sala de estar do loft de Ethan quando entrei lá, na tarde do dia 4 de julho. A porta pantográfica do elevador estalou ao se abrir, mas somente Ethan, sentado em uma de suas cadeiras de veludo vermelho em um canto da sala, entre a janela saliente e uma bananeira de folhas douradas, percebeu a minha chegada. Ethan ergueu a cabeça e discretamente a balançou para cima e para baixo, com as mãos apertadas sob o queixo, e percebi que estava bem bronzeado. E então Ethan virou-se para olhar o irmão.

Aidan Hoevel dizia que "assim que se sai do aeroporto, a única coisa que se escuta são as pessoas tocando as buzinas por nada, numa confusão dos diabos". As pessoas eram — em ordem de prioridade tendo como referência o que incomodava Aidan — taxistas, *traders* de Wall Street que ganham o bastante para comprar um Lexus e mamães riquinhas com seus filhinhos embrulhados no banco traseiro de seus Sedãs de oitenta mil dólares. Como é que pode uma coisa dessas? Segundo Aidan Hoevel, havia um acordo subliminar entre todos.

— Não vou olhar nos seus olhos nem sorrir para você durante sua visita à Big Apple, mas *vou* buzinar pra você, pois sou um nova-iorquino enfurecido, turistas como você me deixam assim.

Stanton Vaughn interrompeu Aidan, e embora aquele fosse seu primeiro contato pessoal com o irmão de Ethan, ele não se sentiu obrigado a se controlar.

— De que diabos você está falando?

Aidan fingiu-se surpreso:

— Como assim?

— Você nunca escutou as pessoas buzinando na Califórnia, na rodovia 405?

Stanton estava sentado entre Ethan e Suzanne, bem de frente para Aidan e Ângela Hoevel, que compartilhava de um lugarzinho em um pequeno sofá desenhado por Ethan.

(Eu estava por fora dos detalhes da conversa que rolara antes de Aidan, Ângela e Suzanne chegarem à rua Warren. Só sabia que Suzanne trabalhava em uma empresa fornecedora de materiais médicos em Mission Viejo, que estava prestes a abrir filiais em Boston e Nova York e que ela vinha à cidade para coordenar as contratações. Assim, Ethan oferecera-se para arcar com as despesas de viagem de Ângela e Aidan a Nova York — sem esperar que eles o levassem a sério, é claro. Ele acabou tendo que comprar duas passagens na classe executiva para a mãe e o irmão — além de dar uma valorizada na viagem da namorada de Aidan, que passou para a classe executiva quando a empresa pagou-lhe as passagens na classe econômica. E, para completar, Ethan os colocou em suítes de luxo no St. Regis, uma oferta que, a princípio, Aidan recusara e então, depois que Ângela exigiu que aceitasse a generosidade do irmão, ele deu o braço a torcer e foi junto. Também fiquei sabendo que Stanton tinha sido apresentado ao grupo apenas como um "amigo" e que agora Aidan Hoevel o considerava – este designer que obviamente trepava com seu irmão mais novo – com uma hostilidade quase que descontrolada, que ele fazia de tudo para segurar em consideração a Ângela.)

– Bem, em Los Angeles as pessoas buzinam porque estão pau da vida com o trânsito, Stanton – Aidan frisou com um tom áspero e condescendente. – Queremos chegar em casa. Ninguém buzina por estar puto com o mundo. Esta é a diferença.

– Talvez o trânsito seja isso – disse Suzanne com sua voz suave. – Um microcosmo de cada cidade.

Aidan lançou um olhar para Suzanne, como se dissesse: *você não está me ajudando*.

– Então você está dizendo que Los Angeles não é um lugar violento?

– Não como Nova York, meu chapa.

– Então acho que a raiva que colocou sua cidade em chamas em 1991 baseou-se no simples desejo das pessoas de chegarem em suas casas para o jantar, né?

– Não estou entendendo – disse Aidan.

– Buzinas em Nova York? É só um barulho. Você conferiu um significado a algo que não existe. É meio que mentira e só estou dizendo que acho que não é verdade.

– Cara, você está tão enganado que nem dá para responder... – retrucou Aidan.

– Rapazes, rapazes – ralhou Ângela, distante e suave.

Conheço a sra. Hoevel (ela manteve o sobrenome do ex-marido) pela primeira vez quando ela visita Yale na metade do primeiro ano, e nós três saímos para almoçar em um restaurante mexicano muito chique perto do campus. É uma mulher corpulenta com a pele clara e cabelos loiros compridos, já se embranquecendo. Quando Ethan nos apresenta fora de seu alojamento, Ângela Hoevel aperta minha mão e ri:

— E eu sou a mãe de Ethan, sra. "How-evil".

Dou uma risada educada, embora não entenda a intenção dela. Enquanto atravessamos a rua Elm em direção ao restaurante, e quando nós nos sentamos na mesa lá dos fundos, enquanto Ethan e eu nos empanturramos de batatas fritas temperadas com salsinha, Ângela Hoevel não para de rir.

Sua risada é marcada por uma falta de naturalidade que — Ehtan me contou — tem suas raízes 43 anos antes quando Ângela McGinniss nasceu na Irlanda, filha de um casal católico assustado e pobre, e ela carrega aquele medo quando foge de Dublin e cruza o Atlântico para Nova York. Ela perde a cabeça momentaneamente ao deixar um sujeito chamado Aidan Hoevel a paquerar em um bar em Hell's Kitchen, aonde ela foi com alguns amigos depois de um dia exaustivo em seu trabalho temporário. (Por coincidência, aquele bar — que fecharia alguns anos depois —, na verdade, ficava no quarteirão onde mais tarde o Riverview Tower seria erguido.) Depois de um rápido namoro, ela acaba se casando com Aidan Hoevel, um sujeito tacanho e perverso (o que não causa nenhum espanto, já que trata-se do único tipo de homem que, na verdade, Ângela McGinniss conhece), e então se muda com ele para Los Angeles, onde, pela generosidade de um amigo, começa a vender imóveis e onde eles têm dois filhos, Aidan Jr. e Ethan — "gêmeos irlandeses" com menos de um ano de diferença. Alguns anos depois do nascimento de Ethan, o sr. Aidan Hoevel previsivelmente decide que, com seus imóveis prosperando em Long Beach, ele gosta de beber e transar com outras mulheres além da esposa (a qual ele vive criticando por não ter perdido os quilinhos a mais depois da gravidez), e assim abandona a família depois de concordar em dar a Ângela uma de suas casas, localizada a alguns quilômetros ao sul de Long Beach, pois é o jeito mais rápido de se mandar de vez da vida deles. Então passa a morar em outra casa do outro lado da cidade (com uma jovem que trabalha como secretária em seu próspero negócio), deixando muito claro que ele nunca amou Ângela e que não quer se meter em nada que diga respeito à vida dos filhos.

E Ângela Hoevel, em vez de voltar para a Irlanda, fica lá em Long Beach sem nenhum parente nem dinheiro para ajudar, e dedica a vida aos filhos. Ela fica porque o clima do local é maravilhoso, a casa é grande, tem um quintal para os meninos correrem e também porque ela é meio agorafóbica.

Ethan é quem ama a mãe, quer protegê-la e está disposto a fazer tudo que estiver ao seu alcance para agradá-la, é quem se sai bem na escola, quem sempre obedece aos horários, quem leva somente amigos tranquilos e comportados (como ele) para casa na Quarta Avenida.

Aidan Jr., por outro lado, é quem espalha papel higiênico pela casa onde o pai mora do outro lado da cidade; é ele que, por seis anos seguidos, no Dia das Bruxas, pega um tijolo, entalha a expressão "foda-se" e o arremessa janela adentro daquela casa; é ele quem jura envergonhar a mãe perdendo a virgindade aos catorze anos; é ele que canaliza a raiva em uma filosofia inconsequente: faça o que bem entender e aproveite para arrasar tantas pessoas quanto possível.

Depois de um semestre, Aidan abandona a faculdade e se candidata a trabalhar em um navio numa expedição de três anos analisando o "estado dos recursos naturais no mundo" (sabe lá Deus o que isso significa), e Ângela Hoevel, na verdade, fica feliz por se livrar dele até que Aidan telefona para pedir dinheiro emprestado e comprar uma passagem de avião para casa duas semanas depois de começar a tal expedição de três anos – durante o verão e o outono em que Ethan ganha uma bolsa e vai para Yale, Aidan havia sido expulso do cargueiro por "comportamento inapropriado" (expressão que Aidan nunca explica a ela).

Enquanto Ethan faz as primeiras aulas de engenharia e sempre liga para a mãe uma vez por semana, Aidan está – sem qualquer ordem particular de importância – morando com a mãe, trabalhando meio expediente como mecânico, de vez em quando servindo drinques num bar e trepando com a metade da população feminina de Redondo Beach.

Assim, é uma surpresa e tanto para os dois irmãos quando Aidan Hoevel (que acabou de ser expulso do apartamento de uma mulher mais velha, divorciada e está de volta à casa de Ângela, comendo de graça, se drogando e planejando o que aprontará em seguida) é a segunda pessoa para quem Ethan conta que é gay.

— Será que eu deveria contar pra ela... — Ethan pensa em voz alta antes mesmo que Aidan compreenda o final da frase — ... *que sou gay?* Não é melhor contar pra ela?

— Se você fizer isso — Aidan diz friamente, marchando pela casa com o telefone sem fio pressionado contra a orelha enquanto a mãe assiste a Judge Judy, no andar de cima, na solidão entre as quatro paredes de seu quarto, de porta fechada, chorando (como é de costume todas as noites) —, juro por Deus que nunca mais falo com você. Deixo de ter um irmão no ato. Tá me ouvindo? Tá entendendo? Se você arruinar a mamãe com essa história, nunca vou te perdoar.

A reação de Aidan silencia Ethan, que fica chocado, e o silêncio os leva a uma conclusão mútua: eles deixarão as coisas do jeito como sempre foram (Ethan o filho modelo, Aidan a ovelha negra).

Com aquela promessa, Aidan se acalma e diz a Ethan (sob a pressuposição de que Aidan é o mais mundano dos dois):

— Talvez você esteja precisando de um tempo fora desse lugar liberal de merda, talvez seja bom sair do país — embora o lugar mais distante para o qual Aidan já tenha ido seja a Cidade do México — e colocar a cabeça no lugar.

Sua estranha nobreza esconde a verdadeira razão: Aidan quer que o viadinho do irmão se afaste o máximo possível de casa.

Então Ethan Hoevel vai obedientemente para o Peru. Nunca diz à mãe que é gay e passa a acreditar que talvez Aidan tenha razão. Afinal, Ângela é católica e, embora ela nunca tenha instilado medo nos filhos, nunca perdeu a fé — o único dia em que ela se arrisca a sair de casa é domingo —; se souber que o filho "se deita com homens", ela provavelmente viverá um pesadelo dos infernos.

Obviamente o que acontece então é completamente inesperado e, para Aidan Hoevel, aterrorizante: Ethan volta a Nova York e começa a aparecer em revistas das quais a mãe nunca ouviu falar, e Ângela começa a receber fotos (tiradas por Bruce Weber, Terry Richardson, ou Ryan McGinley) que as amigas enviam, as quais ela prega na geladeira, rindo, toda orgulhosa. Enquanto isso, Aidan Hoevel dá de cara com aqueles artigos sempre que passa na casa da mãe, e nas entrelinhas – um lugar que Ângela desconhece – começa a ver o segredo gradualmente vindo à tona. Com a fama de Ethan, Aidan Hoevel terá de confrontar o fato de que a verdade pode ser adiada, mas nunca evitada.

E como Aidan Hoevel teme a mudança – morre de medo – sua revelação o faz tomar ódio do irmão da mesma forma como ele sempre odiará o pai, e ele sente um embrulho no estômago sempre que olha para a cornija da lareira e vê emoldurada a foto dos gêmeos irlandeses de cinco anos vestindo camisas do mesmo time de futebol.

Uma vez que Ethan recusara-se a conversar diretamente com o irmão, qualquer que fosse o assunto, a tarde do dia 4 de julho centralizou-se em Aidan e Stanton, e as digressões imbecis de que os dois travavam estavam cansando todo mundo ali, exceto Ângela Hoevel, que riu quando Ethan lhe serviu outra taça de Riesling. Ela tomou um bom gole (quase a metade da taça) e repetiu:

– Rapazes, rapazes.

Quanto mais Ângela Hoevel ria, mais ficava claro que o sucesso do filho Ethan a tirara do fundo do poço (por exemplo, a pseudo-agorafobia que a tinha praticamente tornado prisioneira da casa no sul de Long Beach desaparecia quando ela estava perto dele).

Ela percebeu que eu estava ali de pé perto do elevador, todo tímido, e esforçou-se para se levantar. Estava mais pesada que no passado, mas andou bem rápido de forma que não demorou muito para eu receber um abraço apertado da inebriada Ângela Hoevel, que estava quase me levantando do chão quando gritou:

— Nossa, você não mudou nada! Quando foi a última vez que nos vimos? Sete ou oito anos atrás?

— Oito — respondeu Ethan, observando-me com indiferença. — Mãe, quer fazer o favor de soltar o convidado?

— Bem, a senhora é que parece oito anos mais jovem! — elogiei com o máximo de delicadeza.

Ângela me apresentou a Aidan, que não se lembrava de mim, e à Suzanne, que estava muito bonita daquele jeito típico do Sul da Califórnia: cabelo loiro sujo, bronzeada, um corpo magro, feito para a praia. Aidan me deu um aperto firme de mão e disse:

— E aí, cara.

— Como está o dente? — Stanton sorriu para mim, mas não se levantou.

Antes que eu pudesse responder, Ethan se levantou.

— Bom, agora não falta mais ninguém chegar. Vamos subir lá para o terraço.

Ethan nos conduziu em direção à cozinha e então às escadas. Todos, com exceção de nosso anfitrião e eu, subiram a escada caracol que conduzia ao terraço. Quando Ethan me deu as duas garrafas de Domaines Ott para levar junto com uma bandeja de hambúrgueres e cachorros-quentes, nossos olhos se encontraram; ele deu um sorriso nervoso e todas as minhas dúvidas sobre o convite para aquele almoço foram sanadas.

Eu era o para-choque entre sua antiga vida e a nova que ele tinha criado.

Eu era o para-choque entre a família e o namorado.

— Me diga uma coisa, Ethan.

Ele levantou a cabeça e eu continuei:

— Você alguma vez teve a fantasia de convidar Samona para este almoço? Será que ela não facilitaria as coisas por aqui muito mais que eu?

Ele sorriu e balançou a cabeça de um lado para o outro.

— É, mas não consegui me livrar do Stanton. Ele sabia que eles vinham.

Ao subir as escadas, eu me dei conta de que Ethan estava me usando e eu de alguma forma merecia aquilo; eu carregaria, pelo resto da vida, a culpa por tê-lo desapontado.

— Los Angeles é um saco — dizia Stanton naquele lindo dia de julho enquanto nós nos acomodávamos ao redor de um enorme tronco de árvore que tinha sido transformado em uma mesa de jantar, colocada no centro do terraço e cercada por seis cadeiras desenhadas por Ethan. — O pessoal de lá só sabe fazer filmes toscos e lançar moda de quinta categoria.

— É por isso que nós temos vocês, nova-iorquinos descolados, para nos dizer o que devemos fazer, certo? — Aidan estava sobre o comando da grelha de Ethan. Enquanto jogava fluido no carvão com uma das mãos ao mesmo tempo em que usava a outra para fumar e beber cerveja, ele fez uma cara feia. — E o que seria moda de primeira categoria, afinal? Nem sei o que significa essa expressão, cara.

— Bem, em primeiro lugar, vermelho-vulcão não combina com ninguém, certo? — Stanton ficou sacando a camiseta de Aidan enquanto Suzanne e Ângela se divertiam, dando risada.

Aidan tragou seu Marlboro e piscou o olho ameaçadoramente para Stanton.

Ouvi Ethan dar um suspiro bem profundo antes de me perguntar:

— E aí? O que tem aprontado nas últimas semanas?

Fiquei surpreso.

— O de sempre: lutado. — Encolhi os ombros. — Mas acho que consigo me virar.

Aidan jogou o cigarro dentro da grelha, esperou um instante e fez um sinal negativo com a cabeça, pau da vida.

— Pô... Não pegou.

Acendeu outro cigarro e jogou o fósforo, que dessa vez deixou o carvão em brasas, gerando uma bola de fogo que saiu em direção ao seu próprio rosto. Ele se afastou para trás e sentou-se em uma das seis cadeiras, tentando acomodar-se confortavelmente. E foi logo reclamando para Ethan:

— Como você consegue vender esses troços? Porra, me dão uma dor na bunda tamanha, cara.

— Na verdade — respirei, ignorando-o —, acabei de arranjar um trabalho numa firma de fundo de hedge.

Ethan ficou me olhando, esperando algo.

— Que firma?

— The Leonard Company — respondi, com a maior naturalidade do mundo.

Ethan inclinou-se para frente, chocado.

— Como assim?

— Relaxa. Só estou trabalhando meio expediente, elaborando os textos da página na Internet.

— Como foi que conseguiu? — Ethan se animou de uma forma que eu não esperava.

— David Taylor me deu uma força. Você se lembra do David Taylor?

— Não. Quem é David Taylor? — Ethan respondeu gradualmente se fechando mais uma vez.

— Ele estudou com a gente — respondi, achando aquilo muito divertido. — Ele se casou com Samona Ashley.

— Samona. É um nome de negra, não é? — perguntou Aidan.

Ethan sorriu e voltou ao normal. Era o fim da minha piadinha boba.

— Acho maravilhoso que vocês todos mantenham contato — disse Ângela Hoevel. — Maravilhoso mesmo. Yale foi uma maravilha, do jeito como eu tinha imaginado.

— Bem, mãe, é uma instituição muito liberal — Aidan se levantou da cadeira e voltou à churrasqueira, virando os carvões com uma pinça. — Tem sempre uma porrada de atividades liberais rolando por lá, unindo cada vez mais a galera.

Quando Aidan se calou, pairou um silêncio entre nós. O pessoal ficou sem saber o que dizer.

— Quer dizer então que você está trabalhando para a The Leonard Company! — Aidan me disse. — Como você pode aceitar um trabalho desses?

— Bem, é só *free-lance*, Aidan. Trabalho de casa.

— Fundo de hedge? — ele continuou, sem escutar. — É um trabalho que não tem mais fim. O cara fica sem ver a luz do sol. Caramba! É pra isso que vocês passam quatro anos estudando artes liberais? Pra descolar uma porcaria de um serviço *freela* num escritório onde não bate luz? — Aidan virou o rosto em direção ao céu claro daquela tarde. — Eu gosto do *sol*, cara.

— Aidan Júnior tem trabalhado demais ultimamente também, não é, querido? — Ângela inclinou-se meio bêbada em direção ao filho mais velho.

— Ethan, dá pra parar de encher a taça da mamãe? — Aidan pediu, antes de dizer para a mãe: — Mãe, já te pedi para não me chamar de Júnior e, com toda sinceridade, acho que ninguém aqui está interessado se eu venho trabalhando muito ou não.

— Ah, por favor, Aidan. Conte pra gente — pediu Stanton.

Aidan Hoevel conseguira um novo trabalho no departamento comercial de uma "firma de comercialização de energia" onde supostamente o "mercado de energia livre" tinha gerado uma demanda por pessoas como Aidan para ajudar a "despachar" a venda de "peças de energia". A forma com que Aidan deu essa explicação não fez o menor sentido para nenhum de nós, mas ele continuou:

— Entendem? O trabalho é todo feito pelo telefone. É como trocar duas maçãs por uma laranja.

Os hambúrgueres chiavam sobre as chamas altas. Ethan pediu licença e desceu para pegar as saladas de repolho e batata.

Stanton perguntou mal contendo o riso:

— Então você está trabalhando com... telemarketing?

Ângela Hoevel cortou a resposta malcriada de Aidan com uma risada, e então fez um círculo no ar com a mão e todos nós olhamos para ela incrédulos, até que Aidan disse:

— Olha só, é um trabalho bem maneiro, cara. — Seu olhar carente parou em mim. — Claro que não é tão bacana e chique quanto ser *escritor*. — Nesse momento ele gesticulou em minha direção. — Ou *estilista* — ele gesticulou para Stanton —, mas, por enquanto, eu tô contente.

— Peraí. — Os olhos de Stanton estavam fechados como se ele estivesse ouvindo, mas não processando o que Aidan dizia. — Não tô entendendo. E, a propósito, você está com um negócio grudado aí na barba.

Aidan passou a mão no rosto.

— Cara, meu irmão ganha a vida criando móveis e esse cara aí é escritor numa firma de fundo de hedge ou sei lá o quê e você cria roupas... Cacete! O que há de tão impressionante aqui?

A semieloquência dele me impressionou. Olhei para Ethan, que voltava com duas tigelas. Ele as colocou na mesa e então olhou lá para o rio, tomando uma taça de vinho. A balsa Hoboken estava cruzando o Hudson, cheia de gente vindo para Manhattan para curtir o feriado.

— Alguém aqui imagina que pode ter algum cara por aí carregando uma bomba na mochila? — perguntou Suzanne, olhando para o horizonte, perdendo-se em seus pensamentos. — Vocês acham possível que haja alguém com uma bomba na mochila entrando no metrô neste exato momento?

— Penso nisso o tempo todo — respondi. — Porque provavelmente tem mesmo alguém com uma bomba na mochila zanzando por aí, só esperando.

— Você acha mesmo? — Ângela Hoevel perguntou, como se estivesse decepcionada comigo.

— Não se preocupe, mãe. — Aidan virou-se para pegar outra cerveja. Abriu a lata e começou a jogar violentamente fatias de queijo nos hambúrgueres. — Não vai acontecer com a senhora.

Antes de saírem, Ângela perguntou a Ethan se ele tinha guardado o projeto final da faculdade, pois queria vê-lo. Suzanne e eu seguimos Ethan e a mãe até o estúdio enquanto Aidan foi ao banheiro e Stanton ficou tirando a mesa.

Através da parede fina de fibra de vidro, ouvimos o murmúrio baixinho de Stanton confrontando Aidan na porta do banheiro.

— Eu sei o que você está fazendo e não vou com a sua cara.

Também ouvimos a reposta de Aidan, muito mais clara:

— Cara, você quer que eu apague o fogo desse teu rabo com um pontapé?

Ethan fez um gesto negativo com a cabeça, irritado, mas Ângela pelo jeito não percebeu nada. Ela estava toda concentrada, olhando o projeto final de Ethan, cheio de poeira, numa prateleira no alto, acima da mesa de trabalho. Ela me pediu para pegá-lo lá em cima, mas nem consegui olhar para o troço, pois embora a asa ainda fosse bem bacana e futurista, aquilo carregaria para sempre o peso do que aconteceu entre nós.

Ethan acabou subindo numa cadeira para pegar o projeto. Enquanto ele tirava o pó do vidro, Ângela se inclinou até o rosto tocar na peça.

— Consegue fazê-lo se mexer? – sussurrou.

— Tenho que conectar à tomada – Ethan explicou.

Finalmente focalizei na coisa e no desastre que ela representava.

— Mas quem sabe quando vou voltar aqui novamente? – murmurou Ângela.

— Que bacana! – exclamou Suzanne. Aidan apareceu de repente no quarto, revirando os olhos em função do comentário de Suzanne.

Ethan conectou o pequeno aparelho na tomada, fazendo com que o ar assoviasse pelo vácuo. Ângela ficou olhando para aquela forma em movimento com um sorriso distante. Eu tinha me esquecido de que o troço era muito bonito, embora para Ethan fosse apenas a representação da física que tornava as coisas belas – um pássaro, um galho de árvore balançando, uma nuvem passando no céu – e não a coisa em si.

— Acelere o movimento – sussurrou Ângela.

— Mãe – chamou Aidan –, tá na hora de ir.

Ethan desconectou o aparelho e o colocou de volta na prateleira.

Aidan me deu uma aperto de mão bem firme, Ângela Hoevel me deu outro abraço e Suzanne, um beijinho no rosto. Os três se foram para ver a ponte do Brooklyn, um programa que eu, Ethan e Stanton recusamos, com a desculpa de que tínhamos de trabalhar (além do mais, ninguém ali acreditava que Ângela fosse chegar lá sem cair no sono). Ethan rapidamente explicou os planos necessários para eles se reunirem às oito no Nobum, onde ele fizera reservas. O carro os pegaria no St. Regis. Depois parariam para ver os fogos do terraço. Ângela gritava "Eu te amo" para Ethan enquanto o elevador se fechava; os três então se foram.

Stanton abriu uma janela, inclinou-se para fora, segurando-se nas laterais da moldura, como se estivesse desesperadamente precisando de ar e quisesse gritar. E foi o que ele fez: soltou um grito de furar os tímpanos.

Ethan o ignorou e limpou o prato que tinha restos de biscoito de água e sal e queijo.

Fiquei ali parado ao lado do elevador, já que não me pediram para sair.

Stanton voltou-se para dentro.

— Conta aí, Ethan. Tem uma coisa que está me matando de curiosidade.

— Contar o quê? — Ethan suspirou. — O que você quer ouvir?

— Por que você tem que agir feito uma bicha louca? Assim, lógico que bicha nós dois somos. Mas você, meu amor, já virou "tricha".

— Não sei o que você ainda está fazendo aqui — disse Ethan cansado.

— Estou aqui porque você me convidou, Ethan...

— Não foi isso que eu quis dizer.

Stanton o cortou.

— Olha só, respeito o fato de você não querer que sua mãe fique sabendo. Acho que tudo bem, eu entendo que não é por você, mas por ela. Só que o problema é que eu não quero me sentar com sua família e mentir. Sobre nós. Não vou fazer isso.

Ethan passou um papel toalha sobre a superfície de cromo brilhante da mesinha de centro.

— Você está tão equivocado, Stanton, que nem sabe.

— Hoje foi ridículo. — Stanton parou para respirar fundo. — Você foi ridículo. — Ele respirou novamente. — Acho que ainda tenho o direito de lhe dizer isso.

— Esse tom está me fazendo lembrar daquele roteiro horroroso que você escreveu.

Ethan virou-se para ver Stanton caminhar em direção ao elevador e disse, ao vê-lo marchando:

— Olhem só o Stanton. Eis a saída dramática. Vejam Stanton batendo os pés em direção ao elevador.

Na verdade, não haveria nenhuma saída dramática, pois àquela altura, o elevador devia estar chegando no térreo com o pessoal e só voltaria ao nono andar em dois minutos no mínimo, tempo durante o qual Stanton ficou de pé ao meu lado, sem ao menos olhar para mim, até ouvirmos o elevador subindo e finalmente abrindo a porta. Ele balbuciou alguma coisa, entrou no elevador dando-nos as costas e assim permaneceu até o momento em que a porta se fechou.

Houve um instante em que pareceu que Ethan tinha se esquecido de que eu ainda estava lá, até que ele disse:

— Caso você já tenha se refeito do susto desse ataque de pelanca e estiver a fim de ficar, você pode... sei lá... checar o e-mail. Que tal?

Ele sorria, mas sua voz era de puro cansaço. Estava prestes a ir para a cozinha, quando de repente parou e olhou para mim.

— Você vai mesmo aceitar o trabalho na Leonard?

Encolhi os ombros.

— É um trabalho, cara. E paga bem...

Ethan, entretanto, não estava nem aí para o trabalho.

Ele queria saber outra coisa.

— E aí, como está o David Taylor?

Foi uma pergunta muito esquisita, e naquele momento decidi interpretá-la como se Ethan estivesse sendo evasivo (que era a conclusão mais óbvia), só que mesmo assim não queria deixá-lo escapar de mim. Senti que aquela era uma oportunidade rara de me vingar dele de alguma forma — me vingar de Ethan por todas as pequenas manipulações que lhe permiti realizar.

(Obviamente, não parei para me perguntar se aquela era uma de suas manipulações.)

— Acho que a pergunta verdadeira é "Como está a Samona?", não é não, Ethan? Vocês dois devem ter se divertido na Tailândia.

Ele olhou fixamente para responder como se nada tivesse acontecido:

— Samona... — mas alguma coisa entalou na última vogal do nome dela; ele amassou o papel toalha e se sentou, esfregando a testa, fazendo uma cara feia como se estivesse sob um peso enorme.

Aliviei o tom:

— Ou talvez não.

Ele levantou a cabeça e me olhou:

— Preciso perguntar como você descobriu? — E, então, rapidamente:

— Deixa pra lá. Não importa.

Ele fez um gesto convidando-me para sentar, e obedeci.

13

SE HÁ ALGO QUE APRENDI com as centenas de entrevistas de que participei ao longo dos anos (apesar de a maioria ter durado menos de trinta segundos) é que, geralmente, a forma de a pessoa *contar* uma história é que, na verdade, *conta* a história – é a mudança no tom, as inflexões da voz, os suspiros, os olhares para o chão, para o teto ou para além da pessoa e, algumas vezes, diretamente nos olhos lacrimejantes que não param de piscar –, isso tudo é que nos dá detalhes do que está sendo omitido em palavras.

Foi desse jeito que Ethan me contou sobre a Tailândia. Como havia acontecido há mais de um mês, quando vi Samona na Printing Divine, suas palavras, gestos e expressões – algumas escolhidas cuidadosamente, outras que não me impressionaram – enviando imagens persistentes ao fundo da minha mente, não tive escolha senão sentar no loft da rua Warren, prestar atenção nas alterações e reflexões da história de Ethan.

Transar com homens é uma luta. Transar com Samona Taylor faz com que Ethan Hoevel perceba isso. Toda vez que Ethan transa com um homem, lembra-se da dor que quer esquecer: a agonia do vestiário, o esforço em manter-se firme enquanto perdia a virgindade com a primeira garota que se sacudia toda, os terríveis meses que se seguiram depois que o único cara que ele sempre amou contou-lhe que na verdade era heterossexual. Nada se compara àquela dor; é algo tão particular e tão mutilador que foi o que, de várias maneiras, definiu seu caráter e o transformou no homem que ele é hoje. Essa é a angústia que Samona Taylor vê nos olhos de Ethan Hoevel naquela primeira noite em que ela o encontrou na galeria, apesar de não saber ainda o que significa. E quando Ethan transa com Samona, esquece a brutalidade dos homens, sua força e egoísmo, e sente que é possível tomar uma nova direção na vida. Quando ele está dentro dela, Stanton Vaughn e todas as pessoas exigentes com quem sempre se envolveu não têm importância, porque tudo que ele realmente quer é Samona: ela é nova, complacente, vulnerável e o deseja, e os gemidos abafados que emite quando está transando – que contrastam tão profundamente com sua voz sensual – incitam nele uma urgência de fazê-la sentir-se protegida. No meio disso tudo, Samona Taylor torna-se a única pessoa que pode fazê-lo afastar-se de tudo que ele sempre desejou.

Então é natural quando, lá pelo fim de junho, Ethan Hoevel pede a Samona para acompanhá-lo numa viagem à Tailândia – não a negócios, mas para fugir.

Samona aceita o convite de Ethan sem sequer pensar, então vai para casa e conta a David (seguindo instruções de Ethan) algo sobre ir a Milão para alguns desfiles de moda e que ele pode encontrá-la – se for necessário – deixando um recado no celular, já que tudo foi planejado de última hora pela equipe de Betsey Johnson e ela não sabe nenhum detalhe. Isso acontece lá pelas quatro da manhã, quando ele está meio adormecido. O carro solicitado por Ethan pega Samona e vai para Tribeca, onde Ethan espera do lado de fora do prédio, vestindo uma camiseta dos Ramones e usando óculos de sol, uma mochila e um terno num cabide, protegido por uma capa plástica. Quando o vê, Samona junta as pernas bem firmemente, pois fica molhada, instantânea e inevitavelmente, apenas ao vislumbrá-lo (e isso é o que ela sussurra ao ouvido de Ethan no caminho para o aeroporto).

A maioria dos voos que partem do JFK naquela manhã está – como sempre – atrasada, mas o voo 407 da Lufthansa para Frankfurt parte dentro do previsto e, já dentro do avião, ela repousa a cabeça no ombro dele. O oceano está visível entre as nuvens, a quase onze mil metros de altitude, e quando Ethan fecha os olhos para cochilar, sabe que ela o está observando e também o que ela está pensando: "Isso é o que eu deveria fazer – não é errado e não há nada do que me arrepender; não estou mais perambulando sem ter aonde ir."

Porque Ethan sabe exatamente o que está oferecendo a ela quando a envolve nos braços no terminal de Frankfurt enquanto espera a conexão para Duong Mang. Ethan está oferecendo-lhe um propósito, o qual sabe que ela percebe quando eles estão num carro conversível que os leva do caos do aeroporto para um resort particular em Pomtien Beach, em Pattaya, onde Ethan reservou um bangalô privativo para a semana – e novamente quando estão deitados ao sol perto de uma cabine de banho na praia onde a areia é macia e da cor de sorvete de pêssego. Ela sente o tal propósito quando correm sobre aquela areia e caem na água morna e clara onde nadam juntos perto do recife de corais, mergulhando fundo na água cristalina, e a cada vez que vislumbram um cardume cintilante de peixinhos prateados que gira em torno deles; ela sente esse propósito mais tarde quando estão nus juntos, debaixo de uma ducha quente enquanto ele a lambe. A percepção desse propósito flui à medida que eles passam a primeira noite juntos e continua quando acordam e – sem falar nada – fazem amor, e quando acabam e ele repousa a cabeça próxima à dela, ofegante, e quando ela passa os dedos em seu cabelo escuro e grosso até que sua respiração volte ao normal, e quando eles tomam café da manhã na varanda observando o oceano, bebendo mimosas antes de caminhar preguiçosamente em direção à espuma das ondas ao longo da praia. Ethan oferece tudo isso a Samona, e eles deixam cada dia passar sem importância numa praia deserta do outro lado do mundo.

E na última noite em Pattaya, Samona começa a fazer perguntas.

Eles estão sentados na areia, fumando um baseado juntos, e ela está admirando a fogueira que Ethan acendeu.

– Não fumava um baseado desde a faculdade – ela diz, quebrando o silêncio. – Dá pra acreditar?

Com um simples aceno de cabeça, Ethan tenta mostrar que prefere o estalido da fogueira e os sons de ondas distantes a qualquer coisa que eles possam dizer.

– Há várias coisas que não faço desde a faculdade – ela diz.

– Tipo o quê? – ele pergunta ao exalar o baseado.

— Não sei. Naquele tempo tudo era simples. Tudo era muito simples. — Ela suspira. — Tudo aconteceu exatamente do modo que deveria acontecer. Você não acha?

O silêncio de Ethan e o modo como seu rosto brilha obscuramente à luz da fogueira é desconhecido para ela.

— Não — ele diz meio triste. — Não acho.

— Por quê? — Ela tenta se erguer, mas sente-se pesada com a erva, apesar da sensação de estar flutuando.

— Você tem que curtir muito o momento pra achar as coisas simples — Ethan diz.

— Então... você não gostava da faculdade?

— Não. Não gostava.

Samona ri e tenta levar na esportiva.

— Talvez seja porque você não me conhecesse na época.

Ethan fica na dele, inclina levemente a cabeça, dá uma tragada, olha bem para o baseado e sopra a fumaça sobre ele. Ela tenta tocar-lhe o punho, mas a tontura não permite. Ethan teria que ajudá-la, mas não o faz.

— Acho que não — ele começa.

— Ei, eu não estava falando sério. — Ela o interrompe, ligeiramente irritada. — É que havia tantas outras coisas acontecendo...

— Que tipo de coisas? — Ela tenta esconder a impaciência de sua voz.

Ele se inclina para frente novamente até que sua face fique sob a luz direta das chamas, seus olhos ligeiramente ardentes.

— Apenas bobagens. O de sempre.

Ele diz isso para terminar a conversa, para garantir que Samona Taylor entenda que há um acordo entre eles de não falar sobre coisas que não sabem um do outro, e que se soubessem não poderiam estar ali juntos naquele momento.

Ela parece entender isso, já que volta a recostar-se, assentindo para si mesma.

— E você? — ele pergunta, muito mais formalmente.

— O que eu não tô sabendo? — Ela pega o baseado e se apoia em um dos braços, arqueando a coluna, esperando que ele perceba o jeito que seus seios se projetam para cima. — Sei lá. O café da manhã na cafeteria aos domingos. Ter que andar só dois quarteirões para visitar seu melhor amigo. Ou namorado.

Se isso é uma afirmação ou uma pergunta, Samona não sabe dizer.

— Ou... namorada? — ela pergunta hesitantemente.

Uma pausa, e então:

— Sim.

— E todas as danças, e todas as festas, e como desde então você pensava que nada disso realmente importava. Aquelas eram as coisas simples. Eram as coisas que eu amava. — Ela tenta soprar um anel de fumaça mas não consegue. — Vamos lá, Ethan, você deve ter amado alguma coisa.

Ele não hesita.

— Eu nunca amei realmente minha vida ou algo nela.

Eles ficam em silêncio por um longo tempo. Ele nunca disse algo assim antes com tanta objetividade. Ela olha fixamente para o perfil de Ethan, então ele relaxa a mandíbula e sorri, fingindo que tudo era apenas papo de drogado.

— Então como você imagina que o amor deve ser? — ela pergunta.

— Algo que existe além de qualquer circunstância.

Ela o observa, confusa.

— Do que você está falando?

— Quero dizer, a vida transcorre de acordo com certas circunstâncias...

— Isso não é verdade, Ethan...

— Peraí, me deixa terminar, tá?

Ela não quer que ele termine.

Ele continua.

— O que estou dizendo é que tudo é circunstancial. Quem são nossos pais, se eles continuam casados ou se divorciaram, a sua aparência física, onde você estuda, quem você encontra lá, o tipo de emprego que você consegue depois que tudo termina, onde mora, com quem você mora... toda essa baboseira. Isso tudo são circunstâncias, Samona. E o que tudo isso tem a ver com o amor? — Ethan espera pela resposta, mas ela está com a cabeça longe. Ele encolhe os ombros. — O amor só acontece quando você consegue distanciar-se de tudo isso.

Ela não consegue encontrar nada para dizer. Essa não é uma conversa em que ela esteja interessada em ter de novo. Uma sombra paira em seu rosto e ela olha para baixo; Ethan quase pode dizer que ela está se lembrando do marido.

— Isso não é muito romântico — ela diz. — Essa maneira de ver as coisas.

— Há várias maneiras de definir amor. — Ele fez uma pausa. — Mas do jeito que você está pensando sobre amor, imagino que não seja nada romântico.

— Então deixe-me ver se estou entendendo: o que você está dizendo é... você nunca amou ninguém?

Ele olha para ela por um longo tempo, então faz um gesto negativo com a cabeça. Ela tenta tocar a coxa dele, num gesto de brincadeira e intimidade, então para e pergunta:

— Posso te perguntar uma coisa?
— Não sei se você realmente quer saber a resposta.
— Como você sabe o que é?
— Estou sentado aqui. Estou olhando para você. Eu presto atenção.
— E por que você acha que eu não deveria perguntar?
— Porque você tem medo da resposta.

Depois de um momento de indecisão, ela resolve não perguntar (a pergunta seria mais ou menos assim: "O que Ethan Hoevel está fazendo numa praia deserta na Tailândia com uma mulher casada que não tem muito a dizer?") e ainda assim tenta entendê-lo.

— Apenas... gostaria que tivéssemos nos distanciado das circunstâncias, como você mesmo disse.

— Você quer chamar de amor o que compartilhamos, Samona? Você realmente quer isso?

— Talvez — ela responde, precisando de um instante para convencer-se disso.

Ethan ajeita as brasas. O fogo está se extinguindo. De repente uma das brasas alcança o rosto de Samona, chamuscando o canto de seu olho esquerdo. Ela nem percebe que tinha gritado, até que Ethan a segura, acariciando seu queixo, certificando-se de que ela está bem (ela afirma que sim), e lhe diz com um sorriso:

— Tá vendo aí? Isso é castigo por fazer perguntas que não deveria.

Ela está tão chapada com aquela erva da Indonésia que só consegue fazer que sim com a cabeça.

— Mas não faça mais isso — diz.

— Isso o quê?

— Pare de guardar pra si o que sente. Você faz isso o tempo todo.

Ethan se senta, tranquilo, roçando as pontas dos dedos na pele dela, a cabeça em seu colo, e ela aperta a mão dele.

Fico ali por instantes, ainda ligado aos sinais dele e à maneira que estão cheios de um peculiar sentimento de melancolia. Pelo tempo que passou até que ele me contasse o que aconteceu na Tailândia, tive a certeza de que Ethan Hoevel não sabia mais o que queria.

Acendeu um cigarro e estava prestes a tragar quando parou. Estava concentrado em mim, genuinamente interessado, louco para que eu desse uma resposta.

— Acho que só estou... não estou certo se você realmente a ama — comecei, hesitante — ou se é apenas uma espécie de experiência para você.

Ethan assentiu. De algum modo, ele esperava por isso. Então tudo dentro dele se partiu.

— Como a experiência que *você* fez? Como aquela que você testou por todos aqueles anos na faculdade? — Ele se levantou, me encarando. — É desse tipo de experiência que você está falando?

— Não é a mesma coisa — foi tudo que me veio à cabeça para dizer numa voz débil. Ele estava se aproximando de mim. — Ethan... éramos um bando de crianças naquele tempo... e as consequências eram diferentes... e as coisas agora têm mais importância... elas significam...

— Não, você está equivocado. Não significam. Na verdade elas importam menos para mim. — Então ele parou de andar na minha direção, descontente com tudo. — Ah, Deus, o que afinal você sabe?

A última coisa que dissemos naquela tarde:

— Você a ama? — perguntei.

— Até que gostaria — ele respondeu.

Fui para casa pelo mesmo caminho (rio acima, a leste da rua Jane), o mesmo que utilizei na noite em que Ethan me falou pela primeira vez de Samona.

Para que ele quis me ver depois de ignorar todas as minhas ligações, sem retornar nenhuma delas por quatro semanas? Quando penso bem agora, eu me dou conta de que Ethan queria mesmo era que eu fosse solidário com ele. Queria que eu escutasse sua história e entendesse que algumas coisas que ele aprontara pareciam agora pesadas, sérias e envolventes. Queria que eu tivesse pena dele, como tive na época da faculdade.

Minha reação: caminhei rapidamente até a rua Dez, meio atordoado porque não conseguia parar de pensar em como seria morbidamente satisfatório assistir à queda de Ethan. Afinal, todos lutam por algo — por isso é que as pessoas viviam aqui.

14

A HISTÓRIA DE DAVID E SAMONA
Parte 2: A oferta

PELA ROTINA E LÓGICA do trabalho de David Taylor, em pouco tempo ele ficou fundamentalmente mais sensato do que era na época da faculdade. No inverno de 1999, menos de dois anos depois da formatura, o lado romântico do estudante de literatura tinha dado lugar à praticidade do *trader*. O *trader* não era esperto o bastante para saber que não deveria fazer perguntas nem exigir respostas de Samona quando ela – desafiando todas as probabilidades – voltava para ele todas as noites, usando vestidos decotados que ganhava dos varejistas. Sim, ele se sentia tão inseguro com "a situação" quanto qualquer sujeito em seu lugar, mas sabia muito bem que Samona precisava dele, e seu ego o lembrava de que era um sujeito bonito que não tinha ganho muito peso depois da faculdade, era calmo, culto e mantinha-se tranquilo em um universo carente de humor, estressante e baseado em números. Ele podia ter faturado qualquer outra mulher. Na realidade, ele sabia que havia um grupo de mulheres que se reuniam no bebedouro para falar das fantasias que tinham com David Taylor. Ele também não estava a fim de participar de nenhuma azaração só para fazer com que o dia passasse mais rapidamente.

E assim David Taylor deixou Samona ficar com ele no apartamento de dois quartos em Battery Park City (o cara com quem ele dividia o apê voltara para casa em Wichita no Natal anterior – vencido pela cidade) sem jamais fazer os tipos de acusações, em tom de pergunta, que realmente deveriam tê-los sentenciado depois de um ano e meio desta rotina. Eles transavam no meio da noite sempre que ele estava acordado, e aquele único momento de entrega e esquecimento rejuvenescia David duas ou três vezes por semana. E depois da transa, durante sua caminhada matutina para a rua Vesey, ele imaginava os dois morando na casa vitoriana em New England, pertinho do campus de Exeter, jantando depois de ele ter passado um dia calmo na escola onde ensinava, bebendo vinho tinto na varanda acima da colina gramínea que dava para um vale, antes de subir novamente nos declives de montanha amarelos e vermelhos, passando pelos alojamentos, o complexo esportivo, os campos e uma igreja no centro de uma grande faixa verde.

E por causa de seu comportamento surpreendente – devido à sua constância, seu novo ar de dignidade – David se tornou a única coisa segura no mundo de Samona, repleto de pessoas loucas, cronogramas apressados e conversas superficiais, metade das quais eram engolidas pelas batidas de músicas eletrônicas e pelos cosmopolitas duplos. Ela achava encantador o fato de David ainda assistir a dois episódios de *Os Simpsons* todas as noites antes de ir dormir às oito. Onde quer que ela estivesse àquela hora – geralmente em algum coquetel antes do jantar – ela pensava nele e sempre desejava poder estar lá, porque o simples fato de que ele estava dormindo tão cedo significava que ele não caía em nenhuma daquelas palhaçadas de "listas de convidados" que ela precisava aturar toda noite. David Taylor estava de alguma forma acima de tudo aquilo – ele trabalhava duro e ficava na dele, tranquilo, e não parecia sentir muita necessidade de impressionar. David Taylor era exatamente a pessoa que ele parecia ser, e estar com ele fazia Samona se sentir mais real.

As únicas vezes que ele realmente a irritava era quando começava a se queixar dos colegas de trabalho que não paravam de falar sobre namorar uma modelo e que aquele mundo era bobo e superficial (embora ele não deixasse de se vangloriar de que a namorada era modelo, e ao mesmo tempo, em seu íntimo, ele soubesse que o mundo dela não era mais bobo ou superficial que o mundo no qual ele estava inserido), e embora ela nunca discutisse – ela concordava, é claro – Samona não entendia por que ele precisava se rebaixar.

A reclamação dele era que ninguém com quem ela trabalhava alguma vez tinha lido um livro. Ele cruzava os braços e sorria como se aquilo explicasse tudo.

Numa noite (em que Samona estava livre depois de ter sido inexplicavelmente "desconvidada" para uma recepção em uma das filiais dos cosméticos M.A.C.), tomada pela incerteza súbita sobre até que ponto ainda a queriam em seu mundo, Samona decidiu desafiá-lo:

— Quando foi a última vez que você leu um romance de fato, David? — Isso aconteceu em uma festa de aniversário em um apartamento na rua 55. Eles estavam parados com um grupo no canto, e a festa estava um saco e Samona, entediada. E embora ela só tivesse dito aquilo para tirar um sarro, não estava nem aí para os hábitos de leitura de David; ele ficou atordoado, olhando para ela com olhos injetados. Então ela concluiu o pensamento convincentemente: — Quer dizer, se essa observação for sua tentativa de explicar o que está errado com minha indústria, então eu gostaria de mostrar que não vi um único livro em qualquer lugar do seu apartamento desde que cheguei lá.

Depois que o efeito do álcool passou, David levou a sério a reivindicação de Samona e a considerou um progresso.

No dia seguinte, ele comprou uma estante de cerejeira e pediu aos pais que enviassem todos os seus velhos livros da faculdade para que ele os exibisse no escritório. E fez isso sem dizer nada para Samona. *Ela vai acabar vendo, David pensava orgulhosamente toda vez que olhava para a estante (embora ele nunca pegasse quaisquer daqueles livros para ler de fato).* Samona Ashley estava se tornando uma mulher em Nova York, pegando toda a impertinência verbal e arrogância; falava com orgulho que estava evoluindo e se livrando dos rótulos de menina pirracenta e mimada que seus pais lhe deram enquanto estava em Yale.

E tudo isso acontecia sob o olhar de David Taylor. Aquilo o fez se esquecer de que ela era modelo. Aquilo o deixava desencanado do fato de que ela ainda vivia às suas custas depois de quase um ano. Aquilo o fez acreditar mais firmemente que ele ainda poderia estar apaixonado.

Ainda assim, havia os atritos habituais.

Em uma das noites raras em que Samona não chegou em casa antes de David sair para o trabalho, ele passou a manhã inteira pensando. No meio do dia, ele já tinha ligado para casa umas três vezes e ninguém atendeu. Tentara o celular dela, mas estava desligado. Já estava prestes a sair do escritório na hora do almoço para ir até sua casa quando alguma coisa chegou, vinda de um *trader* na Alemanha – uma venda de oito mil ações da Readycom. David tinha sempre que conferir a caixa de vendas no canto inferior direito da planilha eletrônica, e em seguida encaminhá-la para o *trader* nacional. Mas David estava tão perdido naquela manhã que acabou se enganando e conferiu a caixa de compras no canto inferior esquerdo. Quando ligou para casa pela quarta vez, Samona atendeu. *Uma amiga minha... totalmente arrasada.... precisava de ajuda... estava com a cabeça explodindo depois de cheirar um monte de cocaína... eu não quis ligar e te acordar... devo ter chegado em casa logo depois que você saiu... estava tão cansada que desliguei o celular... dormi a manhã inteira... Me desculpe, querido,* ela sussurrou. O alívio de David Taylor foi tamanho que ele sufocou um soluço.

Assim que ele desligou o telefone, Leonard o chamou em sua sala para informar que um erro descuidado que David acabara de cometer custara 150 mil dólares para a empresa.

– Mais de dois anos de seu salário – Leonard calculou rapidamente. – Coisas assim acontecem, mas só acontecem uma vez.

David, obviamente, culpou Samona por desligar o celular quando ela deveria saber que ele ligaria. Mas David engoliu aquilo em seco e assumiu a responsabilidade (por tudo), lembrando a si mesmo que ele tinha sorte por ter Samona. Quando chegou em casa ele a levou para jantar cedo no Oyster Bar em Grand Central antes de se despedirem com um beijinho, depois do qual Samona rumou para as festas da noite.

Mas David Taylor nunca se esqueceu daquele dia.

Era o outono de 1999 – dois anos depois da formatura – quando a carreira de modelo de Samona começou seu período de baixa inevitável. Ela só desfilou na Semana de Moda de setembro. Quando ela perguntou ao agente o que estava acontecendo, ele respondeu friamente que o visual único dela estava saindo rapidamente de moda. Seu rosto não se adequava mais às novas campanhas publicitárias, as quais – como lhe foi explicado várias vezes por diversos representantes de agências – agora buscavam o "bom e velho visual tipicamente americano à medida que o novo milênio se aproximava". As pessoas procuravam a Menina do Lado, e não a Deusa Proibida (Samona nunca tinha pensado em si daquela forma). A moda ia ser minissaias, guarda-roupa retrô, perfumes ridículos com nomes do tipo "O último raio de luz do crepúsculo", e era assim que rolavam os negócios – em ondas. ("Às vezes tsunamis", alguém em uma agência lhe falou, com os olhos arregalados.) Se Samona realmente estivesse a fim de insistir, ainda poderia descolar uns trabalhinhos, mas eles ficariam menores e menos prestigiosos eventualmente e, convenhamos, Samona Ashley nunca se importava de fato e ela nunca chegaria aos grandes desfiles – não era alta o bastante. Exigiu uma resposta deles e finalmente um estagiário frustrado lhe disse que "havia um limite para uma garota extremamente culta de Yale, cheia de atitude".

Ela deu um fim à carreira ali mesmo, antes que chegasse a um triste fim.

Quando Samona saiu da agência pela última vez, fez sinal para um táxi na Madison e voltou para o apartamento de David, onde ele estava todo metido (pelo menos essa foi a interpretação dela) lendo a *Economist*, fazendo um lanchinho com um pedaço de queijo grudado ao lado da boca; David mal levantou a cabeça para olhá-la. Ficou tudo imediatamente claro – ele tinha torcido para que ela se desse mal. Queria que ela passasse o dia todo no apartamento e que estivesse lá sempre que ele precisasse dela. Ele ficaria feliz com as novidades.

– Tá tudo acabado – ela disse. – Pra mim, chega.

Ela nunca esqueceria de como David reagiu, surpreso: largou a revista, se levantou, deu-lhe um beijo tão carinhoso no rosto que a fez estremecer pelo corpo todo e pegou uma garrafa de Corona Extra para ela.

Enquanto colocava um limão no gargalo da garrafa, ele disse:
— Você está tão acima de todos eles!

Ela pensou: ele tem razão. Então ficou imensamente envergonhada de si mesma, porque ali estava um sujeito que nunca se preocupou com o fato de ela ser modelo, que só queria que ela desfrutasse do que fazia, que a abrigava, pagava-lhe jantares agradáveis, que sempre estava esperando por ela quando ela entrava pela porta tropeçando, que nunca, em mais de um ano de besteiras, desceu aos níveis insignificantes de tamanhos de cintura e dietas de vegetais crus, pesando-se na balança oito a dez vezes por dia, que só queria amá-la e estar contente por ela – em qualquer situação.

Ela saboreou aquela Corona e guardou a garrafa vazia em uma gaveta da mesinha de cabeceira, junto a antigas cartas de amor e cartões de aniversário sentimentais das amigas.

O que Samona não sabia era que David Taylor estava mais que contente por ela ter decidido abandonar a carreira de modelo (ou mais precisamente: que a carreira de modelo tinha decidido abandoná-la) – ele estava nas nuvens.

Àquela altura do campeonato, o programa de dois anos de David Taylor no Merrill Lynch estava rapidamente chegando ao fim, e com o mercado ainda em baixa, ele sabia que seria cortado se houvesse até mesmo a menor dúvida na mente de Leonard que David pediria demissão. Na realidade, David Taylor estava procurando cursos de pós-graduação – sonho que, dois anos desde que saiu de Yale e um ano e meio desde que leu o último romance (*O encantador de cavalos*, de Nicholas Sparks), estava quase morrendo. O que o impulsionava era a lembrança do sonho e a ameaça de desemprego. E ele sabia que Samona – enquanto estivesse trabalhando como modelo – jamais aceitaria viver dentro dos padrões de um professor nas colinas de New England, pedindo a Deus que chegasse o verão para viajar, muito menos planejar ter filhos e viver uma vida modesta. Sua carreira de modelo impedira até mesmo a ideia de deixar a cidade.

Mas agora a imprevisibilidade do consumidor ditava que ela estava completamente dependente dele. E como ela não voltaria para Minnesota nem por um decreto – não depois dos dezoito meses que vivera –, isso deu a David, na mente dele, algum espaço para moldá-la como a mulher que ele sabia que ela podia ser. Ele ficava até tonto de pensar em ser o professor maneiro de Shakespeare e Dickens (os livros dos dois autores estavam juntando pó na estante em seu escritório), além de ter uma esposa para lá de gostosa. Seria como quando ele começou a namorá-la no primeiro ano da faculdade, e seus irmãos de fraternidade a olhavam de cima a baixo, boquiabertos, morrendo de inveja, sempre que ela estava com ele.

Assim, ele a deixou ficar amuada no apartamento, onde as inseguranças dela se inflamavam e seu nível de sobriedade afundava até que ele fosse tudo que lhe restara na vida.

Enquanto isso, ele tinha de cumprir o contrato com a Merrill Lynch, e havia aquela pergunta de composição nos formulários da pós-graduação: "Descreva um momento em sua vida que o definiu", que o deixava totalmente perplexo.

Então algo inesperado aconteceu:

Os computadores em seu andar foram trocados e ele descobriu o Intertrade 96. Era apenas um ícone na tela do seu novo PC, que parecia uma caixa registradora antiga com duas miniaturas de homens brancos vestindo ternos dando um aperto de mão. Ao arrastá-lo para a lixeira, sem querer ele deu dois cliques e abriu uma planilha eletrônica cheia de fórmulas tão complicadas que ele nem quis tentar decifrar. Só de brincadeira, ele imputou alguns números da bolsa de valores daquela tarde nas caixas apropriadas e acabou o dia 250% no azul. Quando saiu do escritório depois que o mercado fechou e James Leonard veio lhe dar um aperto de mão, David Taylor sentiu um êxtase que ultrapassou qualquer triunfo na pista de corrida. No espaço de catorze horas, apenas algumas semanas antes de seu contrato expirar, tudo veio junto: a persistência em fazer um bom trabalho, as caminhadas para a empresa toda manhã, sua permanência no escritório até concluir tudo e seu bom relacionamento com praticamente todos, desde o garoto das correspondências a James Leonard – aquele aperto de mão no final do dia de alguma forma fez com que tudo aquilo tivesse valido a pena.

Naquela noite, ele levou Samona ao Nobu e ficou feliz por não se sentir culpado, já que os 35 dólares gastos no aperitivo de tartare de salmão que ele a cutucou para pedir não impactariam na economia que os dois vinham fazendo para pagar as prestações do carro e o plano odontológico. Ao pedir uma garrafa de saquê de 115, ele observou a expressão facial dela – o assombro em seus olhos – e se orgulhou por não se tratar de uma ilusão. Era sensual. Estava acontecendo. Era quase heroico.

Quando voltaram para casa – o saquê os animou, sem deixá-los bêbados – ele a comeu com tanta virilidade que ela chegou a gritar.

Na noite seguinte foram ao Balthazar, seguido do Blue Ribbon, e até mesmo se aventuraram a ir ao Peter Lugers em Williamsburg (onde ela recusou o bife e comeu só uma salada).

E como um desses sinais que não se pode ignorar, essa sorte inesperada foi acompanhada uma semana depois por outra oportunidade inesperada. Depois de vinte e nove anos no Merrill Lynch, James Leonard decidiu abrir sua própria corretora de fundo de hedge e convidou David Taylor para trabalhar com ele. O expediente seria muito mais confortável (David nunca mais precisaria acordar às 3:45 da manhã) e teria sua própria sala no vigésimo primeiro andar de um edifício na esquina da Sétima Avenida com a rua 51, além de conseguir trabalhar em vendas e com *trading*, já que esse era "seu talento", como disse James Leonard.

– Nesse negócio é preciso estabelecer relacionamentos, e conheci pouquíssimos jovens que tenham tanto talento para isso como você.

De onde James Leonard tirara aquela ideia? David Taylor não podia nem começar a compreender. Mas, no fundo, David achava inevitável desconfiar que essa sorte inesperada tinha muito a ver com uma corrida no Central Park anos antes, em um dia quente e claro no final de agosto; a mesma espécie de sorte inesperada que o fez descobrir o Intertrade 96.

David considerou essa escolha como qualquer bom *trader*: se ele abandonasse o mercado financeiro, provavelmente não conseguiria fazer a pós-graduação que tanto queria. E também não teria muito dinheiro, pois não economizara como tinha planejado (ele bem que segurara uma grana, até que Samona se mudou de mala e cuia e a partir de então o dinheiro foi pelo ralo, apesar de sua cautela), o que significava que ele tinha que arranjar um emprego enquanto fazia o curso, e pior: Samona teria de trabalhar também, ela poderia não querer lidar com o sofrimento e a incerteza de tudo, poderia deixá-lo; ele ficaria só, ele não gostava de sair muito, ele não queria ter de passar pela chatice de achar outra namorada, não havia simplesmente garantia de nada.

Seu sonho agora parecia arriscado, e, de uma hora para outra, o trabalho tinha se tornado uma coisa segura.

Isso tudo aconteceu no espaço de três semanas. David Taylor acompanhou Jim Leonard e se tornou um dos primeiros sócios na The Leonard Company. Foi uma decisão que ele tomou mais depressa do que gostaria de ter que admitir.

Alguns meses depois que David recebeu a gratificação no outono de 1999 – mais ou menos um presente de James Leonard para seu protegido –, ele e Samona assinaram o arrendamento em um novo apartamento. Ficava no vigésimo oitavo andar do edifício de luxo em Hell's Kitchen, na esquina da rua 43 com a Décima Primeira Avenida, chamado The Riverview (embora o apartamento deles ficasse no lado leste do prédio, com vista para o Queens). David decidiu pelo Riverview porque, dentre os outros edifícios que viram, era o que ficava mais perto de seu novo escritório (porém, depois que eles se mudaram para o apartamento espaçoso de um quarto com uma cozinha toda em aço inoxidável e dois banheiros, David passou a pegar táxis, porque estava cansado da trabalheira imposta pela mudança e ainda não se acostumara com o novo horário e não queria caminhar mais; além disso, quatro avenidas, uma distância maior do que parecia – ele simplesmente não tinha tempo).

Samona não encontrou trabalho (na verdade, nunca se dedicou seriamente à busca). David pagava o aluguel de US$2.800,00. Disse à Samona que não precisava ter pressa. Compreendia que o último ano tinha sido tenso para ela e não havia problema algum esperar pela oportunidade perfeita, e que enquanto isso ela deveria considerar o apartamento novo como um emprego – sua missão era transformá-lo no lar com que ela sempre sonhara.

– O lar com que sempre sonhei fica em Tribeca – ela disse humildemente. – O centro é muito mais bacana.

– Dê tempo ao tempo – foi a resposta forte e confortante de David. – Espere só para ver.

A tal oportunidade perfeita nunca pintou para Samona – os anos noventa estavam quase no fim e o mercado de trabalho, competitivo. Mas isso não incomodava David Taylor. Depois do aumento significativo de salário e o contrato novo (que incluía comissões dos investidores que ele levou para The Leonard Company), ele começou a fazer suas próprias vendas (com a ajuda do Intertrade 96, é claro) e logo se tornou o Midas do fundo de hedge. As pessoas não paravam de perguntar a David Taylor qual o seu segredo. (Havia inclusive uma pequena e discreta investigação para garantir que não estava rolando nenhum tráfico de informações, mas nada se descobriu, pois as fórmulas que ele guardava no computador eram todas honestas. David lhes contou a verdade: ele tinha um programa de planilha e os números eram confiáveis. A coisa toda não passava de um simples código binário. Ao final daquele primeiro ano na Leonard Company – exatamente doze meses depois que eles se mudaram para o Riverview –, David Taylor estava ganhando US$250.000,00 mais comissões, mais gratificação, que era mais que suficiente para que Samona Ashley diminuísse sua "longa procura por trabalho". E assim ela ocupava seus dias fazendo compras, visitando galerias de arte (pensando: se eu tivesse tempo, gerenciaria uma galeria melhor que qualquer uma dessas socialites de vinte anos), fazendo ioga de Bikram, falando com o pai, decorando e redecorando o apartamento de Riverview (tratando-o basicamente como sua própria galeria), e almoçando com Olívia, Nikki ou Sara, o que inevitavelmente acabou levando-a ao circuito beneficente e aos coquetéis badalados de Nova York. Samona Ashley ficou entediada.

Mas David não percebeu o tédio de Samona.

David tinha passado a adorar o trabalho.

Os sonhos diminuíram. Os sonhos tornaram-se irrelevantes.

O amor tornou-se algo completamente diferente.

Os sonhos não levavam ao amor.

David Taylor começou a acreditar que o sucesso, em todas as suas muitas formas irônicas e irregulares, levava ao amor.

15

De: James.Gutterson@Leonardco.com
Para: readyandwaiting@hotmail.com
Enviado: Quinta-feira, 22 de julho, 16:59
Assunto: Re: prévia do trabalho

Camarada, dei uma olhada na prévia que você mandou e acho que vamos ter de levar um papo. Quando você pode dar uma passada aqui? Gut.
Obs.: só não dá pra ser hoje nem amanhã – Edmonton está se ferrando – estou com um PÉSSIMO humor.

Passaram-se duas semanas desde que enviei a prévia do trabalho para James Gutterson — com seis dias de atraso. O trabalho era muito mais difícil do que eu imaginara, e eu definitivamente não era o cara certo para realizá-lo. Entretanto, a falta de grana — o segundo motivador mais poderoso depois do sexo —, junto com a necessidade de distração depois do meu último encontro com Ethan e sua família, serviu para me dar força e me fazer aguentar escrever 137 parágrafos e 13.642 palavras, todas elas sem vida, secas e chatas. (Sem contar com 87 gráficos totalmente reciclados.) Dentro de mim havia uma parte capaz de escrever, com riquezas de detalhes, sobre o que as últimas tendências da moda representavam no inconsciente coletivo de nosso país, e nem isso saía de um jeito que me agradava; não era doloroso e eu ficava, às vezes, impressionado com o meu próprio masoquismo — que nunca durava tempo suficiente porque os textos eram revirados e mexidos muito rapidamente. Mas levei umas duas horas para escrever um único parágrafo sobre o que a Leonard Company podia fazer pelos clientes e a cada minuto que passava, parecia que meu cérebro estava encolhendo. Não foi nada encorajador quando percebi, várias vezes enquanto escrevia o texto, que eu o estava compondo para alguém que se sentava no vigésimo primeiro andar e passava o dia acompanhando os placares das partidas de hóquei no gelo.

Enquanto isso, meu telefone passou a semana inteira sem tocar, e assim que eu concluísse o trabalho para a Leonard Company, voltaria a ligar para as pessoas e a enviar propostas sobre a volta das capas impermeáveis e uma nova linha de cremes faciais, e quem era o próximo Colin Farrell. Eu teria de voltar a penetrar naquele universo – não tinha outra escolha.

A coisa bacana aconteceu quando eu estava na metade do processo interminável, quando – depois de mergulhar o rosto numa pia cheia de água fria para me reanimar – a ficha caiu e percebi que eu tinha perdido o estranho desejo de descobrir o que estava acontecendo com Ethan e Samona, e tinha perdido o contato com eles durante grande parte do mês de julho. Essa percepção (eu disse a mim mesmo que estava amadurecendo, que eu não precisava mais deles, que eu podia tocar adiante e deixar aquele mundo) me permitiu aceitar o que eu vinha conscientemente evitando: que David Taylor, James Gutterson e a Leonard Company estavam me fazendo um favor, e o mínimo que eu podia fazer era entregar um trabalho decente e talvez, quem sabe, até tentar aprender alguma coisa. (No fim, o que aprendi foi que – considerando minha idade e minha renda atual – seria pura sorte se eu tivesse um dólar para investir quando eu chegasse aos cinquenta anos.)

Entretanto, a prévia do trabalho correu rapidamente depois daquela revelação, e logo no início da semana seguinte senti-me seguro o bastante com relação ao documento a ponto de enviá-lo para o e-mail de James. Eu tinha dedicado quarenta horas de trabalho (acho que passei metade desse tempo olhando para o desgraçado do cursor piscando ali na tela) e, depois que enviei, tive a mesma sensação de quando me livrei da aula de economia em Yale – desapareceu tudo: a obrigatoriedade de pegar na leitura proposta, a dedicação meia-boca só para cumprir o prazo, ter que ficar pedindo para estender o prazo, e só faltava mesmo James Gutterson aprovar meu trabalho, me pagar e então eu poderia me manter por talvez mais dois meses no apartamento da rua Dez – pelo menos até o final do verão – antes de sair à caça de outra coisa pra fazer.

Na época, pareceu simples assim.

No final de uma tarde – dois dias se passaram desde as ridículas negociações fora de estação de Edmonton –, mais uma vez passei pelas portas giratórias na Sétima Avenida, 800, e enfrentei a mesma burocracia: ligaram para a sala de Gutterson, deram-me um crachá enorme de visitante com meu nome impresso. Novamente encontrei Gutterson com a cara quase grudada ao monitor, só que agora havia uma planilha no espaço onde eu encontrara os artigos sobre hóquei no gelo. James estava transferindo uns números de um papel para o computador.

— Aguenta aí que já te dou atenção — disse ele sem levantar a cabeça. — Errei aqui nos pontos decimais e tenho que corrigir um por um. Só faltam mais 42.

Seus dois dedos indicadores moviam-se pelo teclado feito os de uma criança catando milho. Ele comentou:

— Sabe, acho que deveriam inventar um jeito de se fazer essa coisa automaticamente.

— Acho que vou dar uma passada ali no Dave enquanto você faz isso — sugeri, depois de passar um tempo ali, de pé, percebendo que era muito provável que James levasse ainda mais uns trinta minutos digitando. — Tudo bem?

— Acho que ele está com um consultor neste momento. Estão reformando a sala de conferência — James avisou, movendo a cabeça em direção à porta trancada à nossa direita, sem tirar os olhos da tela. A porta estava cercada por fita isolante. — Além do mais, nós vamos nos encontrar com ele para tomar uns drinques daqui a mais ou menos uma hora. — Ele piscou, olhando para a tela. — Segura sua onda.

Esperei enquanto James digitava irritantemente devagar, e quando olhei bem para sua mesa, percebi algo novo — o romance *Revolutionary Road* de Richard Yates.

— Você está lendo esse livro? — perguntei, tentando disfarçar a surpresa.

— Só um segundo. Tô... quase... acabando. Pronto!
Com um toque final numa tecla, ele fechou a janela do programa. Passou um bom tempo ainda olhando fixo para a tela. Vagarosamente, ele foi abrindo a boca, surpreso.
— Ai... caralho...
— O que foi? — perguntei.
Ele respondeu bem baixinho:
— Esqueci... de... salvar... — E então ele gritou: — Puta que pariu!
Em todo o vigésimo primeiro andar as pessoas ergueram as cabeças sobre os monitores para ver o que estava rolando, mas logo desapareceram, pois pelo jeito aquilo acontecia com James Gutterson o tempo todo.

Ele me olhou com cara feia como se a minha pergunta o tivesse distraído a ponto de ele esquecer de apertar Control S; assim, toda a desgraça foi atribuída à minha pessoa.

Então, com um estranho fascínio, observei James aos poucos aceitar o fato de ter esquecido de salvar o trabalho. A porcaria já havia sido feita e não tinha como voltar atrás. A raiva transformou-se em simples arrependimento.

— Ah, que se dane. Eu não recebo por hora mesmo. — Ele acionou o protetor de tela antes de começar a me dar atenção. — Sabe o que significa isso?

— O quê?

— Significa que vou ter que encher a cara essa noite.

— Só lamento.

— Encher a cara, meu amigo, não é nada do que devamos nos lamentar.

Peguei então o livro da mesa.

— Você já leu isso aqui?

— Não. Uma garota sugeriu que eu lesse. Acho que pode servir para dar uma forcinha pra eu conseguir comê-la.

James tirou o livro das minhas mãos e deu uma folheada. Leu a contracapa e fez careta, balançando a cabeça em um gesto negativo.

Enquanto isso, eu pensava que adoraria conhecer uma garota que tivesse lido *Revolutionary Road* e tivesse gostado tanto a ponto de tentar me convencer a ler. Eu fingiria nunca ter lido (já li duas vezes) e lhe agradeceria por ter-me feito ler um romance tão bacana, e então poderíamos travar longas discussões sobre a leitura e...

Interrompi aquelas ideias e comecei a pensar em outra coisa; de repente eu me imaginei indo à estamparia e dando o livro à Samona; ela me devolveria alguns dias depois, dizendo ter adorado a história e que havia esquecido do quão prazeroso é o hábito da leitura, tocando meu braço, com certa intimidade, enquanto me perguntava sobre meu próprio trabalho, querendo ler minhas histórias.

E foi assim – com o simples fato de pegar um livro que James Gutterson estava lendo só para conseguir trepar com uma garota – que a distração das últimas três semanas foi apagada, e eu novamente me dei conta de que a única mulher pela qual eu me interessava, além de casada, estava tendo um caso com um gay que já tinha sido apaixonado por mim. Ou algo assim. Quase ri daquele absurdo – só que o riso inevitavelmente faria com que James perguntasse "Qual é a graça?", e eu não sabia se conseguiria responder sem chorar.

James estava me olhando, segurando o livro.

– Você leu?

– Li.

– Quer me contar do que se trata?

– Acho que é melhor você mesmo ler, James.

– Não tenho tempo pra ler essa droga. – Ele moveu a cabeça indicando a tela do computador.

O protetor de tela era uma linha de texto laranja fosforescente indicando a hora, piscando os segundos enquanto quicava pela tela negra.

... 5:23:42... 5:23:43... 5:23:44... 5:23:45...

– Poxa, cara... só me dá uma *ideia* do que se trata. Só o suficiente pra eu dar uma enganada na gatinha por uns cinco ou dez minutos.

– Será mesmo tempo suficiente pra conseguir levá-la pra cama?

— Bem, aí vai depender do número de cosmos que ela tiver bebido. Tô achando que quando a gente começar a falar do livro já terão sido uns três ou quatro. Por favor, escreva um resumo e mande para o meu e-mail, sei lá... não vai tomar muito do seu tempo, cara.

— Claro.

Então, eu o lembrei do motivo que me trazia ao seu escritório. Peguei uma cópia do livrinho que eu tinha imprimido.

James balançou a cabeça em um solene gesto afirmativo e começou a levantar umas pilhas de papel da mesa, mas não achou. Não estava em nenhuma das suas gavetas.

— Cara, eu tenho certeza de que imprimi — resmungou, arqueado sobre o topo da mesa de trabalho. Levantou-se de mãos vazias e então olhou novamente, com arrependimento – para sua tela do monitor.

...5:25:13... 5:25:14... 5:25:15...

— Olha só — James começou —, eu li a prévia quase toda e acho que você é um bom escritor, mas está muito... poético, sei lá. Você vai precisar mudar o tom. — Ele fez um gesto com as mãos, as palmas para baixo, sinalizando para baixar alguma coisa. E então encolheu os ombros. — É só isso mesmo. Tirando isso, ficou muito bom... só não se esqueça... SNC!

— Esse ene o quê?

— Simplifica, Não Complica!

— Ah, tá. Entendi...

— Não se esqueça para quem você está escrevendo.

— Bem, chama-se *literatura* corporativa!

James me olhou sem expressão até que a ficha caiu e ele forçou um risinho.

— Só tenta manter as coisas rápidas e rasteiras, falou?

Suspirei.

— Falou.

Ele se reclinou, esticou os braços sobre a cabeça e gemeu. Então olhou para mim, todo pensativo.

— Por que será que as pessoas sempre tentam florear as coisas, enfeitar o pavão? Por que é que tentam deixar tudo parecendo mais bacana do que é de fato? As coisas são muito simples. Pra que complicar mais? Você não acha?

— Você ainda está falando do... meu trabalho?

— Estou falando do geral. E eu não sou muito de falar do geral, então é melhor você me escutar com atenção.

Inevitavelmente, fiquei muito surpreso.

— Se as pessoas conseguissem simplificar as coisas, esse mundo estaria muito menos caótico.

— Isso é tão... zen.

— É o que acho e não abro mão de minha opinião.

— É provável que você tenha razão, James.

— Levanta! Vamos encher a cara. — James colocou um paletó amarrotado e, depois de consertar a gravata, pegou o celular.

— Vou deixar um recado para o Taylor mandando ele se encontrar com a gente depois de sua... — de repente, James arregalou os olhos e imitou uma bichinha — *"consulta"*!

... 5:26:39... 5:26:40... 5:26:41...

Eu estava terminando minha primeira cerveja e James já estava na segunda. Estávamos em um barzinho meio escuro chamado China Club, na rua 47, perto da Broadway (o tipo de lugar onde um martíni custa catorze dólares), e estava começando a encher de rapazes da nossa idade, saindo do trabalho. Esperávamos David Taylor enquanto James falava de hóquei no gelo.

— Cara, é muito intenso. Não dá pra entender a intensidade comparando com outro esporte, tipo corrida e futebol. Só dá pra entender hóquei quando se *joga* hóquei.

De sacanagem, ergui os braços como se eu me rendesse.

— Eu não duvido!

(Ocorreu-me que essa era uma frase que eu usava muito na época da faculdade, até que Ethan se encheu dela.)

Prestei atenção em James e no que ele dizia sobre os jogadores de hóquei que conseguiam levantar um halter de barra longa com quatro placas de cada lado para fazer supino reto e como eles te atacam a trinta quilômetros por hora enquanto você sai correndo atrás de um *puck* – o disco usado nas partidas – que você mal consegue ver, que provavelmente estava indo a oitenta quilômetros. Ele dizia que os jogadores de hoje esforçavam-se para enxergar direito por causa da máscara que os imbecis das comissões de regras da NCAA obrigavam a usar; James era purista, pois cresceu jogando no Thunder Bay em Alberta. "Você acha que lá *eles* usavam máscaras? Porra, Gretzy jogou até os trinta e oito anos e você acha que ele alguma vez usou máscara?"

Achei que fosse uma pergunta retórica, mas ele esperou ansioso até que eu fiz que não com a cabeça, e então começou a falar que seu pai o ajudara a calçar seu primeiro par de patins quando ele fez dois anos (estávamos regredindo, percebi) e que ele – James – passava a tarde toda cruzando uma baía congelada, e então passou para a liga de juniores, em seguida jogou na Universidade de Cornell durante a pós-graduação, passou um ano na Rússia (será que eu tinha ouvido certo?) e tudo que ele queria fazer era *matar* o pessoal e *marcar ponto*.

– Você chegou a tentar a carreira profissional? – Era só o que eu podia perguntar.

– Tentei naquele ano na Rússia. – James matou a cerveja. – Mas eles jogam sujo lá. Além disso, só dá pra beber vodca, daí você fica com a cara toda inchada e, pra piorar, as mulheres são todas brancas feito cera. Particularmente prefiro as morenas. – Ele me cutucou. – Você me entende, né?

– Como a esposa do David? – perguntei, mas me arrependi.

– Agora você veja, cara! Me diga como um magrelo feito o David Taylor conseguiu se dar bem assim – disse, com uma mistura de amargura e reverência. – Se você me disser como, além de conquistá-la, ele conseguiu levá-la para o altar, eu lhe pago outra cerva. Inacreditável.

— Acho que foi meio complicado. De repente, eu me tornei mais interessante para James Gutterson.

— É mesmo? Como?

— Deixa pra lá. Não sei. — Eu fazia que não com a cabeça, embora minha resposta àquela pergunta estivesse me consumindo há algum tempo a ponto de me fazer escrevê-la. Aliás, para mim, escrever era uma forma de dar um fim à história, dar um fim e, com sorte, receber minha grana e passar para a próxima. Era um meio de vida, e nunca fora problema algum manter aquela separação. Mas por que eu estava tendo tanta dificuldade? Por que eles tinham que estar em todos os cantos? Ali, de cara com o olhar imoral, cheio de expectativas de James Gutterson, só me restava continuar a fazer que não com a cabeça e murmurar: — Não sei por que eu disse isso. Foi tudo muito simples.

— Vou lhe contar a parte simples. — Ele esfregou o dedo indicador com o polegar e eu me reclinei, afastando-me dele. — Grana. Taylor ganhava e ela queria. Nada mais simples que isso. Quando o cara tem grana, ele faz o que quiser e come quem bem entender. — Ele fez uma pausa pensando em algo, e seu semblante escureceu com um sorriso malandro. — E pode crer: é o que Taylor faz.

— Faz o quê? — perguntei de cara, intrigado e meio sem graça.

— Oi? — James estava distraído. Não tirava os olhos da garçonete atrás do balcão, que naquele momento lavava um conjunto de copos de gim.

— Não é que ele... chifre a Samona. Não é do feitio do David Taylor — eu disse firmemente, pois tinha certeza de que David jamais tinha pulado a cerca (com exceção de uma única vez, antes do casamento, pelo que ouvi dizer). James soltou uma gargalhada de alguém que sabe de coisas que você não sabe, o que me fez mudar o tom. — Tenho a impressão de que ele está sempre ocupado demais para sair por aí sacaneando a mulher, certo?

Ele continuou rindo e, vagarosamente, fez um gesto negativo com a cabeça.

— Olha só... tudo bem, você é *escritor*. Dá pra perceber que você curte ouvir com atenção e que percebe as coisas. E tenho certeza de que tem muita merda que você já ouviu falar de nosso amigo David Taylor. Mas, acredite, meu camarada. – Ele deu uma parada, como se a história tivesse ficado mais tensa para mim e ele quisesse prolongar meu interesse. – Tem muita merda que você não sabe. E o que vou fazer é abafar o caso.

Ele tomou um bom gole da cerveja.

– James, será que dá pra me dizer do que estamos falando aqui?

– Não – James respondeu baixinho, sem dar nenhuma ênfase.

– Por que não?

– Em primeiro lugar porque ele está vindo em nossa direção neste exato momento; segundo, porque – ele ergueu uma das sobrancelhas de forma ameaçadora – tenho certeza de que uma hora ou outra você vai acabar ouvindo de uma fonte mais confiável que eu.

Ele bateu o copo sobre o balcão, onde David Taylor agora puxava uma cadeira.

– Tô perdendo alguma coisa neste papo? – ele me perguntou, apontando para James.

– Não, nada – garanti.

David nos cumprimentou com apertos de mãos – uma falsa formalidade que sempre tranquilizava todo o mundo.

– Taylor, acho que esta é a primeira vez que o vejo durante o dia – James comentou, olhando para mim.

– As coisas estão começando a ficar mais tranquilas.

As olheiras de David tinham sumido e seu cabelo estava recém-cortado, bem penteado e com gel. Ele vestia um terno Prada cinza, de quatro botões, muito chique, o qual ele não tinha mais idade para usar, mas ainda dava seu jeito; na verdade, o terno o deixava alinhado e jovial, qualidades que eu não via nele há muito tempo. Mas o estranho era que essa metamorfose não diminuíra seu nervosismo nem um pouco. David Taylor não estava calmo naquela noite (mais tarde eu descobriria por quê) e pediu um Grey Goose duplo com gelo. Seu drinque não demorou nada para chegar. Reagindo aos nossos olhares, ele nos informou:

– Estou um pouco tenso.

— E aí, o que está rolando por lá, atrás de todas as portas fechadas? — James perguntou. — Além de toda a reforma.

— Estou escolhendo umas coisas. Aquelas luzes de acendimento automático estão me enchendo o saco.

— Peraí... você vai ganhar uma sala maior depois da reforma?

James olhou para mim novamente de forma que tive de desviar o olhar.

— Não — David respondeu, dando uma olhada pelo bar. — Eu estava apenas tendo uma consultoria de decoração. Dando um pouco de *"bam"*. — Ele fez uma imitação de Emeril Lagasse que demorou para a gente reconhecer.

— Tenho certeza de que estava fazendo isso mesmo. — James sorriu. — Toda certeza.

David rapidamente fez uma cara de quem tinha entendido a piada mais tarde do que deveria e James piscou.

— Ainda estão trabalhando nas salas de conferência — ele disse friamente. — É só isso.

James pareceu aliviado ao ouvir isso e voltou a sorrir.

— E quanto às luzes? — perguntei a David.

David suspirou e cruzou as pernas.

— Leonard mandou instalar esses sensores de movimento em todas as salas, de forma que as luzes se apagam automaticamente quando não há nenhum movimento por cinco minutos ou algo assim.

De deboche, James fez que não com a cabeça como se entendesse o que David estava dizendo, embora Gutterson não tivesse sua própria sala.

— Só que os sensores não são tão bons assim; daí as luzes se apagam de cinco em cinco minutos enquanto estou sentado lá. Então tenho que sacudir os braços para que se acendam de novo. Isso acontece umas quinhentas vezes durante o dia e é ridículo. — David descruzou as pernas e começou a mexer em um guardanapo.

— E aí, está tudo sob controle de novo? — James perguntou.

— As margens subiram um pouco. Não como antes, mas... — David encolheu os ombros.

— Qual o segredo, David? — James perguntou, piscando para mim.

De repente, David parou de mexer no guardanapo.

— Segredo? Como assim?

— Tipo — James se inclinou em sua direção —, você não quer dar umas dicas a um velho amigo?

David suspirou de alívio.

— As três barras de ouro, James: dedicação, paciência e confiança.

— Tá anotando? — James piscou para mim. — Acho que isso ficaria muito bem em sua introdução. Essas três barras de ouro.

Ele bateu no balcão com a mão aberta.

— Mas você me disse para não ser poético — respondi.

— Sabe por quê? — E agora James Gutterson estava se inclinando em minha direção. — Porque isso não é poesia, meu camarada. É baboseira. E você tem que usar o máximo de baboseira que puder.

— Eu bem sabia que havia uma razão que justificava o fato de os banqueiros serem ricos e os escritores não terem um tostão furado. — Não sei o que me fez esticar o assunto.

David nos olhou, impassível.

— Pois é, cacete! — exclamou James. — Vocês não sabem enrolar direito. Nós, por outro lado, enrolamos *o tempo todo*. Certo, Dave? Certo? — James deu uma cotovelada bem forte nas costelas de David antes de erguer sua garrafa, vazia. — Um brinde à enrolação! E aos oito ponto quatro bilhões em contas no exterior!

— Oito ponto seis — David Taylor corrigiu, então fez uma careta ao engolir todo seu drinque em um só gole.

Alguns minutos mais tarde — depois que uns funcionários da Leonard entraram no bar e James distraiu-se bebendo com eles — David Taylor me convidou para jantar com ele e Samona. Iria pegá-la na Printing Divine e então caminhariam até o Woo Lae Oak na Mercer. Recusei o convite educadamente, mas David insistiu.

— Por que vocês não jantam sozinhos? — finalmente perguntei.

— Porque não quero jantar só com minha esposa — respondeu, levantando-se. — Sente-se respondido?

Ele viu minha expressão de espanto e então, quando eu me levantei, ele colocou a mão no meu ombro, como costumava fazer antes de nossas corridas: um gesto reconfortante que sempre me fizera sentir que venceríamos.

– É que a semana foi longa e cansativa, cara... – ele disse, com um sorriso triste. – Só por isso. – Eu não fazia ideia do porquê ele estava me incitando assim. – O jantar é por minha conta.

No táxi a caminho do SoHo, ele olhou intensamente para a cidade que passava lá fora, como se jamais a tivesse visto antes. Por algum motivo aquele táxi parecia mais escuro que a maioria. Sem graça, continuei olhando fixamente para David enquanto ele suspirava ali dentro daquela escuridão do carro.

Finalmente, ele disse alguma coisa quando pegamos uma retenção na Union Square.

– Minha mulher está tendo um caso.

Congelei.

– Como assim? – Eu me inclinei em sua direção. – Desculpa, não ouvi o que você disse.

Eu estava pedindo a Deus que o táxi começasse a andar e a gente pudesse fazer de conta que ele não tinha dito nada, mas a noite já estava toda estragada mesmo. David repetiu a frase mais alto.

– Eu disse que minha esposa está tendo um caso. – Não havia inflexão em sua voz. – Samona. – Ele me olhou. – Achei que estivesse na cara.

– Hã... não. Quer dizer, está na cara? Não sei.

– Você não ouviu nada?

– Por que ouviria?

– Acho que você não ouviria. – Ele me analisava no escuro. – É que ultimamente você parece mais envolvido em nossa vida do que está de fato. Talvez seja por causa do trabalho que você vem fazendo para a Leonard.

– É, deve ser isso. – Ele desviou o olhar e perdeu o interesse em mim. Eu me inclinei em sua direção. – Ela sabe que você está sabendo disso?

— Não. Talvez. Não sei.
— Tem certeza de que quer que eu os acompanhe a este jantar?
— Não me faça mais esta pergunta.
— David...
— Não. Esqueça o que eu disse.

16

A HISTÓRIA DE DAVID E SAMONA
Parte 3: A doença

UM ANO E MEIO DEPOIS de Samona Ashley e David Taylor se mudarem para o apartamento de um quarto no The Riverview, David contraiu clamídia.

A surpresa (que nenhum dos dois quis admitir) era que foi David, e não Samona, quem pulou a cerca.

Samona Ashley ficava desorientada quando percorria as galerias de Chelsea ou esperava os amigos em restaurantes sofisticados, e ao perceber os corpos flácidos e em forma de pera das mulheres mais velhas durante as aulas de ioga. Ela não parava de suspirar, o tempo todo. Suspirava quando David levantava da cama às seis da manhã e sem querer a acordava. Suspirava também à noite quando, depois de dizer a David que não estava a fim de sair, ele voltava para casa com um pacote de massa e verduras sortidas para ela preparar. Suspirava também quando, ao fazerem sexo, David se esforçava para chegar ao orgasmo (o que poderia acontecer ou não) e Samona tinha que fechar os olhos que ela costumava manter abertos. Ela se concentrava no prazer de David para aumentar o seu próprio prazer, mas mesmo aquilo já não estava funcionando, uma vez que não sabia dizer se David estava curtindo ou não. Ela suspirava porque ele não parava em casa e porque estava sempre tão cansado. Ela suspirava porque ele estava passando seu cansaço para ela.

Samona tinha vinte e cinco anos e sua vida já tinha perdido a graça.

(De alguma forma Samona se esquecera de que era ela quem não conseguia arranjar emprego.)

Nesse meio-tempo, seus suspiros cada vez menos produziam efeito em David. Ele estava particularmente ligado no jeito com que ela lia a seção "Sunday Styles", do *Times*, todo fim de semana — os olhos vidrados, numa espécie de tristeza por algo que ela havia deixado escapar. A princípio, ele tentou consolá-la.

— Querida, *aquele mundo* não era para você. Você não precisa de nada *daquilo*. Você pode e *vai* conseguir coisa melhor.

Ela sequer respondia, mesmo com toda a ênfase, e ele então se calava para que ela não ficasse ressentida. A questão é que era ele que cuidava dela; David proporcionava-lhe uma vida muito mais tranquila que aquela que a maioria das moças da sua idade levava — era 2001 e, afinal de contas, todo mundo que estava na faixa dos vinte anos precisava de emprego; ele nunca a pressionou; ele nunca tentou fazer com que ela se sentisse culpada ou em débito com ele; David também nunca se negou a depositar dinheiro em sua conta bancária; ele vinha sendo fiel desde que os dois passaram a morar juntos.

David Taylor sabia que era um namorado legal. Mais que legal, na verdade. Se ela quisesse a compreensão dele, deveria conquistá-la, ou então cair fora. E foi numa daquelas manhãs de domingo que David Taylor se deu conta do seguinte: ele tinha se tornado o "bambambã" da relação.

Agora era ele quem merecia coisa melhor.

Isso o deixou com medo de mandá-la embora. Ele quis evitar que chegasse a hora em que os medos e frustrações de ambos provocassem uma briga homérica que viesse a pôr um fim a tudo aquilo. Na verdade, ele não queria que aquilo acontecesse — gostava de cuidar de Samona.

Foi durante um período de auditoria excepcionalmente intenso, depois de um trimestre turbulento, que ele fez a sugestão.

— Minneapolis? — ela indagou incrédula. — Você quer que eu vá visitar meus pais? Sozinha?

Ele falou com a calma de alguém que tinha mais experiência que ela.

— Samona, você já não vai lá há quase três anos. Eles são seus pais.

— Eu os vejo duas vezes por ano em Darien. Já não chega?

— Só acho que eles adorariam se...

— Por acaso isso é como uma tentativa de persuasão?

— Eu adoraria, Samona, que você desse um tempo.

Ela suspirou, aguardando que ele se explicasse. Ele então acrescentou:

— Da cidade, quero dizer. A cidade está ficando estressante demais para você.

— É a cidade ou uma outra coisa?

Ele deu um suspiro.

— Temos vinte e cinco anos, Samona. Vinte e cinco anos e estamos tendo uma conversa que as pessoas não têm antes dos... trinta, pelo menos.

Ela fez que sim com a cabeça, concordando com essa última parte, claro. Quando ele deu a justificativa da idade, ela então percebeu que ele estava "falando para o bem dela." Continuaram a conversar de modo mais civilizado sobre sushi para viagem e uma garrafa de Pinot Grigio, bem cara. Os dois ficaram um pouco mais otimistas. Não era "um tempo" — não tinha que ser. Era só "um tempo para pensar sozinha e tomar as decisões certas". Daquele seu jeito educado e lógico, David discorria — ela deixou que ele continuasse sem interrupção, dando só um discreto suspiro que ele não notou à medida que prosseguia com a explanação — sobre como a "claustrofobia" de uma situação como a deles (prudentemente, ele não usou a palavra *dependência*) poderia levar a uma espécie de "isolamento" em que "você não note possibilidades e oportunidades a não ser aquelas que estejam bem à frente do nariz".

Ficou combinado assim: ela passaria um tempo com o pai (ela ainda ligava para Keith uma vez por dia), enquanto David resolveria todas as pendências no trabalho antes de deixar tudo para trás e, quando ela voltasse, ele teria mais tempo para ela. Ela sugeriu que, assim que tivesse tempo livre ("Que não é lá tanto tempo assim", lembrou ele), ele passaria um período dando aulas para as crianças da periferia da cidade. Uma atividade assim poderia fazer com que ele resgatasse o idealismo da juventude de que ele havia (ela disse isso com muito cuidado) "aberto mão em prol de um certo padrão de vida". Agora era David que meneava a cabeça em concordância, enquanto ela o convencia de que desenvolver uma atividade comunitária como aquela manteria vivo o velho sonho do qual ela sempre adorou ouvir falar (bem, nem sempre, mas...) e que ele poderia tê-lo das duas maneiras. Eles poderiam ter tudo aquilo.

Samona o deixou tão empolgado que a conversa terminou com David dizendo:

— Caramba, se der certo, talvez a gente comece a dar uma olhada em alguns lugares em Tribeca.

Ele não teve a intenção de dizer aquilo. Saiu sem querer.

No final de agosto de 2001, três dias depois de Samona Ashley ter ido a Minneapolis, David Taylor finalmente desistiu de trabalhar às 9:30, horário para lá de convencional. Ele pensou em comprar seis latas de Sierra Nevada Pale Ale na delicatéssen que fica na esquina da Quarenta e Oito com a Onze. Depois, assistir ao *E.R.* às dez e à reprise de *Friends* ou de *The Drew Carey Show*, esperando que o Ambien comece a fazer efeito. Entretanto, James Gutterson, um dos novos analistas, recém-formado pela Cornell, encontrou-o no saguão do quinquagésimo primeiro andar (tinham saído de elevadores diferentes). Ele estava com uns caras do The Leonard Company Corporate Ice Hockey Team (esse sim foi fundado por James Gutterson). Ainda estavam comemorando a surra que deram no "esquadrão de maricas" do HSBC na noite anterior. Quando James Gutterson o convidou para ir junto com o grupo, David aceitou. Na terceira noite depois que Samona Ashley viajou, David Taylor já não sentia mais um pingo de saudade da namorada.

Agora se sentia como um cara de vinte e poucos anos normal e bem-sucedido.

O grupo foi a um bar em Flatiron. A primeira rodada foi por conta de David. Enquanto David brindava a vitória do time, notou uma estagiária de Londres sentada num canto com uma amiga. A moça o olhava. Três canecas de cerveja e duas vodcas com tônica depois, enquanto a turma entoava uma música animada, a estagiária ainda o olhava. Não havia Samona, de forma que ele não tinha nenhum compromisso naquela noite.

Foi o sotaque britânico que conquistou David. Dava à garota um ar elegante e inteligente, mesmo que ela proferisse as mais banais interpretações de Dickens que David já tivesse ouvido. (David queria falar sobre obras literárias e, graças ao fato de a menina ser de Londres, David fez certas associações primitivas e evocou o gênio literário.)

David não estava nem aí para quem os visse sair do bar juntos.

Mattie namorava a sério um cara (que ainda estava na Inglaterra). Ela era quatro anos mais jovem que David (legal!). Ela estava estagiando no departamento em que ele trabalhava (melou!). Nada disso tinha importância para ele, porém, porque Samona tinha viajado e, até onde ele lembrava, eles tinham resolvido "dar um tempo" (por ora, ele havia se esquecido do resto). Ele já estava até imaginando a expressão no rosto de Mattie McFarlane durante o orgasmo.

A única coisa que importava para David Taylor era que os dois trepassem na casa dela, e não em The Riverview.

Ele seguiu Mattie até um pequeno estúdio onde ela o puxou para o sofá sobre o qual se viam espalhados gatos e sapatos, e mais do que depressa começou a chupá-lo. Ao gozar, David gemeu alto e catorze minutos depois já estava de pau duro novamente. Ele não tinha essa vitalidade toda quando transava com Samona.

(Lá estava ela suspirando no pensamento dele.)

Um dia antes de Samona Ashley chegar de Minneapolis, David Taylor acordou às três da manhã para dar uma mijada. Ele quase gritou de dor. Era como se um ferro em brasa, desses que se usam para marcar gado, tivesse lhe atravessado a uretra em direção ao ânus. Voltou para a cama cambaleando e controlou a ansiedade com um comprimido de Xanax de um miligrama.

Oito horas antes do horário previsto para a chegada do avião de Samona, o clínico de David Taylor informou-o de que ele estava com clamídia. Ele então comprou os medicamentos necessários (tanto os de via oral quanto os de via anal) e os escondia numa mala da Gucci no espaçoso closet, quando Samona entrou no apartamento seis horas antes do previsto.

O tempo que passou fora foi revigorante para ela, exatamente como David havia pensado. Tana tinha se comportado como nunca (Samona não estava nem aí se Keith a tinha subornado com a promessa de uma viagem a St. Croix no Natal) e não disse nada quando Samona se serviu de uma segunda bola de Häagen-Dazs *diet*. Foi com o pai assistir a um jogo do Twins, comeu petiscos de frango com batata frita e tomou Bud Light, só se sentindo culpada na manhã seguinte (o dia inteiro ficou em jejum). Durante três tempos do jogo, conversaram sobre David. Ela então explicou a situação (omitindo os detalhes sórdidos). Keith, por sua vez, abraçou-a e disse:

— Se David a ama ao ponto de permitir que você viesse nos visitar, aproveitar a ausência dele para refletir sobre o assunto e aguardar o seu retorno a Nova York, então ele a ama quase tanto quanto eu. Ele talvez esteja pensando no futuro também. Sabe, uma coisa a longo prazo.

Ela não acreditava que aquela tinha sido a intenção de David, mas se sentiu melhor ao encarar a coisa daquele jeito.

Tana estava dormindo quando voltaram para casa. Só que, mais tarde, através das finas paredes do duplex, Samona ouviu os pais fazerem sexo. Um turbilhão de sentimentos percorreu-lhe o corpo em reação aos gemidos baixinhos de Tana. Samona lamentou todas as vezes em que julgou a mãe. Seus pais pareciam felizes e aquilo era algo para o qual não estava mesmo preparada.

Na manhã seguinte, quando Samona estava fuçando a geladeira e pegou apenas uma Diet Coke — era o que ela tomaria no café da manhã —, a mãe sorriu, satisfeita. Samona cuidadosamente pediu ajuda: pediu conselho para Tana de Gana.

Tana se limitou a dizer:

— Se você está de saco cheio, a culpa é exclusivamente sua.

Samona pensou então que tinha sido uma idiota por ter deixado que David Taylor lhe enchesse o saco daquela maneira e aquela situação tinha feito com que ela deixasse certos fatos passarem despercebidos: David cuidava dela; ele sempre respondia às suas perguntas, mesmo às mais imbecis; aturava suas maluquices (naquele momento, ali na cozinha com a mãe, ela considerou seus chiliques loucos) com o mesmo jeito carinhoso com que Keith aturava as de Tana.

A ficha então caiu: era tudo o que Samona sempre precisou e quis num homem. Isso sem falar que David Taylor era o tipo do cara que jamais mudaria em relação a ela.

Ela então pegou o avião de volta para Nova York doze horas antes do previsto. Deu de cara com David olhando para ela, os olhos arregalados, parado à porta do quarto.

Samona lhe deu um selinho e, num movimento que surpreendeu os dois, tascou-lhe um beijo mais quente. Ela lhe agradeceu por tê-la convencido a viajar. Contou-lhe sobre o jogo dos Twins a que assistiu com o pai, da caminhada por uma trilha que levava a um lago, também feita na companhia do pai. Comentou também sobre as receitas de sua mãe, típicas da África Ocidental, que a faziam ficar enjoada quando criança, mas que, agora, já adulta, aprendeu a apreciar.

David fez um esforço hercúleo para ficar parado, sem se coçar ou tremer abruptamente. Ele tinha se esquecido de como era uma dor de verdade, muito embora tenha passado quatro anos em Yale, sendo acometido por toda sorte de sofrimento. Até aquele momento, considerando a pouca idade de David Taylor, nada por que tivesse passado antes se comparava àquilo. O pior de tudo era que Samona o queria. Tinha passado tempo demais longe dele. Ela lhe disse que só de ficar ali perto dele estava ficando molhada. Queria fazer amor. Agora.

Ela investiu, mas ele se afastou. Samona entendeu aquilo como um jogo de sedução e voltou a investir. David se afastou ainda mais. Samona então começou a correr atrás dele pelo apartamento e ele, apavorado, fugia dela. Por causa da dor, contraía os músculos e, a cada movimento que provocava ardência em seu aparelho urinário, trincava a mandíbula. Samona estava às gargalhadas, pois nunca tinha estado tão feliz em vê-lo. Estava excitadíssima também, porque achava que estavam fazendo uma espécie de "brincadeirinha sensual".

As palavras de sua mãe ecoavam felizes na sua cabeça e pensou que jamais ficaria entediada novamente.

Finalmente, David Taylor não conseguia mais correr. Desabou no sofá. Não tinha força suficiente para fugir das investidas dela. Mais do que depressa, ela estava em cima dele, devorando-lhe os lábios. Quando começou, ela abriu o fecho éclair da calça dele, arriando-a. David Taylor começou a chorar, a cueca na altura dos joelhos, completamente sem defesa. Samona, porém, não notou, porque olhava surpresa para o membro ereto, elevado. Ela então perguntou, confusa, rindo nervosa:

— O que é isso? Você... já gozou?

Instintivamente, notando que o namorado chorava, Samona começou a suspirar.

Ele contou tudo a ela.

Naquela mesma noite, Samona saiu de The Riverview e foi para a casa de Olívia.

No dia seguinte, quando David ligou para ela do escritório, ela lhe informou que ele era "um vestido que comprei, mas que vou ter que devolver".

No início de setembro, a ardência já tinha passado.

Samona Ashley aproveitou aquele tempo para fazer um balanço da sua vida. Foi a boates e bares com Sara, Nikki e Olívia, onde homens (muitos mais bonitos do que David Taylor) olhavam para ela. As amigas a provocavam. Chegou a dar seu número de telefone algumas vezes, mas normalmente trocava um ou dois dígitos, porque nada daquilo estava lhe causando nenhuma sensação. Era tudo muito confuso: era justamente aquilo que ela estava perdendo durante o tempo em que foi fiel a David Taylor e, mesmo assim (ela creditava aquilo ao período em que foi modelo, o que a deixou mal acostumada), toda aquela situação era estranha. Ela dividia a cama com Olívia no apartamento da amiga no Upper West Side. Era lá que elas conversavam sobre homens e sobre ter um relacionamento estável. Samona então chorava, Olívia a abraçava e as duas se aconchegavam como nos tempos de faculdade (chegaram até a transar uma vez por causa de uma aposta). Então, todos os dias de manhã, Samona ia ao Tasti D-Light comer rosquinhas de café com pasta de amendoim. Ela pensava no que a mãe ia dizer sobre o menu (que a deixaria enjoada e com vontade de vomitar).

Depois de duas semanas, David parou de lhe deixar mensagens.

Na semana seguinte, o World Trade Center desmoronou. Samona estava lendo a *Marie Claire* no apartamento de Olívia quando aconteceu. Tentou realizar três telefonemas do celular – primeiro para o pai, depois para Olívia e por último para David –, mas as linhas já estavam congestionadas e tudo o que conseguiu ouvir foi aquele sinal de ocupado alucinante e ininterrupto.

Entretanto, quando nos dias e semanas que se seguiram, David não entrou em contato com ela – nem mesmo por e-mail –, Samona começou a ficar realmente preocupada! À sua mente, vieram flashes de sua pintura favorita, conhecida através de suas aulas de História da Arte: *O Grito*, de Edvard Munch, que aos poucos se transformou em: "Onde estaria David?", "O que poderia ter acontecido com ele?", "E se ele tivesse ido a alguma reunião no centro da cidade naquele dia de manhã?", "Por que ela o tinha deixado?", "Por que ele não tinha ligado?", "Que canalha deixaria de ligar para ela depois de tudo o que aconteceu?", "Que puta era ela que não correu para os braços dele naquele dia?", "Em tempos como aqueles, que importância tinha um ligeiro julgamento equivocado?", "Como é que ela um dia pode recriminá-lo?", "Será que ela era mesmo bonita?", "Será que ela era tão carente assim?", "Afinal de contas, não teria sido ela que o afastou?"

Num sábado à noite, lá pelo final de setembro, ela foi ao Duane Reade perto do The Riverview, onde ela ainda tinha que comprar suas pílulas anticoncepcionais e mais um frasco de Prevacid para o seu estômago tão sensível. Ela não parava de olhar para a torre, para a janela do vigésimo oitavo andar, e depois de dar seis voltas ao redor do prédio, a bordo de um par de sapatos de salto alto, resolveu entrar. Ela ainda tinha as chaves. Dentro do elevador, decidiu: *Se eu o pegar com alguém ou se vir algum vestígio, está tudo acabado.*

Caso contrário, a gente conversa.

Quando ela entrou na sala, ele estava sentado num banquinho à janela. Tomava vodca Belvedere direto da garrafa que, entre um gole e outro, pousava no parapeito da janela. Tinha os olhos fixos no lugar onde havia trabalhado, na rua Vesey. Boa parte de Tribeca ainda estava isolada. Os holofotes reluziam em meio à escuridão. Ele estava só.

Ela então se dirigiu à janela e ficou ao lado dele.

— Como é que... você está? — perguntou ela sem jeito.

Ele gesticulou em direção à garrafa e deu de ombros.

— Fiquei preocupada. Por que você nunca...

— Tentei ligar, mas não consegui. Imaginei que você estivesse na casa de Olívia ou em outro lugar qualquer.

— E o dia seguinte? Você tinha condições de encarar aquele dia ou outro qualquer.

Ele parou e olhou para ela.

— Você também podia ter...

Ele deslizou o braço ao redor da cintura dela.

Então contou que tinha passado o dia sentado à mesa dele no trabalho, que tinha descido os 21 lances de escada como todo mundo, que tinha ido direto ao The Riverview e que em momento algum esteve em perigo.

Eles beberam a vodca em silêncio e fumaram um maço de cigarros.

Depois, ela o levou até o quarto.

Deitaram e abraçaram-se. Ao retirar alguns fios de cabelo dos olhos dela, David a olhou. O olhar dela permitia que — pela primeira vez desde que ele saiu correndo do escritório no dia 11 de setembro — David Taylor sentisse algo próximo ao sentimento de heroísmo. Em meio a todas as matérias sobre bombeiros e policiais que foram capazes de atos heroicos, extraordinários, o simples fato de abraçar e confortar Samona fez com que David Taylor desejasse voltar ao passado — alguém que havia sido feliz em tempos menos cruéis, quando as pessoas conheciam seus parceiros para a vida toda ainda jovens, estabeleciam juntos uma rotina relativamente agradável, cuidavam incondicionalmente um do outro, não tinham essa palhaçada de "se encontrarem" e "descobrir o que faz você feliz" (palhaçada que, na cabeça dele, era tipificada por todo o "episódio" Mattie McFarlane), de que, francamente, David Taylor já estava de saco cheio.

Enquanto estavam ali deitados dentro da quitinete, ocorreu-lhe o seguinte: *Eu posso ser esse cara, aquele que sabe exatamente o que quer; seria fácil.*

Ao mesmo tempo, Samona percebia claramente que não queria conhecer mais ninguém. Ela não queria ficar só.

Ela o beijou. Eles fizeram amor.

Oito meses depois, casaram-se.

17

QUANDO O TÁXI PAROU na porta da Printing Divine, após percorrer a rua de paralelepípedos, David pagou a corrida. Do lado de dentro, a intensidade das luzes havia sido diminuída e a placa de "fechado" estava pendurada na janela, uma antiga tábua trazida pelo mar, inscrita com uma letra elaborada.

— Deus, como eu odeio este lugar! — David abriu um sorriso sinistro ao destrancar a porta com sua própria chave.

A campainha tocou enquanto entrávamos. Samona — no momento certo — materializou-se na parte de cima, encostada no gradil do loft, com um vestido tomara que caia branco, que fazia um lindo contraste com seu tom de pele.

— Ei — David gritou. — Já está pronta? Trouxe um amigo. Algum problema?

Samona sorriu para mim e disse suavemente:

— Se soubesse, teria chamado uma amiga.

— Não entendi. O que você quer dizer? — perguntou David.

— Só que há um monte de meninas lindas que adorariam conhecer o *seu* amigo, só isso. — Samona voltou seu sorriso para David.

"Ah" foi tudo o que David disse.

Tentei ignorá-la, soltando um resmungo na intenção de alertá-la de que eu havia construído uma vida na qual eu nunca fui sedutor o bastante para tê-la. Fiquei calado e procurei ao máximo me concentrar no momento em que nós três (ou se eu quisesse mesmo usar a carapuça da acusação do poeta James Gutterson, será que seríamos nós quatro?) estávamos.

— É muita consideração de sua parte — comentei, tossindo.

Fomos a pé até a rua Mercer e caminhamos por dois quarteirões — passando pela galeria onde Samona e Ethan tinham se conhecido e onde eu a flagrei olhando pela janela. Sentamos lá embaixo no Woo

Lae Oak, um restaurante coreano com mesas de pedra e orquídeas por toda parte.

Por um momento, enquanto colocavam os guardanapos sobre o colo, Samona e David Taylor eram simplesmente mais um casal casado em frente ao qual eu me sentava, a não ser pelo fato de que Samona estava enganando David – e daí? As pessoas traem o tempo todo. Eu via isso acontecer em todo lugar. Olhei para David, sorri e resolvi que, se eles queriam seguir adiante com aquela encenação minuciosa e perturbadora, então eu não tinha que interpretar aquilo como algo além da refeição que estávamos prestes a fazer.

Então me virei para Samona e lá estava no canto de sua pálpebra esquerda – aquele detalhe similarmente irrelevante que Ethan havia mencionado, aquele pequeno círculo de pele que havia sido cauterizado por uma brasa numa praia da Tailândia três semanas antes. Estava oscilando na luz da vela, tão gritante, caso alguém quisesse procurá-lo tão avidamente quanto eu. O desejo me levou àquilo. O desejo não permitiu que eu evitasse aquilo. O desejo me proporcionou estar sentado à mesa com Samona e o marido, um lugar horrível para se estar – porque não havia nenhuma outra distração para os dois, exceto eu.

Ela me pegou olhando e sorriu, mas não pude decifrar o que significava aquele sorriso.

– Muito obrigado por me convidarem – murmurei.

– Ei, é um prazer. Sério, cara – disse David.

A princípio, não conversamos sobre nada – histórias dos tempos de faculdade, tão distantes que pareciam exatamente aquilo: nada. David então começou a contar as mesmas histórias que contava sempre que eu o via: fez piada sobre como ganhou o campeonato pela primeira e única vez; fez piada de como aquela corrida tantos anos atrás no Central Park contra Ian Connor foi o que lhe havia rendido o emprego na The Leonard Company; fez piada sobre a planilha mágica que havia encontrado – o que havia feito com que a vida deles acabasse no lugar em que estava agora; fez piada sobre o tempo em que Samona foi modelo.

Ocorreu-me que dentre todas as histórias que ele contou antes de o garçom vir, não havia uma sequer que – sem levar em consideração que David Taylor era um ótimo contador de histórias – não falasse de algum tipo de defeito.

Samona olhava pela janela na direção da rua Mercer, tentando não fingir que não estava ouvindo. Só que ela ouvira tudo antes e sentiu-se movida a pedir uma garrafa de saquê (já que tínhamos entornado a primeira em segundos). Como já não tinha mais o que dizer, David então pediu licença para ir ao banheiro. Embora eu não tivesse notado isso até ele jogar o guardanapo sobre a mesa, eu estava bêbado e sentado a sós com Samona Taylor a uma mesa de restaurante à luz de velas. Eu tinha sonhado com aquele momento tantas vezes que agora, quando estava de fato acontecendo, parecia irreal. Eu não sabia o que dizer. Eu nem me lembrava se tínhamos pedido o jantar ou não.

Ela então falou:

– Você se lembra quando tentou me beijar?

Não respondi.

A distância entre um beijo na faculdade e o fim de um relacionamento de oito anos – incluam-se aí quase três anos de casamento, mil conversas, dois apartamentos e um caso – me parecia absurda. Eu também não acreditava que ela se lembrasse.

– Coisa estranha de se dizer, hein? – Samona continuou.

Sacudi a cabeça inexpressivamente e voltei os olhos para a cicatriz para não rodopiar para trás.

– Mas desde que reencontrei Ethan... Desde que reencontrei Ethan venho me lembrando de todas essas coisinhas de que eu quase já tinha me esquecido... daquele tempo.

– O que tem Ethan? – perguntei, olhando em direção ao banheiro, rezando para David sair e acabar com aquela tortura.

– Você não sabe mesmo? – perguntou ela, sugestiva. – Ele disse que você sabe.

– O que... O que você quer dizer? – Eu tentei não parecer alarmado.

Fiquei aliviado quando ela respondeu.

— Ethan... Ele tem esse jeito de levar você de volta àquele lugar, onde sua única preocupação era a pessoa que você talvez tivesse beijado na festa. — Ela suspirou e olhou por sobre os meus ombros.

— Não, não me lembro — eu respondi finalmente, confortado pelo fato de que Samona ainda não sabia, de que ela conseguia fazer as conexões necessárias entre presente e passado.

— É mesmo? — ela perguntou, projetando os lábios de um jeito que fez meu coração bater mais forte, porque parecia que ela queria que eu lembrasse, que eu me juntasse a ela naquele devaneio. O meu desinteresse, porém, a magoou de alguma forma.

— Você não se lembra de ter beijado a garota bêbada na festa do SAE?

Tomei mais uma dose de saquê.

— Não. Acho que não.

— Bem. — Ela voltou os olhos para os fundos do restaurante onde ficavam os banheiros. — Você beijou.

— Não conte a Ethan nem a David — eu disse num tom engraçado. — Porque as coisas podem ficar mesmo complicadas.

Ela parou de projetar os lábios e permaneceu ali comigo, a solidez do seu olhar acentuando a cicatriz. Olhou para os banheiros outra vez, esperando David voltar.

— Ouvi dizer que você foi a Milão. — Ela contraiu os lábios e fez com a cabeça que sim. — Como são as praias em Milão?

— Milão não tem praia.

— Você sabe o que eu quis dizer, Samona.

— Suponho que todos nós corremos riscos.

— Eu não.

— É. Talvez você não.

Como num sonho, David voltava à mesa e logo reconduziu a conversa para a The Leonard Company e para as reformas nas salas de conferência. O rosto de David assumiu uma expressão dura, mesmo quando ria. Em seguida, depois de, sem perceber, esvaziar a segunda garrafa de saquê, ele disse:

— Por falar em amigos dos tempos de faculdade, tenho novidades interessantes.

— Eu não sabia que tínhamos sido amigos na faculdade — Samona interrompeu.

— Contratamos Ethan Hoevel para planejar as novas salas de conferência — David concluiu, sem cerimônia.

Fez-se o longo silêncio que David Taylor havia previsto.

Acredito que Samona já soubesse daquele fato.

— É uma história engraçada mesmo, a maneira como tudo aconteceu. — David olhava fixo para Samona. — Lembra quando ele apareceu na festa de Randolph Torrance e eu não consegui me lembrar dele? — Então David Taylor se virou e olhou para mim. — Lembrei-me do nosso amigo aqui. — David segurou meu ombro e deu o familiar apertão. — E então me lembrei claramente de quem era Ethan Hoevel. — David olhou para nós com aquela calma ensaiada, profissional, que não revelava nada.

Eu me lembrei de uma noite na faculdade.

David veio até a porta do meu quarto para pegar um livro emprestado. Só que ele não bateu à porta e, quando entrou, eu estava sentado numa das extremidades da minha cama e Ethan, deitado na outra com as pernas repousadas sobre o meu colo, enquanto assistíamos a um show do Aerosmith na MTV. Não precisa nem dizer que eu me desvencilhei de Ethan mais que depressa quando David entrou. A mágoa nos olhos de Ethan era visível, inquestionável.

Finalmente Samona pigarreou, fazendo-me voltar para o presente.

— Qual é a graça? — ela perguntou.

— É, não entendi a piada — completei.

David nos ignorou e continuou:

— Bem, começamos a ter contato de novo e ele me contou o que fazia profissionalmente. Eu então mencionei que haveria uma reunião sobre as reformas das salas de conferência. Disse-lhe também que haviam sido planejadas anteriormente, mas que não refletiam de fato o visual moderno que procurávamos, aquela coisa indefinível que queríamos que nos tornasse mais atraentes aos jovens investidores. Então, uma semana depois, Ethan Hoevel passou por lá, conversou conosco, mostrou suas ideias, ótimas por sinal, e foi contratado.

David tomou todo o copo de saquê, que foi seguido por uma cerveja.

– É muita consideração de sua parte – comentou Samona.

Foi aí que, de repente, três coisas ficaram claras para mim.

David sabia do meu relacionamento com Ethan Hoevel durante meu primeiro ano de faculdade.

Samona não sabia que Ethan era gay.

Samona não percebeu – o que era de admirar –, enquanto estávamos no Woo Lae Oak, que David sabia de seu caso; ela ainda acreditava que era um segredo só seu.

A comida começou a ser trazida e, enquanto os pratos estavam sendo dispostos sobre a mesa, Samona olhou involuntariamente na minha direção, como se o seu olhar tivesse percorrido todo o local e, de repente, por acaso, tivesse recaído sobre mim.

– Lamento que não tenhamos nos visto desde que você passou lá na estamparia naquele dia – ela disse.

David quase não levantava os olhos do próprio prato. Por que ele estaria preocupado? Eu era gay. Não era nenhuma ameaça a ele ou a sua esposa.

– As coisas ficaram bem movimentadas – continuou Samona. Ela então olhou pela janela atrás de mim, concentrada em alguma coisa que, provocando-lhe expressão curiosa, seguia pelo seu campo de visão. Em seguida, voltou o olhar para David e depois para mim.

Eu me virei e vi as costas de uma jaqueta escura sumirem na extremidade de uma janela.

E então fez-se silêncio. Eu e David comemos rápido, ao passo que Samona não comeu nada. David pagou a conta, enquanto nós dois dividimos uma pequena sobremesa.

Do lado de fora, aguardei enquanto David chamava um táxi na Houston.

— Espero vê-lo de novo — declarou Samona bem suave no meu ouvido, depois de beijar o meu rosto. À medida que sussurrava, senti o calor de seu hálito batendo na minha pele. Não consegui evitar o que revolvia dentro de mim.

— Tchau.

Samona entrou pela porta do táxi que David segurava para ela.

David ficou ainda mais um tempo olhando para mim, mas era impossível detectar o que lhe passava pela cabeça.

O táxi se afastou do meio-fio e seguiu em direção ao norte, passando através da NYU, as últimas palavras de Samona soando forte nos meus ouvidos.

Espero não era a palavra certa.

Quero era muito mais forte do que espero.

Espero leva muito em consideração as forças contrárias.

Desejo não está nem aí para nada.

A Mercer terminava na Oitava. Foi quando meu celular tocou.

Eu o tirei do paletó. Reconheci o número e atendi um pouco antes de a chamada ser direcionada para o correio de voz.

— O que é? — perguntei.

— Onde você está?

— Estou indo para casa. Por quê?

— Quer tomar um drinque?

Suspirei.

— Não mesmo, Stanton.

— Preciso muito conversar com você. Mesmo que você não queira tomar um drinque, pelo menos dê uma passada aqui.

— Deixe-me adivinhar: é sobre Ethan, certo? — Eu acentuei o sarcasmo. — Olhe, Stanton, você é um cara muito legal, mas...

— Estou falando sério. Não é só sobre Ethan. É sobre outra pessoa que você conhece.

— Quem? — perguntei com um aperto no peito.

Stanton tomou fôlego.

— É sobre a pessoa com quem Ethan está tendo um caso.

Quando me dei conta, estava seguindo em direção a West Village.

18

STANTON VAUGHAN tinha um apartamento na esquina da Doze com a Sete — um endereço chique, embora os tijolinhos da fachada já estivessem todos desbotados —, apesar de ele passar a maior parte do tempo no apartamento de Ethan. Naquela noite, porém, Stanton não estava no loft da rua Warren. Depois de eu ter tocado a campainha, ele ainda me deixou esperando por um bom tempo. Eu estava pensando se tocaria de novo ou se ia embora *(mas você queria saber sobre Samona e o resto que você ainda não sabia, esperando que Stanton fosse esclarecer tudo)* quando o som estridente da chave destrancando a porta tomou a decisão por mim. Lâmpadas oscilavam ao longo dos corredores estreitos, onde a pintura descascada da parede formava remendos grandes e espaçados. A porta do 4C estava decorada com uma velha guirlanda de Natal, marrom e coberta de sinos, bengalas e pombinhas brancas. Stanton abriu a porta antes de eu bater. Ficou parado ali por um momento, de roupão aberto, uma camiseta cinza e uma cueca por baixo. Tinha olheiras sob os olhos inchados, o cabelo — normalmente com um penteado estiloso — estava em tufos por sobre as orelhas e sua característica barba por fazer, de quatro dias, parecia estar perto de completar dez.

Ele me convidou para entrar e, em seguida, fechou a porta, dando duas voltas na chave.

Dentro do 4C, o pequeno estúdio cheirava a fumaça de cigarro. Stanton se sentou a uma escrivaninha improvisada. À sua frente, um laptop, uma impressora, uma enorme pilha de papel e um espelho, onde um montinho de pó branco havia sido disposto em carreiras. Ele me ofereceu a cocaína, que recusei porque sabia que não me levaria a nenhum lugar a que eu quisesse ir.

Numa parede estava um pôster enorme da linha "Boi-Wear" de Stanton, mostrando um modelo adolescente, de uma beleza sombria, com cabelo revolto, caminhando desengonçado pela passarela. Havia um sofá comprido coberto por uma capa de um verde intenso, sobre o qual uma mala de couro cheia de roupa havia sido jogada. Do outro lado do estúdio, havia um sofá caro. Pendurado na parede atrás dele, havia um outro pôster, este da Banana Republic – um modelo numa praia, de semblante fechado, no qual reconheci um Stanton Vaughn mais jovem. Havia mais um móvel, um grande armário de metal, desenhado por Ethan, que tinha uma TV de plasma e um aparelho de DVD (sobre o qual havia um DVD intitulado *Universitários héteros IV*). Uma espessa camada de poeira cobria cada superfície, exceto a da mesa à qual Stanton estava sentado cheirando mais uma carreira sobre um espelho. O estúdio era qualquer coisa entre como imaginei ser o apartamento de Stanton e nada do que jamais poderia ter passado pela minha cabeça.

— Eu sei, eu sei — murmurou ele. — Sei que eu deveria arrumar uma empregada.

— Não o vejo desde aquele almoço com a família Hoevels inteira. — Eu mantive a calma graças ao saquê que ainda estava na minha corrente sanguínea, bastante ciente da minha presença na sala.

— Porra, não me lembre daquele pesadelo.

Antes que ele começasse mais um longo discurso inflamado – e se esquecesse da verdadeira razão de eu estar ali –, mudei o foco da conversa, voltando-a para o próprio Stanton.

— É o seu roteiro? — perguntei, gesticulando em direção ao Rascunho Final que brilhava em meio à escuridão do estúdio. Ao lado do laptop, havia um cinzeiro grande abarrotado de restos de Malboro fumados pela metade.

— É, estou escrevendo — respondeu ele, dando uma fungada profunda como se quisesse limpar o nariz. Acabou pegando um Kleenex.

— Como está indo?

— Está uma merda!

Ele me olhava como se estivesse resolvendo se queria me falar sobre a tal pessoa que nós dois conhecíamos ou se tinha mudado de ideia e queria me jogar para escanteio.

Com um gesto, fez menção para que eu me sentasse numa cadeira próxima ao sofá, mas eu não quis.

— Stanton, eu só quero saber o que está acontecendo.

Ele deu de ombros.

— Tem certeza de que não quer um pouco?

— Está tarde. — Dei uma olhada no relógio, um toque para ele continuar com o assunto.

— Ethan está tendo um caso.

A revelação fez com que ele cheirasse outra carreira.

Por um bom tempo, nenhum de nós dois disse nada. Ele então pegou um maço de cigarros e ofereceu-me um. Fiz que não com a cabeça.

Ele se virou para a escrivaninha à procura de fósforos, mas já haviam acabado.

— Tem um isqueiro? — perguntou.

Acendi um fósforo. (Tinha pegado uma caixa de fósforos daquelas personalizadas no Woo Lae Oak, porque depois do trauma daquele jantar estava doido por um cigarro. Quando Samona me beijou na Houston e sussurrou no meu ouvido, porém, perdi completamente a vontade.) Stanton deu duas tragadas longas e fechou os olhos, exalando a fumaça, que subiu em direção ao teto.

— Ele nem tentou esconder de mim.

— Mas vocês dois não têm um acordo?

— É verdade, temos um acordo.

Stanton estava começando a ficar ofegante — as costas se movendo para cima e para baixo, estufando dentro do roupão apertado.

— Quando foi que aconteceu? — eu quis saber.

Stanton falou já sob efeito da droga:

— Há uns dias. Ethan não sabia que eu estava chegando, mas isso nunca fez diferença até uma semana atrás, quando ele me disse para ligar para o loft antes de ir para lá, para ter certeza de que ele estava em casa. Eu sabia que havia alguma coisa errada. "Criar o hábito de ligar" era a expressão exata.

— Stanton, quer dizer...

— Olhe, nunca agi de forma furtiva com ninguém ou segui quem quer que fosse. Não faz meu estilo. Vou aonde tenho vontade de ir. Ethan sempre soube disso, mas não é essa a questão. O problema é que ele não tinha o direito de ser desonesto comigo. Prometemos que seríamos francos um com o outro. Juramos que, se um de nós dois tivesse um problema, se um de nós estivesse desconfortável com o relacionamento... Sei lá, fosse o que fosse... Falaríamos sobre o assunto de uma maneira aberta e direta. Conversaríamos. Resolveríamos a coisa ou não, mas jamais agiríamos de forma desonesta. Era *esse* o nosso acordo.

— O que houve, Stanton?

— Eu fui até lá. O porteiro estava no prédio. Eu o cumprimentei e fiquei ali pelo hall, fumando um cigarro antes de subir. Ouvi quando Ethan saiu do elevador falando, ou melhor, sussurrando ao celular "Estou doido para ver você. Daqui a um minuto estarei aí". Ele saiu sem perceber que eu estava lá.

— Você estava escondido?

Ele soltou um suspiro e respondeu:

— O que eu acabei de lhe dizer? Qual é a moral dessa história toda? Eu não sou desonesto. Eu não estava me *escondendo*. Ethan simplesmente nem *notou* minha presença. Em seguida, entrou num táxi. Embarquei em outro logo atrás. Logo chegamos a Hell's Kitchen.

Ele parou para absorver tudo aquilo. Pisquei algumas vezes.

Eu imaginava a cena: Ethan chegando ao The Riverview. Stanton o seguindo escada acima, observando a distância Samona abrindo a porta para Ethan. Acredito até que ele encostaria o ouvido na porta, sintonizando de forma intercalada os gemidos dos dois e seus próprios soluços. Quase me senti deprimido por ele, apesar da bizarrice do seu ato e da sua dificuldade em admitir a anormalidade de suas atitudes.

— Que chato, Stanton — comentei suspirando também.

— Que chato? Eu não estou *chateado*. Estou puto! É diferente!

Ele então retirou alguma coisa do rosto e continuou:

— Dei tudo a Ethan e sei que ele me deu muita coisa também, mas quando vai a um edifício lá em Midtown para ser comido por um playboyzinho... — Ele fez uma pausa para soltar mais uma baforada. — Eu vi. Vi através da janela pelo lado de fora, no final do corredor. É o cúmulo da sordidez! Puta que pariu!

Que alívio! Não era ela! Era outra pessoa — alguma aventura, algum carinha com quem ele foi para a cama e de quem se esqueceu uma hora depois.

Eu poderia sair naquela mesma hora e voltar para a rua Dez. Senti que estava liberado.

— Sabe de uma coisa? Levei meses para que Ethan me deixasse ser ativo com ele. Era essa coisa de poder. Ele dizia que era uma "questão de controle". Levei meses para convencê-lo. E então ele dá para esse veadinho logo na primeira vez que eles saem?

Stanton retirou o último cigarro do maço e procurou os fósforos.

Não consegui acender o cigarro para ele. A noite tinha me deixado exausto. Ele então arrancou os fósforos da minha mão. Já tinha percebido que aquilo era mais uma armação de Stanton Vaughn — ficar a sós comigo, depois me deixar bêbado e, no final, nu. Eu já estava de saída.

— Stanton, lamento, mas não conheço o cara.

Stanton olhou para mim.

— Você conhece o cara sim.

Comecei a pôr a cabeça para funcionar, mas não consegui pensar em ninguém. Não tinha nenhum amigo gay e, mesmo entre os meus conhecidos, poucos eram, se é que eram.

— Bem, você conheceu o cara? — perguntei na esperança de que ele não conhecesse.

Stanton se acalmou, concentrou-se e olhou sério para mim.

Foi então que Stanton Vaughn disse o seguinte. Eu me lembro tão bem que posso até reproduzir exatamente o que ele falou:

— Eu mesmo investiguei. Ele trabalha numa firma em Midtown. O cara é banqueiro, porra! Meu Deus! E, preste atenção, ele é *casado*. Com... uma... mulher. Como eu sei disso? Porque ela é dona daquela estamparia no SoHo e Ethan me pediu que eu deixasse que ela estampasse a minha coleção como um favor. Dá para acreditar nisso? Bem, você acredita porque já sabe da história. E eu prestei serviço pra essa mulher, essa *puta vadia*, durante a época mais importante da minha carreira, e é assim que sou recompensado: o marido dela passa a comer o meu namorado. Quer fazer o favor de me explicar que porra de joguinho é esse? É doentio, pervertido! — Ele soltou um suspiro profundo. — E você certamente o conhece. O nome dele é David Taylor. Você acabou de jantar com o filho da puta.

A fisionomia de Samona voltando-se em direção à janela me veio à cabeça, assim como a jaqueta preta que desapareceu, que era exatamente a mesma jaqueta preta que estava pendurada nas costas da cadeira em que Stanton estava sentado.

Ouvi então o som de algo se rompendo. Uma das pernas da escrivaninha quebrou, fazendo com que o laptop escorregasse e quase caísse no chão. As folhas de papel se espalharam pelo chão, cobrindo todo o assoalho de madeira escura. Stanton apagou o cigarro e, na intenção de salvar o espelho, colocou-o cuidadosamente sobre a mesa em frente ao sofá.

Eu não tinha percebido que estava falando sozinho até que Stanton me alertou para o fato.

19

ATÉ A HORA EM QUE SAÍ do apartamento de Stanton Vaughn, uma hora depois naquela noite no final de julho (depois de recusar mais umas sete ofertas de cocaína e esquivar-me de mais umas quatro cantadas – embora provavelmente tenha havido mais algumas que eu não percebi). Stanton – com variadas combinações de amargor, desconfiança e ódio – me contou tudo o que sabia ou que tinha ouvido.

Foi assim que o meu lado jornalista compôs os fatos ocorridos durante os últimos quarenta e cinco dias. Embora o jornalista estivesse lutando para fazer as perguntas certas (o jornalista queria considerar, verificar e entender tudo), meu outro lado queria interromper as perguntas para que pudesse divagar.

Rendi-me ao divagador, porque era esse meu lado que sonhava com aquelas pessoas e com seus corações sombrios – exatamente os órgãos com os quais elas amavam.

Foi durante o coquetel do Randolph Torrance no final de maio para comemorar a aquisição de *Fifteen Monkeys* que Samona apresentou Ethan Hoevel a David como seu "benfeitor". Isso, porém, antes de explicar como os dois "tinham se esbarrado" numa galeria de arte no SoHo um mês antes e de dizer que ele vinha enviando clientes para ela toda semana. Esse era um elemento comercial que nenhum dos dois considerou ao redigir a proposta, mas era justamente aquele detalhe que, segundo David, salvaria a Printing Divine da prevista falência. David então finalmente reconheceu Ethan Hoevel, cujo olhar fixo e sugestivo deixou David Taylor ainda mais inebriado. A primeira coisa que o impressionou: o rosto de Ethan Hoevel era mais bonito do que o dele, que já começava a mostrar sinais de inchaço devido ao excesso de vodca e longas horas diárias sentado a uma mesa de trabalho. Ele então perguntou a Ethan sobre o Peru. Ethan, por sua vez, lhe deu uma resposta impregnada de tédio, vagamente relacionada com atividade docente.

– Deve ter sido muito legal – comentou David.

Ethan se limitou a fazer que sim com a cabeça e em seguida se calou. Aquilo fez com que David sentisse vergonha por ter feito um elogio sem sentido a alguém que mal conhecia. Ele se reconheceu no olhar de Ethan Hoevel e recobrou a sobriedade. Samona solta outro suspiro.

Ethan não se demora no coquetel de Randolph Torrance, mas foi o suficiente para impressionar David, que não conseguiu tirá-lo da cabeça. Era por ele ser tão diferente dos caras com quem David trabalhava, que dançam ao som de velhas canções de Van Morrison enquanto esfregam cocaína no que ainda lhes resta de gengiva. David Taylor nunca tinha conhecido um gay antes (Randolph Torrance não contava) e estava começando a se sentir meio tacanho. Sentia que precisava ter a consciência de que havia outros universos, outras formas de vida e que são muito mais complicados que a existência que ele levava. No dia seguinte, no trabalho, David Taylor procura por Ethan Hoevel no Google e – impressionado pelas centenas de páginas relacionadas, a maioria de arquivos de revistas – resolveu acessar ethanhoeveldesigns.com. Cinco minutos se transformaram em uma hora. O portfólio de Ethan Hoevel e todos aqueles trabalhos lindos dele fizeram David se esquecer de Samona, que estava tão cheia de si por causa da empresa que ele montou para ela (até onde se lembrava, era Ethan Hoevel que estava fazendo do Printing Divine um sucesso e fazendo da vida dele um inferno).

Nesse meio tempo, David estava indo mal no trabalho. Só fazia besteira. Parecia que a guerra tinha tornado o Intertrade 96 obsoleto. Os 150 mil dólares que ele perdeu seis anos atrás checando a caixa errada eram café pequeno se comparados com os 25 milhões que apareceram no seu monitor e sumiram feito fumaça ao longo do trimestre. Por isso, uma vez que estava compensando as perdas trazendo novos clientes, ele estava sempre esperando que Leonard fosse lhe perguntar: "Você poderia dar um pulinho na minha sala, David?" Ele não queria voltar para o The Riverview, onde Samona estaria – se não estivesse em alguma festa, o que ultimamente era bem comum – conversando com o pai ao telefone ao som de uma música New Age e mostrando orgulhosa as manchas de tinta na ponta dos dedos. Ao pegar uma garrafa de Grey Goose, sempre se deparava com a longa lista de clientes da esposa (os mais importantes sublinhados três vezes e destacados com marca-texto amarelo) na porta do freezer. Já tarde da noite, em vez de ir para casa, ainda em sua sala na The Leonard Company, David saiu de sua mesa e deitou-se no sofá de couro preto que ele comprou junto com Samona na Jennifer Convertibles – a primeira compra em conjunto que os dois fizeram quando se mudaram para o The Riverview cinco anos antes – para tirar uma soneca de algumas horas antes de o dia amanhecer.

Uma vez Samona ligou à noite para avisar que ela estava saindo mais cedo do trabalho, porque iria para Milão no dia seguinte. Para minimizar a situação, David passou no Bangkok Four – um restaurante tailandês que ele sabia que ela gostava – e levou o jantar para casa. Enquanto David tentava se concentrar nas perguntas do *Jeopardy!*, Samona não parava de tagarelar a respeito de um universo que não tinha nada a ver com ele, embora fosse aquele o universo dela. Esse *insight* o entristeceu e ele cortou o assunto com um beijo. Foram então para o quarto, tiraram a roupa e tentaram fazer amor pela primeira vez no mês, mas ele não conseguiu se excitar. Durante vinte minutos, ela tentou – sem o menor interesse – excitá-lo, mas nada aconteceu. Ela disse que não tinha problema, que ele estava estressado, que talvez fosse um sinal de que deveriam dar um tempo, mas, no escuro do quarto, ele ouvia Samona suspirar novamente. Ele permaneceu em silêncio com o braço sobre os olhos.

— Será que não seria melhor você virar? – disse ele rodando sobre os joelhos.

Ela então suspirou pela segunda vez.

— Assim minhas costas doem. É melhor a gente ir dormir.
— Você vai viajar de manhã.
Ele ficou ajoelhado, manipulando-se. Ela se deitou de costas e puxou o lençol sobre o peito, e David o arrancou de cima dela. Em seguida, parou de mexer no pênis (ainda mole) e olhou o corpo de Samona, agora exposto.
— Quando é que você parou de se depilar?
— Do que você está falando? – perguntou ela, puxando o lençol de volta. – Meu Deus, David. Por favor!
O que magoou David, mais do que seu próprio constrangimento (e por que um homem deveria se sentir constrangido na frente da própria esposa – e casamento não é isso?), era que o fato de que eles não transariam naquela noite e nem em nenhuma outra por pelo menos uma semana parecia não ter a menor importância para ela.

Enquanto Samona estava em Milão, houve uma reunião na The Leonard Company para falar sobre as salas de reunião. Duas delas permaneceriam intocadas: sofisticadas, mogno polido, aconchegantes, decoradas com móveis antigos. Entretanto, havia a intenção de modernizar as outras duas, já que os analistas juniores alegaram que a The Leonard Company estava perdendo uma fatia considerável referente a "jovens investidores" e que era hora de observar "as novas tendências".

Foi então que vieram à sua cabeça as imagens dos trabalhos que viu no website de Ethan Hoevel. Sem querer, mencionou o nome de Ethan. Os sócios entediados na reunião se animaram – na verdade, a esposa de James Leonard quase convenceu o marido a comprar um conjunto de sala de estar de Ethan Hoevel para a casa deles em Hampton.

David então liga para o ateliê de Ethan e ouve a mensagem de que ele vai ficar fora por uma semana. Ele então pigarreia e deixa o recado: "Oi. Aqui é David Taylor... de Yale... conversamos durante o coquetel do Randolph Torance há um mês mais ou menos... bem... ouça, Ethan... estou no meu escritório na The Leonard Company, nosso pequeno banco de fundos de hedge – eu já lhe contei a respeito, não? –, estamos reformando nossas salas de reunião, modernizando as coisas por aqui, sabe? Bem... é... será que você poderia vir aqui para dar uma olhada? Gostaríamos de ouvir a sua opinião, OK? Tchau."

Alguns minutos depois, enquanto esperava pelo almoço que pediu no Prêt a Manger, David ficou pensando: "Será que você disse 'olhada' mesmo?", "Você tem certeza que terminou a mensagem com um 'tchau'?" Ele então se perguntava por que em nenhum momento mencionou Samona.

David Taylor passou as cinco noites solitárias que se seguiram sentado à sua mesa ou deitado no sofá preto de couro ou no quarto vazio do The Riverview, pensando nas decisões erradas que tomou ao longo de toda a sua vida. Numa dessas noites, por volta das quatro da manhã, ele entrou no ethanhoeveldesigns.com e encomendou uma namoradeira – um modelo parecido com o da cadeira mais popular, de prata e papel – delgada e curvilínea. Ele nem sabia onde colocar – a menos que ele se livrasse do sofá –, mas era uma coisa nova e era disso que ele mais gostava. Depois de clicar para efetuar a compra da namoradeira, David verificou os voos de Samona no site da Alitalia. O fato de os números e os horários informados por Samona não baterem com os do site seria, a princípio, preocupante, mas, pensando bem, ele concluiu que Samona sempre foi meio esquisita. Aquele era o tipo de deslize que ela sempre foi propensa a cometer.

Um Ethan Hoevel tomado pelo ciúme pegou um táxi e voltou para a rua Warren, depois que saiu do coquetel no Randolph Torrance. A imagem de David Taylor com a mão na parte inferior das costas de Samona o forçou a sair da festa.

(Um momento: mas não foi por isso que ele foi à festa, para ver como ele se comportaria naquela situação?)

No sinal da Trinta e Quatro com a Park, Ethan, cheio de tesão, quase pediu ao motorista que fizesse a volta, mas Stanton estava esperando por ele enquanto trabalhava no roteiro. Naquela mesma noite, horas depois, enquanto comia Stanton, Ethan só observava o sinal que o parceiro tinha abaixo da cintura e os pelos ásperos dos seus ombros que Stanton depilava todo mês e cresciam em poucos dias. Pensava na expressão facial de Stanton que ele, na verdade, nunca olhava, porque só gostava de pegar Stanton por trás. Aliás, desde quando ter sexo com Stanton começou a irritar tanto Ethan? Stanton está sempre tentando mudar de posição de modo que os dois fiquem cara a cara ou que seja Stanton a comer Ethan. Tem sido uma luta e tanto.

Nesse ínterim, sexo com Samona era sempre uma experiência tranquila, serena, pois ela se entregava totalmente quando estava com ele. Ethan nunca tirava os olhos do rosto dela enquanto estavam fazendo sexo. Enquanto ela montava nele, ele corria as mãos pelos seios fartos dela, os dedos dele brincando com os mamilos negros e eretos de Samona. Quando Ethan desce para o meio das pernas dela (ela parou de depilar os pelos pubianos – aquele tapete negro – depois que ele lhe disse que gostava de mergulhar neles), ele apoia verticalmente o dorso dela de modo que seus olhos não desgrudem do rosto dela, para que possa observá-la mordendo o lábio superior, ver aquela intensa concentração que a faz contorcer a fisionomia. Logo, logo ela gozava, a boca aberta que, em seguida, se abria num sorriso, não aquele sorriso falso que ela dava para a câmera, quando era modelo – um sorriso que escondia qualquer sentimento que ela tivesse ou não –, mas um sorriso que dizia "Quero gozar de novo".

Na Tailândia, nadaram nus na água cristalina pelo labirinto de corais laranja, roxos e verdes, caminharam pela praia de areia perolada colhendo conchinhas. Tomaram *mai tais* ao pôr do sol enquanto ouviam um CD com velhas canções de Bob Marley. Ele então considerou o quanto ela era inegável, não necessariamente como pessoa (ele ainda não a conhecia realmente), mas como um modelo de beleza. Naquela última noite na praia, antes de a brasa queimar a vista de Samona, Ethan mergulhou no passado, pensando se a escolha mais importante que fez na vida – deixar alguém que amava, a escolha que definiu desde então – havia sido equivocada. Samona o fez reavaliar sua vida.

Ao retornarem a Manhattan, Ethan ouviu o recado de David Taylor na secretária eletrônica. Aquela era uma mensagem que, uma semana antes, Ethan Hoevel sequer consideraria responder.

Ethan Hoevel então retorna a ligação de David Taylor minutos antes de Angela, Aidan, Suzanne e Stanton chegarem para o almoço do feriado de 4 de julho. Isso porque a curiosidade sobre o homem com quem Samona Taylor é casada precisa ser satisfeita e enterrada.

(Ou será porque Samona despertou um tipo diferente de sentimento em Ethan depois que a viu com o marido na festa – ficando assim mais desejável? Ele considera a ideia, que logo descarta.)

– Olhe, acabei de voltar da Tailândia e estou exausto. Estou com a mesa cheia de coisa para fazer, sabe, e, além do mais, não é a minha área mesmo.

– Bem, você não gostaria de almoçar e aí eu lhe dou todas as informações sobre o assunto?

Talvez em resposta ao tom desesperado de voz de David, Ethan tenha surpreendido os dois dizendo "Claro!".

No dia sete de julho, os dois se encontraram no Corotta. David aguardava numa mesinha no canto quando seu celular tocou. Ethan estava atrasado (não porque estivesse atrasado, mas porque gostava da ideia de fazer o marido de Samona esperar por ele), mas David o tranquilizou, pois havia chegado ao restaurante havia só cinco minutos. Ele pediu uma taça de vinho e tentou se convencer de que não estava tenso. A manhã custou a passar. Os cortes recomeçaram e todos eles tiveram que passar pela sua aprovação – basicamente se reduziam a demissões –, e o barulho da obra ficava cada vez mais alto. Com o vinho, no entanto, ele relaxaria. Ele pediu outro copo e bebeu metade. Três caras que ele reconheceu da The Leonard Company se sentaram à mesa ao lado. Todos se cumprimentaram. David começa a divagar enquanto aguarda Ethan Hoevel.

— David? — diz Ethan.

David olhou para cima, boquiaberto. Ao se levantar, as coxas bateram contra a mesa e o guardanapo que estava sobre o colo caiu no chão. David ficou um tanto atrapalhado, sem saber se apanhava o guardanapo do chão ou cumprimentava Ethan. Resolveu então fazer os dois ao mesmo tempo. Ethan ri e, enquanto se sentam, comenta:

— Que bom que conseguiu!

Ethan vestia um blusão branco Prada com os três botões superiores abertos, uma calça jeans desbotada e um par de tênis Nike de trezentos dólares que David uma vez pensou em comprar para si próprio.

David não consegue colocar os dois cotovelos sobre a mesa e bebe o resto de vinho numa só golada. Ethan percebe.

— Será que estamos tendo um dia estressante? — pergunta Ethan, gesticulando em direção à taça vazia.

— É. Não. Só agitado. A guerra está deixando tudo de cabeça para baixo... sei lá.

— Será que é guerra mesmo? O *Post* diz que é mais uma questão diplomática.

— Ou a falta de. É guerra mesmo! As pessoas estão morrendo. É guerra.

O vinho que David Taylor tomou aliviou a pressão do momento.

— Enquanto isso, por aqui jovens talentosos estão perdendo o emprego. Cortes. Um saco!

— Eu meio que me desliguei da guerra — Ethan disse quando o garçom lhe entregou um menu. Ele percebeu que David não tinha um. Ocorreu-lhe então que David já deveria conhecer as opções de cor. — Sempre quis vir aqui.

— Venho aqui quase sempre — diz David, que desiste de colocar os cotovelos sobre a mesa e resolve pôr as mãos sobre o colo.

— O que você sugere? — pergunta Ethan, abrindo o cardápio.

— A salada de beterraba é muito boa. — David estica a mão e aponta alguns itens do menu. — A lasanha verde. Merluza negra.

O calor que David sentia em virtude dos dois copos de vinho fizeram com que ele tirasse o paletó e o pendurasse no encosto da cadeira enquanto pensava em pedir uma vodca.

— Um terno alinhado seria mais apropriado para você — disparou Ethan, avaliando David antes de voltar o olhar para a carta de vinhos.

— Você me acompanharia, se eu pedisse uma garrafa de vinho?

— Claro! — respondeu David, curvando-se na tentativa de esconder sabe-se lá o que Ethan estava olhando.

Ethan pediu *confit* de pato e um Pinot Grigio, de que David gosta. David quis a salada de beterraba.

— Onde você comprou esse terno? Na Barneys? — perguntou Ethan.

A princípio, David imaginou haver presunção no tom de Ethan, mas estava enganado. Ele estava interessado mesmo.

— Foi lá mesmo. Como é que adivinhou?

— Deveria comprar um Prada — sugeriu Ethan, abrindo o guardanapo. — Conheço um pessoal que trabalha lá. Posso colocar você em contato, se quiser.

— Em que o Prada é tão bom assim?

— Veste melhor. Você tem os ombros magros.

David não entendeu o que ele quis dizer com aquilo. Ethan percebeu.

— Vai lhe cair melhor.

O vinho chega e, rapidamente, cada um bebe uma taça.

— Bem, o que foi que me trouxe aqui? O que vocês querem exatamente?

— Bom, como eu já havia mencionado antes, estamos modernizando algumas salas de reunião. Sabe, dando ao local uma aparência mais maneira, mais jovem.

David faz uma pausa para encher o copo.

— Estamos meio que fazendo a coisa intuitivamente, à medida que interagimos com o ambiente.

— Ainda que todos os jovens estejam perdendo o emprego?

David sorri. Ele gosta do clima descontraído e então responde:

— É mais para os investidores. Há muita gente jovem investindo. O problema é que eles veem a Leonard como uma empresa para coroas, muito embora não seja, e o nosso objetivo no momento é tornar o lugar mais atraente para esse público, ou melhor, para o dinheiro que ele pode trazer.

— E eu entro nessa história toda porque...

— Porque eu simplesmente... acho que você é bom. Eu... vi o seu site.

David quase disse que, na semana anterior, às quatro da manhã, comprou uma namoradeira, que estava no almoxarifado do edifício onde trabalhava. Ele nem sequer também tinha ido lá para dar uma olhada na compra, porque precisava antes saber o que fazer com o sofá de couro.

— Uma sala de reunião? — Ethan pergunta, franzindo o cenho.

— Isso. Para reformar uma sala de reunião. — David faz uma pausa. — Duas, na verdade.

— Olhe, eu não posso mentir. Não faço esse tipo de trabalho.

— Reservamos uma verba considerável para esse projeto. Acho que vai valer a pena o tempo e o empenho.

David odiou o jeito como aquilo soou. Parecia um mercenário falando.

Ethan não disse nada.

— Olhe, acho que você deveria ir ver o local antes de dizer não.

David notou que Ethan o observava com curiosidade.

— Vou lá dar uma olhada — respondeu Ethan finalmente.

Sabe-se lá por que razão uma espécie de alívio percorreu David Taylor.

— Quer fazer isso hoje? Depois do almoço?

— Hoje não. Pode ser amanhã?

David então repassa mentalmente sua agenda.

— Depois das seis. Está bom para você?

— Minha aula termina às cinco e meia.

Ethan inclinou a cabeça discretamente, ainda observando David.
— Está bem. Estarei lá.
— Ótimo! Você está fazendo aula de quê?

David esperava uma resposta do tipo "pilates", mas se surpreendeu ao ouvir:

— Eu dou aula, na verdade.

Enquanto David pegava a taça de vinho, seus olhos se arregalaram. Ficou interessado pela novidade.

— O que você leciona?

Não deu para não notar o sorriso de Ethan.

— Dou aula de design na Parsons. É design de produtos.

— Que legal! — foi tudo que David conseguiu dizer antes de tomar outro gole de vinho.

— É.

Ethan se recosta na cadeira porque David está inclinado para frente.

— Como é lecionar? — A voz de David soou distante.

— É legal. Os garotos são idealistas, mas acho que todos somos.

— É — concordou David com uma risadinha forçada.

— Bem, só sei que eu gosto.

— É...

A voz de David se dissipa e parece que está falando com outra pessoa.

— É incrível que você consiga lecionar.

— Bem, mas você de certa forma também "dá lições" aos mais jovens na sua empresa, não? Àqueles que estão perdendo o emprego. — Ethan fez com os dedos o gesto indicativo das aspas ao dizer "dá lições".

De novo David deu aquela risadinha, embora parecesse mais que estava bêbado.

— É. Acho que sim.

Depois que a comida chegou, começaram a falar sobre a época de faculdade.

David Taylor se lembrou do Amber Blues que costumava tocar nas festas da fraternidade. Ele chegou até a cantarolar um pedacinho da canção de amor dos amputados, embora não tenha conseguido se lembrar de nem uma única palavra da letra.

Ethan Hoevel faz elogios à carreira bem-sucedida de David.

Os dois recordam a encenação de *Trabalhos de amores perdidos* no pátio, embora tenham discordado em relação ao pátio onde o evento tinha ocorrido.

Fizeram piada da única matéria a que assistiram juntos.

Durante toda a conversa — mesmo depois de todo o vinho e da zonzeira — David ainda consegue processar as palavras antes de elas saírem, medindo-as, pronunciando-as calmamente, com ênfase. No entanto, David Taylor estava pensando em seu casamento e no fato de que este não está chegando a lugar algum. Por que eles não têm um filho? Por que ainda estão vivendo em Manhattan? O que houve com a casa em Connecticut? Por que a vida sexual deles estava naquela inércia?

Foi naquela hora que lhe ocorreu — pela primeira vez, enquanto conversava com Ethan Hoevel — que a esposa estava tendo um caso.

Por que será que, de repente, David ficou desconfiado?

Enquanto observava as mãos de Ethan, veio-lhe à cabeça o fato de que Samona nunca respondia quando ele lhe perguntava por que tinha parado de se depilar. De repente, sua cabeça ficou cheia de caraminholas, mas tentou manter a calma para continuar a conversa tranquila. Ethan Hoevel, porém, não sabe nada disso, porque, naquele momento, David Taylor era real. Estava sendo fácil sorrir para Ethan, mas, a princípio, aquele sorriso parecia causar a David um certo constrangimento pelas razões de costume: o cara era gay. Aquela mesma sensação acometia Ethan quando percebia que, na verdade, estava cheio de tesão em David Taylor num restaurante lotado em Midtown, em plena hora do almoço. Ele então percebe que precisava concluir logo o encontro. Ethan se deu conta de que estava atraído por David Taylor, mas ele não queria. Aquela era a última coisa que ele queria que acontecesse.

No Corotta, David não menciona seus problemas conjugais com Ethan. Naquele mesmo dia, ele não conseguiu entender por que a presença de Ethan Hoevel, mais do que a de qualquer outra pessoa, fez com que ele tomasse consciência da infidelidade de Samona.

Depois do almoço, Ethan voltou para o loft e transou com a mulher de David durante o resto da tarde. Enquanto Ethan comia Samona, ela se transformava em David Taylor e, assim, ao gozar, Ethan metia nele.

Enquanto isso, David estava em seu escritório olhando a foto de seu casamento ao mesmo tempo em que ouvia o tique-taque do relógio antigo.

20

O MÊS DE AGOSTO em Nova York é abrasador: a cidade fica envolvida pelo calor e pela umidade. As altas temperaturas deixam a gente mole e bate uma saudade da primavera que antecede aquele inferno, que só retornará dentro de um período de um ano. Os aparelhos de ar-condicionado param de funcionar, noites insones se banham em suor, a taxa de criminalidade vai a zero e um medo discreto, latente, toma conta de todos. Em agosto há sempre um medo pairando no ar — medo de que o calor nunca mais vá embora. Em agosto, as pessoas fazem coisas que jamais fariam em outro mês qualquer.

Eu estava encostado no gradil do Hudson Riverwalk na rua Canal. A barca de Hoboken estava atracando a alguns metros na direção sul, batendo com força contra as estacas de madeira. A menos de um quilômetro depois da barca, o rio Hudson desembocava no porto. Caiaques remavam à beira do canal, tentando a todo custo colidir com vários barcos que deslizavam pela água. A Estátua da Liberdade era uma figura indistinta em meio à névoa típica do final do verão. A barca da Ilha da Liberdade segue rumo ao seu destino.

De repente, lá estava Ethan Hoevel ao meu lado, seguindo o meu olhar.

— As pessoas vão subir até a coroa?

Fingi não estar surpreso com sua presença.

— Não. Só até a loja de suvenires que fica na parte de baixo.
— Já foi lá em cima?
— Eu? Não.
— Nem eu.

Ethan estava correndo no calçadão do rio quando me viu. Estava de short azul e camiseta branca, o cabelo ensopado de suor.

— Há cerca de duas mil pessoas a poucos metros da minha casa ao redor do marco zero. Procurando o quê, eu não sei.

— Restos de esperança em meio a uma destruição monstruosa.

Aquela era uma frase que eu havia escrito meses atrás depois dos ataques e que nunca tinha sido publicada.

— Escavadeiras e caminhões de lixo limpam o terreno para dar lugar a outro arranha-céu que ainda nem foi planejado. Três anos depois de as torres terem caído, enquanto turistas circulam pelo local feito um bando de idiotas, não deveria suscitar esperança — disse ele ainda ofegante, os olhos correndo pelo rio e pela névoa que o cobria.

Quando me limitei a dar de ombros, ele fingiu estar magoado.

— Não está feliz em me ver?

O lance de Ethan Hovel era que ele não ligava para nada. Um terrorista mata um ente querido. Você magoa um amigo. Alguém lhe proporciona infelicidade. Segundo Ethan, se você simplesmente não ligar, então não precisa procurar sinais de esperança no meio dos destroços. Daria até para sobrevoar o local.

— Acho que não. Você tem feito muito bem em não ter falado comigo ultimamente — disse Ethan quando finalmente retomou o fôlego. — Por que você não vai lá para casa agora jantar conosco?

— "Conosco" quem? — perguntei, pronto para ficar sem graça com a resposta.

— Eu e Aidan. — Ele sorriu ao perceber minha surpresa. — Isso mesmo, meu irmão. Surpresa! Ele perdeu o emprego na companhia de energia e então aquela tal garota, Suzanne, deu-lhe um chute no traseiro. Ela então foi transferida para cá e ele veio para... — ele parou para fazer o gesto das aspas com os dedos — "passar um tempo". Tire suas próprias conclusões. Na verdade, neste exato momento, está levando umas coisas lá para casa.

— Você deve estar transbordando de felicidade — comentei com ironia.

— Só espero que não fique por muito tempo — ele disse com um ar blasé. — Não sei o quanto eu suportaria. — Ethan fez uma pausa, pensando em alguma coisa. — Bem, de qualquer forma, acho que você deveria vir. — Ele deu uma olhada ao redor. — Até porque você não está com cara de quem tem compromisso. Estou certo?

Tentei ignorar sua presunção e virei-me para a água.

Não via Ethan desde o almoço de 4 de julho e não acreditava que fosse possível reatar nossa amizade. Entretanto, ele se encostou em mim a fim de me encarar e não me restou outra escolha a não ser olhar dentro dos olhos dele por um tempo – para admirar a beleza de Ethan Hoevel. Ele sorriu amistosamente e tocou meu cotovelo. Então caminhei ao lado dele ao longo do rio de volta a rua Warren. Eu estava com fome e o convite que ele havia me feito, no mínimo, evitaria um rombo na minha esquálida conta bancária no Chase. Eu comeria, dividiria e talvez até chorasse. Minha vida tinha se reduzido a isso: uma oportunidade para satisfazer curiosidades antigas se transformando numa refeição gratuita.

– E aí? O que tem feito? – Fiz a pergunta de um jeito tão óbvio que Ethan revirou os olhos.

Rindo, ele limpou o suor com a camiseta.

– O que você quer saber? Acho que você quer que eu tire alguma coisa aqui de dentro do peito. – Rindo de novo, arrematou a pergunta: – Não é isso?

– O que eu não quero, Ethan, é brigar com você.

Parei para causar efeito. Ele se virou e olhou para mim com ódio. Aquele olhar lancinante mais uma vez atingiu seu alvo – o brilho nos olhos, o sorriso afetado nos lábios – e entendi tudo.

– As coisas não são tão simples assim. Não para mim, e você sabe disso.

Voltei a caminhar ao lado dele, desviando de grupos de crianças, patinadores e ciclistas até que chegamos a um lugar mais vazio, onde perguntei, dando de ombros em seguida:

– Você não acha que eles poderiam ter sido?

– Não.

Ele sorriu, mas havia algo a mais por trás daquilo – algo que ele queria esconder de mim. Visto que eu imaginava se tratar do que eu já sabia a respeito de David Taylor, senti que eu tinha o controle da situação quando ele acrescentou:

– Um dia talvez você entenda por quê.

— Você não é o único cara do mundo com uma família fodida — espetei. — Você não é o único cara a ter um caso. Jesus, você não é o único gay.

Ethan sorriu e levantou a cabeça.

— E se eu não for?

— Não for o quê?

— Gay.

— Não quero falar sobre esse assunto com você, Ethan. Não é disso que estamos falando afinal de contas.

— Sabia que você fica uma gracinha quando está magoado?

— Tanto quanto David Taylor?

Ele olhou para mim. Percebi que ele estava tentando entender.

Um ciclista que bebia o conteúdo de uma garrafa de plástico com a cabeça erguida passou entre nós feito uma flecha. Nesse mesmo instante, Ethan parou e diminuiu o ritmo da passada, pensativo, deixando que eu ficasse um pouco mais atrás.

— Stanton. Foi ele que lhe contou. Ele ligou para você, não foi?

— Não faz diferença quem foi — murmurei.

— Terminei com Stanton.

— É mesmo?

— Mas ele fica rondando o meu prédio. Eu o tenho visto se esquivando pelas esquinas, seguindo-me até o Village. Às vezes, olho lá do terraço e o vejo. É muito triste.

— Você não está preocupado?

— Ele não faria nada... — Houve uma pausa para pensamentos obscuros. — Pelo menos, não comigo.

Passamos pelo trapézio próximo a Battery Park. Um garotinho estava na plataforma alta amarrado a uma espécie de arreio. Um instrutor ainda adolescente estava atrás dele com as mãos na cintura do menino. O garotinho não queria se pendurar, mesmo que uma imensa rede de segurança estivesse a menos de três metros abaixo dele e apesar das palavras de incentivo do instrutor. Eu e Ethan vimos quando o instrutor deu um discreto empurrão e o menininho caiu. Ele se moveu para frente e para trás. O corpo dele balançou até parar e ele ficou pendurado sobre a rede. Lá embaixo, a mãe aplaudia. Ela gritava pedindo que ele se soltasse. Ao fazer o que a mãe sugeriu, quicou suavemente na rede, onde ficou deitado por alguns instantes olhando fixo para o céu. Quando a mãe o abraçou, saiu correndo com um sorriso nos lábios.

— Ele também andou dando suas trepadas por aí, você sabe — Ethan mencionou quando retomamos a caminhada.

— Mas o que você está fazendo não é certo.

— Ah, foda-se. Você está cansado. Não se canse de tanto trabalhar.

— O que você quer? Minha aprovação?

— Ah, é. Era tudo o que eu queria de você. Na verdade, se eu tiver sua aprovação, todo mundo estará a salvo. Obrigado por você abrir os meus olhos em relação ao horror que eu represento.

Ethan agora caminhava mais rápido, passo a passo comigo.

— Você sabe que eu tenho razão, mas, é claro, você nunca deu a mínima.

Ele parou e segurou o meu ombro. Eu o tinha balançado. Ele era mais forte do que aparentava e aqueles braços longos e levemente musculosos tinham força mesmo.

— Você acha que eu vivo com uma arma apontada para a cabeça das pessoas e que elas fazem o que fazem por minha causa?

— Você certamente não move um dedo para dissuadi-las.

— Ok. Vamos começar por você. Entre o meu apartamento, o estúdio de Samona e o escritório de David, parece que ultimamente você tem sido figura comum.

— É engraçado como as coisas acontecem, não é? — Eu tentei imitar o mesmo tom afetado da voz dele.

— Será que isso está acontecendo porque: a) você está preocupado com a nossa amizade, se é que podemos chamar isso de amizade; b) você está tentando salvar um casamento que nem deveria ter acontecido; ou c) você era obcecado por uma garota que na faculdade sequer olhava para você, quando você andava atrás dela feito um cachorrinho de madame?

— Me solte — eu disse ao me afastar.

Fiquei a alguns metros dele, constrangido pela minha respiração ofegante. Logo em seguida, Ethan, com a maior calma do mundo, parecia querer quebrar o gelo:

— Ei, você vai jantar lá em casa, não vai?

No saguão do edifício de Ethan, o porteiro colocava caixas dentro do elevador com Aidan Hoevel.

— Fala, mano. — Aidan cumprimentou Ethan, olhando para mim na dúvida, tentando lembrar o meu nome (é claro que eu tinha causado uma baita impressão como de costume). — E aí, cara.

Entramos os três no elevador abarrotado. Aidan, diferente da última vez que o vi, tinha se barbeado, removendo por completo a barba por fazer. Percebi então que era parecido com Ethan, o que eu não havia notado antes.

— Vai ficar por quanto tempo? — perguntei.

— Não sei mesmo. Depende de como as coisas rolarem.

— E o que vai rolar?

Ele só deu de ombros e olhou pelas barras da porta enquanto o elevador subia até o nono andar.

Num canto do apartamento, estavam as coisas de Aidan: um saco cheio de roupa suja amarrotada, um par de Air Jordans rasgados, uma nécessaire, a biografia do Mötley Crue e um PlayStation2.

Num outro canto, estavam as coisas que Ethan retirou do estúdio: canudos de papelão com esboços, moldes de plástico para projetos novos, várias ferramentas, a asa negra (recém-polida) do seu antigo projeto. Ethan tinha rearrumado algumas divisórias para fazer um quarto para Aidan.

— Vou tomar um banho — informou Ethan, parando no caminho para apertar duas porcas da divisória. Quando saiu da sala, fiquei ali, meio sem graça, com Aidan, enquanto ouvíamos o som da água caindo do chuveiro. Ele pegou a sacola com as roupas sujas e depois a jogou no mesmo lugar.

— Que chato o que aconteceu com o seu emprego e com a sua namorada — eu disse, tentando mostrar solidariedade.

Ele encolheu os ombros e murmurou:

— Que se dane!

Ficamos novamente em silêncio até que o interfone tocou. Aidan atendeu e perguntou:

— É comida ou mulher?

Ele então fez uma pausa, fez que sim com a cabeça e disse:

— Ótimo!

Em seguida, como se eu não estivesse ali, ele entrou no quarto do irmão e saiu com a carteira de Ethan na mão.

— Mulher? — perguntei hesitante.

— Eu sei. Doideira, né? — respondeu, retirando quatro notas de vinte dólares.

Deixei para lá. Eu não tinha comido nada o dia inteiro. Eu estava com tanta fome que conseguia distinguir os diversos aromas vindo lá do elevador mesmo antes de a porta abrir: carne ao curry, batata e verduras cozidas.

Aidan deu três notas de vinte ao rapaz que fez a entrega e colocou o troco junto com a quarta nota de vinte dentro do bolso antes de pôr a carteira de Ethan no quarto de novo. Quando ele saiu, a sacola com a comida estava aberta. Então retirou nacos de broa de milho.

— Não faço a menor ideia de quem come comida peruana, mas que cheira bem, isso é verdade — comentou, não necessariamente se dirigindo a mim.

Ethan saiu do banheiro envolto em uma toalha, o corpo magro e pálido ainda pingando. Ele me pegou olhando para o seu peito e sorriu enquanto ligava o som. A melodia de *London Calling*, do The Clash, encheu o loft.

— Espero que gostem da comida, rapazes — disse ainda sorrindo para mim. — Da próxima vez que eu viajar, vou ao Peru.

Olhei o corpo dele de cima a baixo, antes de me forçar a olhar para o outro lado.

Ethan tinha feito o pedido no Lima Taste no East Village — três tipos diferentes de carne, muito amido, tudo ainda bem quentinho. Era o tipo de jantar substancioso e íntimo que eu não acreditava merecer ou que tivesse a ver comigo, mas, duro do jeito que eu estava, fiquei agradecido pela refeição que fiz em silêncio enquanto os dois irmãos conversavam.

Riram da mãe de forma carinhosa, falaram do futuro com otimismo e fizeram piada sobre como os dois eram quando crianças. Não eram os mesmos irmãos que, um mês antes, sentados no terraço, não tinham trocado uma palavra sequer durante o tal almoço que mais pareceu uma tortura. Aparentemente havia uma vibração nova entre os dois. Eu só não sabia dizer quem a havia proporcionado ou por quê.

— Este lugar é maravilhoso, Ethan — comentou Aidan Hoevel.

— Pode ficar o tempo que quiser — disse Ethan num tom de voz que não reconheci.

— Você se deu bem na vida. — Aidan fez uma pausa. — Estou orgulhoso de você.

— Ei, vamos parar com esse falso sentimentalismo irlandês.

Agradecido, Aidan assentiu com a cabeça e eu, da maneira mais discreta possível, tratei de me servir em segundos. Enquanto eu estava colocando o prato no jogo americano de bambu, o interfone tocou de novo. Então olhei para os dois — primeiro para Aidan, depois para Ethan — quando Aidan perguntou:

— Agora é mulher?

Ethan sorriu para mim ao responder:

— É sim. É a Samona.

— Maneiro! — exclamou Aidan, limpando a boca. — Vai ser como esses seriados de TV a que mamãe vive assistindo.

— É mesmo! Três pessoas dividindo um loft em Nova York e o caos reina!

Não movi sequer um músculo da face.

Olhei fixamente para toda aquela comida que amontoei no enorme prato branco. Eu sabia que não conseguiria comer aquilo tudo, visto que tudo aconteceu de uma só vez. Fiquei calado, segurando uma onda de náusea que me veio quando Ethan disse ao porteiro que mandasse Samona subir.

— Ei... ei... — soava ao longe a voz de Aidan Hoevel tentando chamar a minha atenção.

Finalmente olhei para ele. Ele sorriu e disse:

— Você sabe o que eu disse a Ethan quando ele me perguntou o que fazer quando você está tendo um caso com uma mulher que quer largar o marido por sua causa? Você sabe o que eu disse a ele quando ele me perguntou isso?

— O quê? — Eu mal consegui ouvir a minha própria voz.

Ele fez uma pausa para dar à resposta autoridade e importância.

— Ela dá. — Ele fez mais uma pausa. — Você come. — Outra pausa. — Você esquece.

— Cara — Ethan acrescentou ao voltar para a sala. — Mas isso só depois que ele perguntou: "Tem certeza de que é uma mulher?", "É gostosa?" e "Quando foi que você descobriu que não era gay?"

A única coisa que consegui fazer foi olhar para ele cheio de ódio.

— E então? Ela vem jantar?

— Melhor do que isso — respondeu Aidan com a boca cheia. — Está se mudando para cá.

— Eu te conto os detalhes depois — disse Ethan friamente. — Só achei que você ia gostar da surpresa.

— Ei, vocês dois estão me deixando bolado — queixou-se Aidan. — Em seguida, baixando o volume da voz e arregalando os olhos, voltou-se para mim e disse: — Lembre-se, cara, não pode dizer a ela que o meu irmão transa com homem.

Samona saiu do elevador. Puxava uma mala de rodinhas e trazia um bolo preto e branco de seis camadas da Dean & DeLuca. A expressão radiante que trazia no rosto me parecia falsa.

Quando nossos olhares se cruzaram, ela se limitou a dizer "oi". Eu apenas fiz um aceno com a cabeça e voltei a olhar para o meu prato.

— A comida está tão cheirosa. Que pena que meu estômago está me incomodando!

Ela se sentou, mas eu ainda não consegui dizer nem uma única palavra, nem um cumprimento sequer.

Naquele momento em particular, percebi que não conseguia odiar Samona e que, no máximo, seria indiferente a ela.

Ela suspirou demonstrando cansaço. Durante o tempo em que consegui olhar para ela, observei sua fisionomia a distância – o blush, aplicado rapidamente já estava com aspecto de rachado; o cabelo tão esticado para trás que a testa estava retesada; a cicatriz perto do olho que ela tocava de vez em quando; o jeito que ela olhava para Ethan como se aguardasse a autorização dele para falar.

Ethan a apresentou ao irmão. Aidan sorriu para ela como se soubesse de algum segredo e elogiou:

— Samona é um nome bonito. Qual é a origem?

— Minha mãe nasceu em Gana.

— Fica na costa leste da África, não é?

— Costa oeste.

— Ah, é verdade. Isso mesmo! Eu estava numa expedição. Íamos passar por lá.

Ethan Hoevel percebeu que o irmão observava Samona e interrompeu:

— Será que vocês não foram, digamos assim, *extraditados* antes de conseguirem entrar em águas estrangeiras?

Aidan moveu o punho e começou a disparar:

— Eu estava preso com um monte de ambientalistas. — Ele fez então uma pausa. — Não gostavam nem um pouco de curtir a vida.

— Aidan ficou bêbado e acertou um golfinho com um arpão — Ethan esclareceu.

— Meu Deus!

Samona pôs a mão na boca enquanto Aidan debochava do irmão:

— O que é que você sabe disso, cara? Você não estava lá em Yale, ocupado com as suas *coisas*? — Ele então se virou para Samona. — Relaxa! Pensei que era um tubarão. Além disso, bebi muito Jack. — Percebendo que não havia conseguido amenizar a situação, acrescentou: — Chorei um dia inteiro por causa disso.

Na cabeceira da mesa, as mãos de Samona deslizaram em direção ao braço de Ethan. À procura de um olhar carinhoso, ela repousou os dedos delicadamente sobre o punho dele. Ethan lhe deu o que ela procurava – era um olhar que a tranquilizava porque lhe dizia que tudo estava correndo como deveria, que nada estava fora do lugar, que ela estava se portando bem. Notei que não era um olhar que dizia a ela que Ethan estava comendo o marido dela.

– Que tal um pedaço daquele bolo? – sugeriu Aidan, limpando os lábios.

De repente fez uma pausa e continuou:

– Ou será que devo comer um pouco mais de ervilha? Devo começar a me alimentar melhor, já que estou morando em Nova York, certo?

Samona colocou o bolo com todo o cuidado bem no centro da mesa. Ethan serviu pequenas fatias para Samona e depois para Aidan, antes de cortar quase um quarto do bolo para mim.

– Por que é que deram esse nome ao bolo? – perguntou Aidan sem se dirigir especificamente a alguém. – Preto e branco? Chocolate não é preto. Baunilha não é branca. Deveriam chamar de bolo marrom e amarelo.

Aidan enfiava na boca pedaços de bolo lambuzados de cobertura, mastigando avidamente, quando percebeu que olhávamos para ele em silêncio.

Ethan desviou o olhar de Aidan e depois, dando um sorriso forçado e segurando a mão de Samona, disse:

– Tudo bem. A gente se acostuma.

Samona suspirou cansada e esfregou os olhos. Ela e Ethan conversaram baixinho, em particular – aquele tipo de conversa que se tem num tom de voz baixo, íntimo, de modo a ninguém ouvir, acompanhados de gestos sutis, coisa que a situação exige. Em seguida, acariciou-lhe os cabelos, assentiu com a cabeça e murmurou:

– Vou sim. Vou colocar você na cama.

Quando se levantaram, Samona se despediu:

— Foi um prazer conhecê-lo, Aidan. — E se dirigindo a mim: — Desculpe, mas a semana foi... longa.

Eu então respondi, indiferente:

— Sem dúvida alguma.

— Apareça lá na loja qualquer dia desses para a gente colocar o papo em dia.

— Claro, claro.

— Boa noite, amores — disse Aidan.

Ethan levou Samona para o quarto enquanto o irmão devorava o bolo. Depois, fez um bule de café fortíssimo, mexendo os lábios ao som da música. Quinze minutos depois, quando Ethan voltou, Aidan quis saber:

— E aí? Vamos dançar?

— Vamos sim — Ethan respondeu.

— Vamos sair? — perguntei.

Pegamos um táxi para o Lot 61, onde Ethan tinha reservado uma mesa. O leão de chácara não queria deixá-lo entrar — "proibido entrar de tênis e camiseta" —, mas bastou Ethan se identificar e a corda de veludo já não bloqueava mais a entrada. Assim que nos sentamos, Aidan Hoevel tratou logo de examinar os corpos ágeis metidos em vestidos pretos curtos que enchiam o ambiente. Enquanto isso, enchia três copos com Grey Goose gelado, a que adicionou um pouco de tônica. Já que meu estômago estava nada tolerante à vodca (aliás, eu nem sabia mais o que estava fazendo ali), empurrei meu copo em direção a Aidan, que começou a beber em dois copos ao mesmo tempo. O pequeno local já estava lotado, fazendo com que Aidan abrisse um sorriso. Ethan, por sua vez, recostou-se na cadeira saboreando a vodca.

Por causa da música alta, berrei no ouvido de Ethan de modo que só ele pudesse me ouvir:

— Ela vai morar com você?

— Ela quer o divórcio.

— Você é um imbecil. Foi para isso que você me convidou para jantar? Para me sacanear com essa porra?

Minha voz foi abafada pelo ruído do laser, tendo como *backing vocal* os gemidos das meninas na pista de dança.

— Vamos sair daqui — sugeriu Ethan.

— E Aidan?

Ele fez um sinal com a cabeça para o irmão, que estava caminhando em direção à pista de dança. Sacudindo os braços, interpôs-se entre duas meninas, aparentemente universitárias, que estavam muito doidonas de ecstasy para prestar atenção nele.

Ethan pagou pela bebida e eu o segui até o lado de fora. Pegamos um táxi, mas não ouvi o endereço que ele deu ao motorista.

— Olhe — começou ele quando pegamos a Nona Avenida. — Não sei o que passa pela sua cabeça, mas...

— Qual é? É vingança? Será que eu o magoei tanto assim?

Ethan reclinou a cabeça no encosto do assento de couro rasgado do carro.

— Você precisa colocar uma coisa na cabeça.

— O quê?

— Não tem nada a ver com você.

— Não é verdade, Ethan. Às vezes, parece que tem tudo a ver comigo. Do contrário, por que cargas d'água eu estaria dentro deste táxi com você?

— Bem, o escritor aqui é você. Você é quem tem que responder a essa pergunta.

Ignorei a ponta de ironia na resposta e percebi que o motorista estava olhando pelo retrovisor.

— Será que ela ainda não percebeu que você é gay?

Eu olhava as delicatéssens, as lojas de ferragens e postos de gasolina ao longo da Nona Avenida.

— Gay é somente uma palavra. Você sabe disso tão bem quanto qualquer um.

Continuamos a viagem em silêncio até que o táxi parou em frente ao Arthur's Tavern, no West Village.

— Essa banda de jazz está tocando hoje aqui, é? — Ethan perguntou, tentando amenizar o clima. — Quero conversar com você a sós um minutinho.

Consegui relaxar quando nos sentamos a uma mesa vazia. Estávamos tão perto do palco que, quando o trompetista se movia para frente e para trás, eu e Ethan tínhamos que nos recostar na cadeira para evitar o contato. Fiquei sentado à mesa, indiferente, observando o baixista dedilhar as cordas com o polegar e com o indicador. Durante um dos intervalos, perguntei:

— Ela vai mesmo se mudar para o seu loft?

Ele soltou um suspiro e, com gentileza, pegou pelo braço uma garçonete que passava:

— Um copo de *cabernet* para ele e uma Budweiser para mim.

Depois, voltou-se para mim e murmurou:

— Que pena que agora é proibido fumar em bares!

Ele então levantou a cabeça e desviou o olhar.

Assim que ele pronunciou aquela frase, a banda voltou a tocar. O vocalista apontou para o saxofonista que estava sentado, encostado numa parede fora do palco, e o chamou com uma espécie de uivo. O saxofonista era um homem já de uma certa idade. Mesmo assim, a pele do rosto era lisa e firme; a cabeça era coberta por uma cabeleira negra que descia por debaixo da aba do chapéu. Tinha um drinque numa das mãos e o braço do instrumento na outra. Pensei que ele tivesse desmaiado, mas, assim que ouviu o vocalista chamar, aprumou-se na cadeira e recomeçou a tocar.

Durante aquela parte do show, nem toquei na cerveja. Quando o saxofonista terminou e "desabou" novamente, o celular de Ethan tocou.

— Atendo ou não? — perguntou.

— Bem, ela está sozinha no seu loft. Seria de bom-tom que você atendesse.

— Mas não é Samona. — Ele colocou o aparelho sobre a mesa. No identificador de chamada, lia-se David Taylor.

Esperamos que o telefone parasse de tocar.

— Ela descobriu uma coisa — Ethan começou a me contar. — Umas manchas. Na calça dele. Manchas inconfundíveis que ela obviamente identificou. Foi isso o estopim de tudo.

Ao provar o vinho, fez uma cara esquisita.

– Tem gosto de vinagre.

– O que foi que ela descobriu?

– Ele botou a calça no cesto de roupa suja que Samona vasculha toda terça-feira de manhã quando o rapaz da lavanderia passa. Ao examinar as roupas dele, encontrou a calça.

Algo passou pela cabeça de Ethan. Notei pelo jeito com que terminou a última frase. Em seguida, sorriu discretamente e continuou:

– Ela pensou que o David estivesse comendo uma tal estagiária que ele já tinha pegado antes. Pelo tipo de mancha, ela imaginou que ele a tivesse comido em pé e tirado antes de gozar. É esse o quadro que ela formou na cabeça. – Ethan aguardou que a batida da bateria terminasse e prosseguiu: – Não está muito longe da verdade. Só que não há nenhuma estagiária.

– Vocês deviam ter mais cuidado – eu sugeri com uma ponta de sarcasmo.

Ethan terminou o vinho e fez cara feia de novo.

– O que não consigo entender é por que David não levou ele mesmo a calça para o tintureiro. Não dá para entender como é que David pôs a calça no cesto sem, pelo menos, dar uma olhada.

Eu não sabia se acreditava na história que Ethan estava me contando. A situação era para lá de inusitada e, mesmo assim, seu tom de voz beirava a indiferença.

– Por que Samona vai morar com você? Por que vocês não arrumam um hotel? Por que ela não vai para casa de uma amiga?

– Ela quer morar comigo. Foi isso que ela me disse quando me ligou: "Estou deixando David e quero ficar com você."

– Você a convidou para morar com você e com seu irmão enquanto trepa com o marido dela?

Ethan parecia satisfeito com o desespero no meu tom de voz. Então levantei as mãos de forma defensiva.

– Bem, estou totalmente inocente nesse rolo de vocês aí.

— Só estou proporcionando a uma garota que nunca se sentiu à vontade e bonita um lugar onde ela se sinta à vontade e bonita. E proporcionando a Aidan, que presumo que você tenha percebido que é meio esquizofrênico, uma cama para dormir durante os momentos de crise para depois continuar a tocar a vida. — E quanto a David... Ele fez uma pausa disperso, pegou um cigarro e olhou para mim, aqueles olhos verdes penetrando a luz amarela. — Só estou dando às pessoas o que elas querem.

— E o que você quer?

Ethan acendeu o cigarro e correu os olhos pelo bar de forma indiferente. Uma garçonete notou o cigarro e começou a dizer alguma coisa, mas Ethan sorriu para ela, que resolveu deixar passar.

— Só quero saber se as pessoas podem mudar — disse ele, como se aquilo fizesse sentido, como se fosse a coisa mais simples do mundo.

21

NAQUELA MESMA NOITE, na Arthur's Tavern, Ethan Hoevel me contou uma outra história.

Quando saltou no vigésimo primeiro andar do número 800 da Sétima Avenida, no dia 8 de julho – um dia após o almoço no Corotta –, Ethan Hoevel elogiou a blusa Versace verde-limão que a recepcionista estava usando. Eram seis horas da tarde de uma sexta-feira e o movimento começava a diminuir. Fazendo o caminho inverso ao do fluxo do pessoal, Ethan Hoevel entrou no edifício e pegou um corredor estreito, rumo à sala de David Taylor, seguindo com o olhar os rapazes de terno – do mais barato ao moderadamente caro.

Chegou à sala de David Taylor no momento em que as luzes no interior do prédio se desligaram automaticamente. Ele ouviu David suspirar no escuro e depois viu a sombra de seu braço acenando para ele. Quando as luzes se acenderam, Ethan apareceu à porta. David deu um sorriso tímido, enquanto Ethan observava atentamente a sala, os olhos escaneando o sofá de couro preto, o pôster do Printing Divine, David Taylor, a vista atrás da mesa de David – o rio, a área sudoeste do Central Park até o The Riverview –, o relógio antigo. De repente, os olhos pararam sobre alguma coisa: os dois dançando, as testas coladas uma na outra, os dedos escuros dela segurando a mão pálida dele, logo abaixo do rosto deles.

Ethan ficou olhando a foto do casamento de Samona e David e pensou: *por que será que ele pôs aquela foto ao lado do relógio?* O primeiro momento dos dois casados, imortalizado naquela foto, posto ao lado de um relógio antigo, cujo incessante tique-taque deve lembrá-lo do quanto seus dias são longos.

Rapidamente, Ethan desvia o olhar da foto quando David pega uma pilha de papéis e a coloca numa pasta. Em seguida, coloca a pasta dentro de uma gaveta e se levanta.

Esta é a minha sala. É aqui que eu trabalho. Este sou eu. Obrigado por ter vindo. Nervoso, pronunciava quase que sem clareza frases sem sentido até que seu olhar encontrou o de Ethan, o que o fez se acalmar. Ele tomou fôlego e perguntou:

— Como foi a aula?

— O quê? — Ethan despertou de seu devaneio.

— A aula que você acabou de dar. Como foi?

— Ah, sei. — Ethan deu de ombros. — O de sempre.

— Gostaria que você falasse sobre isso qualquer dia desses. Sempre quis lecionar.

Os olhares, mais uma vez, se cruzaram.

— Claro. — Ethan fez uma pausa, desviou o olhar e continuou: — Se você quiser pode até assistir a uma aula. Não há problema.

— Acho fascinante.

Ethan Hoevel observou com estranheza o fato de David o estar bajulando. Ele esperou que David desviasse o olhar para que ele continuasse a observar seu rosto: cuidadosamente barbeado, pálido, a pele imaculada, o cabelo cuidadosamente desestruturado, boca e queixo relativamente bonitos. Era tudo muito bagunçado e desgastado, mas ao mesmo tempo de um modo muito especial para David Taylor — particularmente lindo.

Uma leve distração veio do computador, na forma de bip. Um gráfico e um mapa de vendas começaram a piscar informando que quinze mil ações de uma empresa de energia em Tulsa, chamada Duke (na verdade, uma das empresas subsidiárias de Randolph Torrance), tinham atingido seu valor máximo e que naquela hora estavam despencando. David então explicou como o seu programa, o Intertrade 96, tinha sido desenvolvido para alertá-lo sempre que aquilo acontecia e que aquela era a hora certa de vender.

Ethan soltou um "legal", mas sem a menor emoção. David então, usando o mouse, clica rápido no lado inferior esquerdo do monitor antes de levar Ethan até a sala de reuniões número três, onde o pedaço de lona que cobria o assoalho estava cheio de serragem, pequenos pingos de tinta branca e outros restos da obra. David gesticulou com o braço. Ethan caminhou até o centro da sala e examinou a junção entre as paredes e o teto. Ficou de pé em três cantos diferentes, como se estivesse tendo uma visão. Os olhos percorreram a sala várias vezes e, ao encontrarem os de David, pararam de circular pelo local.

Além da porta entreaberta, os últimos pedreiros deixavam a empresa junto com alguns analistas juniores. Todos olhavam curiosos para aqueles dois homens ali de pé, imóveis, olhando um para o outro, sem dizer nem uma única palavra. Sexta à noite: homens voltando para casa para passar o final de semana, alguns iam pegar a van para o Hamptons.

— Bem, acho que sim – disse Ethan.
— O quê? – perguntou David, ansioso.
— Vou fazer o projeto.

Ethan sabia que ele estava encarando David. Ethan também sabia que, por causa disso, David o encarava da mesma forma.

— Alguma ideia?

Ethan tinha em mente paredes verdes, tom de jade, cadeiras giratórias em cromo, uma mesa de fibra de vidro com monitores embutidos e quatro telas de plasma, uma em cada parede. Pensavam também num lustre de prata, mas seria algo discreto, elaborado, moderno, nada de mau gosto, tipo discoteca. David mal presta atenção.

— Bem, não cabe a mim tomar decisões, mas gostei da sugestão.

Em seguida, particularmente interessado, perguntou a Ethan:

— Como é que você consegue fazer isso? Quer dizer, como é que consegue ver tudo isso dentro de uma sala vazia? É isso que não entendo.

Ethan dá de ombros.

— É a minha profissão.

Ele faz uma pausa, mais uma vez fitando David nos olhos.

— E como é que você consegue ver uma atividade comercial lucrativa num monte de números num monitor?

— É... — David não sabe como começar a explicar. — É essa a *minha* profissão.

David ainda fitava Ethan nos olhos. Ethan sabia que ele estava pensando: "É assim que acontece entre homens?", "É tão simples assim?"

— O que o fez aceitar o serviço?

Ethan desviou o olhar e depois se aproximou de David.

— Já que não é uma coisa que você faça normalmente — completou David.

Ethan dá de ombros mais uma vez.

— É uma oportunidade de fazer algo diferente.

Aquela resposta pareceu tocar consideravelmente David: o fato de alguém precisar ir à The Leonard Company para encontrar algo diferente. Ethan percebeu que David estava magoado e se aproximou, mas David olhava fixo para o chão.

Ethan surpreende David mais uma vez quando pergunta:

— O pessoal transa nessas salas? Quer dizer, eu nunca trabalhei numa empresa, mas já vi filme, ouvi boatos, os desenhos da *Playboy*... bem, é isso que rola?

David relaxa a tensão que se instalou na sala soltando uma gargalhada.

— Por que... por que você quer levar isso em consideração?

Ethan, porém, está sério.

David pigarreia.

— É claro que acontece. A porta tem tranca. É reservado. — Faz uma pausa e, em seguida, continua: — Festas de fim de ano. Meio inocente. Como colegas de faculdade fazendo sexo na biblioteca. Sei lá.

— Você já fez isso?

— Na biblioteca ou aqui?

— Na biblioteca.

— Humm, eu e Samona, sim, uma vez.

David se vira e, casualmente, põe as mãos nos bolsos da calça para ajustá-la. Foi quando Ethan percebeu que o pênis de David começava a ficar ereto.

— E você já? — quis saber David.

— Você se lembra da Amanda Callahan? Que jogava lacrosse?

De repente, David se tornou um universitário e não conseguiu esconder a perturbação.

— Espere aí. Você transou com a Amanda Callahan? Ela era linda.

David deu um riso contido antes de admitir:

— Trepei com ela uma vez.

Ethan se aproximou ainda mais de David.

— Onde foi?

— Na minha sala no SAE.

Naquele exato momento, os dois já não pareciam tão diferentes.

— Como descobriu que era gay? — perguntou a Ethan.

— Não sabia que era gay até sentir que eu era. Sei que isso não é resposta, mas é difícil de explicar.

— Eu sei que é. Desculpe. Eu não deveria ter perguntado.

Nervoso, David desvia o olhar.

— Não precisa se desculpar. Era muito difícil admitir isso para os outros. Era o que eu mais odiava. Não fico constrangido por falar sobre isso.

— Quando você admitiu? Quer dizer, quando admitiu que era gay?

— Para mim mesmo ou para os dois?

— Os dois.

— Quando você admitiu que era heterossexual? — Ethan rebate, mas de forma gentil, sem acusar David de nada.

— O que quer dizer?

— Quando você admitiu para si mesmo que gostava de mulher? Quando admitiu para todo mundo que gostava de mulher?

— Acho que... é uma coisa que nunca precisei fazer.

Na perspectiva de Ethan Hoevel, que, aliás, estava em posição de vantagem, David Taylor era um garotinho ouvindo um homem mais velho no meio de uma sala de reuniões vazia, tentando entender a si próprio. David Taylor aguardava instruções sobre o que fazer.

Ethan dá outro passo em direção a David, mas ele se afasta e se encaminha em direção à porta entreaberta, ficando ali, parado e ofegante.

Ethan suspira. Ele sabia que tinha ido longe demais. Passou dos limites. Estava agindo de forma infantil, só porque no passado conseguiu seduzir caras que se diziam heterossexuais.

(Depois de muito álcool, muita droga e promessas de apresentá-los a fulana e sicrana; afinal, eram garotos e não homens casados, caramba.)

Será que isso fazia com que Ethan imaginasse ser capaz de seduzir David Taylor?

Isso jamais vai acontecer. A reunião acabou. Ele olhou para David parado à porta.

David ficou ali por um longo tempo. Os corredores estão vazios. Um zumbido vinha dos computadores. As salas que ficam no corredor principal estão trancadas e às escuras. Na sala de David – a única ainda iluminada – as luzes se apagaram automaticamente.

Num mesmo movimento, David Taylor fechou e trancou a porta da Sala de Reuniões número três. Ele voltou para o interior da sala. As luzes fluorescentes oscilando sobre eles.

O olhar de Ethan estava ainda fixo em David e, uma vez que David estava ali, parado à porta, Ethan perguntou:

– Parece complicado para você?

– Não sei.

– Quer experimentar? Está curioso? – perguntou Ethan.

Quando então algo alto, pálido e bonito se move na direção de David, ele responde:

– Estou sim.

22

A HISTÓRIA DE DAVID E SAMONA
Parte 4: O presente

HÁ MUITO TEMPO, mesmo antes de ir para a faculdade, Samona Ashley assegurou a si mesma que era capaz de aguentar qualquer coisa, morar em qualquer lugar, estar com qualquer pessoa, desde que não ficasse entediada.

Numa noite fria de outubro, na minúscula varanda na The Riverview Tower, olhando em direção à Midtown e à área além dela, Samona Taylor tomava um *gimlet* refletindo a respeito de como estava entediada.

Nesse ínterim, David Taylor comprava ações de uma firma libanesa. Tinha ido mais cedo para casa para tomar um banho. Da maneira mais direta possível, Samona lhe informou que sua menstruação estava para vir dali a um ou dois dias e que, por isso, talvez eles devessem ter uma relação. Só que David estava muito cansado e, além disso, estava com pressa porque haviam acrescentado mais trinta minutos à conferência de voz internacional.

Samona estava perdendo contato com todas as suas amigas. Ninguém estava disponível naquela noite, em pleno mês de outubro. Sara estava em casa com o neném e o marido infiel. Olívia estava tendo seu primeiro encontro com um advogado (com quem ela se casaria seis meses depois), que, entre um aperitivo e outro, ela reconheceu que não tinha o menor interesse por ela. Nikki estava em processo de reabilitação.

Arrependimento era o que se encontrava em todo canto. Samona terminou o drinque.

— Não seria legal a gente dar uma olhada em uns apartamentos nesse fim de semana? — ela perguntou a David, que, naquela noite, chegou da empresa às 23:15.

Ele piscou para ela.

— Você está falando de Tribeca? — perguntou ele finalmente. (Eles já não tinham decidido isso havia milhões de anos?)

— Talvez.

— Tive um dia longo. Por isso, nada me impressiona.

David Taylor sabia o quanto Samona queria se mudar para o centro, mas ele não estava nem aí. Estava cansado. Havia meses que não se exercitava. Vivia sempre tão ocupado que temia que qualquer mudança viesse a tornar sua rotina ainda mais complicada e exaustiva. Já tinha obrigações demais. (Era assim que David Taylor passou a encarar seu casamento também.)

Mais tarde, naquela mesma noite, quando tentaram transar, ele ficou mais doce — pensando que aquilo animaria os dois —, mas a única coisa que poderia proporcionar ereção a David era se Samona lhe fizesse sexo oral.

Samona Taylor resolveu redecorar o apartamento no vigésimo oitavo andar da The Riverview Tower. Era a terceira vez que assumia aquela tarefa desde que eles se mudaram para lá quatro anos antes. Começou por se livrar de todas as traquitanas que compraram na Pottery Barn e substituí-las pelos artigos holandeses modernos (a chaleira, o rack para vinhos, copos de coquetel) de uma loja chique em Nolita. Num impulso, comprou um tapete persa de um comerciante na Lafayette. Samona começou a frequentar leilões e, ao voltar para casa, David se deparava com três aquarelas de um desconhecido pintor francês que ela havia comprado naquele mesmo dia à tarde. Ele suportou aquilo por um tempo, porque, pelo menos, ela havia parado de reclamar.

Semanas depois, quando percebeu que Samona estava ficando ansiosa de novo, David resolveu cortar o mal pela raiz antes que ela mencionasse Tribeca de novo.

— Que tal se a gente desse um jantar? — sugeriu David.

Ela ficou tão surpresa que só conseguiu olhar para ele e piscar.

— Eu sei, eu sei, mas é que o lugar ficou tão incrível que acho que a gente poderia mostrar aos amigos, não acha?

Samona pensou na sugestão e, para surpresa de David, aprovou a ideia.

O resultado da tal sugestão foi ter que planejar três jantares.

Problemas: David Taylor não suportava nenhuma das amigas de Samona Taylor (as mesmas que estavam se afastando), mas elas também não gostavam de David (Olívia notou que David tinha cultivado um "riso debochado"). Já que David não tinha amigos, o primeiro jantar consistiria em Olívia, Sara e Nikki.

Uma vez que Samona Taylor não cozinhava (rebeldia contra a mãe), pediu comida no Citarella. Isso fez com que o ambiente carecesse de um toque pessoal e também pôs em evidência o quanto Samona estava ficando desesperada.

David estava elegante no jantar enquanto a seguinte ideia lhe passava pela cabeça: *quem, há dez anos, teria pensado que eu, após um longo dia de trabalho, receberia mulheres de quem eu não gostava para um jantar num apartamento que aluguei em Manhattan?*

No final, os risinhos forçados e as recordações chatas das brincadeiras dos tempos de faculdade foram a desculpa para ele se retirar mais cedo para o quarto. Lá, ele começou a arrumar a escrivaninha até que percebeu que estava bêbado. Por isso, resolveu ir dormir.

O segundo jantar foi cancelado na última hora por causa de uma briga homérica entre Samona e David.

O terceiro se resumiu a Samona e Martha, uma amiga que ela fez durante o ano em que trabalhou como modelo – o ano em que Samona imaginou que conseguiria.

Aquele jantar com Martha – e a ausência de David justificada com razões profissionais – foi a origem da Printing Divine.

Estar ali com Martha fez com que Samona trouxesse à tona lembranças vívidas do tempo em que ela foi modelo e que imaginava ter esquecido. Entretanto, tudo aquilo voltou à sua mente: Lot 61. O apartamento, Lótus, flashes disparando sobre ela, as sessões de maquiagem, as roupas que ganhava, a euforia por ter sido selecionada para um desfile – um evento modesto, na verdade. Samona se convenceu de que, embora aquela época não tivesse sido brilhante ou produtiva, o momento que estava vivendo não era melhor em nada. Percebeu então que o ano que sucedeu a sua formatura foi a época em que se sentiu viva pela última vez.

Depois da "sessão nostalgia", Samona e Martha conversaram.

Segundo Martha, havia um mercado promissor para estamparia. Além disso, estava se achando velha e cansada demais para continuar a atuar como estilista. Isso sem contar que, é claro, os astros conspiravam a favor: Samona era de virgem (de fácil adaptação) e Martha, de touro (persistente). Por que não?

Samona Taylor ouviu atentamente, os olhos arregalados, assentido com a cabeça sem parar, enchendo a taça de vinho tinto sempre que esvaziava. Martha e o mercado de estamparia. Estava arrepiada.

David Taylor pediu a Samona que parasse de tomar pílula.

Num domingo de manhã, David lhe falou sobre uma casa ótima em Summit, Chatham, Englewood, sei lá onde. Eles poderiam comprá-la, se a prestação do financiamento fosse razoável.

Porque em algum momento de sua vida – ou enquanto caminhava pela passarela, ou quando dava um lance de três mil dólares numa cópia impressionista na Sotheby's ou bebendo uma taça de vinho enquanto assistia sozinha a uma reprise de *7th Heaven* – Samona Taylor resolveu que não queria ter filhos e nem uma casa em Darien, Greenwich ou Englewood.

Porque Samona sabia que aquele silêncio – a tranquilidade que David Taylor tanto queria – era o final impassível de tudo. As ruas "exóticas" que têm por nome ladeira Cherry, avenida Orchard e travessa Devonshire, as caixas de correio ostentosas, as crianças gordinhas perdendo o arremesso quando a bola bate no aro pendurado acima da porta da garagem com espaço para três carros, as horas infindas que as crianças perdem jogando videogame no porão – Samona Taylor sabia que aquela fachada de normalidade que se mantinha a todo custo só alimentava a obscuridade que pairava sobre cada dia.

Samona sabia que David queria se mudar porque ainda estava ansioso para se tornar "um retrocesso", casando-se jovem e sua esposa não tendo que trabalhar porque ele pode sustentá-la. Ele se gabava disso quando estava num bar ou numa festa, antes de ficar bêbado demais para articular as palavras. Às vezes, era sutil em relação ao assunto, mas muito raramente. Criou frases próprias do tipo "Como posso dizer? Eu sabia o que queria. Fui lá e fiz!", ou então "Que loucura se pensar que, depois da década de noventa, ninguém precisaria se casar até perto dos quarenta anos. Aí, eu disse 'foda-se'!", ou ainda "Descobri que, se alguém leva muito tempo para se descobrir, é porque não há muito o que descobrir" e "Não quero que Samona trabalhe. Não seria bom para ela".

Não demorou muito para que ela parasse de se aborrecer pelo fato de ele raramente usar o pronome *nós*. Isso porque estava ocupada demais suspirando para ouvi-lo com atenção. O que mais a magoava naquela coisa de David se gabar era que, nas entrelinhas, ele dava a entender que não vivia: comia, dormia, trabalhava; às vezes, transava com a esposa, mas, na grande maioria das vezes, estava cansado demais. Quando ia a algum jantar num restaurante, sempre ficava bêbado antes de o jantar ser servido; às vezes, queria assistir a um filme na HBO que lhe interessava, mas antes de chegar à metade, já tinha mergulhado num sono profundo. A vida de David Taylor foi reduzida às suas necessidades básicas para que ele pudesse ser bem-sucedido e a única coisa que o distinguia dos demais – na perspectiva de David Taylor – era que ele tinha sido "homem" o bastante para se casar.

Então, depois de dois anos de casado, em pleno ano de 2003, chegando aos trinta, tendo assumido o compromisso de levar uma vida cujo único sinal de progresso é a troca da energia, do barulho e da agitação da cidade por calmas manhãs de domingo sem nada para se fazer, David Taylor fez uns ajustes em seus sonhos.

O que mais entristecia Samona – e o que mais a fazia tender sempre a perdoá-lo – era que essa modificação em seu sonho era uma discreta variação da vida que o pai dele, Patrick Taylor, tinha levado. Acordar todo dia de manhã para uma esposa que lhe dava um beijo no rosto fingindo ser o rosto de outra pessoa, ao lhe entregar uma garrafa térmica com café que ele tomava a caminho da loja de ferragens; as temporadas de verão horrorosas que passavam no lago Michigan, longos finais de semana em que se entregavam ao ócio; as cervejas que o pai dele bebia junto com os homens que ele mesmo ensinava a curtir no bar, que ficava a dois quarteirões da loja, bar onde assistia aos jogos do Cubs antes de voltar para casa para contar historinhas antes de o filho dormir; aos sábados, ou levava o filho ao cinema ou lhe ensinava a arremessar bola de beisebol.

Entretanto, David Taylor havia prometido a Samona que seu sonho não terminaria como o do pai. Não haveria outras mulheres. Não ficaria bêbado na frente dos filhos. Não haveria contas bancárias separadas. Não haveria discussões acaloradas seguidas de separações, que eram seguidas, por sua vez, de insistentes pedidos de perdão, que eram seguidos de dois meses de gentileza e amabilidade para com a esposa, período esse seguido por um retrocesso de raiva e ressentimento. Seu filho não apareceria de surpresa enquanto David Taylor estivesse fazendo sexo oral na babá na sala ao lado da copa.

Samona entendia a tristeza e o ódio latentes que David nutria por si próprio (sentimentos que ele compensava prometendo cuidar da esposa e depositando U$ 3.500 na conta dela no HSBC no dia primeiro e no dia quinze de cada mês), mas ela não queria ser mais sua redentora. Não queria mais ser objeto de sua caridade e de sua frustração ou então seu espelho. Mesmo assim, já tinha se acostumado a estar com ele e temerosa com a possibilidade de o casamento deles, já relativamente instável, vir a se desfazer mais tarde. Enquanto fazia um café expresso com leite desnatado adoçado com Splenda, ocorreu-lhe que a única maneira de salvar seu casamento não tinha nada a ver com redecorar o apartamento, com jantares ou outras distrações menores. Tinha tudo a ver com deixar de depender dele. Bem, mas isso ia exigir que ela dependesse dele mais uma vez.

O último jantar já tinha acabado e Martha ido embora, quando David Taylor chegou e encontrou Samona assistindo a um filme *pay-*

per-view na TV a cabo. Era sobre uma mulher que se vestia como homem no conservador sul norte-americano e a namorada de um caipira grosseirão que se apaixona por ela (ou alguma coisa assim). David se lembrou vagamente do filme, porque Hilary Swank ganhou um Oscar por se engajar ao que David considerava o humanismo liberal extremo do filme.

— Está vendo o quê?
— Um filme.
— Bom?
— É.

Na cozinha, David se serviu de um copo de Grey Goose e notou os pratos que sobraram do jantar que a esposa havia dado naquela noite. Patético! Ao colocar a garrafa de vodca de volta no freezer, percebeu que havia dois maços de Marlboro Light na prateleira de cima. Resolveu não perguntar nada sobre os cigarros porque estava cansado. Sentou-se então ao lado dela e tentou assistir ao filme que estava sendo exibido no aparelho de plasma.

— Começou há uma hora. Você não vai conseguir acompanhar — informou Samona.
— Eu não ia fazer perguntas.

Aquilo a irritou.

— Para que assistir a uma coisa, se você não sabe do que se trata?
— Posso deduzir.
— Você não sabe o que aconteceu antes. Não vai fazer sentido.
— Então vou ficar aqui com você.

Com o controle remoto, ela desligou a televisão.

Ele ficou olhando para a televisão, confuso.

— Não quer assistir?
— Ah, David. Nem era tão bom assim.

Ele sorveu a vodca e pensou "Mas que inferno!". Em seguida, tomou a bebida aos goles. Ela ficou olhando para ele. David percebeu que ela o observava e também que ele queria outro drinque. Ele soltou um suspiro profundo para dar ênfase à situação.

— É, eu sei, os dias têm sido longos, não é, David?

Ela se recostou no sofá e não sabia por que estava tremendo.

David colocou a mão no pescoço dela e começou a massageá-lo.

Samona se afastou.

— Então... — Ela soltou um suspiro e continuou a pergunta: — Qual é a boa para hoje à noite?

— Estou a fim de fumar.

Ele só esboçou uma discussão. Era tudo o que ele queria.

— Há quanto tempo você anda comprando cigarro?

— Ah, pare com isso.

Ela entrou na cozinha e tirou um maço do freezer. David seguiu Samona até a minúscula varanda. Era tão pequena que mal cabiam os dois ali.

(Aquela varandinha não era para ser um toque romântico quando eles se mudaram?)

David pensava o quanto cigarro era caro atualmente. Algo em torno de dez dólares o maço. Fez então os cálculos do quanto gasta um fumante diário e ficou tonto.

David ouviu quando Samona disse:

— Está apertado demais aqui.

— Quer que eu entre?

— Se você quiser entrar, pode entrar.

— Quero ficar aqui com você.

Ela então deu de ombros.

— Será que eu posso fumar sossegada?

Ela deu de ombros de novo, quando ele lhe tirou o cigarro.

Ele tragou e começou a tossir.

A princípio, ela achou que fosse gritar.

— Eu sei. Sou chato, limitado, mas é o meu jeito; não consigo evitar.

Samona se virou para ele.

— Você pensa isso de mim? — perguntou David.

— Não, não penso isso de você. — Ela fez uma pausa antes de completar a frase e se afastar. — Penso isso de nós dois.

Foi então que Samona contou a David sobre a ideia de Martha.

Ele logo percebeu que a coisa era séria.

— Mas... — ele começou a dizer, intoxicado pela fumaça do cigarro.

— Tenho que continuar a tocar a vida — Samona alegou. — Será que você não entende?

Em seguida, disse três coisas bem lentamente:

— É isso que eu quero, é disso que eu preciso, deixe que eu faça.

— Como é que você vai custear o negócio? O que Martha disse que era mesmo? Uma estamparia de tecidos? O quê?

— Martha vai ver se consegue um empréstimo, mas ela não tem fiador.

— E...

Ele esperou pelo inevitável. Não demorou muito.

— Você pode ser.

A fumaça do cigarro logo se dissipou. David Taylor observou o topo dos edifícios ao seu redor. Os dois ainda estavam na varandinha. Ele olhava em direção ao Queens e pensava numa casa que ele havia visto num site. Ficava num subúrbio de Nova Jersey. David Taylor podia proporcionar uma carreira à esposa. Poderia pegar o dinheiro que vem economizando para comprar uma casa, mais o bônus que receberia em dezembro e entregar na mão de Samona para que ela alugasse um espaço e começasse o negócio.

"Isso ia fazer com que meus planos retrocedessem dois anos. Talvez três", pensou David Taylor.

"Talvez seja tempo suficiente para o negócio falir", também pensou David Taylor.

A inevitável ruína do sonho de Samona seria o começo do sonho de David.

— Posso resolver isso, mas quero uma coisa de vocês.

Ela deu um suspiro profundo. Olhava para ele, com os olhos arregalados, as mãos atreladas uma à outra.

— O que você quer? Faremos qualquer coisa.

— Quero que vocês redijam uma proposta comercial.

— Mas eu já lhe disse que tipo de comércio é.

David suspirou. Suspirou do mesmo jeito que Samona tinha feito milhares e milhares de vezes. Gostou da serenidade que aquele suspiro lhe proporcionou. Endireitou a postura, ficando milímetros mais alto.

— Mas, se eu for investir nisso, e não é nada mais do que isso: um investimento, puro e simples, então, vou querer dados numéricos, quero ver os desenhos, quero ver um orçamento, quero ver uma carta de clientes. Quero um planejamento. Quero saber o potencial comercial de vocês duas antes de me comprometer.

Ele enfatizou o que havia acabado de dizer com um suspiro.

Samona assentiu com a cabeça, demonstrando que entendia o que David queria dizer.

— É de praxe — concordou ela. — Está certo. Vou ligar para Martha amanhã. Vamos esboçar algo o mais rápido possível.

— Só tomem cuidado para que o relatório seja realmente detalhado. Vocês precisam ter tudo muito bem definido antes de abrir o negócio. Isso eu posso lhe dizer por experiência própria.

No dia seguinte de manhã, de posse de um laptop, Samona se encontrou com Martha no Cosí e as duas montaram a proposta comercial para David Taylor.

Ao mesmo tempo, David Taylor ligou para o contador, pedindo que ele transferisse o saldo da sua poupança para uma conta ativa.

Simples assim.

23

De: James.Gutterson@Leonardco.com
Para: readyandwaiting@hotmail.com
Enviado em: Terça-feira, 24 de agosto – 16:20
Assunto: (sem assunto)

Perdi a porra do emprego. Cortes. Tem cheque para você. Eu acho.
PS: Não sei se você vai entender. A porra da Leonard Company às vezes exibe e-mails com a palavra porra e neste aqui ela aparece duas vezes. Não, três.

Novo e-mail: THE_GUT@yahoo.com

Recebi a mesma mensagem do endereço do Yahoo!

Alguns dias depois, fui ao apartamento de James Gutterson no Murray Hill – um edifício residencial que mais parecia ter sido desenhado por alguma criança sem criatividade. Em cada canto, uma Starbucks ou Cosi. O Museu e a Biblioteca Morgan estavam cercados de Laundromats.

Eram duas horas da tarde. Toquei o interfone. Em seguida, o som característico de quando se atende e, depois, a porta se abriu. Eu estava morto de fome, mas estava tão duro que nem dinheiro para comprar um pão numa delicatéssen eu tinha. Eu ia pegar o cheque da Leonard Company com James e depositar imediatamente na minha conta no Chase, praticamente sem fundos.

Ao abrir a porta, James vestia uma calça de moletom com as iniciais MH (Men's Hockey, hóquei masculino) estampadas na coxa esquerda e uma camiseta azul-celeste com o número 32 estampado em cromo cintilante na frente.

– Meu lar, doce lar – disse ele com ironia, convidando-me a entrar.

Quando passamos pela cozinha, notei vários objetos espalhados pela pequena mesa de fórmica: uns bloquinhos de *post-it*, canetas, um peso de papel de plástico no formato de uma mão com o dedo indicador esticado, vários envelopes de papel pardo e um *mousepad* com o logo da Edmonton Oilers.

Seguimos em direção à sala de estar, onde o "Hey Ya?" do OutKast saía de duas caixas de som Dunwood localizadas a quase dois metros de altura que ladeavam uma enorme sala de áudio e vídeo (televisão, videocassete, DVD, Xbox). Um sofá vermelho comprido estava colocado em frente a toda aquela parafernália. Acima de uma prateleira repleta de fotos de times de hóquei que James Gutterson tinha integrado e também troféus e cartas do time universitário que ele havia recebido, um pôster reluzente de Che Guevara em vermelho e amarelo. Havia também um alvo para dardos pendurado próximo a um monte de fotografias de uma família composta apenas por homens, à exceção de uma mulher baixinha e gordinha. Todos tinham o mesmo formato de rosto largo e vestiam camiseta de uniforme de hóquei.

— Você não tem maconha aí não, tem? — perguntou James, jogando-se no sofá e soltando um resmungo. — Nem pó? — tornou a perguntar, os olhos arregalados só pela ideia de ter a droga. — Sei que ainda é cedo, mas foda-se.

— Não tenho não.

Ele então deu um suspiro e me assegurou:

— Não se preocupe. Sei quem pode arrumar para a gente.

Eu me aproximei do pôster do Che Guevara e perguntei brincando:

— O que é isso, James? É um comunista enrustido?

— Não — ele respondeu com a fisionomia inexpressiva. — Sou canadense. Só achei bonito e resolvi comprar. Custou oito pratas na Times Square, mas isso foi no tempo em que eu tinha oito pratas para gastar. Isso foi quando eu estava todo eufórico para me mudar para a porra deste lugar.

A mágoa era visível. Estava impregnada no ar que cheirava à maconha, nas fotos daquela família, na louça cheia de bolor que se acumulava dentro da pia da cozinha, no rosto inchado e no cabelo ralo e por lavar de James Gutterson. O ritmo dançante da música do OutKast intensificava a dor.

Sabendo que ficar ali sentado seria um convite a entabular uma conversa com James Gutterson, resolvi fingir interesse em sua vasta coleção de DVDs (*Vale tudo*, *Veia de campeão*, *Sorte no amor*, *Heróis sem amanhã*, *Duelo de titãs*), mas, quando cheguei aos títulos pornôs, afastei-me da prateleira. O refrão de "Hey ya" soava pela segunda vez. Eu me virei para James. Meu estômago fez um senhor barulho.

— Que se foda! — resmungou Gutterson, fazendo um gesto com a mão.

Em seguida, recostando-se nas almofadas e colocando o antebraço sobre o rosto, disparou:

— Que se foda o pó, que se fodam eles, que se foda você, que eu me foda também, que *tudo* se foda. Simplesmente... que se *foda* tudo!

Com os olhos fixos em mim e o peito ofegante, ele continuou:

— Você poderia pelo menos ter trazido um pouco de fumo!

Eu só queria o cheque.

— Eu não sabia dos cortes até receber o seu e-mail.

De repente, eu me lembrei de David.

— E Taylor? Sobreviveu?

O rosto de James Gutterson se contorceu. Parecia uma máscara grotesca e exuberante.

— Todo mundo achava que David Taylor ia ficar do meu lado.

— Como você descobriu que isso não aconteceu?

— Porque cabia a David Taylor tomar boa parte das decisões. Digamos que ele foi bastante rigoroso ao retirar suas tralhas do vigésimo primeiro andar.

Eu não disse nada. Sabia que não devia interrompê-lo quando se inclinava para frente, o semblante sério.

— Não fiquei chateado por ter sido despedido. Quer dizer, fiquei e não fiquei. O que me chateou, o que me chateou *pra cacete*, foi que ele sabia quem eu ia ser despedido e não me avisou. Soube *através de um e-mail*. Agora, fodeu tudo. Isso, meu amigo, é crime passível de sanção.

Ao ouvir essas últimas palavras e ao imaginar James Gutterson sendo punido, dei um suspiro profundo.

— Fui proibido de ter acesso ao meu computador, pegaram as minhas pastas, nem me deixaram ficar com a porra do grampeador.

Ele suspirou e, ainda com os olhos fixos em mim, prosseguiu:

— Você pensa que recebi algum telefonema ou recado de David Taylor? — Ele fez uma pausa mais longa. — Não, porque David Taylor estava ocupado demais dentro da sala de reuniões.

— O quê?

— Você acha que eu tenho cara de quem vai roubar um grampeador?

— Não sei o que você quer que eu diga.

James fez uma pausa, observando-me, e depois abriu um sorriso.

— Acho que você é um cara legal — disse James. — Se não fosse, não estaria aqui agora, mas David Taylor... sabe qual é o problema de David?

— Sabe de uma coisa, James? Certamente há muitos, mas...

— Não. Estou falando de algo que não tem conserto — disse ele, com o sorriso se transformando numa careta. — Ele não consegue rir de si mesmo.

James tinha razão. Aquilo era um traço forte na personalidade de David. Ele não tinha as habilidades necessárias. E daí?

James voltou a resmungar.

— Ah, que se foda! Por que é que estou choramingando? Milhões de americanos estão desempregados. Pelo menos, sou canadense!

Ele ergueu os olhos, parecendo estar me vendo pela primeira vez.

— Não quer sentar?

— Passei o dia inteiro sentado.

— Sabe de uma coisa? A última vez em que descalcei meus patins depois de um jogo de verdade e não aquela merda de partida de confraternização da empresa, mas a última vez em que realmente descalcei meus patins, sabia que havia alguma coisa errada. Parecia um alarme dentro da minha cabeça.

— Alertando você... para quê, James?

— Para a *vida*! — exclamou parecendo ofendido porque não estávamos conseguindo nos comunicar. — E para o fato de que ela jamais será tão boa quanto um jogo de hóquei!

Com a voz arrastada, James Gutterson começou a falar sobre Thunder Bay. Falou sobre a espessura do gelo que se formava sobre a superfície do lago. Às vezes, mesmo espessa, a camada se quebrava e você poderia cair pela fenda. Os amigos, porém, pegavam uma vara, retiravam você de lá e o jogo continuava. Era tudo o que tinha na cabeça: as brincadeiras de criança no gelo. Você derrubava uma pessoa, mas ela se reerguia. Você caía, mas sempre havia alguém que lhe estendia a mão. Você fazia um gol e marcava ponto no placar. Lá pelo final do inverno, a camada de gelo que cobria o lago era uma colagem de manchas de sangue escurecidas.

— O que foi que aprendi vindo para Nova York? Que ninguém vai lhe estender uma vara para resgatá-lo. Você está sozinho, cara, e os David Taylors vão deixar que você afunde, que você se afogue e congele, sem sequer piscar um olho. E se você tiver sorte, talvez volte na primavera.

Aquela era a história de James Gutterson, que ele, aliás, prezava muito.

Assim que o contrato de aluguel no apartamento de Murray Hill expirasse, ele voltaria para Thunder Bay, voltaria para suas origens, para a sua família. Um de seus irmãos tinha uma empresa de eletroeletrônicos na zona sul de Ontário. Um outro tinha uma empresa de paisagismo e morava na mesma rua dos pais. No fim daquele dia, James Gutterson — o único filho a sair de Thunder Bay para estudar nos Estados Unidos (para estudar bem longe, em Cornell) e que cumpriu o prometido — agora estava prestes a cruzar novamente a fronteira, onde provavelmente ele treinaria um time de hóquei na categoria júnior em Alberta e abriria (o que James Gutterson eufemisticamente chamava) uma "financeira".

Perguntei o que aquilo significava.

— A empresa faz coisas do tipo correr atrás de devedores de administradoras de cartão de crédito e obrigá-los a pagar o que devem. Com juros.

— Tipo... um fiador? — perguntei de forma inocente.

— Não — disse ele indiferente. — É uma financeira.

"Hey Ya", recomeçou o refrão.

— O que você vai fazer enquanto o seu contrato de aluguel não terminar?

— Justamente o que você está me vendo fazer. Na verdade, eu não sei. Curtir esta porra desta cidade pelo menos uma vez e depois cair fora daqui. Acho que vou comer tudo que é mulher que eu encontrar. Não era isso que eu deveria ter feito o tempo todo?

Fez-se silêncio. Ele ia dizer alguma coisa, mas eu acabei falando primeiro:

— Você está com o meu cheque aí?

Ele então esfregou a testa com a palma da mão esquerda.

— Estou sim. Eu estava justamente procurando por ele. Deve estar por aí.

Em seguida, deu de ombros evasivamente e ficou absorto em seus próprios pensamentos. Nem sequer levantou do sofá.

— Posso enviar para você pelo correio? — perguntou com tranquilidade.

Eu, porém, alterei o tom de voz:

— Seria excelente, se você me desse, digamos, hoje. Para lá de excelente, aliás!

— Claro que sim, mas o que eu posso fazer se não sei onde está?

Finalmente, ele se levantou do sofá.

— Olhe, cara, das duas uma: ou eu mando para você por correio ou você vai ter que procurar por aí. Estou exausto e, para lhe dizer a verdade, estou meio emputecido.

James pegou seis dardos que estavam na prateleira e arremessou-os no alvo, fazendo movimento lateral com os braços, a uns dois metros de distância, repetindo "porra, porra, porra, porra" a cada ruído surdo que o metal do dardo fazia ao penetrar a espuma, o alvo se desfazendo rapidamente. Quando me encostei na parede, ele lançou o último dardo com toda a força. Penetrou no revestimento da parede acima do alvo.

Ele me deu uma olhada de esguelha, gesticulando em direção aos dardos.

— Pode quebrar esse galho para mim?

— É. Eu tenho mesmo que ir andando. — Eu me encaminhei discretamente até a porta.

Na hora em que eu passava pela cozinha, escutei-o dizer:

— Ei! Você quer ver uma coisa ainda melhor do que o cheque?

James largou os dardos e, de forma intimidativa, veio em minha direção. Naquele exato momento, eu tinha os olhos fixos na porta que estava praticamente ao meu alcance.

— É rápido. Acho que você vai gostar.

— Estou com pressa mesmo. Talvez outro dia.

— É só um segundo. Fique.

James Gutterson abriu uma gaveta do móvel que ficava abaixo do pôster do Che Guevara e dela retirou um envelope.

— Dê uma olhada. Vamos, vamos, vamos. — Tonto, ele enfiou o envelope na minha mão. — Era desse jeito que David Taylor estava ocupado enquanto eu era demitido.

Abri o envelope e vi a fotografia em preto e branco, revelada em papel áspero — uma imagem captada em diagonal através do circuito interno de TV, a data e o horário (oito de julho, logo após as sete da noite) impressos numa garrafal fonte Helvética no canto inferior direito. Vi então a imagem de dois homens que eu reconheci fazendo sexo em cima de uma mesa dentro de uma sala que supunham estar trancada, uma sala que pensavam ser só deles.

James continuou:

— Pode ficar com ela. Fiz cópias.

Vi claramente a fisionomia de David Taylor. Estava encostado na mesa, o pescoço pendendo para o lado, a boca aberta, a cabeça voltada para cima. A sombra de Ethan Hoevel abaixo dele não estava tão nítida, mas quem conhecesse Ethan como eu seria capaz de reconhecê-lo sem sombra de dúvida.

– Como é que você... conseguiu isto, James? – perguntei, gaguejando.

Ele deu de ombros.

– É uma loucura como certas coisas acontecem na empresa depois do expediente, não é? Foi na época dos cortes. Eu estava por ali matando o tempo, fui dar uma cagada e depois fui procurar David Taylor para saber a respeito da minha situação. Ouvi uns sons esquisitos numa das salas de reunião e fui dar uma espiada. Cacete!

James olhou para mim com os olhos arregalados e com um espanto exagerado.

– Já *viu* uma coisa dessas assim de perto?

Fiz que não com a cabeça enquanto observava a fisionomia de David Taylor, espantado com a espontaneidade de sua expressão facial.

– Que loucura! Assisti à cena por pouco mais de um minuto. Sabe qual foi a primeira coisa que eu fiz quando o fodão do David Taylor me despediu?

Tive um péssimo pressentimento de que já sabia.

– Dei cinquenta pratas a cada um dos seguranças para ter cópias das imagens. Valeu cada centavo, é claro. Aí mandei uma para a puta da mulher de Taylor. Um presentinho de despedida, só para foder com ele... Otário!

Ele então aguardou um momento para ver se a minha ficha caía. Pareceu decepcionado porque não demonstrei estar tão chocado, porque a imagem que ele me mostrou não produziu em mim o efeito que ele esperava. Ao contrário, o máximo que consegui fazer foi olhar indiferentemente para aquela foto.

– Cara, qual é? Será que nada mexe com você?

Eu então olhei para cima e respondi:

– Às vezes.

Naquela mesma tarde, caminhei em silêncio pela multidão que lotava o SoHo no final de semana. Logo depois, virei na Greene. Abri a porta da Printing Divine e o sino soou. Martha, que estava sentada à mesa da frente, olhou na minha direção. Ela não me reconheceu de imediato.

— Ela está na sala dela — foi só o que Martha disse antes de voltar a fazer a tarefa que tinha interrompido.

Vi através da divisória de vidro atrás do balcão Samona girando na cadeira enquanto falava ao celular. De onde eu estava, deu para ver pela expressão dela que ainda não tinha recebido o "presente" de James. Eu já estava quase saindo quando Samona me viu e, com um gesto, sugeriu que eu entrasse.

Dei um suspiro — eu não estava exatamente em condições de encarar aquela situação — e me inclinei sobre a mesa da frente, observando o caderno que Martha estudava.

— Samona está na sala dela — ela insistiu com mais ênfase.

Ela então se voltou novamente para o caderno, que parecia ser algo urgente e importante. Foi então que me ocorreu o quanto Martha devia estar ressentida pelo fato de o sucesso da Printing Divine ser atribuído não às suas interpretações perfeitas e confiáveis do cosmos e sim ao capital inicial injetado pelo marido de Samona. Isso sem falar no caso que Samona vinha tendo recentemente com Ethan Hoevel, o que tinha que ser mantido em segredo para que o negócio continuasse a prosperar.

Voltei a olhar para Samona, que mais uma vez gesticulou pedindo que eu entrasse. Assim que ela desligou o celular, a primeira coisa que notei era que ela estava tomando uma Coca Diet. Ela então me olhou sem dizer nada. A segunda coisa foi a tigela, do tamanho de um cartão de crédito, criação de Ethan Hoevel — igual à que estava em exposição na galeria quando o reencontrei há muitos anos. Estava próxima a uma sacolinha plástica com maconha, cujo cheiro tinha impregnado o local. A terceira foi uma muda de roupa da Boi-Wear de Stanton — um blusão marrom com gola grande, o logo estampado nas costas e uma calça boca de sino preta com rasgos bem abaixo do traseiro — esticada do outro lado da mesa. A quarta foi uma bolsa de gelo que Samona tinha amarrada em volta do tornozelo.

Enquanto eu observava o chão numa linha imaginária que partia dos dedos do pé de Samona, notei uma última coisa: a foto do casamento na última prateleira. Era a mesma foto que estava pendurada na parede de uma sala que ficava num canto do vigésimo primeiro andar da The Leonard Company. Nas prateleiras, outras fotos: Olívia bêbada num jogo de futebol entre as equipes de Yale e Harvard; o sr. e a sra. Ashley posando para a câmera, duros e sem a menor emoção, com um lago ao fundo; Samona e Martha em frente à loja no dia da inauguração. Foi para a foto do casamento, porém, iluminada pela promessa de futuro e amor, que voltei minha atenção.

O que vocês vão fazer? O que vocês esperam do futuro? Por que alimentam alguma esperança?

Balancei a cabeça, tentando afastar aqueles pensamentos, quando Samona quebrou o silêncio:

— Eu estava mesmo deixando uma mensagem para... Ethan.

— Desculpe por ter passado por aqui em pleno expediente — murmurei.

— É sábado. — Ela deu de ombros, os ombros nus flexionados de forma rígida ao preencher a pequena concavidade com erva. Acendeu o cachimbo com um isqueiro e deu uma profunda tragada. Ao me oferecer, fechou os olhos e exalou a fumaça. Parecia inerte, chapada, perdida.

— Não, Samona.

Ela deu de ombros de novo e curvou-se até o frigobar para pegar uma garrafa de vinho branco já aberta.

— Então tome um pouco de vinho.

— Não, obrigado.

Ela então colocou a garrafa sobre o frigobar perto de uma pilha de correspondência. Quase no topo da pilha havia um pequeno envelope branco, os cantos enrugados e rasgados, o endereço — bem visível — escrito num garrancho que reconheci de minhas visitas à sala de James.

(O conteúdo daquele envelope era a razão de minha visita.)

(Eu testemunharia quando Samona o abrisse.)

(Eu olharia com desdém quando aquela fotografia arrancasse de Samona a certeza – arraigada por tantos anos tendo a cabeça feita por caras como o pai e tantos outros machos reprodutores de aparência relativamente decente que ela conheceu nos tempos de ensino médio e de faculdade, como David e depois Ethan – de que ela era a única força capaz de mudar as pessoas durante aquele verão.)

(Eu veria sua fisionomia ficar acinzentada quando percebesse que ela não era tão bonita, forte e atenta a ponto de impedir que aquilo tudo estivesse acontecendo.)

(Por fim, eu estaria ali sentado à mesa em frente a Samona, numa posição em que eu poderia mostrar a ela como a paixão constante de um cara que não merecia a sua atenção poderia fazer com que sua mágoa desaparecesse, poderia mostrar a ela que talvez não fosse tarde demais para mudar certas decisões previamente tomadas e apagar certos arrependimentos, como poderíamos, juntos, escapar de tudo aquilo.)

– Está sentindo dor? – perguntei, movendo-me em direção ao tornozelo envolto em gelo.

– Não, não é nada. Salto alto. Pegue, ande. – Ela me ofereceu o cachimbo mais uma vez.

Traguei através do pequeníssimo buraco que havia no centro do papelão, meus lábios sentindo o gosto do vestígio de batom que ela havia deixado.

Eu já estava doidão quando passei de volta o cachimbo, observando-a com um olhar desnorteado.

Samona piscou algumas vezes para mim. Depois, colocou o cachimbo sobre a mesa e perguntou de forma áspera:

– Por que está me olhando desse jeito?

– Desse jeito como? – gaguejei.

– Como se você estivesse me julgando.

Ela observou minha fisionomia e depois disse de forma mais suave:

– Acho que é algo inevitável para você na condição de escritor...

— Eu não estou julgando você... — rebati quase adormecendo. — Ela estava dando outra tragada.

— Sei lá! Desde que você esteja ciente de que tudo o que pensa a meu respeito está errado.

Eu estava tentando identificar que tipo de conversa estávamos tendo.

— Desde que você esteja ciente de que há coisas que você desconhece.

— Samona, eu não vim aqui para...

— Ah, não? — perguntou ela sem dó nem piedade. — Quer dizer que você não veio até aqui para me dizer que eu não presto, que não passo de uma dessas ex-modelos fodidas de quem você gosta de falar?

— Não mesmo — respondi olhando o envelope em cima da prateleira.

— Então por que veio? O que é que você veio fazer aqui?

— Eu só... queria vê-la e...

— Olhe. — Ela suspirou. — Estou ficando paranoica. Tenho uma coisa para lhe contar que vai provar que você está totalmente equivocado a meu respeito.

A mudança em seu tom de voz me deixou tonto.

— Que coisa?

— É uma história. Uma história de amor.

— E essa história termina em casamento?

— Não. Essa começa quando o casamento já terminou.

Ela então desviou o olhar e, sorrindo, continuou:

— Você sabe que mais da metade dos casamentos hoje em dia termina em divórcio.

— O que eu penso tem tanta importância assim?

— Tem sim — respondeu ela, pensativa. — Tem porque eu sei que não sou mais a mesma pessoa. As pessoas mudam, sabe? Mas isso não faz de mim um ser humano abominável. É por isso que tem importância.

Procurei deixar que as palavras falassem por si sós, sem dar a elas o sentido que eu queria que tivessem.

Ela não acrescentou muitos detalhes à história que me contou em seguida e tampouco se estendeu na narrativa. Era somente um esboço, como se estivesse tentando esclarecer alguns pontos obscuros dentro da própria cabeça – tentando dizer a si mesma que não estava mais confusa. Nesse ínterim, eu a segui, obediente, pintando os cantos da tela que ela estava desenhando.

Na noite de 23 de agosto, uma semana depois de se mudar para o loft da rua Warren, Samona se despiu e se deitou na cama de Ethan, aguardando que ele a comesse. Ela adorou quando ele não murmurou a respeito do quanto ela era bonita (o que era sempre o plano B de David Taylor), mas o quanto ela era sexy. Ele a ensina onde colocar a língua e como girar os lábios em pequenos círculos para aumentar a intensidade do orgasmo – coisas que a maioria das pessoas fica constrangida de dizer, mas Ethan não. Ele a deixa excitada quando pede que ela se vire para que ele a pegue por trás. Quando ele a lambe e depois a penetra, é doloroso, mas excitante. Fazer perguntas não lhe passa pela cabeça.

Tudo aquilo dura uns quinze minutos até que Ethan perde a ereção e retira delicadamente o membro de dentro dela. Ele então põe a culpa no rangido no canto esquerdo inferior da cama.

O celular de Ethan, que está dentro da calça jeans no chão, começa a tocar. Ele o pega, vê o número no display e desliga.

Samona Taylor ainda está acordada, os olhos fixos em Ethan, que está completamente tonto, deitado ao seu lado, quando Aidan volta ao loft da rua Warren às três da manhã, depois de uma noite de bebedeira. Sua irritação – com Aidan por ser o tipo de homem que é e com Ethan por não ter conseguido terminar antes – lhe dá coragem. Ela então confere a lista de ligações recebidas no celular de Ethan e vê o número de David Taylor no topo.

Aquela droga de sala de reuniões é tudo o que lhe vem à cabeça.

Na manhã seguinte – a terceira segunda-feira de agosto –, enquanto Ethan Hoevel tenta terminar uns esboços sobre uma mesa improvisada que ele armou do lado da sala, Samona se serve de café e fica feliz ao ver leite de soja na geladeira. Ela se senta numa cadeira que ele projetou há muitos anos, uma peça translúcida de formato côncavo, e faz perguntas sem sentido a Ethan – sobre o clima, os terroristas, a indústria –, a que ele responde, à meia-voz, com frases retóricas do tipo: "O que faz você achar que eu sei de tudo?", "O que faz você achar que eu tenho tido muita sorte nas minhas atividades profissionais?", "Tem certeza?", "Tudo é uma questão de circunstância", "Não é isso o que você acabou de dizer?"

Ela então se afasta quando os dois ouvem Aidan Hoevel gemer pouco antes do meio-dia.

Samona passa por Tribeca a pé em direção à Printing Divine. Agora mais calma, ela resolve manter a linha em eventos sociais e se acostumar à mudança radical por que sua vida está passando. Vai ignorar os convites a noitadas e ficar o máximo de tempo possível no loft da rua Warren. Compra Coca Diet numa barraquinha na rua Greene e cantarola "Crash", do Dave Matthews até chegar à Printing Divine e dar de cara com uma Martha de olhos empapuçados no andar de cima da loja. Martha tinha passado o final de semana todo na loja porque produz melhor sozinha, embalada pelos CD's de Patsy Cline em vez dos de New Age que Samona insiste em colocar durante a semana. Além disso, ela provavelmente não quer mais ouvir falar da vida amorosa infeliz de Samona.

Martha terminou tudo à exceção do último ciclo Stanton Vaughn que ainda precisa de retoques porque a tinta roxa acabou. Samona diz que vai resolver isso enquanto Martha tira o resto do dia de folga. Martha aceita a sugestão e Samona faz a coleção de tecidos mais bonita que jamais tinha confeccionado para Stanton Vaughn. Ao final do dia, olhando para os tecidos extremamente satisfeita, ela atribui a padronagem perfeita e o visual bonito que eles produzem ao loft da rua Warren e do novo canto que ela havia encontrado.

Naquele dia, Samona fecha a loja às dez da noite e, depois de caminhar por Tribeca, se aproxima do loft da rua Warren. Do outro lado da rua, ela percebe uma sombra e a ponta em brasa de um cigarro. Ao perceber que a sombra a observa, ela apressa o passo.

O barulho do salto do sapato batendo sobre o concreto soa como um rugido.

No momento em que ela olha por sobre o ombro e vê a sombra jogar fora o cigarro e se mover rápido em sua direção, três coisas passam pela cabeça de Samona:

Sua tese em Yale foi sobre *O Grito*.

Por que é que ela está de salto alto?

David.

Um dos saltos vira, fazendo com que Samona torça o pé e caia. A dor invade os tendões, mas não é nada sério. Samona tenta se lembrar das aulas de prevenção contra acidentes na faculdade. É melhor gritar numa situação dessas? Ou será que gritar só vai piorar as coisas? Não se lembra. De repente Stanton Vaughn está ao seu lado. Ele a ajuda, mas ver a fisionomia familiar de Stanton não lhe dá segurança alguma, porque Stanton Vaughn sempre lhe provocou arrepios.

— Ah, é você? — diz Samona Taylor.

— E eu a assustei, não foi?

— Não, não assustou não.

No mesmo instante em que Stanton pede desculpas, Samona rebate:

— Eu é que me assusto à toa.

De onde está, Samona avista Jamie, o novo porteiro, que está encostado do lado de fora do lobby para fumar um cigarro. Aí sim, ela se sente um pouco mais segura. Seu único objetivo na vida é subir o mais rápido possível sem mencionar o nome de Ethan Hoevel, as estamparias da moda ou qualquer outra coisa que prolongue esse encontro. Stanton parece não ouvi-la — ele olha fixamente para o terraço de Ethan.

Finalmente, ele baixa os olhos e pergunta:

— E então? Está gostando de morar aqui?
— Não estou morando aqui.
— Só dando uma passadinha depois de um longo dia de trabalho então? — Ele sugere alguma coisa que ela não quer interpretar.
— Bem, Stanton, isso não é da sua conta mesmo.
Ela se apressa.
— Claro que não é.
É aí que ele diz a coisa mais estranha:
— Não diga a ele que eu estava aqui embaixo.
Ela sobe correndo, passando por Aidan, que está assistindo ao filme com Hilary Swank em que ela finge ser homem em algum lugar do Texas. É quando ela ouve Aidan dizer:
— Ei, linda, você *tem* que assistir a esse filme. É a coisa mais engraçada que eu já vi.
A primeira coisa que Samona Taylor faz ao encontrar Ethan no terraço é contar sobre Stanton Vaughn.
Depois de localizá-lo e dizer a ele o quanto está amedrontada, Samona espera que ele a acalme, conforte, diga o quanto entende o que ela está sentindo, enfim, diga o que é conveniente para o momento.
Ethan coloca o copo de vinho sobre um pedaço de ardósia e continua olhando em direção ao rio, onde dois helicópteros do Exército circulam, fazendo com que ele se lembre de uma outra ameaça.
Ao se levantar e passar por ela, o silêncio de Ethan apavora Samona de um jeito diferente, que ela nunca tinha sentido antes.
Mancando, ela desce as escadas atrás dele. Ao entrar na sala, Ethan está esperando o elevador.
— Vou falar com Stanton.
Agora estão todos na sala assistindo à TV: Hilary Swank é baleada e morta, enquanto Chloë Sevigny chora copiosamente. Aidan rola de rir.
Samona deixa que Ethan entre no elevador. Ela não o impede.
Quando Ethan não volta ao loft da rua Warren, Samona Taylor não consegue deixar de se lembrar daquele momento e perceber

que cometeu um erro ao deixar que ele pegasse aquele elevador. Mesmo assim, aquela incerteza não a incomoda do jeito que Samona esperava.

A certeza é uma coisa que Samona conhece desde que se tornou adulta em virtude dos planos de David. Estava cansada de ter certeza.

Com Ethan, ela curte o mistério de tudo aquilo.

Desde os vinte e dois anos, quando descia a passarela com flashes pipocando ao seu redor, que ela não tinha aquela sensação de mistério.

Desde quando era jovem e idiota demais para entender que a certeza é a coisa mais ridícula.

Ao ir dormir – e ela dorme bem – Samona fica maravilhada com o fato de que o mistério que envolve Ethan imprime à lembrança daquela noite uma atmosfera de romance, e não de algo sinistro.

A maconha que ela havia fumado a tarde toda a fez ultrapassar os limites comigo, coisa que, em outras circunstâncias, tenho certeza de que não aconteceria. Isso ela provavelmente iria lamentar.

— Então, o que você acha? Com toda a honestidade.

— Acho que... — Evitei dizer qualquer coisa que Samona não quisesse ouvir, enquanto ela começava a encher a tigelinha de novo. Só consegui fixar os olhos no envelope enviado por James Gutterson. Então indaguei: — Ethan lhe contou onde estava naquela noite?

— Nem perguntei. Porque, com Ethan, não é uma questão de se fazer esse tipo de pergunta, percebe?

— E o que é então, Samona?

— É que eu não tenho tanta vontade de fazer perguntas. É que eu estou sublimando tudo isso. Estou mudando, crescendo.

Observei-a repetir lentamente para si mesma o que tinha acabado de dizer. Assentiu com a cabeça, convencendo-se de que aquilo era verdade.

— E é por isso que seu relacionamento é romântico?

Fez-se um longo silêncio enquanto ela fumava, pressionando os lábios e olhando para mim, como se estivesse pousando.

Como não tinha resposta para a pergunta – e ela não queria perder tempo tentando entender o sentido daquilo para poder dizer algo criativo –, ela me fitou nos olhos com doçura e disse:

– Olhe, eu realmente gostaria de lhe agradecer. Por cumprir a promessa. Sei que facilmente teria escapado alguma coisa.

– Não se preocupe com isso.

– E por me escutar – acrescentou. – Você é um bom ouvinte. Isso é muito raro hoje em dia.

Eu me lembrei dos acordes metálicos de guitarra de "Sweet Child o' Mine".

Lembrei do beijo que trocamos e da tristeza que aquele mesmo beijo trouxe.

Fiquei surpreso com o número de vezes em que uma pessoa pode dizer a si mesma que um beijo não significa nada e ainda assim não ser capaz de acabar com essa tristeza.

– Tem notícias de David? – perguntei por fim.

– Certamente está no trabalho.

A resposta de Samona à minha pergunta trouxe-lhe outra ideia à cabeça. Então, murmurou:

– Mas por que o idiota deixaria de remover manchas da calça antes de jogá-la no cesto de roupa suja?

Ela reclinou o corpo e massageou os olhos.

Eu não sabia se ela estava chorando, rindo ou com raiva.

Em vez de tocá-la, temeroso de sua reação, retirei o envelope do topo da sua pilha de correspondência. Coloquei-o no meu bolso segundos antes de ela levantar a cabeça, esfregar as mãos e, acidentalmente, derrubar a tigelinha que estava na mesa e espalhar as cinzas no chão. Ela a deixou no chão e olhou para mim, como se eu a tivesse flagrado numa mentira.

– David não poderia ter escolhido momento pior para me trair com aquela puta inglesa – declarou ela num tom quase defensivo.

– Puta inglesa? Foi isso que ele disse a você?

— Não. É isso que eu sei.

— Por que foi o pior momento da sua vida?

— Bem, mesmo correndo o risco de lhe passar uma imagem de perversa, vou contar: aconteceu quando eu o estava traindo — respondeu ela, como se aquilo fosse óbvio.

Segurando o envelope dentro do bolso, com a cabeça leve por causa da maconha, eu me perguntava o que exatamente — além de falta do que fazer — teria levado James Gutterson a mandar para Samona Taylor uma fotografia do marido dela comendo outro homem. Então olhei para o rosto dela — a qualidade esculpida que permite que se veja somente o que se quer ver, encobrindo qualquer outra coisa — e naquele momento me ocorreu que, quando James Gutterson olhou para ela do mesmo jeito como eu a estava olhando ali, ele viu a modelo, a garota que ele jamais poderia ter, a garota que era sofisticada demais para ele.

Embutida naquela imagem em preto e branco dentro do envelope estava a prova fria e irrefutável de que Samona Taylor havia sido tão afetada quanto qualquer um de nós.

— Samona — disse eu finalmente enquanto meu torpor se dissipava. — David sabe onde você está morando?

— Não. Ele acha que estou na casa de uma das minhas amigas.

— Antes de ir, posso lhe dar um conselho? Nessa situação, um pouquinho de limite seria prudente.

Ela pôs a mão sobre a minha e inclinou-se para a frente.

— Estou de saco cheio de limites. Limites são um porre. — Ela então baixou a cabeça. Ao olhar para mim novamente, seus olhos estavam completamente vidrados. — Ethan é uma pessoa adorável. Uma pessoa complicada. Você não sabe disso?

Não respondi.

Minha mão agarrava o envelope dentro do bolso. Roubá-lo era a única chance que eu jamais tive de sentir que era eu quem cuidava de Samona.

— Mas sabe qual é a única parte dessa história toda que eu não entendo?

Continuei calado.

— Bem, voltando ao assunto, a única parte que eu continuo sem entender é... — Samona fez uma pausa para enfatizar o que vinha adiante — por que você está tão interessado a ponto de ficar aqui me ouvindo?

— Eu... não pedi para você me contar nada. Em momento algum pedi isso a você.

Um sentimento de ódio tomou o seu rosto, sentimento que eu achava que não merecia. Era hora de pôr um ponto final naquela história.

— Você sabe qual a resposta que acho correta para essa pergunta?

Percebi que estava olhando para ela. Por isso, desviei o olhar.

— Acho que você sabe mesmo que ele é uma pessoa adorável — concluiu ela de forma amena. — Pelo menos acho que soube. — Fez mais uma pausa e finalizou: — Uma vez.

Naquela tarde de 31 de agosto, saí correndo da Printing Divine, só parando para jogar o envelope amassado numa lata de lixo em frente ao Kelly & Ping.

III

24

UMA SEMANA DEPOIS de eu ter estado com James e Samona, Ethan ligou. Mais uma vez, saí do meu estúdio e fui em direção ao loft dele. Desci a Segunda Avenida, passei pela Houston, o barulho da música ao vivo imprimindo uma atmosfera deprimente e sinistra ao Lower East Side, a toda a região oeste em Broome até a rua Warren bifurcar à esquerda. Em seguida, peguei o Greewich sentido sul, em direção à Warren novamente, meus olhos se dirigindo ao terraço de Ethan assim que o avistaram. Chamei o elevador, peguei uma cerveja na cozinha e sentei-me na ponta da cadeira do *lounge* ao lado de Ethan Hoevel.

— Quero lhe propor uma coisa. Tenho pensado muito sobre isso — começou ele emendando quase uma frase na outra.

— Posso perguntar o que é?

— Mas primeiro você precisa saber por que estou lhe fazendo essa proposta.

— Isso envolve outro assunto?

Ele fez que sim com a cabeça e voltou para o interior do *lounge*. Preparei a tela branca da minha cabeça antes de ele acionar o projetor.

Na noite do dia 24 de agosto — a noite em que Samona torce o tornozelo — Ethan Hoevel deixa o loft da rua Warren e não percebe Stanton Vaughn na rua. Ethan, porém, só dá uma olhadela pela rua antes de fazer sinal para um táxi na rua Church, que pega a West Side Highway até Hell's Kitchen e para em frente ao The Riverview.

Ele nada diz quando David Taylor abre a porta. Ele simplesmente fita dentro dos olhos cor de avelã de David. Em seguida, estica o braço e toca o cabelo ainda molhado devido a uma recente chuveirada. Ethan sente uma necessidade absurdamente lasciva porque estava prestes a reviver um momento que tem povoado suas fantasias.

Embora Ethan Hoevel tenha ido ao The Riverview naquela noite para terminar o que quer que estivesse acontecendo entre os dois, naquele momento ele muda de ideia.

Ele olha o homem que está à sua frente e sabe que David Taylor está no meio do que possa vir a ser o primeiro minuto de sua vida que não foi fruto de uma estratégia ou de um plano. Ethan sabe como é que a mulher do cara o deixou, como seu futuro agora é incerto, como todas as variações do sonho que uma vez ele acalentou se tornaram obsoletas. O que Ethan também sabe é que ele eliminou todas as ansiedades que vieram com as mudanças que aconteceram desde a primeira vez que ele penetrou aquele homem; o velho hábito de David de a toda hora emitir uma opinião sobre tudo (a grossura do pau, o quanto ganhava, a qualidade dos ternos que vestia), um hábito que ele cultivou ao longo de quatro anos de fraternidade, oito anos no ramo financeiro e três anos de casamento, parecia emudecido. Com Ethan ali, de pé, diante dele, não tinha importância se Samona havia saído da sua vida ou que ele tivesse tido que despedir um monte de novatos para salvar seu próprio emprego, ou ainda que Ethan seja mais bonito que ele e que tenha um pau maior que o dele, roupas mais legais, sem falar naquele olhar penetrante.

Porque era justamente o puro prazer físico de toda aquela situação que impressionava os dois e, naquele exato momento, eles podem ceder à maneira com que perderam total controle de si mesmos.

Naquela noite, eles fazem sexo no quarto. Ethan é carinhoso com ele – muito mais do que David jamais supôs ser possível entre homens – e, depois, os dois ficam deitados lado a lado, olhando o teto. Ethan acende um cigarro. David se vira para olhá-lo. Depois passa o braço por sobre o espaço entre eles e pega também um cigarro. Ele não o acende – coloca-o na boca de Ethan enquanto lhe pergunta:

– Você chamaria isso de "situação crítica"?

— Não chamaria de nada — Ethan responde.
— Como foi que... como foi que começou?
— Você me ligou. — Ethan se apoia no travesseiro. — Por que foi que você me ligou?

David dá um suspiro e lhe conta sobre a noite anterior — a noite em que ele ligou para Ethan já tarde e deixou uma mensagem — quando ele saiu a pé do The Riverview e foi até o Atomic Wings, que fica na esquina da Décima Avenida com a rua Quarenta e Quatro, para jantar. Os cruzamentos estavam lotados de carros e caminhões que fazem manobra para pegar o túnel Lincoln, mas a calçada da rua Quarenta e Três parecia mais vazia do que o habitual. Foi por essa razão que David Taylor notou quando esbarrou o braço num homem que passava por ali. O tal homem era um pouco mais jovem, alto, de ombros largos e muito bonito. Vestia uma jaqueta de couro com listras amarelas. David Taylor não pôde deixar de notar o quanto aquele homem era extremamente lindo. Ao olhar por sobre o ombro para observá-lo novamente, percebeu que o homem estava parado no meio da rua vazia, o olhar fixo nele, como que emanando uma discreta ameaça; no rosto, um sorriso predatório. David não sabia que homens faziam aquele tipo de coisa na rua — ele estava sendo examinado. Entrou em pânico de modo que quase começou a correr. Virou à direita na Décima Avenida e voltou correndo para o The Riverview, olhando por sobre o ombro a cada passo que dava. Não havia percebido o quanto aquela atitude era insensata até que voltou para a segurança de seu apartamento, bebendo um copo de Burgundy branco para acalmar os nervos. Aí, entediado e sozinho no apartamento, David entrou na Internet e acessou www.newschool.edu, que o redirecionou para www.parsons.edu, onde procurou por Ethan Hoevel na página "Conheça Nosso Corpo Docente". Lá, leu rapidamente o currículo — ... *morou dois anos no Peru, onde estabeleceu sua verve criativa enquanto ajudava crianças do Terceiro Mundo a melhorar sua qualidade de vida... trabalhos largamente expostos nos periódicos* Town & Country, Elle Decor, Martha Stewart Living, House Beautiful, Dwell... *bem como nos livros* O mapa de desenvolvimento de produtos *e* A arte da inovação: lições de criatividade... *inigualável em sua área... pioneiro na combinação das formas clássicas com a metodologia moderna.* David Taylor então passou um minuto com o olhar fixo na pequena foto de Ethan em frente a um diagrama desenhado num quadro-negro. Tudo o que passou pela cabeça de David era que aquela coisa era muito mais impressionante do que gerenciar um fundo de mercado futuro num escritório no número oitocentos da Sétima Avenida. Foi quando ele ligou para Ethan e deixou uma mensagem: "Oi, Ethan, sou eu, David... eu estava... acho, vasculhando meu armário e pensando que talvez devesse comprar um novo terno... então..., pensei em procurar aqueles caras que você disse que conhece na, ah, Prada? Se você puder retornar a ligação, seria, é, legal. OK, tchau.

Acanhado, ele explica tudo aquilo a Ethan, que carinhosamente passa os dedos pela barriga de David. Depois, segue mais abaixo – testando-o para ver até onde ele vai permitir que ele vá antes de hesitar. Ethan diz:

— Vamos comprar um terno bonito para você.

— Será que estou ficando maluco? – pergunta David.

A mão de Ethan toca a ponta do pênis de David e com o indicador o circunda. David fica excitado e Ethan recua.

Ele se lembra de uma coisa: um presente que ele tinha dado a Stanton uma vez, uma jaqueta de couro preta, de modelo clássico, com listras amarelas ao longo das mangas.

Ele tira Stanton da cabeça.

— Um cara estranho o paquera na rua e isso desperta em você a vontade de comprar um terno novo. – Ethan sorri. – Não, não diria que você está maluco.

Durante um bom tempo, nenhum dos dois fala nada.

— Mas você quer ouvir uma história maluca? – finalmente diz Ethan, rolando na cama.

David não sabe a que ele está se referindo. Ele começa a pegar o lençol que tinha sido puxado para os pés da cama.

— O que é?

— Daqui a duas semanas vou para Lima — Ethan informa sem a menor emoção. — Comprei duas passagens.

Demorou alguns segundos para David entender.

— Ethan, não há a menor chance.

A pausa não freia o entusiasmo de Ethan, porque manipular é o maior talento que ele possui. Além do mais, ele vinha planejando aquilo desde que Samona se mudou para o seu loft.

— Mas... não há a menor possibilidade — gagueja David.

— É claro que há — retruca Ethan. — Pense com carinho.

— Você quer que eu vá para o Peru com você? Tenho trabalho. — David se cala, senta, puxa o lençol até a cintura e Ethan vê que ele está procurando pela camisa. — Isso tudo está ficando tão...

— Tão o quê?

David não o encara.

— Não sei. Está tão...

Ethan encara David e deixa que ele se cale antes de usar um comentário feito por Samona (de improviso, algo sarcástico): que David tinha marcado férias de duas semanas em outubro para ir a Minnesota visitar os pais dela.

— Você me disse que tiraria duas semanas de férias.

— Quando foi que eu lhe disse isso? — Da cama, David levanta o olhar, surpreso.

— Não sei quando foi. Vocês iam para Minneapolis, não iam? Talvez Samona tenha me dito.

— Quando foi que ela lhe disse isso?

— Quando eu estava na loja ou qualquer coisa assim. — Ethan suspira. — Bem, vocês iam ou não?

David reflete.

— Nós íamos sim.

A palavra *nós* incomoda Ethan e ele então resolve pressionar.

— Quero que você vá comigo — ele insiste. — Vai ser bom para você se afastar um pouco. (Ele quase usa a palavra *nós*, mas chega à conclusão de que é demais.)

David esfrega os olhos. Ethan coloca a mão em seu ombro e o afaga, mas ele se afasta.

David conhece o olhar penetrante de Ethan.

— Não posso — conclui David.

Surge um clima desconfortável. Ethan, porém, aceita e faz que sim com a cabeça, mas não move um músculo para sair da cama — aguarda que David lhe peça para fazer isso.

Os olhos de David circulam pela sala à procura de uma âncora — as fotos de quando esquiou em Jackson Hole, o armário cheio de ternos azul-marinho, a vaidade da maioria das joias de Samona, o iPod e as caixas de som Bose —, mas não conseguem achar nada.

— Certo... bem... é...

Casualmente, Ethan faz que sim com a cabeça, sai da cama e começa a se vestir, pensando no que poderia ter dado errado. Será que ele forçou demais a barra ou não forçou o necessário?

De qualquer modo, mediante a recusa, David Taylor ficou mais interessante.

A única pergunta que Ethan se fazia agora era: quanto tempo David vai levar para dizer sim?

Ele pega um táxi de volta para casa, ainda planejando a viagem, recusando-se a tirar aquela ideia da cabeça.

Uma vez, em setembro, Ethan Hoevel tem que sair de Nova York. Precisa ir embora porque não aguenta mais Aidan. Tudo que se refere ao irmão já se tornou desagradável: a gargalhada, a insônia, o PlayStation. Já faz duas semanas que Aidan Hoevel foi para o loft da rua Warren e não dá o menor sinal de que vai embora ou que sequer vai procurar emprego, o que será difícil de conseguir com aquele seu currículo curto (que ele jamais preparou). Em vez disso, Aidan Hoevel assiste à TV e a DVDs e joga videogame, enquanto come cheeseburger e bebe cerveja ou qualquer outra coisa que encontre pela frente. Ele não vai parar de reclamar do quanto as coisas naquela cidade são caras, embora todas as despesas sejam por conta de Ethan. Depois das primeiras noitadas, as coisas pioraram. Aidan não faz absolutamente nada e passa a maior parte do tempo falando abobrinha ("Por que a tampa do bueiro é redonda?" "Essas cadeiras machucam a minha bunda") para Ethan (e para Samona quando está lá). Ethan fica lá sentado, pensando nas diferentes maneiras de apagar um ser humano da face da Terra. Ethan Hoevel já descobriu coisas demais sobre o irmão e já não suporta mais.

Ele tem que ir embora porque Stanton Vaughn parou de rondar a rua Warren à noite. Ethan chegou à conclusão – o que, aliás, lhe dá arrepios – de que prefere Stanton observando e esperando (o quê? Ethan não sabe ao certo). Ele começou a gostar de saber da presença de Stanton, mas o que o assustava era não saber mais onde Stanton estava. Isso se tornou um problema para Ethan. É isso mesmo. Stanton é e sempre foi ridículo, mas então ele estava lá fora, uma ameaça por tudo o que sabe. (Samona Taylor não tem notícias de Stanton desde a última briga que teve com ele no final do verão. Por isso, a Printing Divine só mantém contato com um dos assistentes dele, um rapaz gostosão com quem Stanton tem andado desde que Ethan rompeu a relação.) Foi o fascínio ameaçador de Stanton Vaughn que a princípio atraiu Ethan Hoevel (Stanton socou Ethan várias vezes durante a relação sexual, fez escândalo no Cipriani na West Broadway só para as pessoas olharem para ele, roubou carros quando jovem; Stanton carrega consigo um canivete automático), mas Ethan passa a ficar preocupado com o que despertou em Stanton – talvez como as atitudes de Ethan tenham acentuado o desequilíbrio.

Entretanto, Ethan Hoevel tem de ir embora porque, quando ele sai do The Riverview para reencontrar Samona Taylor nas primeiras horas da manhã daquela terça-feira, por volta do final de agosto, ele a vê nua, deitada em sua cama, com uma bolsa de gelo sobre o tornozelo. Ela está acordada, mas mantém os olhos fechados. Fica calada. Ethan finge acreditar que ela está dormindo.

É a primeira vez que Ethan não consegue encará-la.

É a primeira vez também que não sente vontade de fazer sexo com ela.

O relacionamento deles está começando a se parecer com um casamento e assumir aquela responsabilidade (embora ela saiba que não deva dizer isso em voz alta, ainda sonda se há chances) era algo que Ethan nunca quis.

É um alerta.

No dia seguinte de manhã, Ethan se levanta, faz o café e dá os últimos retoques num projeto antes de ir para a Parsons dar uma aula.

Nesse ínterim, ele sabe que David, confuso, estaria de volta ao escritório, onde olha fixamente para a foto de casamento. Em seguida, estaria observando o pôster da Printing Divine. Estaria descansando no sofá e com o olhar perdido janela afora.

Ethan prevê que, um pouco mais tarde, ainda no horário da manhã, David começaria a procurar hotéis no Peru pela Internet – já que está curioso –, e aquilo o levaria a pequenas fantasias com Ethan.

David então imaginaria os pontos vitais da viagem a Minnesota que ele havia planejado fazer com Samona (que, aliás, não iria acontecer mesmo, uma vez que ela o deixou há duas semanas): dividir com ela uma salada no aeroporto, talvez um Xanax para baixar a ansiedade antes do voo, o pai de Samona indo buscá-los no aeroporto, conversar com ele sobre os tempos de fraternidade, desconsiderar com gentileza os comentários da mãe a respeito do visual de Samona e o quanto de peso inexistente ela ganhou, e consolá-la no quarto de hóspedes enquanto ela cai aos pratos durante a noite.

Ethan vê as luzes automáticas piscando acima dele. Ele vê que David não se move. Imagina a sala ainda às escuras.

Depois, naquela mesma tarde, Ethan termina sua aula na Parsons. Naquela semana, está sendo realizado um concurso de design em nível de graduação. Por isso, Ethan vai de carteira em carteira para dar os últimos toques a respeito de vários itens.

Ele olha um fatiador de tomate que uma gordinha simpática de vinte e dois anos chamada Lauren mostra para ele. Parece uma tesoura, mas a alavanca de baixo termina numa pequena colher que segura o tomate, ao passo que a de cima se bifurca em duas outras lâminas que se encaixam na colher e, teoricamente, corta o tomate em três ao serem acionadas para baixo. O problema de Lauren é que a tendência ali é o tomate, caso não esteja bem maduro, cair por causa da pressão das lâminas.

— Por enquanto o que você precisa fazer com urgência é afiar bem as lâminas. Depois do concurso, invista num tipo de metal de melhor qualidade ou algo sintético talvez.

— Mas você acha que está bom? Quero dizer, a ideia? — Lauren fita Ethan, os olhos arregalados, cheios de desejo.

Ethan sorri e sente-se lisonjeado por Lauren o estar observando.

— Acho que você tem chance sim, no próximo fim de semana. — Ele se refere ao concurso, que acontece na Filadélfia. — Depois disso, então, podemos começar a pensar numa patente.

— É mesmo? Você vai estar lá neste fim de semana agora?

Ethan não sabe responder. Tudo o que sabe é que precisa sair do loft da rua Warren.

Ao elevar os olhos, porém, vê que David Taylor está de pé à porta.

— Não — corrige-se Ethan. — Estarei fora do país, infelizmente.

Ethan apagou o cigarro e o jogou por sobre o gradil. Sentei-me calado como de costume e ouvi o melancólico CD do Coldplay que estava tocando.

— Bem, vamos viajar amanhã.

— E eu com isso?

Era apenas um pretexto bobo. Foi a gargalhada de Ethan que me irritou.

— Porque quero que você faça uma coisa para mim enquanto eu estiver ausente.

— Ah, claro, sem dúvida alguma, faço qualquer coisa — disparei com aspereza. — O que quiser, Ethan. Estou aqui a seu dispor, cara.

— Acalme-se e ouça. Sua missão, caso aceite é a seguinte: ficar no meu loft.

— E por que cargas-d'água eu faria isso?

— Para distraí-la.

Ele piscou para mim, tentando induzir minha resposta.

— Além do mais, você poderia se distrair também.

— Meu Deus, Ethan. Preciso trabalhar...

— Você não tem tanto trabalho assim — contestou, prosseguindo de modo sugestivo. — E quem sabe o que pode acontecer se fizer certas coisas do jeito certo?

— Ainda não estou entendendo aonde você quer chegar. Nem quero tampouco.

— Não é tão difícil de entender assim.

— Você está sugerindo que eu more aqui e talvez proporcione alguma diversão à garota cuja cabeça você virou? Nesse meio tempo, você vai estar fodendo com o marido dela na América do Sul? É mais ou menos isso? — perguntei coçando a testa.

— Espere aí. Tudo o que estou sugerindo é que você fique aqui, subloque o seu estúdio por umas mil pratas, que eu tenho a leve impressão de que você precisa, e mantenha-a ocupada. Achei que estivesse lhe fazendo um favor.

— Ah, sim. Quer dizer então que sou seu assistido? Vou aceitar essa sua proposta tão generosa?

— Sempre lhe fiz essa proposta — ele me disse calmamente. — Só que nunca foi uma tortura assim para você.

— E Aidan? — perguntei, tentando ignorar Ethan e sua crueldade.

— Ficaria surpreso se Aidan sobrevivesse a mais uma semana aqui. Vamos encarar a realidade: não dou até o final do ano para esse cara acabar no Iraque ou coisa parecida. Iraque ou então morrer sufocado com o próprio vômito numa sarjeta qualquer no Village, lá pelas seis da tarde.

Cruzei os braços e me reclinei na cadeira. Tentei parecer inflexível e negativo:

— Semanas atrás, você não disse que talvez não fosse gay?

Ele se inclinou para a frente, os cotovelos sobre os joelhos:

— Fatos recentes me levaram a reconsiderar algumas coisas — respondeu ele com um encolher de ombros. Então, prosseguiu: — Assim como você há algum tempo.

Ouvimos os passos de Samona descendo as escadas. Comecei a me levantar.

— Não. — Ethan segurou meu braço. — Fique. Precisamos resolver isso.

Calada, ela veio por detrás dele e acariciou seus ombros, mas Ethan os sacudiu na intenção de repeli-la.

— Ora, ora! Frígido! — Samona tentou suavizar as palavras ao se sentar ao seu lado. — Oi, mais uma vez — murmurou ela, dirigindo-se a mim.

Em seu tom de voz, estava claro o constrangimento de Samona que envolveu nosso último encontro. Que pena que ela não tivesse a menor ideia do constrangimento de que eu na verdade a poupei!

Uma vez que Ethan ficou calado, Samona cruzou uma perna sobre a outra e examinou o tornozelo.

— Ainda está doendo? — ele perguntou.

Ela resolveu interpretar a pergunta como preocupação sincera.

— Está sim.

— Tem colocado gelo?

— Às vezes. Está tudo bem.

Ethan acendeu um cigarro.

— Poderia acender um para mim? — pediu ela, tentando não despertar um sentimento de pena, embora Ethan a estivesse quase forçando a fazer isso.

O fato de eu estar sentado ali do outro lado observando tudo aquilo só a deixou mais constrangida.

Ele lhe deu o cigarro que acabara de acender e pegou outros dois — um para mim, outro para ele —, mas uma brisa leve continuava a apagar a chama.

— Vamos dividir este aqui — sugeriu ela, dando uma tragada e passando o cigarro para mim.

No filtro, onde ela havia colocado os lábios, havia uma marca de batom. Ela se virou para Ethan.

— Notei que você retirou a mala do armário.

Em silêncio, passei o cigarro para ele. Em seguida, ele olhou para ela e fez que sim com a cabeça.

— É.

A velha indiferença a irritou. Enrugou o rosto, fazendo uma careta.

— Vai a algum lugar?

— Vou sim.

— Você vai me contar para onde?

Ele deu de ombros com uma olhada enviesada na minha direção.

— Acho que... — ele passou o cigarro para ela — há um pouco de maconha lá embaixo, se quiser fumar.

— Está a fim?

— Talvez.

— Quer comer alguma coisa primeiro?

(Eu sabia que Ethan já tinha jantado com David no Bar Six antes de cada um ter ido para casa fazer as malas. Só que eu também sabia que ele só tinha comido uma salada — poderia comer mais alguma coisa se Samona insistisse.)

— Muito bem! — exclamou ela. — Mudando de assunto.

— Que assunto?

— De não me dizer que ia viajar.

Ela então se virou para mim:

— Tenho certeza de que você sabia de tudo.

— Não... não mesmo.

Tentei encará-la, mas ela tinha os olhos fixos em Ethan. O que mais me surpreendeu — e a Ethan também — era que ela não perguntou aonde ele ia. Ele já tinha até inventado uma história — um set de filmagens em Vancouver, o que era próximo o bastante para não chocar e longe demais para ela pedir para ir junto. Ele tinha planejado os detalhes de um jeito que ela teria que engolir e que tornasse a mentira fácil para que eu sustentasse.

Levando aquilo na brincadeira, Ethan soltou uma gargalhada e esticou o braço para pegar o cigarro de Samona, mas ela não lhe passou. Deu outra tragada e resolveu entrar na brincadeira.

— Acho que vou comer sim — decidiu Ethan finalmente.
— O quê, por exemplo? Comida tailandesa, indiana?
Ela então piscou para mim e perguntou:
— Vai comer com a gente?
— Eu... não posso comer comida indiana... meu estômago.
Ela me passou de volta o cigarro, embora tenha fumado boa parte dele. Tudo o que me restou foi a marca de batom, que eu apaguei.
— Não precisa ser indiana. Podemos ir ao Balthazar.
— Acho que não estou com fome mesmo — murmurei, levantando-me.
— Eu também não — concordou Ethan. — Não estou a fim, na verdade. — Depois, dirigindo-se a ela, falou: — Mas vocês dois podem ir ao Balthazar quantas vezes quiserem enquanto eu estiver fora. Nosso velho colega de faculdade vai atracar por aqui.
Ela se recostou, atônita. Eu, por minha vez, juntei-me a ela naquele estado de confusão mental. Doeu muito quando ela soltou o seguinte:
— Mas você não tem onde ficar?
— Relaxe — Ethan respondeu no meu lugar. — Só o quero por perto para supervisionar meu irmão. — Em seguida, acrescentou: — Você deveria estar feliz com isso.
— Onde... onde você vai dormir?
— O que não falta é lugar — disse Ethan. — O loft é grande.
Nenhum dos dois se moveu. Com os olhos, Ethan acompanhava um helicóptero que voava baixo por sobre a superfície da água. Samona ficou ali sentada, limitando-se a olhar ora para mim, ora para ele.
— Qual é o problema? — perguntou ele às gargalhadas. — Não sei por quê, mas você fica um tesão quando está decepcionada.
— Não, não — disparou ela antes de perceber o quanto devia ter parecido na defensiva. Ela baixou o tom de voz, passando a se importar com o fato de eu estar ouvindo. — Não, não mesmo.
— Não o quê? Não fica um tesão ou não está decepcionada?
— Não seja cruel.

Samona então se virou para mim, quase às lágrimas. O olhar que ela me lançou – e que eu jamais vou esquecer – implorava para que eu saísse.

Uma brisa quente – porém mais fresca do que o ar úmido que perdurou durante o mês inteiro – soprou onde nós estávamos na hora em que eu me despedia, e ignorei quando Ethan disse:

– Vou deixar as chaves com o porteiro.

Caminhei lentamente pelo terraço. Atrás de mim, Ethan olhava Samona com ódio. Num tom condescendente que Samona desconhecia, Ethan acrescentou:

– Tenho a mais absoluta certeza de que não fui cruel, mas, permita-me que eu expresse minhas mais profundas desculpas, se é assim que você prefere encarar as coisas.

– Cale a boca. – Ela suspirou. – Cale a boca. Você tem estado distante e agora vai viajar e me deixar aqui com o seu irmão e com... *ele*! – Cega de ódio, ela não percebeu que eu ainda não tinha descido as escadas; ouvi tudo. – Como é que você quer que eu encare as coisas?

– Voltarei em menos de duas semanas. Resolveremos o assunto quando eu voltar.

– Resolver o quê? – indagou ela logo em seguida, envergonhada.

Ethan acendeu outro cigarro enquanto Samona saiu mancando.

Enquanto eu aguardava o elevador, eu a ouvi murmurando, desanimada, na cozinha.

Eu sabia que aceitaria a proposta de Ethan. Não só porque passar uma semana no mesmo lugar que Samona era o presente pervertido dele para mim. Também não era só porque eu tinha resolvido (enquanto descia no elevador, lembrando o jeito com que Ethan a arrasou) que não teria mais medo e que poderia salvá-la.

Havia uma outra razão, tão forte quanto.

Ethan tinha razão: eu precisava das mil pratas.

25

NA NOITE SEGUINTE, deixei minhas chaves na caixa de correio para o sublocatário que eu encontrei na Internet (que era do Oregon e ia passar uma semana na cidade com o gato). Peguei meu computador, coloquei umas roupas numa pequena bolsa de viagem e parti para a rua Warren. Samona já estava dormindo. Fiquei parado junto à porta fechada, ouvindo sua respiração forte. Depois de passar boa parte da noite tentando trabalhar sem sucesso (Ethan tinha razão: não havia muito trabalho a fazer; por isso, eu me senti esquecido por um mundo de que um dia eu quis tanto fazer parte) e ignorando que Aidan estava enchendo a paciência por ter tropeçado depois de uma noite de bebedeira, com os olhos vermelhos, subi as escadas e circulei pelo terraço vazio, arrastando os chinelos pela ardósia, recolhendo guimbas de cigarro, colocando-as em garrafas de vinho vazias. Olhando o rio eu me perguntei o que tinha me levado até aquele lugar durante todo o verão – o que me atraía tanto naquelas histórias, ainda que me fizessem sofrer?

Acabei chegando à conclusão de que tinha a ver com o segredo que partilhávamos.

Em seguida, desci para tomar uma garrafa de vinho e ver se pegava no sono num dos sofás de Ethan, o que era difícil em virtude do ronco de Aidan e meu olhar insistente para a porta de Samona.

Acordei e senti o cheiro forte de café. Coloquei uma calça jeans e uma camiseta e ouvi sussurros vindo do quarto de Samona. Como a porta estava entreaberta, olhei e vi que ela estava diante do projeto final dele. Antes, porém, de ela perceber que eu estava ali (como de costume, a minha presença não causava muito furor), ela o retirou da parede, quase o deixando cair no chão porque era mais pesado do que parecia. Ela se sentou e segurou-o no colo, passando os dedos por sobre o vidro. Ligou-o na tomada e no botão e observou a asa negra, espessa e polida, subir e descer. Parecia curiosa e inocente. "*Como é que esta coisa funciona?*", parecia estar pensando. Foi quando bati suavemente na porta e entrei no quarto.

— Frio à beça, não está?

Surpresa, ela se levantou e desligou a caixa na tomada.

— Minha tese final se resumiu a um trabalho idiota sobre Munch que terminei na véspera do prazo final. E ele vai e faz... isso.

— Ô cara, você está comendo a namorada do meu irmão aí dentro? — gritou Aidan da sala de estar. Pela porta, eu o vi de cueca jogando um Madden NFL no Playstation.

— Não sei por que ele deixa isso exposto — comentou ela em voz alta. — Ocupa tanto espaço.

— Funciona como um lembrete — declarei sem pensar.

(É claro que me ocorreu que bastava eu contar a ela sobre o projeto — contar tudo mesmo! Seria uma história interessante e poria um ponto final em tudo aquilo.)

(É claro que Ethan sabia que eu jamais contaria — não porque eu fosse ficar envergonhado demais ou porque eu tivesse prometido não contar —, mas porque ainda tinha medo de me arriscar daquela maneira.)

— Espero não estar me intrometendo. Espero não estar incomodando — eu disse.

— Não. Na verdade, estou feliz por você estar aqui, porque eu não suportaria ficar sozinha com... — Ela gesticulou na direção da sala e deu um sorriso sem graça.

No finalzinho daquela tarde, Samona Taylor me pediu para ir com ela ao The Riverview, sabendo que David estaria no trabalho. Ela estava se preparando para a Fashion Week e queria pegar o resto das roupas que estavam no closet que ela um dia dividiu com David. Só que não queria ir "àquele lugar sozinha". Pegamos um táxi. Fez-se um silêncio meio que constrangedor enquanto Samona observava os diferentes grupos de pessoas pelos quais passávamos – camelôs, turistas, executivos no horário do almoço.

– Você acha que alguém é feliz nesta cidade? Quero dizer, feliz de verdade? – enfim perguntou ela quando passávamos pela rua Trinta e Quatro.

– Acho que as pessoas são tão felizes o quanto se permitem ser – murmurei. Foi apenas uma resposta imparcial; eu mesmo não sabia ao certo o que significava.

Caminhamos pela entrada suntuosa e passamos pelas portas giratórias de metal dourado do The Riverview. Ela cumprimentou o porteiro com um "Oi, Gerald" antes de atravessarmos o lobby comprido e decorado com um assoalho em mosaico. Notei então que Gerald olhou para ela com um ar de pena que mal conseguiu disfarçar – parecia que ele sabia de alguma coisa também.

Subimos. Ela então me agradeceu mais uma vez antes de entrarmos. Foi a única vez que vi o apartamento. Era o tipo de lugar que fedia a compromissos e promessas: as sólidas paredes pintadas num tom amarelo-palha, a escrivaninha de carvalho repleta de trabalho que David levou para casa, o armário lotado de receptores de televisão via satélite, equipamento estéreo, duas coleções de CD separadas (é óbvio que cada um tinha a sua, a dele encabeçada por Tom Petty; a dela, por Sarah Mclachlan), a varanda que deve ter sido a versão triste de David Taylor para o terraço de Ethan Hoevel. A não ser pelas gravuras gritantemente fora de lugar (Renoir, Monet, Munch, Van Gogh) que Samona pendurou por toda a parte e apesar de todas as tentativas de redecorá-lo, o apartamento parecia ter sido tirado de um catálogo da Crate & Barrel.

Observar o lugar de certa forma esclareceu o que eu sabia a respeito deles.

Assim, não os culpei – nenhum dos dois – pelas decisões que tomaram.

Parecia justificar – ou pelo menos explicar – a ignorância e a crueldade que tinham em relação um ao outro.

Samona passou batida pelo fato de ter morado ali por quatro anos (e de que, durante boa parte desse tempo, havia sido esposa).

Ela então me garantiu:

— O único toque pessoal meu nesta sucursal do inferno são os quadros.

— Deram um toque especial ao lugar — comentei sem entusiasmo. — Quer dizer, você deve entender muito de arte.

— Não entendo tanto assim. O que eu sei mesmo é que nunca mais vou morar aqui.

Em seguida, andamos pelo apartamento com determinação — primeiro ela, depois eu. Foi quando ela percebeu alguns detalhes importantes: o número treze estava piscando na secretária eletrônica.

— Que estranho — ela murmurou. — Ninguém nunca liga para David aqui.

Passou o dedo pelo botão *play*, tentada a ouvir as mensagens até que uma outra coisa lhe chamou a atenção: a extensão que ficava atrás do armário estava desligada da tomada. Na verdade, todas as extensões do apartamento tinham sido desligadas da tomada.

Ela então foi ao quarto, onde a cama estava cuidadosamente feita — "Ele nunca fez a cama, porra! Que merda é essa?". Samona se apressou a vasculhar o apartamento, folheando blocos de anotações, abrindo gavetas com a rapidez de uma heroína de thriller psicológico B. No post-it sobre a mesinha de cabeceira havia uma lista com os números e os horários dos voos da LAN Chile. Ela abriu o closet e viu que as malas de David não estavam lá.

Eu estava de pé atrás de Samona, entre a cama e o closet. O perfume dela impregnou o lugar.

— Você acha que ele quis viajar depois que você saiu? Uma viagenzinha para espairecer.

— Não — afirmou ela. — David não faz esse tipo de coisa.

— Bem... talvez uma viagem de negócios. Ele não vai a Londres de vez em quando?

Não sei por que eu estava defendendo David. Aquele mistério – aquela perturbação – só afastaria ainda mais Samona.

– Não pela LAN Chile.

Percebi que ela notou uma certa coincidência. Enquanto ela olhava a cama cuidadosamente feita, percebi que uma imagem se formou em sua cabeça – impedindo que qualquer outra ideia passasse por ali. Percebi que ela lutava para afastar aquela impressão, porque não era possível que fosse verdade.

Quando saímos do The Riverview (sem as roupas e os calçados que havíamos ido lá buscar), ela voltou para dentro do elevador, olhou para o teto espelhado, suspirou e depois tratou de esquecer aquilo.

– Você está bem? – perguntei.

Ela mal fez que sim com a cabeça. Acho até que nem me escutou.

– Tenho que trabalhar – murmurou ela.

Percebi naquele momento que – pelo menos por alguns minutos – Samona sentiu saudades do marido.

* * *

– Sabe, a primeira vez em que ficamos juntos, ela passou a semana inteira preparando o café da manhã para mim: duas panquecas com dois ovos em cima. Sei lá, uma merda dessas. No final, ela só levantava às seis todos os dias e saía correndo para o trabalho. Começou a ficar degradante.

– O que começou a ficar degradante?

– Perdeu a emoção.

– Como assim?

– Paramos de fazer sexo de manhã quando acordávamos.

– Entendo.

– Comecei a me sentir como a puta da história e aquilo era foda. Era motivo de sobra para acabar com tudo.

Aidan Hoevel me contava aquela história enquanto tomávamos o *brunch* no Moondance na Sexta Avenida.

Fazia dois dias que Samona não aparecia no loft. Nem eu nem Aidan tínhamos notícias dela.

Eu estava na cozinha dando uns toques finais a alguns materiais de divulgação para me distrair. Por exemplo, adiei o Gowanus, mas não o esqueci. Enquanto isso, Aidan vasculhava a geladeira. Não encontrando nada de interessante, sugeriu:

— Vamos sair para comer. Eu pago.

Então fomos parar no Moondance porque o Bubby's era caro demais. Eu ouvia as reclamações de Aidan em relação à falta de sexo que culminou com o fim do breve relacionamento com Suzanne. O que me surpreendeu naquela conversa com Aidan é que ele não me pareceu um cara ruim. Ele só estava com raiva — e levando-se em conta o que eu sabia sobre o seu passado, não o culpei.

— Além do mais, ela arrumou um cachorro. Ela vinha a pé do ponto de ônibus para o escritório em Mission Viejo quando o viu numa vitrine. Resolveu comprar. Pouco antes de eu perder o emprego... eu ainda estava empregado. E mesmo assim, você sabe quem levava aquela coisa para passear à meia-noite? Você sabe quem ficava lá em pé esperando que ele cagasse na rua? Você sabe quem recolhia a bosta? — Aidan então fez uma pausa para gesticular com o garfo em direção ao próprio peito. — Eu! Foi por isso que terminei. Era um cocker. Cara, aquilo late de um jeito que nunca vi igual!

— E depois disso você... perdeu o emprego? Ela encarou bem a situação?

Soltando um gemido, Aidan Hoevel respondeu:

— Não me faça lembrar desse pesadelo. Falando sério? A conversa sobre o cachorro estava agradável.

Pensei sobre a expedição em que Aidan estava.

— Você poderia tê-lo matado acidentalmente.

Aidan apontou a garfo na minha direção:

— Por que ninguém acreditou que eu pensei que era um *tubarão*? — Ele balançou a cabeça e se concentrou na pilha dupla de panquecas, enfiando o garfo com tanta força que atravessava quatro camadas e ainda fazia barulho no prato. Decepcionado com as panquecas, despejou meia garrafa de calda por cima.

— Bem, ela acabou saindo da cidade e vindo para esta merda de lugar.

— Foi por isso que você veio então?

— Não, não — Aidan respondeu meio que na defensiva. — Só estou dando minhas trepadas por aí. Não tem nada a ver com Suzanne.

Enquanto botava outra garfada na boca, fez uma careta.

— Mas deve ter lhe ocorrido, não é? Que você poderia dar de cara com ela por aqui?

— O que você acha que eu sou, um tarado perseguidor? Feito aquele rapazinho ex-amante do meu irmão que fica perambulando pela rua o tempo todo? Sem chance, cara. Você tem uma ideia errada a meu respeito. Só estou tentando... entender as coisas.

— Você a amava? — perguntei, porque não pensei em mais nada que pudesse falar. — Quero dizer, você tomou conta do cachorrinho dela...

— Você acha que eu acredito nesse negócio de amor? — devolveu ele, incrédulo. — Quer dizer, que uma garota possa me interessar por um período? Qual é, cara, meu coração não é tão grande assim. Eu não tenho dúvida disso.

Aidan Hoevel então fez uma pausa e olhou para mim, estudando a minha reação. Percebi que eu tinha atraído a atenção dele. Continuou:

— Sabe de uma coisa, cara? Tenho observado você durante essa semana e sabe que eu acho você legal pra caramba?

Eu me limitei a encará-lo.

— Você tem uma visão muito positiva do mundo. — Aidan baixou o garfo. — Você tem que estar atento. As pessoas não valem nada. — Ele estudou a minha fisionomia. — Quer dizer, as pessoas são foda! — exclamou fazendo mais uma pausa. — Ethan, por exemplo.

Resolvi me preparar para o que vinha em seguida.

— Ok, ele é maluco. É veado. — Aidan fez uma pausa. — Você sabia disso, não sabia?

Eu fiz que sim com a cabeça.
— Ele tem um certo fluxo de caixa. Pertence a um mundo onde é uma espécie de estrela, acho eu. Ainda por cima, tem essa mulher esquisita.

Dei um suspiro. Aidan notou, mas continuou mesmo assim:
— E agora, tem a mim. Minha pergunta é... — Ele espetou outra porção de panqueca e começou a observar a cerveja que tinha pedido. Estava escolhendo as palavras mentalmente antes de proferi-las. — Por que é que ele me leva tão a sério? — indagou, tomando uma golada de cerveja. — Por que um cara como Ethan se preocupa tanto com a opinião de um cara como eu a ponto de ficar desfilando com essa mulher aí, a Samona? Só para eu pensar que ele deixou de ser veado? Se é essa a intenção dele, por que botou você no rolo?

— Ele só está me fazendo um favor. Eu estava mesmo precisando de um dinheirinho e...

— Porra, será que você ainda não sabe que Ethan não faz favores a ninguém? — Aidan olhou o trânsito na Sexta Avenida pela janela. — Coitada daquela mulher! Que merda!

— Talvez você esteja enganado. — Encolhi os ombros.

(É claro que eu sabia que Aidan tinha razão e eu estava boquiaberto pelo fato de ele estar prestando tanta atenção ao que rolava.)

Aidan deu uma risada sarcástica.
— Cara, você só prova a minha teoria.
— Que teoria?
— A de que você é muito legal.

Depois de pagar a conta com o dinheiro que retirou do porta-notas de Ethan — embora eu tenha me oferecido para pagar a gorjeta, ao que Aidan Hoevel não se opôs. Assim, fiquei com US$89,69 na minha conta do Chase mais o cheque de US$850 do sublocatário, que eu depositei, mas que ainda não havia sido compensado. Fomos a pé até a rua Warren, onde a cerveja e os cigarros que Aidan arrumou pareciam mais atraentes do que voltar para o computador.

De um modo estranho, Aidan era agradável e passou a me parecer também interessante — durante aquele *brunch* descobri que

Aidan Hoevel possuía uma percepção do mundo muito mais aguçada do que jamais supus.

(Ele sabia muito mais do que eu poderia ter imaginado, como vim a constatar mais tarde.)

Ao encher dois copos e acender dois cigarros ao mesmo tempo, passando um para mim, me senti ligado a ele.

— Nova York, cara... — disse Aidan Hoevel um pouco depois com uma voz rascante, quando já estávamos bêbados, como se aquilo fosse uma epifania — ... é enorme, parece um sistema de irrigação, sabe? As ruas são como canais e as pessoas, a água. — Não ouvi mais nada do que ele falou até que Aidan informou: — É a última cerveja. Não tem mais nenhuma.

Ele sumiu dentro da cozinha e voltou com uma garrafa de Domaines Ott e duas canecas de café.

— Ethan não vai se importar. Ele só compra esta porra rosa para transformar a garrafa em vaso de planta. — Aidan brigava com a rolha. — Caramba, isso é coisa de veado mesmo.

Tonto, eu estava pensando em como o vinho rosé é bonito, cor-de-rosa, da tonalidade de uma concha.

— Desculpe, cara. Sei que vocês são amigos e coisa e tal. — Ele enfatizou a palavra "amigos". Depois, de repente, pareceu lembrar: — Dizem que nunca é bom misturar cerveja com vinho, né?

— Acho que é o contrário — respondi com um suspiro.

— Ah, foda-se.

Ele então colocou metade da garrafa em cada caneca e depois se jogou no sofá ao meu lado.

— O que você sabe sobre Samona? — perguntou.

— Não muito. — Dei de ombros. — Não quero falar sobre ela.

Aquilo lhe prendeu a atenção, mas só por alguns momentos.

— Acho que não a vejo há alguns dias...

— Ela está passando por uma fase esquisita — interrompi imediatamente.

— E não estamos todos nós? — Aidan balançou a cabeça. — E não estamos todos nós?

Ficamos sentados em silêncio, tomando o vinho. Então, Aidan quis saber:

— Você acha que meu irmão está mesmo comendo essa garota? É uma dúvida que eu tenho.

Depois de uma breve pausa, respondi:

— É o que parece.

— Você não acha que meu irmão gosta de sacanear com a vida das pessoas?

Eu me limitei a suspirar.

— Eu estava dizendo isso antes — continuou ele. — Tipo, sei lá, zonear a cabeça delas, algo assim.

Em menos de dois minutos, esvaziamos as canecas.

— E todo mundo não faz isso? — perguntei.

Aidan ergueu as sobrancelhas.

— Você não.

— Acho que não estou mais acompanhando seu raciocínio. Não sei.

— O que estou perguntando é por que cargas-d'água meu irmão pegou essa mulher? — Ele então nem esperou que eu respondesse. Foi no alvo. — Quer saber de uma coisa? Uns dias atrás, pouco depois de você chegar, na verdade, eu estava no maior tédio! Estava assistindo a *Feitiço do tempo* e você estava na porra do laptop lá no terraço. Ouvi Samona rondando pelo quarto de Ethan. Então entrei e só perguntei se ela sabia onde Ethan estava, embora estivesse na cara que ela não sabia. Era essa a razão de ela estar daquele jeito. É por isso que ela estava calada. Eu sabia que não havia chance de Ethan estar a fim dela mesmo, porque ele gosta de homem. Ela é linda, não é? Só que ele não está a fim dela e eu acho que ela está chegando a essa conclusão.

— Ela disse alguma coisa?

— Quando insisti para que ela me contasse onde estava meu irmão, ela se limitou a me dizer que tinha outros assuntos para tratar. Perguntei se Ethan tinha ido sozinho na tal viagem de negócios e ela respondeu que sim. Perguntei se tinha certeza absoluta e ela insistiu que sim. Então eu falei que ela tinha muita sorte por ter meu irmãozinho a seu lado. Ela então me perguntou por quê. Eu disse que ele não podia ver um cueca, se é que você me entende. Eu estava a fim de atazanar o juízo dela, só para ver como ela reagiria. Foi então que ela olhou para mim muito séria e falou uma coisa.

— O que foi que ela disse?

Num tom de voz impostado, pronunciando claramente cada palavra, Aidan Hoevel declarou:

— Eu. Acho. Que. Você. Precisa. Arrumar. Um. Emprego. — Ele maneava a cabeça de forma enfática como se isso significasse alguma coisa.

— Foi só isso? — perguntei.

— Basicamente sim. — Aidan não se abalou. — Quis continuar o papo, porque, sabe, eu falo com quase todo mundo. Assim como estou fazendo com você, certo? Estou brincando. — Ele terminou o vinho e continuou: — Acho que ela é muito esquisita. *Bonita* pra cacete, mas esquisita. — Virando a caneca, elevou os olhos. — Espero que tenha mais.

— Por que você disse isso a ela? — Minha voz soou tão angustiada e tensa que chamou a atenção de Aidan.

— Estava entediado e queria saber o que ela sabia a respeito do meu irmão e do... bem... segredo do seu passado.

— Acho que você precisa saber se essa gente está passando por um sério...

— Essa gente quem? Você quer dizer meu irmão e a garota negra?

Assenti com a cabeça e percebi que estava mais bêbado do que imaginei.

— Olhe, cara, não sei de nada — continuou Aidan. — Sou simplesmente um cara que tenta descobrir o que fazer da vida. Quer ver o que está passando na TV?

— Não quero não.

Aidan ligou a televisão e começou a passar pelos canais tão rápido que mal dava para distinguir o que estava na tela. Começou a dizer "não, não, não, não, não" num tom de voz monótono até parar em *Scarface* e recostar-se na cadeira. Ainda com os olhos voltados para a tela, sorriu e perguntou, indiferente:

— Então você era o cara que estava sentado ao lado do meu irmão na formatura, certo?

Aidan devia saber que eu estava olhando para ele, mas não olhou para cima.

— Formatura da faculdade? — perguntei.

— Não, do jardim da infância. — Revirando os olhos, ele completou, gemendo: — É, da faculdade.

— Acho que era. Por quê?

— Então você já devia saber na época, né?

— Devia saber sobre o quê?

Aidan olhou para cima, ainda mudando de canal.

— Sobre o segredo do passado.

— Você está falando do fato de ele ser gay? Que segredo? Além de Samona?

— Acho que há muitos que eu não sei.

— Você não acha que Ethan prefere que seja assim?

O sorriso sumiu do rosto de Aidan. A mudança de canais parou. Ele me encarou, o dedo percorrendo a borda da caneca vazia.

— Você acha que eu estaria aqui se eu desse importância ao que Ethan *prefere*?

— Então, Aidan, o que você está fazendo aqui?

Ele olhou ao redor da sala entulhada de coisas.

— Você nem entenderia. Só estou dizendo, cara, que, pelo que me lembro, naquele dia você e meu irmão estavam sentados bem coladinhos um no outro, porra. — Ele se recostou novamente e imitou um rufar de tambores. — Até me deu a impressão de que vocês estavam de mãos dadas.

Aquilo não tinha mais importância.

— E?

Ao ouvir isso, ele perdeu o interesse e pegou um celular que estava sobre a mesa onde eu tinha apoiado os pés e fez uma ligação.

— E? Não importa. Você fodia com o Ethan também. Estou cagando para o lance, cara. Não estou nem aí. Você é legal, cara. Mais ou menos.

— Está ligando para quem? — perguntei.

— Estou ligando para aquele porra-louca, aquele que comia o meu irmão. Você o conhece. Aquele que estava batendo boca comigo durante o almoço. Achei o número dele no quarto do Ethan. Faço isso a toda hora. Ele fica muito puto! É hilário!

— Não é uma coisa muito esperta de se fazer.

— Por que você pensaria que eu já fiz uma coisa esperta na vida?

Aidan teclou o número e logo começou a gritar ao telefone com um sotaque latino horroroso, tipo o do Tony Montana de *Scarface*, que ainda está passando na TV — a cena em que ele mata o melhor amigo que acabara de se casar com sua irmã.

— *Qual é, cara? É, estou falando contigo. Tudo o que tenho nesta vida é a minha palavra e meus colhões. Não vou detoná-los por causa de homem nenhum, muito menos por causa de um veado igual a você, cara. Todas as noites você fica debaixo da minha janela. Esperando que meu irmão volte a comê-lo. Você quer guerra? Então é guerra que você vai ter! Cumprimente meu amiguinho!*

Àquilo se seguiu o barulho de disparos de metralhadora. Depois de desligar, Aidan falou:

— Agora ele vai ficar muito injuriado!

Eu me atirei no sofá. Para amenizar a situação, ele encheu meu copo e disse com sinceridade:

— Já sei o que você está pensando. Não vale a pena, cara. Acredite em mim. Ethan, Samona, não valem a pena.

Peguei o vinho e despejei goela abaixo. Ele colocou os tênis e seguiu em direção ao elevador, olhando o relógio.

— Aonde você vai? — perguntei.

— Sair. Essa sua depressão está me entediando.

Quando a porta do elevador finalmente abriu, Aidan desapareceu. Eram três da manhã. Abri outra garrafa de vinho e terminei de ver *Scarface*. Quando o filme acabou, sentei-me numa das cadeiras de Ethan, a que tem formato de "R", em frente à janela e, por alguns instantes, olhei em direção à rua Warren, bebendo e tentando não pensar em nada. Eu me senti desempregado. Eu me senti um intelectual. Definitivamente, eu me senti só.

Estava escuro lá fora quando terminei a garrafa de vinho e entrei no quarto de Ethan. Fiquei parado em frente à prateleira onde estava seu projeto final. A tontura proporcionada pela embriaguez do vinho reduziu minha ambição a um só objetivo: queria ver o movimento da asa dentro do quadro. Porque me ocorreu que, depois que Ethan voltasse para casa, eu não voltaria mais ao loft. Também senti que eu era um componente do processo de criação daquela coisa e, por isso, eu me senti no direito de vê-la sempre que quisesse.

Estiquei o braço em direção à prateleira e pus a mão sobre o vidro. Talvez tenha sido o vinho, ou talvez eu estivesse com a cabeça revirada, ou quem sabe apenas mau jeito e as mãos suadas. O fato é que, quando eu estava descendo o objeto, o vidro escorregou pelas minhas mãos. O objeto se chocou contra o chão e rolou. Vi que o vidro estava rachado. Foi quando ouvi o barulho do elevador. Eu me apressei em pegar o objeto e pô-lo na prateleira na mesma hora em que Aidan voltava ao loft.

Ele atravessou a sala em câmera lenta. Depois, de volta para a cozinha, os olhos pregados nos próprios pés, não pareceu notar que eu o observava por entre a porta do quarto. Quando reapareceu, estava abrindo uma garrafa de Grey Goose. Ele se sentou na cadeira em formato de R (a que ele mais odiava) em frente à janela, olhando em direção à rua, assim como eu tinha feito uma hora antes. O som que ele emitiu foi algo entre um resmungo e um choramingo.

— Aidan? — eu chamei suavemente.

— Que é, cara? — retrucou ele, a voz contida, grave.

— Aonde você foi?

— A lugar nenhum.

Hesitante, sentei no sofá enquanto ele tomava goladas no gargalo.

— Você quer a caneca?

Ele fez que não com a cabeça.

— Eu a vi.
— Quem? Samona?
— Não, imbecil. Suzanne.
— Oh! Onde?

Os olhos de Aidan estavam semicerrados e a mão direita segurava firme o gargalo enquanto esfregava a palma da mão esquerda na testa.

— Em frente ao escritório dela.
— O que você estava fazendo lá?
— Dando um rolé! — Ele elevou o tom de voz antes de dar um suspiro profundo para se acalmar. — Por que esse monte de pergunta, porra?
— Desculpe. Eu só estava... sei como são essas coisas, Aidan.
— Não, não sabe. Você não sabe como é ver a sua garota fumando um cigarro, em frente ao escritório novo e sofisticado, com um babaca qualquer. De repente, ele começa a chupar o rosto dela e, depois de botar a mão na bunda dela, os dois voltam para o escritório. Não, você não sabe como é. Não!

Ele desabou de novo na cadeira, deu um suspiro e bebeu mais vodca.

— Ah, quer saber? Foda-se!

A título de pedido de paz, ofereci minha caneca a ele. Ele me serviu três doses – a garrafa tremendo junto com o pulso – e massageou as têmporas enquanto os olhos se moviam freneticamente.

Eram quase onze horas da noite quando acordei de um cochilo induzido pelo álcool, já com uma enxaqueca daquelas. Em meio à tontura, tentava pensar para onde ir dali, o que eu poderia fazer para apagar da minha memória aquele verão.

Vi Aidan Hoevel desmaiar na mesma cadeira em frente à janela, roncando perto da garrafa vazia de Grey Goose, o bafo impregnado de vodca, detectável mesmo do outro lado da sala.

No mais, estava tudo escuro e em silêncio – o tipo de silêncio que não deveria haver em Nova York.

Fui tomado por um sentimento estranho, como se eu ainda não tivesse acordado.

Como havia uma outra pessoa no loft da rua Warren, olhei para cima. Samona Taylor estava em frente ao elevador.

Eu não queria que ela me visse daquele jeito, desarrumado, horroroso.

Samona estava no escuro. Ela tinha mudado, mesmo nos poucos dias desde que estivemos no The Riverview. Parecia exausta: olheiras, o vestido amassado, o cabelo arrepiado, os ombros caídos.

Ainda estava bonita – é claro que estava –, mas estava mais bonita antes de se apaixonar por Ethan Hoevel.

O que eu tinha que aceitar – a verdadeira razão pela qual eu estava tentando me recompor, lamentavelmente sem sucesso – era que Ethan Hoevel tinha mexido com ela de um jeito que eu jamais conseguira.

Agora, estava claro para mim, no momento em que me contorcia e desviava o olhar, que foi exatamente por isso que Ethan me seduziu a ficar no loft, enquanto estava viajando (e também por que tinha sido tão fácil para ele): ele estava me mostrando, em termos precisos, que o mundo em que todos nós vivemos havia sido desenhado por ele.

Desde que tinha notado Samona na sala, permaneci imóvel.

Curiosamente, ela também. Enfim, ela sussurrou:

– Ele está lá fora.

– Hummmmmmmmmmm... o quê? Quem? – balbuciei.

– Stanton Vaughn. Ele está lá embaixo no beco. Está fumando e olhando aqui para cima.

Fui até a janela, mas tomando cuidado para não ser visto. Vi Stanton com a jaqueta preta, longe do poste no beco de carga e descarga ao lado de um edifício comercial vazio.

Depois, culpei a cerveja e o vinho que eu bebi a noite inteira, assim como a minha tristeza, mas ao dar de cara com a imagem de

Stanton — só, no escuro, olhando para aquela sala — fui tomado por um certo desconforto.

— O que vamos fazer? — Samona sussurrou delicadamente.

— Acho que deveríamos... ficar aqui — sugeri.

— Não. Vou ligar 911. — Ela correu para a base do telefone sem fio, mas estava vazia. — Onde está o telefone?

Eu a impedi, pegando-lhe os punhos e colocando-os junto ao meu peito.

— Samona. — Eu tentei confortá-la. — É só Stanton. Não acredito... quer dizer, o que ele vai fazer?

— Passar a noite na cadeia — respondeu, localizando o telefone que estava espremido entre a coxa de Aidan e a cadeira em que ele estava dormindo. Ela arrancou as mãos de dentro das minhas.

— Ele é louco.

Com cuidado, ela caminhou na direção de Aidan, pegou o telefone e tentou deslizá-lo por debaixo dele.

— Eu não o acordaria agora...

Ele fungou duas vezes e depois se sentou.

— O que é, amor?

Aidan expectorou. Com os olhos ainda fechados, esticou-se para beijá-la, mas, ao abri-los, parou e quase caiu da cadeira.

— Merda! Desculpe. Estou muito bêbado!

— Volte a dormir — sussurrou ela. — Só quero o telefone.

— Você parece assustada — observou ele. — Depois, em tom acusador, dirigiu-se a mim. — O que está havendo? O que você fez, cara?

— Nada, Aidan. Acho que você deveria voltar a dormir.

— Nem pensar! Agora que eu já acordei!

— Ah, meu Deus! — suspirou Samona.

Aidan deu um pinote e ficou de pé, mas caiu porque o sangue foi muito rápido para a cabeça. Ele se agarrou à cadeira, mas, pesada em cima e leve embaixo, não suportou seu peso, fazendo com que caísse de novo. Equilibrando-se no parapeito da janela, viu Stanton lá embaixo, a ponta do cigarro em brasa, depois perdendo o brilho, depois avivando a ponta de novo, quase que ritmicamente.

— Ah, aquele veadinho... — Aidan se interrompeu para se apoiar do lado de fora da janela e gritar: — E aí, puta? Quer que sobre pra você? Porque eu vou até aí embaixo e lhe meto a porrada!

Stanton nem sequer se mexeu. Ficou lá parado.

— Aidan, ele sempre carrega um canivete — foi tudo o que eu consegui dizer.

— Ele também comia o meu irmão. Estou cagando e andando. — Depois, dirigindo-se a si mesmo, murmurou: — Espere. Tive uma ideia.

As palavras de Aidan ficaram no ar. Eu então me dirigi a Samona:
— Samona...

Não consegui terminar a frase, porque não sabia o que ia acontecer.

Ela entrou rápido no quarto de Ethan e trancou a porta.

Quando a porta fechou, atravessei a sala aos tropeços e pressionei meu corpo contra a fibra de vidro opaca.

— Samona! — gritei.

— Quer saber? — disse ela. — Não estou nem aí!

Não consegui pronunciar nem uma única palavra. Ouvi que estava fazendo as malas.

— Por que você está aí fora? O que você está fazendo? — quis saber ela.

Eu não sabia. Não tinha mais como protegê-la.

Respirei fundo e disse:

— Pergunte o que quiser e eu vou responder.

— Que inferno! Será que dá para me deixar em paz? — ouvi Samona dizer.

O fato de a voz dela estar embargada não diminuiu a dor que a frase provocou.

— Você não acha que é tarde demais para isso? Você acha que eu não sabia? Você acha que eu sou tão estúpida assim? Meu Deus, não acredito que a gente esteja tendo esta conversa! Vá embora!

Ela então deu um soco no lado interno da porta.

— O que você está fazendo aqui? Por que você está sempre por perto?

Foi quando ouvi passos e um grito abafado vindos do terraço. Uma vez que não consegui mais me aproximar dela — nunca mais —, corri em direção à cozinha e subi aos tropeços a escada que dava para o terraço. Aidan segurava a garrafa vazia de Grey Goose, procurando pela escuridão da rua Warren até localizar a ponta do cigarro acendendo novamente, lá no fundo do beco.

— Cumprimente o meu... amiguinho! — gritou Aidan.

Aidan então jogou a garrafa. Eu estava saindo da escada no momento em que o corpo de Aidan estava inclinado por sobre o gradil. Eu estava atravessando o terraço quando ele tentou se agarrar em alguma coisa — mas não havia nada que lhe servisse de apoio.

A garrafa foi girando pelo ar em direção à rua Warren.

Seus pés deixaram o chão de ardósia do terraço no que mais parecia uma imagem em câmera lenta e começara a flutuar no espaço que antes foi ocupado por sua cabeça. Em seguida, começou a cair em direção à calçada.

A garrafa se espatifou contra uma parede a poucos metros da cabeça de Stanton.

O som de vidro lhe caindo sobre o rosto e do concreto ao seu redor era nítido, mesmo do outro lado da rua, nove andares acima. Lá do terraço, vi Aidan cair em pé no chão, bem à esquerda da entrada do prédio.

Entretanto, não era tão nítido quanto a fratura dos tornozelos, o dilacerar de patelas, o deslocamento de quadris, a compressão de vértebras e o baque ensurdecedor que logo se ouviu quando Aidan Hoevel veio a ficar de costas e, provavelmente, se sentiu aliviado por ter chegado a um estado de torpor.

Depois, o único som que se ouviu foi o dos passos de Stanton correndo pelo beco.

26

A TERCEIRA SEMANA DE SETEMBRO começou com uma mensagem de voz de David Taylor no início de uma tarde de sábado: "Ligue para mim. Estou no escritório."

Isso aconteceu dois dias após a queda de Aidan e, mesmo depois de todas as fichas policiais que eu tinha preenchido (o vidro estilhaçado, vestígios de sangue, guimbas de cigarro na rua, testemunhas que tinham ouvido o grito, o histórico de violência de Aidan somado ao nível etílico dezoito que tinha no sangue – todas as provas tinham corroborado o meu relato), ele ainda estava desacordado.

Durante esse tempo, assumi o papel de irmão de Aidan, o que implicava arrumar uma mala para ele (eu inclusive lavei sua roupa), descobrir o número do seguro social (encontrei a carteira dele num Ziploc com duas garrafinhas de Jack Daniel's, uma receita de Vicodin e um pacote de maconha) e avisar Ângela Hoevel, em Long Beack, a respeito do "estado" do filho. Depois de fazê-la se lembrar de quem eu era – o que não foi fácil –, meu desafio seguinte foi amenizar os fatos e contar-lhe uma história que não lhe provocasse um ataque cardíaco e também a fizesse pensar que um de seus meninos não era quem ela achava que era. O jornalista que ainda existia em mim era adepto desse tipo de modificação.

– Ele estava chamando por alguém lá do terraço, sra. Hoevel. Tinha tomado uns drinques, porque era noite de quarta-feira. Ele escorregou, sra. Hoevel. Há um lugar ruim perto do gradil. O gradil é baixo demais.

(A essa altura, ela estava chorando baixinho, contida.)

– Foi um acidente horrível, horrível, sra. Hoevel. Muito sério mesmo!

— Você estava lá? — perguntou ela, curiosamente sem utilizar um tom acusador.

— Ahã. Estávamos lá, eu e Aidan.

— Mas onde estava Ethan?

A pergunta pareceu perturbá-la, uma vez que não podia imaginar a razão pela qual ele não estava lá com Aidan. Ela não conseguia entender por que Ethan estava em outro lugar.

— Ele está... viajando... é meio... complicado... mas estou tentando localizá-lo. Farei contato assim que possível.

— Mas onde estava Ethan? Por que não estava lá para evitar uma coisa dessas? Uma coisa dessas não *acontece* quando Ethan está por perto!

Claro! Eu mesmo me fazia aquela pergunta.

Uma vez que a mensagem de David significava que Ethan também já tinha voltado do Peru, eu liguei para ele primeiro. Ethan foi direto ao hospital, onde o irmão sem plano de saúde estava em coma e onde ele recebeu uma conta extra de dez mil dólares. Tomei o devido cuidado de manter uma distância de alguns passos entre nós enquanto ele xingava discretamente antes de fazer as perguntas imprescindíveis com variados graus de frustração: "Ele está bem?", "Tem notícias de Stanton?", "Como é que ele caiu exatamente?", "Ele estava imitando Al Pacino?" E, depois, num típico tom de preocupação: "Minha mãe sabe?"

— Ela está em casa em Long Beach. Está aguardando mais notícias.

— E Samona? Estava lá?

— Estava no loft — respondi depois de uma breve pausa. — Ela não viu nada. Não sei o que houve com ela depois. Ela simplesmente foi embora.

Ele me olhou com pena, como se eu tivesse falhado mais uma vez.

Uma hora depois, terminada toda a parte burocrática — a papelada e as informações da administradora do cartão de crédito —, ficamos só nós dois (e uma mulher negra de cabelo grisalho arrepiado, cujo marido sofrera um leve derrame, e os pais de um menino que tinha quebrado o braço, que se sentaram em locais separados) na sala de espera iluminada e claustrofóbica do Beth Israel. Foi aí que Ethan me contou o que aconteceu no Peru. Não tinha pedido que me contasse – na verdade, tentei a todo custo evitar o assunto – e ele teve o cuidado de deixar lacunas entre os detalhes, como se soubesse que eu as estava preenchendo.

No dia sete de setembro, o voo da LAN Chile com destino a Lima está atrasado. O terminal do JFK está fechado, porque o zelador achou um objeto cortante feito de forma artesanal dentro de uma das cabines do banheiro masculino próximo ao Portão 4 (o que significava que o objeto passou sem ser detectado pela segurança). Mesmo depois de o terminal ser reaberto, Ethan sabe que o tal objeto deixa David nervoso – que aquilo funciona como um símbolo na cabeça dele. Talvez a viagem seja um erro. Talvez o silêncio no terminal seja um presságio. Talvez ele estivesse sendo impulsivo. Nervoso, David aguarda na sala de espera da primeira classe, remexendo na cadeira sem parar, batendo com um dos pés na perna da cadeira, enquanto Ethan fala evasivamente sobre o clima estranho que se instalou nos aeroportos ultimamente e sobre o canivete e a quem teria pertencido antes de ir parar na cabine do banheiro.

Ethan dá a David dois Ambiens na hora em que o 777 acelera na pista e arremete, balançando no céu.

Os dois adormecem e acordam quando o entardecer se torna noite e, depois, manhã novamente. Quando David recobra a consciência, olha pela janela e vê o céu, concentrando a atenção na luz que pisca na ponta da asa. De vez em quando, olha para Ethan, que também ora descansa com os olhos entreabertos, ora lê. Em seguida, enquanto caminham pelo Jorge Chávez Aeropuerto, David volta a atenção para o teto rebaixado que o faz se sentir oprimido. Ele aparenta estar relativamente preocupado, até que Ethan lhe dá tapinhas no ombro e o desperta. Depois, Ethan pega na sua mão e o guia por uma multidão eufórica segurando cartazes com nomes peruanos como Zavaleta, Ponce, Calligros. É muito barulho e muita confusão até chegarem ao altíssimo Sheraton em Miraflores, um bairro que Ethan escolheu porque sabia que sua semelhança com o típico subúrbio americano confortaria David.

Um pouco mais relaxado, ele fica à janela olhando, admirado, para a concentração urbana desordenada a alguns quilômetros dali. Ethan está sentado na cama lendo. (Ele terminou dois livros no avião: ficção contemporânea – coisa de que David nunca ouvira falar.) De vez em quando, Ethan desvia o olhar do livro, mas permanece calado, preferindo deixar David absorver a novidade do lugar por si só. Ele então pede serviço de quarto: bife, batata frita, comida que o conforta, lembrando-lhe do seu país – outro recurso para fazer David se sentir em casa naquele ambiente estrangeiro. Quando terminam, David se senta no outro lado da cama.

No dia seguinte de manhã, no voo entre Lima e Cuzco, David observa lá embaixo as montanhas que mais parecem de mentira. Começa a ficar tenso de novo. Então, olha para a TV que exibe um programa britânico de pegadinhas: os atores fingem que são cegos e aparecem do nada, surpreendendo as pessoas cujas reações são gravadas por uma câmera escondida. Quando o avião se inclina entre os picos de duas montanhas em direção à curta pista de pouso, ele segura firme os braços do assento, tornando as juntas dos dedos esbranquiçadas, e não os solta até que o sinal de apertar os cintos se apague. Ele continua tenso quando Ethan aluga um carro no Hertz, a ponto de segurar firme no painel enquanto passam pelas favelas, pelo dique da cidade, por praças com catedrais antigas e ruas absurdamente estreitas. No rádio, Eminem canta "Stan" enquanto os camelôs nas calçadas se espremem contra as paredes para dar passagem ao carro. David não solta o painel. Os picos das montanhas estão cobertos de neve. David tremia de frio.

– Você está bem? – Ethan pergunta casualmente.

– Estou sim. Só estou com dor de cabeça. Aliás, você poderia ter me avisado que era inverno aqui.

Ethan dá um sorriso e continua dirigindo. "Stan" ainda está tocando quando chegam ao hotel quatro estrelas em Cuzco, o José

Antonio, que tem água quente, TV a cabo e dois restaurantes. Ainda que mais calmo, David não consegue enxergar o luxo do lugar.

— O ar aqui é rarefeito. Descanso é a palavra de ordem por agora. Você precisa se aclimatar.

Em resposta, David aponta para uma estátua branca, imensa, de Cristo, no topo de uma colina ao sul, que guarda a cidade e parece não estar tão distante.

— Há algum atalho que leve até lá em cima?

Ethan sabe perfeitamente bem que David dá aquela sugestão porque, à medida que continuam a viajar e não se dão conta, os dois não passam de turistas ali.

Depois de cinco minutos de caminhada, David começa a tossir por causa do esforço.

— Quer descansar um pouco? — Ethan sugere com carinho. — Tudo bem, se você precisar.

David aperta o passo, olha por sobre o ombro e diz:

— Eu costumava correr seis quilômetros e meio sem sentir. Consigo chegar ao topo desta colina.

Três minutos depois, quando Ethan segue atrás dele, David volta a tossir e, dessa vez, não consegue parar. Ele desiste e senta à beira do caminho resmungando, "Não acredito nisso, porra!", enquanto Ethan compra uma garrafa grande de água Fiji e leva-o de volta ao hotel. David sobe para se deitar enquanto Ethan vai visitar algumas escolas antigas onde trabalhou. Entretanto, nenhuma das crianças a quem deu aula está mais lá: um sinal de que se passaram seis anos. A tristeza que sente faz com que ele vá caminhar pela Plaza Del Armas até o cair da noite. Ele se senta nos degraus da catedral na fraca iluminação da rua, lembrando-se do passado que lhe vem à cabeça em imagens embaçadas das crianças que ele ensinou e dos vira-latas que perambulavam pelas ruas, das folhas de coca cortadas de forma rudimentar, das calçadas estreitas e de todos os *battatis* que tomou num restaurante chamado Witch's Brew. De repente Ethan resolve ir até o tal restaurante e descobre que o gerente ainda trabalha lá — um brasileiro chamado Alejandro, que Ethan conheceu quando morou em Cuzco (eles trepavam de vez em quando durante esse tempo). Alejandro e Ethan conversaram a maior parte do tempo sobre os restaurantes que o brasileiro abriu no Rio, enquanto Ethan ficou tonto devido a três *battatis* e ao ar rarefeito.

Quando Ethan volta para o quarto – depois de recusar o convite de Alejandro para que vá à casa dele e de passar mais uma hora maravilhado ao rever a cidade –, David já está dormindo profundamente devido à prostração causada pela altitude. Ethan se deita com cuidado para não acordá-lo, tentando sufocar o gemido constante na intenção de dormir (ele não consegue). Na manhã seguinte, David está tão mal que não consegue abrir os olhos ou sequer mover a cabeça sem vomitar.

Ethan pede chá de coca. Ele coloca a caneca na boca de David, mas ele logo a retira da mão de Ethan e bebe sozinho, murmurando:

– Este troço aqui tem cocaína? Estou perguntando porque a minha empresa faz testes antidrogas aleatoriamente.

O chá o reanima a ponto de permitir que ele se sente na cama.

– Vamos dar uma volta de carro – convida Ethan com apreço.

David põe o rosto entre as mãos e solta um resmungo exagerado.

– Ai, não sei se estou em condições de fazer alguma coisa agora.

– Ah, vamos lá. Vai ser bom para você. Você não vai ter de andar nem fazer qualquer tipo de esforço – insistiu Ethan num tom de voz meio acusador.

– Estou bem, estou legal – respondeu David na defensiva. – Só... um pouco fraco.

Ethan senta na cama ao lado dele. Estica uma das mãos em direção ao braço de David e depois recua.

– Você não quer conhecer o lugar?

David se remexe e dá um sorriso forçado.

– Sujeira em quase tudo que é canto, certo?

David ri da própria frase sem perceber o quanto era sem graça.

Ethan olha seu próprio reflexo no espelho em frente à cama. Ele vê que David faz caretas e que a dor que está sentindo é verdadeira. Lamenta que as coisas tenham sido daquele jeito. Ele então vira para

David, que está olhando para ele, notando que está magoado. David cede e faz que sim com a cabeça.

No carro, as mãos de David movem o dial à procura de uma rádio qualquer que toque música. Ele observa as colinas e comenta:

— Foi uma boa ideia. Estou me sentindo bem melhor.

Propositalmente, Ethan desvia o olhar e nada diz. De cabeça, faz uma lista de coisas que ele possibilitou que David fizesse: transar com outro homem, fazer com que sua esposa o deixasse sem brigas, tirar uns dias de folga para viajar ao Peru, considerar as possibilidades que existem além dos planos que David Taylor havia cuidadosamente articulado.

Ele estava tentando descobrir o que o fez elaborar aquela lista quando um dos pneus dianteiros furou.

— O que a gente faz agora? — David pergunta meio nervoso, olhando ao redor, verificando o local ermo e as poucas fazendas dilapidadas na parte alta das colinas. — Você está com celular? Ou alguma coisa assim?

— Você nunca trocou um pneu antes? — Ethan pergunta, achando graça.

Envergonhado, David faz que não com a cabeça. Ethan sorri ao ensinar aquele homem — que está com medo de entrar debaixo do carro, porque o macaco que veio junto com o veículo está todo enferrujado, tremendo debaixo daquele peso — como trocar o pneu.

Ethan adiciona "trocar pneu furado" à sua lista na hora em que partem com o carro.

— O que a gente vai fazer quando voltar? — pergunta Ethan, sugestivo, esperançoso de que o pneu furado tenha dissipado a tensão entre eles.

— Não sei. Ainda estou muito cansado.

— É só a altitude.

— Eu sei. Você tem razão. — Ele ouve Ethan suspirando e acrescenta: — Este lugar é muito bonito.

Viajam alguns quilômetros. As colinas têm um tom indistinto de verde. David lê em voz alta a frase *Viva Peru*, escrita em letras garrafais, queimadas no gramado próximo a uma das montanhas mais altas.

É quando Ethan pergunta casualmente:
— Está preocupado com a sua esposa?
David dá de ombros de maneira forçada e move a cabeça, resignado.
Com os olhos fixos na estrada, diz:
— Desculpe. Não tinha a intenção de tocar nesse assunto.
— Ah, não?
Essas palavras saem rápido demais.
— Relaxe. Desculpe. Eu falei sem pensar.
David se ajeita no banco.
— Estou relaxado. Estou relaxado e doente. E não estou preocupado com ela. Eu estaria aqui, se estivesse?
— Não sei. É por isso que perguntei.
Depois que passam por um desfiladeiro, Cuzco mais uma vez surge à frente deles. David observa as casas de telhado vermelho se espraiando pelos morros acima em todos os cantos da cidade até que seu olhar parou na estátua de Cristo, erguida acima de toda a paisagem.
— Esse monumento se chama Cristo Blanco. Não lhe disse isso antes.
Depois de um momento, David indaga:
— Você está preocupado com a minha mulher?
David abre a boca para dizer mais alguma coisa, mas o silêncio profundo criado por Ethan o emudeceu pelo resto da viagem.
Mais uma vez, David vai dormir cedo enquanto Ethan volta para o restaurante de Alejandro. Eles conversam calmamente, às vezes tocando um o antebraço do outro, trazendo à tona lembranças confusas — a farra de três dias regada à cocaína no apartamento de Ethan, as caminhadas nas montanhas, a viagem maluca até o Rio, a simplicidade de tudo aquilo e, finalmente, a forma repentina com que Ethan voltou para Nova York. Depois que o restaurante ficou vazio, Alejandro termina a conversa pedindo a Ethan que vá para casa com ele. Ethan faz que não com a cabeça, apesar de estar com muita vontade, e volta a pé para o Plaza Del Armas para dormir ao

lado de David, embora saiba que nada vai acontecer e que aquela viagem foi um fracasso.

(*Fracasso de quê?* Ele se pergunta sem encontrar resposta.)

Ele volta ao hotel e fica ao lado de David, observando-o dormir, pensando nas vezes em que estiveram juntos, nas vezes em que ele, Ethan, esteve com a mulher dele e no momento, oito anos atrás, em que ele os viu sentados juntos no *Trabalhos de Amores Perdidos* e como aquela visão na grama do pátio fortaleceu o desejo de Ethan de jamais ser ingênuo como David Taylor e Samona Ashley foram.

Ethan tenta esquecer tudo aquilo – é doloroso para ele estar ali – e acomoda-se no outro lado da cama.

Então pensa: *foda-se tudo isso; foda-se David Taylor; fodam-se as ilusões.*

No dia seguinte de manhã, ele acorda quando David sai discretamente.

Depois de pensar rápido, Ethan resolve seguir David pela cidade.

Ele vê quando David almoça numa pizzaria vazia, onde sua presença deixa o lugar ainda mais ermo.

Ele fica a trinta, quarenta, às vezes cinquenta metros de distância enquanto David caminha sem destino pelas calçadas de pedra, evitando com cuidado os vira-latas que estão por toda a parte, carregando uma solidão imensa sobre os ombros, ainda tentando a todo custo fingir que estava apenas viajando com um velho colega de faculdade.

Ethan observa da esquina quando David para numa barraca de camelô e pega um par de brincos com pingentes verde jade.

Ele vê quando David pega a carteira e nota que ainda não trocou o dinheiro. Ethan continua a segui-lo, enquanto ele, perdido, caminha pelas ruas sinuosas à procura de um banco.

Em seguida, David olha na direção do Cristo Blanco, iluminado por trás. Fachos de luz azul. Parece ter se esquecido dos brincos e começa a seguir em direção à estátua.

Seguindo David Taylor, Ethan intui como a vaidade física da escalada provoca uma nostalgia profunda e inusitada no ex-velocista, e imagina o sentimento de realização suprema que David experimenta quando, uma hora depois, desaba num banco no sopé do Cristo Blanco.

Está tudo calmo. David respira fundo e começa a observar os detalhes ao redor – o mármore em cacos e alvejado com água sanitária; as flores e os terços espalhados na base; os ambulantes vendendo joias, suvenires e água; o ar limpo e gelado; o eco abafado do tráfego vindo das ruas –; então, num banco a 244 metros de altura, David sorri.

Quando Ethan retorna e apressa-se a descer a montanha, ele chega à conclusão de que David teve uma revelação e que ele perdeu o sentimento de culpa que, para David, vem naturalmente com o fato de não trabalhar, com o fato de estar num país estrangeiro, com o fato de a mulher tê-lo deixado e com o fato de estar viajando naquele lugar com uma pessoa como Ethan Hoevel.

É quando Ethan tem uma ideia para a noite que os espera.

Quando David volta para o quarto, Ethan está inclinado por sobre a mesa antiga no pé da cama com Alejandro, cheirando cocaína.

– Oi – é tudo o que David diz. Sem jeito, caminha em direção a Alejandro para cumprimentá-lo.

– Onde você esteve? – pergunta Ethan.

– Andando por aí, conhecendo o lugar.

Depois de apresentá-los, Ethan se certifica de que David percebe os sorrisos sugestivos e o riso compartilhado entre ele e o velho amigo.

Quando o ciúme que ele estava tentando provocar finalmente aflora em David – estava estampado em seu rosto –, Ethan olha sugestivamente para cima.

Como Ethan esperava, David Taylor se senta e cheira duas carreiras. Alejandro então diz:

– Acho que vou levar vocês dois para sair hoje à noite.

Quando seguem a pé em direção ao clube, David caminha um pouco mais atrás, percebendo a risada e o jeito com que os ombros de Ethan e Alejandro se tocam de vez em quando. Ele então dá alguns passos à frente e se interpõe entre os dois; alterado pela cocaína a que não estava acostumado, começa a perguntar a Alejandro sobre os riscos de se investir no ramo de restaurantes na América do Sul, assentindo com a cabeça à medida que compreendia o que lhe era passado.

Ethan não se surpreende quando, no clube, David se aproxima.

Ethan não se surpreende quando David coloca o braço ao redor dos ombros dele.

Aquele gesto, assim como o fato de Ethan corresponder de bom grado, faz com que Alejandro desapareça em meio à multidão.

Algumas horas parecem minutos já que a bebida e as drogas amenizam a tensão de David, que não mais precisa fingir. Ethan pergunta se David está bem. Ele diz que está bem sim, ótimo, na verdade, excelente. Ethan leva David até o banheiro, onde os dois cheiram mais cocaína. Então David pergunta "Quem é aquele cara?", referindo-se a Alejandro. Ethan o silencia com um beijo na boca, colocando-o contra o espelho que há dentro da cabine trancada. Depois, vira-o de costas e David consente que ele faça aquilo – David agora está em outro lugar. Ethan se ajoelha atrás de David, usando a língua e o indicador, primeiro devagar, depois com força. David então deixa que ele penetre. Ethan desliza para dentro do parceiro com facilidade e, ofegante, David, movendo-se com força contra Ethan, goza rápido. Os dois fixam o olhar sobre o azulejo verde do chão até que Ethan começa a gozar segundos depois. David se estica, tenso, e respira bem fundo.

– Você está bem? – pergunta Ethan momentos depois, ao som da música techno que toca lá fora.

Suando, David só faz que sim com a cabeça. Ele não encara Ethan e tampouco reage quando ele esfrega a mão na parte de trás de seu pescoço. Ele continua ofegante, olhando em outra direção.

– Vamos. Vou lhe dar outro drinque.

Ethan vai até o bar e, quando volta, David já não está mais lá.

Ele está deitado de bruços quando Ethan entra no quarto do hotel e fica de pé ao seu lado na cama. Com os olhos fixos em David, Ethan pergunta com raiva e desejo:

— Ainda está acordado?

David Taylor permanece calado. Simplesmente fecha bem os olhos, enquanto Ethan se despe.

A tarde do dia seguinte vem a ser a última dele em Cuzco em virtude da densa neblina que cobre as montanhas. Ethan sabe que aquela neblina em Cuzco pode atrasar os voos por uma semana. Por isso, eles seguem para o aeroporto três dias antes do planejado. Trocam as passagens e, pela janela da sala de embarque, admiram as montanhas cobertas de neve atrás do final da pista. Eles não trocam uma palavra sequer até que o avião decola.

— Que bom que não vamos ficar presos lá! — comenta David. De repente, percebe o quanto aquela frase soou mal e acrescenta: — Foi muito boa a viagem.

Ethan faz que sim com a cabeça e diz:

— Não sei por que voltei aqui. Faz tanto tempo que, sei lá, já não significa muito para mim. Talvez eu devesse ter vindo sozinho.

— Eu já falei que não tive a intenção de deixar você sozinho no clube. Eu só estava confuso. Foi tudo uma loucura.

— Talvez você não acredite, David, mas o que fizemos acontece a toda hora. Não é tanta loucura assim.

David finge não saber a que Ethan está se referindo.

— Bem, desculpe se eu nunca estive num clube cheio de peruanos sob efeito de cocaína. Desculpe se eu não faço sexo dentro de cabines de banheiro.

Ethan dá uma gargalhada de deboche.

Com o olhar, David segue uma comissária de bordo que passa pelo corredor.

— Jesus, eu não conseguia respirar. E aquele cara lá... bem.

Ethan faz uma careta.

— Ethan... — David está claramente constrangido em pronunciar o nome dele. — O que posso dizer? — David tenta rir de si mesmo. — Eu estava cansado.

David se vira para olhar as montanhas que eles já haviam sobrevoado e que agora estavam cobertas pela neblina.

27

– NA VOLTA, não conversamos muito no avião.
Ethan terminou o relato com um murmúrio tingido pela tristeza de saber que ele não voltaria àquele lugar com David Taylor de novo. Em seguida, a enfermeira entra hesitante na sala à nossa procura.
– Ele acordou – informa baixinho. – Agora o senhor pode entrar. – Em seguida, virando-se para mim, ressalta: – Só a família.
Eu já ia me sentando – eu não queria entrar mesmo – quando Ethan pegou minha mão e disse à enfermeira:
– Quero que ele venha.
O olhar que ele lançou para a mulher foi tão penetrante que ela assentiu com a cabeça. Então segui Ethan pelos corredores brancos do hospital. Ao entrarmos no quarto, vimos Aidan com a perna suspensa, um aparelho ortopédico preto e espesso envolvendo a outra, uma faixa de gesso em volta de todo o abdômen dos quadris até as axilas. Uma variedade de tubos passava por inúmeros orifícios, o pescoço imobilizado e os lençóis manchados com pingos de sangue. Aidan Hoevel também estava atado à cama.
Durante um bom tempo, Ethan se debruçou por sobre o irmão. Finalmente disse:
– Oi.
– Será que você consegue mais remédio?
A voz de Aidan estava embargada por causa do soro intravenoso e os olhos vidrados não conseguiam enxergar com nitidez. Um filete de saliva escorria pelo queixo.
– Tentei, mas não sou bom nessas coisas. Talvez se você pedisse...
– Eles me disseram que você está medicado.
Ethan se sentou na cadeira ao lado da cama enquanto eu me encostei na parede, olhando a toda hora para o jogo de futebol que

passava na televisão instalada num suporte que ficava a uma certa altura na parede e que boa parte do tempo mostrava apenas chuviscos. Era mais fácil do que olhar para Aidan.

Aidan fez uma careta de dor. Os fios que suspendiam sua perna tremeram. Por um momento, ficamos todos em silêncio. Em seguida, Aidan parecia que ia cair no sono.

— Era disso que eu tinha medo — disse Aidan de olhos fechados e com voz inusitadamente firme. — Algo assim... olhe como estou.

— Você caiu do telhado, Aidan. Tem sorte de estar vivo.

— Quantas vezes você acha que ouvi isso hoje?

— Você não deveria estar falando.

Os lábios de Aidan se abriram num sorriso.

— Desde que você me disse... é isso mesmo. É o que eu temia.

— Aidan, pare com isso.

— A esta hora mamãe está em casa em Long Beach. Tem medo de sair. Está no quarto assistindo a *Ellen* ou coisa assim. Ela nem sabe de nada...

Ethan fez um gesto para mim.

— Ele ligou para ela e contou o que aconteceu.

Pensei no que Ethan tinha acabado de dizer.

— Bem, contei a ela mais ou menos.

Aidan abriu os olhos e olhou fixamente o irmão.

— Você está longe, Ethan. Não sabe nem do que eu estou falando.

Então, suas pálpebras se moveram e se fecharam novamente. Depois, ele continuou:

— Tem tudo a ver com você.

— Você estava bêbado, Aidan — replicou Ethan, indignado. — Você bebeu demais e caiu do terraço.

— Não, não...

Aidan moveu a cabeça debilmente de um lado para o outro, fazendo careta mais uma vez.

— Tinha a ver com você... tinha a ver com você de beca na formatura...

Ethan se levantou e virou-se em direção à porta, prestes a chamar a enfermeira.

— e... e... você estava de beca na formatura e estava segurando a mão daquele cara...

Os olhos de Aidan piscaram na minha direção, no canto onde eu tinha me mantido afastado dos dois.

— Ethan... vocês dois... por favor, não me leve a mal.

Ainda inspirou e depois o soltou, emitindo um som irritante.

— Você é meu irmão e eu devo amá-lo, mesmo que eu não tenha... e você... (agora se dirigindo a mim)... não estou nem aí para você, cara... e para o fato de você estar sempre por perto olhando o meu irmão com esses olhos de "quero você de volta"... é meio, sei lá, terno.

Aidan passou a língua para remover a saliva que estava no lábio inferior. Ethan me observava, lembrando-se de certos momentos, de certas decisões, de certos fracassos que vivemos — naquele momento não havia como escapar de nenhuma daquelas experiências.

— Desde aquela época... naquele dia de manhã, quando vi vocês dois... desde então eu sabia que você ia magoar alguém... sabia mesmo... só não sabia que seria eu...

Ethan finalmente balançou. Percebi que resistia a tudo o que estava ouvindo. Percebi que estava com medo.

— Aidan, você estava bêbado e caiu do terraço.

Aidan, porém, não estava mais ouvindo. Estava exausto e sua voz perdeu a força quando tentou a todo custo continuar.

— Você sabe do que eu tenho medo? Você sabe o que vai me assombrar hoje à noite e durante as noites daqui para frente? Você sabe o que é, Ethan?

— O quê? A sensação de cair do nono andar e espatifar-se na calçada de concreto?

— É...

— Jesus! Não ter um emprego? Não ter um plano de saúde?

— ... que eu não fui a primeira pessoa que você magoou.

— Matar um golfinho com um arpão?

— ... nem vou ser a última...

— Que você vai morrer um dia?

— ... e o chão que você pisa vai estar sujo com as pessoas... que você magoou...

Aidan Hoevel então desmaia de novo, as pálpebras imóveis.

Ethan observa o irmão por alguns minutos. A perna de Aidan começa a se mover involuntariamente e, com isso, puxa os finos cabos que a seguram. Não consegui evitar de me lembrar dos fios do projeto final de Ethan.

— Você acha que deveríamos arrumar alguma droga para ele? — murmurei.

Ethan fez que sim com a cabeça e soltou um suspiro.

— Acho sim. Vou tentar.

Aquele reflexo de diversão moderada, que normalmente se demonstrava junto com a dor no seu olhar, desapareceu quando ele me disse:

— Você deveria ir para casa. Não o quero mais aqui.

Saí do hospital sem lhe contar como Samona saiu do loft antes de a ambulância chegar e que eu não tinha notícias dela desde então.

Saí do hospital também sem lhe contar sobre o bilhete que encontrei no seu quarto, o bilhete que ela havia deixado para ele e que ele mais tarde encontraria, escrito num papel timbrado da Ethan Hoevel Designs: *Uma vez você me perguntou por que demorou tanto para nós nos conhecermos. Agora eu já sei a resposta e a única pergunta que ainda persiste é por que eu demorei tanto para descobrir. Samona.*

Eu então voltei a pé para o meu estúdio, onde o sublocatário tinha deixado bolos de pelo de gato por toda a parte. Os lençóis estavam sujos e cobertos com pequenas manchas marrons sinistras. O banheiro, entupido.

Enquanto estava curvando, ocorreu-me que a única razão pela qual eu sabia que Ethan tinha voltado foi que David tinha ligado naquele dia à tarde. Quando finalmente retornei a ligação de David, foi muito mais para distrair a cabeça que qualquer outra coisa. Eu não queria mais remoer aquela dor, aquela tristeza.

— Foi você que mandou a carta? — ele perguntou logo.

— Desculpe, o quê?

— A carta para Leonard. Foi você?

— Não sei do que você está falando. Muita coisa aconteceu, David, e...

— E a foto. Se foi você, diga logo. Vou pôr você na cadeia. Você nunca mais vai trabalhar nesta cidade!

— David, se eu mandei alguma correspondência, foi um cheque sem fundo para o meu senhorio.

O tom de voz áspero e agressivo de David se intensificou. Parecia que David Taylor mordia um protetor bucal.

— Então não foi você?

— Não, David. O que está acontecendo?

Ele não me ouvia.

— Porque, se não foi você... — Ele fez uma pausa e de repente ouvi um clique. A conversa terminou e fui dormir.

É claro que eu sabia de que carta e de que foto ele estava falando.

* * *

Na época, não havia como saber o que aconteceu a James Leonard no dia em que David Taylor voltou do Peru. Foi alguns meses depois — quando comecei a escrever esta história e descobri o jornalista em mim ansioso pelos detalhes que faltavam — que eu resolvi ligar para o sr. Leonard dizendo ser "um repórter trabalhando numa pequena matéria para o *Times* sobre as qualidades que separavam as pessoas no ramo do mercado futuro que perderam o emprego e aquelas que conseguiram mantê-lo". Ele não citou nomes, mas certamente se referiu a certo executivo que tinha passado o verão anterior sob "o fardo de uma curiosa marca de coação pessoal". Então, James Leonard me disse que "na condição de presidente de uma firma de fundos de investimentos como a Leonard Company, é minha responsabilidade levar *tudo* em consideração na penosa hora de se tomar uma decisão". Depois de conversar com o sr. Leonard por vinte minutos e ter a vantagem de saber dos fatos anteriores, pude imaginar a tarde que David Taylor teve na segunda sexta-feira de setembro.

Ao voltar do Peru, David checa as mensagens do celular enquanto aguarda sua bagagem no terminal do JFK.

Viaja durante nove horas e começa a entrar em depressão quando a primeira coisa que ouve é a voz de James Leonard: "David, assim que chegar, venha à minha sala, por favor. Obrigado."

David abraça Ethan de modo formal antes de pegar sozinho um táxi, já que Ethan está indo para o centro da cidade e ele, para a The Leonard Company.

Quando David entra na sala de Leonard – depois de lhe dizerem para aguardar sentado na cadeira ao lado da mesa da secretária, uma tática que sabe que é para gerar ansiedade –, este diz:

— Feche a porta, por favor.

O rosto bonito e maduro de James Leonard olha para David com uma curiosidade calculada.

David então se senta e há um silêncio prolongado e um certo desconforto antes de James perguntar com expressão austera:

— Como foram suas férias?

— Muito boas – David respondeu automaticamente. – Um pouco de descanso é sempre bom.

— Aonde foi?

— Eu estava no Peru.

— É mesmo? – pergunta James. Ele continua a observar David, como se estivesse tentando achar uma resposta.

— Foi a Machu Picchu?

— Não. Ficamos a maior parte do tempo em Cuzco. É muito bonito.

A resposta é bem estudada e executada com perfeição.

— Samona foi com você?

— Não, na verdade não.

— Oh! – exclama James, recostando-se surpreso.

— Ela ficou em Nova York. Quer dizer, ficou em casa – esclarece David.

— Por quê?

— Ela também precisava de um descanso, James.

David tenta dar um risinho. James responde com um sorriso sem graça.

— Mas você tem passado boa parte do tempo na empresa.

— É verdade. Eu sei. Nós só, quer dizer, eu só precisava me ausentar um pouco... não tem sido fácil...

— O ano tem sido difícil para todo o mundo — admite James. — É o mercado. Você não pode se culpar. — Ele fez uma breve pausa. — Você sabe disso, não sabe?

David olha para os próprios pés e, antes de assentir com a cabeça, fica admirando como a trama do carpete segue toda na mesma direção.

James dá um suspiro e vira a tela do computador na direção de David. Na tela, uma planilha da Duke Energy.

— Isso faz você se lembrar de alguma coisa?

— Faz sim — responde David se inclinando em direção à tela, aliviado porque se lembra de ter cuidado daquela conta. — Exato, foi para Randolph Torrance. Fechei o negócio antes de viajar.

— Certamente uma venda como eu nunca vi antes.

O tom acusador da voz de James torna a lembrança que David tem daquele exato momento mais vaga.

— Há... há algum problema?

Entretanto, ele sabe exatamente o que aconteceu.

A caixa de vendas está no canto direito da tela do computador. A de compras, no esquerdo.

— A minha questão é: por que você *comprou*?

Normalmente, James estaria sério demais para deixar David procurar por uma resposta, mas naquele dia ele se recosta na cadeira e permanece em silêncio até que David olhe bem nos seus olhos.

— Trinta e quatro anos no ramo. Vinte e nove na Merrill Lynch. Mais cinco erguendo esta empresa. Acredite em mim, David, já passei por muita temporada de mercado urso. O que estou dizendo é que você não pode deixar que isso *afete* você mais do que deveria. Do contrário, você não pertence a este ramo.

— Claro — David consente ainda com os olhos semicerrados, forçando-os para ver melhor o que lhe informavam os gráficos.

— Negociação interna. Depressão. Divórcio. Até suicídio. Algumas demissões lamentáveis. Já vi tudo isso. Várias vezes.

— É. Tem razão.

— E eu também me lembro de ter lhe dito anos atrás que esse tipo de merda, o tipo que me custa um dinheiro que poderia ser empregado num negócio realmente lucrativo, só acontece uma vez na vida. É o que nos leva a isso.

Faz-se uma pausa durante a qual David Taylor olha pela janela atrás de James que dá para o centro da cidade, para o SoHo, Tribeca e Wall Street.

James abre uma gaveta e retira uma folha de papel branca e uma foto dobrada. James entrega as duas a David. Ele observa o olhar de David quando ele abre a foto. Ergue a mão quando a fisionomia de David se transfigura.

— Leia.

David lê a carta em silêncio.

(O segundo telefonema que dei, depois de falar com James Leonard, foi para James Gutterson, que, àquela altura — lembre-se de que isso foi alguns meses antes do fim do verão — tinha se instalado no sótão que servia de apartamento numa casinha em Thunder Bay. Depois que eu o pressionei ao telefone, ele recitou a carta palavra por palavra. Quando eu lhe agradeci, ele respondeu: "Foda-se! Não quero mais saber desse papo para cima de mim.")

Sr. James E. Leonard, Diretor Executivo
The Leonard Company
Sétima Avenida, 800, 21º andar
Nova York, NY 10038
10 de setembro de 2004

Caro sr. Leonard,
Em nome da respeitabilidade da The Leonard Company, gostaria de informá-lo de fatos lamentáveis que vêm acontecendo ultimamente. O sr. David Taylor, um de seus vice-presidentes juniores e respeitado membro da equipe Leonard, vem apresentando comportamento imoral nas dependências da respeitadíssima Leonard Company. Ele vem mantendo um caso extraconjugal com o jovem rapaz contratado para remodelar as salas de reunião 2 e 3, localizadas no vigésimo primeiro andar. Todos nós sabemos que o que um homem faz na sua vida privada tem que permanecer no âmbito privado, mas, ao ter conduta tão desrespeitosa dentro do domínio da respeitada Leonard Company, sinto que é meu dever como funcionário trazer tal fato ao conhecimento de nosso respeitado diretor-executivo – o senhor.

Atenciosamente,
Um Funcionário Incomodado

David então observa a foto. Para ele parecia uma outra pessoa, alguém que não fosse David Taylor, mas isso não importa.

Ele tem a certeza de que vai ser temporariamente desligado da Leonard Company.

Ele sabe que, sem Samona, estará completamente só ao procurar um novo emprego.

Ele se lembra da docência universitária. Lembra que uma vez sonhou com isso.

Tem o dinheiro do plano de aposentadoria para viver confortavelmente, mas sem luxos, o resto da vida, mesmo com um salário de professor.

Principalmente, se ele arrumar um lugar mais modesto do que o apartamento do The Riverview.

E se Samona pagar o que ele investiu a juros baixos?

Ele vê claramente o resultado de todo aquele verão: David Taylor sendo demitido no dia em que volta do Peru com Ethan Hoevel duas semanas depois de a esposa deixá-lo.

Durante o longo tempo que James lhe dá para que analise a situação, era a primeira vez que David Taylor estava um pouco mais feliz desde que ganhou a corrida no Central Park.

— Não creio que eu deva dar muito crédito a uma carta anônima ou a uma foto montada, principalmente em tempos de cortes. Além do mais, isso não é da minha conta, mesmo, a não ser pelo fato de ter acontecido dentro da empresa.

David inspira e é tudo o que consegue fazer para prestar atenção. Ele vira a foto. Observa a data. Olha a sua fisionomia bem nítida. Começa então a planejar o que vai fazer dali para a frente, ano a ano, em itens. Ele se sente rejuvenescido.

Docência universitária.

Emprego numa escola pública.

A satisfação em retribuir.

Angariar respeito; perder o ódio por si próprio.

Verão de férias.

Final de semana na praia.

Tentar arrumar emprego numa escola particular.

Esquecer Nova York.

A casa aconchegante em New England.

Ele para de imaginar nesse momento, o momento em que talvez pense em formar uma família.

Ele volta para Samona.

Então planeja tudo o que precisará dizer para tê-la de volta *("Não teve a menor importância para mim, Samona", "Éramos felizes", "Podemos voltar a sê-lo", "Você também me traiu, certo?", "Vamos perdoar um ao outro")*, quando James Leonard, em meio à sua distração, diz algo inusitado.

— Você esteve ao meu lado em momentos difíceis. Você tem sido uma peça valiosa. Você me ajudou a expandir um fundo de mercado futuro de cerca de cinco bilhões de dólares para – quanto é agora? – oito ponto nove? Seja lá quanto for, eu seria um perfeito idiota se ignorasse o quanto você é talentoso no ramo!

— O que você... o que você quer dizer?

James Leonard interpreta aquele desespero, aquele tom de lamúria na voz de David, como a reação típica de um homem que quer o emprego e precisa dele.

— O que eu quero dizer é que, agora que você tirou suas férias, vamos voltar ao trabalho, ok? Eu o apoio. Todos nós aqui o apoiamos. Afinal, somos uma equipe.

Ao sair da sala de James Leonard, David ainda está empregado.

As imagens vivas de um futuro alternativo começam a desaparecer com a mesma rapidez com que surgiram. Então desaparecem por completo enquanto ele abre o processo da compra da Duke Energy na tela do computador e começa a reverter o prejuízo com Randolph Torrance (que vai cancelar o contrato com David na segunda-feira seguinte, alegando "absurda negligência em relação aos princípios básicos das finanças"). É quando alguém do setor de expediente interfona, avisando a respeito de uma encomenda que ele havia feito na Ethan Hoevel Designs (o rapaz lê devagar o que está escrito na etiqueta colada ao pacote e pronuncia errado o nome Hoevel, que acaba soando como *"how evil"*, "quão diabólico") e que ele não tinha apanhado, e pergunta o que David queria que eles fizessem.

Depois, quando David Taylor se senta à sua mesa, em frente ao computador, a luz se apaga, mas ele não estica o braço para alcançar o interruptor e ligá-la novamente. Ele retirou a foto de casamento da parede e colocou-a sobre a mesa, apoiada no monitor da Bloomberg. Com a luz do computador sendo a única iluminação, David ora olha o espaço onde estava a foto – uma forma retangular indistinta que ficou na fina camada de poeira (que automaticamente lembra David de que a sala precisa de uma faxina) –, ora volta o olhar para a moldura e para a imagem que ela contém. David quer jogar, arremessar aquela coisa contra o relógio na parede ou então contra a estante e todos os livros de cujo conteúdo ele já se esqueceu e perdeu a importância para ele. O som do objeto se quebrando ecoa na sua imaginação. David, porém, não faz isso. Só olha a foto até perder a vontade de arremessá-la.

Ele então começa a escrever um e-mail para Ethan Hoevel, sem saber que Ethan vai repassá-lo para mim. Porque, nesse exato momento, sou a única pessoa que habita o mundo de Ethan Hoevel.

Para: readyandwaiting@hotmail.com
De: ethan@etahnhoeveldesigns.com
Enviado: 10:49, Domingo, 12 de setembro
Assunto: Fwd: (sem assunto)

Talvez lhe interesse...

Para: ethan@etahnhoeveldesigns.com
De: David.Taylor@Leonardco.com
Enviado: 12:09, Sábado, 11 de setembro
Assunto: (sem assunto)

Desculpe, estou ocupado. Zona de desastre por aqui. Mas preciso lhe dizer uma coisa – acho que não sou eu – quem eu sou. Não lamento. Não mesmo – eu permiti, certo? E parte de mim quis. Mas muita coisa está acontecendo. Só estou tentando não dar muita importância a isso. Mas como você está? Quero saber. Um abraço. d.

O final da mensagem era a garantia de confidencialidade da Leonard Company.

O jornalista dentro de mim então imaginou David Taylor escrevendo e revisando as palavras com todo o cuidado, várias vezes (no intervalo entre conferências telefônicas com jovens analistas e o contato com Randolph Torrance e seu advogado para mantê-los informados), para suavizá-las, deixá-las sensíveis, sem pretensão – assim como eu tentei fazer oito anos antes. A minha outra parte imaginou Ethan lendo-as, perguntando-se por que elas já não tinham o mesmo peso de antes, tentando decifrar o que havia mudado desde os tempos de calouro na faculdade – identificar o que tinha endurecido tanto e por quê. Resolvi que só me restava mais uma outra coisa que deveria fazer.

No dia seguinte, passei na Printing Divine para ver Samona.

Entrei na sala de espera vazia e ouvi Martha operando as máquinas no andar superior, aprontando as coisas para a Fashion Week enquanto murmurava: "Posso até trabalhar por conta própria." Ignorando-a, fechei a porta devagar para que o sino não tocasse. Foi quando vi alguém pelo vidro da divisória na sala de Samona; era sua colega de faculdade Olívia pegando pilhas de correspondência e de folders.

Bati no vidro e o discreto espanto de Olívia indicou que ela não se lembrava de mim. Eu então mencionei Yale e disse a ela que eu tinha estado com Samona dias antes e que só queria saber se ela estava bem. Olívia começou uma conversa desconexa — como universitárias fofocam, falando segredos num tom de voz entusiasmado — sobre o que havia acontecido: Samona Taylor tinha ido direto para a casa de Olívia depois de sair do loft de Ethan na noite em que Aidan caiu.

Ela estava fora de controle a ponto de se tremer toda, fato que Olívia atribuiu ao provável divórcio que estaria para acontecer.

Jantaram já tarde e conversaram sobre banalidades, porque o marido de Olívia estava lá também e Tim "tinha tido um dia de lascar — estava meio chato".

Na cozinha, Samona ajudava Olívia a colocar a louça suja na lavadora.

— Obrigada por me acolher. Foi muito importante para mim.

— Você é sempre bem-vinda.

— Vou tentar não ficar por muito tempo. Mas não vamos falar sobre isso, ok? Vamos rir do que passou? Larguei meu marido porque ele me traiu. Vamos tentar achar graça nisso tudo. — Samona fez uma pausa. — Talvez eu comece a namorar mulheres.

— Você se lembra quando nos beijamos?

— Estávamos tão bêbadas! Espere, não era um desafio? — Samona colocou outro prato na bandeja.

— Era — confirmou Olívia, tentando se lembrar de quem tinha proposto o desafio. — Era, mas quem foi que começou com essa história?

Era uma pergunta sincera. As duas pensaram sobre o assunto por um tempo e Samona parou de sorrir.

— Foi David.

— É mesmo. Na fraternidade.

— Eram quatro da manhã.

O jogo acabou.

Elas se encostaram na bancada de granito enquanto Olívia tomava o resto do chardonnay contido nos dois copos.

Samona ergueu um dos copos e então parou, pensando em alguma coisa.

— Você se lembra de um cara chamado Ethan Hoevel?

— Não é ele que está ajudando você com a sua... — Olívia não sabia como chamar — ... empresa?

— Você se lembra dele dos tempos de faculdade?

— Acho que sim. Não sei. — Depois de uma pausa, Olívia perguntou: — Por quê?

O constrangimento tomou o rosto de Samona. Olívia ficou curiosa, intrigada (embora estivesse com vergonha de admitir) que Samona Ashley Taylor — a princesa com as melhores histórias, a carente — agora estivesse tão perdida.

Samona virou o rosto.

— Nada.

— Qual é — Olívia pressionou. — O que foi?

— Você se lembra se ele era gay ou não? Você conhece alguma boa razão para eu não imaginar que ele era gay?

Olívia olhou para Samona, que estava ansiosa por uma resposta enquanto pensava: *tenho certeza de que Ethan Hoevel era gay*. Mas aquilo tinha por base alguns boatos inconsistentes de que Olívia mal conseguia se lembrar.

Olívia pressionou a mão contra a testa como se estivesse tentando a todo custo se lembrar e depois balançou a cabeça.

— Para ser franca, acho que farreei demais para me lembrar de muita coisa.

Após limparem a cozinha, ela abraçou Samona Taylor no quarto de hóspedes do jeito que costumava fazer na faculdade (e também durante suas breves "férias" de David), enquanto Samona se queixava de ter comido o que sua mãe, Tana, teria chamado de refeição "indulgente" — salmão com cobertura de açúcar cristalizado, massa com bacon picado, uma farta salada *Caesar* e bolo de chocolate com creme de manteiga gelada. Olívia então a deixou com a matéria especial sobre a Fashion Week publicada no *Post*, intitulada "Só falta uma semana".

Alguns minutos depois, enquanto Olívia examinava os depoimentos para a audiência no dia seguinte e o marido assistia ao *SportsCenter*, os dois ouviram o som típico de ânsia de vômito vindo do banheiro, mas nenhum dos dois quis interferir no que Samona estava fazendo.

No dia seguinte de manhã, Olívia achou uma escova de dentes suja com os restos de vômito que Samona tinha induzido – um problema que Olívia imaginou que havia sido tratado lá nos tempos de faculdade, quando David a forçou a ir ao Centro de Saúde Mental para uma consulta.

Olívia se voltou para mim nesse momento e perguntou:

– Você sabe alguma coisa sobre... o que está acontecendo?

Eu já estava voltando da sala.

– Acho que é... complicado.

– Bem, pelo menos já não tenho mais nada a ver com isso, graças a Deus.

Parei. Embora a razão de eu ter ido à Printing Divine naquele dia fosse descobrir como odiar Samona Ashley Taylor – apagá-la, esquecê-la –, eu sabia naquele instante que amar Samona era algo com que eu tinha que conviver.

Fora do meu campo de visão, ela acrescentou:

– Ele veio aqui hoje de manhã, eu acho. Conversou com ela. Ela estava com tanta pressa de tirar as coisas do meu apartamento que se esqueceu de todos os arquivos para a Fashion Week. Tenho um compromisso perto do apartamento deles, então vou deixar isso lá.

– Ela vai voltar a morar com ele? – disparei.

Ela fez que sim com a cabeça, sorrindo.

– Ele devia estar irresistivelmente carinhoso para escapar dessa.

Então imaginei David Taylor saltando de um táxi em frente à Printing Divine, depois dando duas voltas no quarteirão, olhando as vitrines de forma casual e em seguida parando em frente à loja, arrastando na calçada os mocassins Prada de 450 dólares (os que combinam com seu terno novo).

Imaginei David Taylor respirando fundo várias vezes quando uma mulher passa puxada por um enorme golden retriever, um senhor de idade empurra um carrinho de bebê, um jovem casal caminha de mãos dadas enquanto olham as vitrines. David então faz o possível para não dar a essas pessoas mais importância do que merecem e convence-se de que não só aquilo é a coisa certa a fazer, mas também é um ato heroico (na verdade, ele já analisou o custo/benefício de sua decisão — escreveu no bloco de anotações da Leonard Company antes de rasgar o papel em pedaços).

Imaginei também David Taylor assentindo com a cabeça, concordando com sua própria decisão, antes de entrar na Printing Divine para se reconciliar com a esposa.

Então olhei para cima e Olívia estava com cara de idiota.

— Olhe... — começou ela enquanto pegava o resto da correspondência de Samona — ... você não acha que os dois se merecem?

Ela me ofereceu aquele consolo com tamanho dó que interpretei aquilo como uma resposta àquilo que tentei não deixar transparecer na minha fisionomia.

Então saí da Printing Divine e caminhei pela atmosfera abafada e cinzenta de Nova York, em direção à rua Dez. Esbanjei comprando uma embalagem com seis Stellas, cigarros e o *Post*. Subi e li o jornal detrás para a frente como costumava fazer, na tentativa de me esquecer de tudo. Os Yankees pareciam fazer uma boa campanha e os Red Sox estavam se reerguendo na pós-temporada; a Gucci estava lançando uma nova linha de produtos para a Fashion Week; o comandante do corpo de bombeiros (parecia) estar traindo a mulher; trinta e dois por cento dos alunos das escolas públicas de Nova York foram reprovados nas provas unificadas. Terminei de ler o jornal e entornei quatro cervejas.

Também reli o e-mail que David mandou para Ethan.

E repeti em voz alta o bilhete de Samona para Ethan.

Comecei a revisar a matéria sobre o Gowanus Canal.

Respondi afirmativamente o e-mail de um editor, pedindo que eu cobrisse todo o evento da Fashion Week.

Achei que os acontecimentos do verão eram passado – afinal de contas, não havia mais nada para saber.

28

POR ISSO PARECEU IRREAL quando, na noite de 20 de setembro, numa barraca em um dos novos passeios públicos ao longo do Hudson, uma luz bem forte e brilhante envolvia a todos nós no desfile de Stanton Vaughn. Como eu estava olhando para cima quando essas luzes se acenderam, fiquei temporariamente cego e, quando voltei a enxergar, Samona e David estavam tomando seus lugares do outro lado da passarela enquanto Ethan se movia bem acima deles (eu estava olhando para ele quando as luzes mudaram); e encontrei meu lugar, tonto, na seção reservada para a imprensa, onde a sacola de brindes sob o acento (um isqueiro prateado, bombons de chocolate branco com coberturas douradas nas formas das posições do Kama Sutra, um frasquinho de colônia, 2 decilitros de conhaque) não foi o bastante para me distrair do fato de que tínhamos todos voltado ao começo da história – faculdade, quadra, *Trabalhos de Amores Perdidos*, e Ethan Hoevel com seus olhos inquietos sobre o novo casal, o que o levaria a um porão na faculdade de Trumbull e à Tailândia, e então à sala de conferência sob reforma no vigésimo primeiro andar de um arranha-céu na esquina da rua 52 com a Broadway.

As luzes brancas brilhantes enfraqueceram e uma nova luz focalizou a passarela. Começou a tocar uma música alternativa qualquer.

E quando o desfile terminou e as luzes mais uma vez se apagaram, não havia sequer uma palavra escrita em meu bloco de notas.

Os modelos passaram em fila e Stanton apareceu por trás sorrindo de uma orelha à outra (o que acentuava os pontos sobre o olho esquerdo) e se curvando em agradecimento, embora grande parte da plateia já tivesse começado a se dirigir para a saída (passando por James Gutterson, que naquele instante entrava no local), em direção aos desfiles mais importantes na SoHo House, no Maritime Hotel e no Gotham.

Samona ficou parada, de pé.

Virou-se para o marido e acompanhou seu olhar lá para cima.

Sua boca endureceu e logo aquele sorriso evasivo não existia mais.

David localizara Ethan Hoevel na passarela, e Samona havia acabado de localizá-lo também.

E era claro, pela maneira com que pararam ali (um ao lado do outro, olhando para Ethan), que nem David nem Samona sabiam verdadeiramente o que o outro havia aprontado – que quaisquer que fossem as palavras que tivessem trocado para "resolver as coisas" na Printing Divine alguns dias antes, não incluíram o nome Ethan Hoevel, que os dois ainda estavam bastante perdidos no mundo de Ethan, e que eu ainda era o único que sabia de tudo. Essa consciência me levou ao bar do outro lado da tenda já quase vazia, onde tomei três taças de vinho com uma pressa que até eu mesmo fiquei surpreso, e onde fiquei espantado com todos nós ali, juntos naquele lugar, naquela noite.

O que eu não sabia naquela noite, e o que eu concluiria nas semanas seguintes:

Quase no final da segunda-feira, dia 13 de setembro, uma residente dando plantão no Beth Israel ouve uma tosse no quarto 343. Ela corre até lá e encontra Aidan Hoevel engasgando-se no próprio vômito, impossibilitado de virar a cabeça para o lado por ainda estar imobilizado. Quando a residente descobre horrorizada o que acontecia – um refluxo de ácido causado pela anestesia em Aidan e, para completar, os vestígios de álcool ainda presentes em seu organismo começaram a encher seu estômago de bile –, o ácido já estava vazando para os pulmões, e mesmo antes que conseguissem fazer uma lavagem estomacal, ele sofre uma falência no pulmão direito, seguida pelo esquerdo. Aidan, então, se asfixia rapidamente e chega ao óbito às 22:36.

Dois dias depois, Stanton Vaughn liga para Ethan para dar os pêsames e dizer que não foi culpa dele – que Aidan Hoevel passou a vida inteira cavando a própria desgraça (algo que Ethan já sabe e com que concorda) e que foi um acidente que não deu para evitar – ele, Stanton, ainda queria vê-lo; tudo que ele mais queria era ver Ethan. Assim, Stanton sugere que ele vá ao desfile na segunda-feira. Ethan desenhou o cenário, afinal de contas, e o show será uma distração necessária para a "possível tristeza" que Ethan deveria estar sentindo – com toda aquela súplica por perdão e por uma chance de expressar arrependimento, Stanton Vaughn quase parece sincero.

Então James Gutterson – que está indo embora para Thunder Bay dentro de alguns dias – vê uma lista de convidados do desfile de Stanton Vaughn no encarte da Semana de Moda do *Post*, que inclui o nome de Samona em letras bem pequenas, pois ela foi a responsável pelas cores. Um pouco depois – chapado com sete martínis e uma carreira – ele liga para David Taylor e pergunta se ele vai (no fundo, para saber se ele se divorciou ou foi demitido por conta das correspondências). Quando David lhe diz que vai – que ele "conversou" com Samona e ambos decidiram "tentar" –, James pede para ser colocado na lista de convidados, pelo menos para os eventos pós-desfile, e David (tão distraído com tudo o que está rolando que nem conectou os papéis que ele aprovou para o desligamento de Gutterson um mês atrás com a carta e a foto comprometedora que Leonard recebeu de um "Funcionário Incomodado") diz que não sabe se consegue convite para o desfile, mas que provavelmente daria um jeito para ele entrar depois. Ele diz isso mais por pena que qualquer outra coisa: não consegue deixar de se sentir responsável pela desgraça na vida do antigo colega, embora a história de James na The Leonard Company tenha sido marcada por nada mais que preguiça e fracasso.

No meio da semana, Ethan Hoevel ligou para um contato publicitário para se certificar de que eu cobriria o desfile de Stanton

Vaughn – que eu estaria naquele estande com todos eles na noite de 20 de setembro.

Depois que me recompus o bastante para me virar e dar uma olhada na multidão, Ethan já tinha ido embora, David passava pelo salão com as mãos no bolso do terno Prada que Ethan o inspirara a comprar, e Samona – com um vestido preto, longo, tomara que caia e o cabelo alisado – estava a alguns metros de distância de costas para David, conversando alegremente com um cliente em potencial. As pessoas que ainda estavam lá foram para o bar quando começou a festa pós-desfile, e eu bebi outra taça de vinho, observei Samona e comecei a voltar àquele lugar – onde era impossível não ver sua nuca morena e suave encontrando-se com os ombros e como a maquiagem que ela colocara muito a contragosto não conseguia disfarçar seu cansaço, além da forma com que sua pele empalidecia, ficando quase branca, sob as luzes azuis.

Naquele lugar, pouco importava que Ethan estivesse rondando ali por perto.

E pouco importava que James Gutterson estivesse do outro lado do bar, esfregando as gengivas, estudando o salão, faminto.

Pouco importava também quando a voz de David Taylor soava perto de mim, enrolada pela vodca que já estava tomando antes do desfile.

– Por mim, tudo bem – ele disse.

Eu me virei para ele e pisquei.

– Tudo o quê?

– O jeito com que você está olhando para minha esposa.

Tudo que pude fazer foi gaguejar:

– David...

Ele ergueu a mão e sorriu.

– Calma. Você não tentou nada, certo?

O que me aborreceu foi a calma dele, a forma como não me considerava uma ameaça.

— E aí... você ainda está grudado no Ethan Hoevel? — ele continuou, debochando sutilmente. Olhei para ele sem nenhuma expressão no rosto e David acrescentou: — Assim... é que vocês eram muito amigos na faculdade, certo?

— Nem tanto.

— Mas eu os via juntos o tempo todo.

— Via coisa nenhuma.

David deu uma risada de deboche, exasperado, e fez um gesto negativo com a cabeça.

— Era só uma curiosidade minha.

E esse papo me fez sair para fumar no passeio público, onde encontrei um crepúsculo e uma brisa quente. As luzes de Jersey e os prédios ao longo da rodovia West Side refletiam as ondulações do rio. Helicópteros do Exército passavam baixo, lembrando-nos de onde estávamos naquele momento. Mas o mundo era diferente ali, longe de todos; era casual, enevoado e calmo. As estações estavam mudando — logo chegaria o outono — e não parecia importar a ninguém o que eu sabia e sentia; parecia que nada disso precisava me jogar de volta ao círculo de arrependimentos que pairava na tenda naquela noite; o negócio era voltar para casa, fumar, dormir e não sentir mais o peso de nenhuma decepção.

Então eu me virei e vi que Ethan estava atrás de mim. Ele se aproximou e deu a última tragada no meu cigarro. Nossos ombros se tocaram.

— Você não vai acreditar no que vou dizer — ele comentou —, mas há momentos em que você é um cara muito mais interessante do que você acha que é.

Nossos ombros se tocaram novamente, a mão dele esbarrou gentilmente em meu braço e então dirigiu-se à minha nuca. Eu pensava em como eu o tinha acompanhado até o porão em Trumbull e como eu me convencera tantas vezes de que aqueles momentos não tinham importância.

Éramos crianças. Eu passara os últimos oito anos repetindo isso para mim mesmo. *Apenas crianças*.

Parei e afastei a mão dele.

Ele aceitou minha rejeição com um sorriso, pois esse era um jogo fácil para Ethan Hoevel; um jogo em que ele confiava em meio a toda a dor e incerteza que ele causara.

Ali parado, encostado ao gradil com um espelho brilhante de água atrás dele, com o céu avermelhado, quase enegrecido, Ethan Hoevel pareceu inegavelmente sozinho.

— Como está o Aidan? — perguntei, e ele fez que não com a cabeça, olhou para o rio e não me contou que o irmão morrera cinco dias antes.

(Mais tarde, depois daquela noite, eu concluiria que ele se recusara a permitir que a realidade interferisse no que ele queria que acontecesse na festa de Stanton Vaughn — ele desejara a distração daquilo tudo por mais algumas horas antes que o verão chegasse ao fim.)

— Por que você nunca disse nada? — ele perguntou. — Como você conseguiu, apesar de todas as chances, passar o verão inteiro sem contar nada pra ninguém?

— Você sabia que eu não contaria.

— É, mas por quê?

— Porque... eu não estava envolvido. Porque nada disso tinha importância para mim.

Ethan piscou e seus olhos ficaram menos penetrantes. Ele me deu aquele sorriso familiar, consciente.

— Foi por isso mesmo, ou... alguma outra coisa?

Não respondi. Eu sabia que era isso que Ethan esperava que eu fizesse e me recusei. Quando ele não ouviu o que desejava tanto — as palavras que o levariam de volta a um lugar e a uma época quando era apenas um garoto esperto e interessante, quando estava se distanciando de Long Beach o suficiente para começar a criar seu próprio mundo, quando o irmão não o odiava, quando as relações não tinham consequências, quando ninguém queria nada dele, quando ninguém sabia de nada a seu respeito, quando a única coisa que importava era nós dois em um terraço a sós, juntinhos, quando ele não precisava procurar uma consciência diferente para buscar um tipo específico de felicidade que não passava de ilusão –, ele simplesmente deu um passo para trás, olhou para mim e sorriu.

Foi a primeira vez, ali, enquanto ele sorria, que vi algum tipo de desespero em Ethan Hoevel.

De repente, senti medo dele e de sua influência sobre mim.

Alguns instantes depois, a corda de veludo se levantou.

Ele agarrou o meu punho, fez uma expressão travessa, convidativa, linda; seus olhos, de repente, assumiram um ar de desdém com relação a todas as ameaças que nos aguardavam atrás daquela porta.

E então eu entrei com ele – porque queria me convencer de que o medo que sentia de Ethan Hoevel não deveria mais existir.

A festa pós-desfile tinha oficialmente começado e umas luzes horizontais em forma de pirâmides iluminavam as bordas da tenda, mas não conseguiam conferir nenhuma empolgação à musica techno anônima nem à pista de dança vazia.

Eu já estava olhando para todo o salão, procurando-a, quando ouvimos:

– Obrigado por vir à minha festa! – Stanton se enfiou entre mim e Ethan, envolvendo-nos os pescoços com cada um dos braços; um drinque vermelho vibrante em um copo de martíni chacoalhava perigosamente próximo ao meu rosto, e enquanto a cabeça dele voltava-se para Ethan, aproveitei para me desgarrar dele. Mas Stanton não percebeu, pois Ethan estava olhando para o bar onde David Taylor e James Gutterson bebiam vodca.

Stanton já estava bêbado, desatento, e puxou o braço de Ethan a ponto de o outro se contorcer e perguntar:

– Por que você não para de perder tempo comigo?

Stanton (que pelo jeito ensaiara aquele papo centenas de vezes, mas com um início diferente) o soltou e bateu com o braço num banqueiro chamado David Taylor.

– Tá achando que pode mudá-lo? É isso que você acha? Seu irmão morreu, eu estou em frangalhos e você ainda acha que pode levar esse cara para o Peru e carcá-lo por lá, e ele vai mudar por você e tudo vai ficar bem? – E então ele se virou para mim. – Tá olhando o quê?

— Stanton, acalme-se, cara — pediu Ethan, e eu me afastei um pouco deles.

— Eu estou calmo! — Stanton ergueu os braços e arregalou os olhos. — Estou muito calmo, porra!

A cena chamou a atenção de todos.

Continuei me afastando até chegar ao bar, onde David me viu, contorceu-se e resmungou:

— O que você achou do desfile?

Eu observava Stanton empurrando Ethan quando James Gutterson disse:

— Duas palavras: roupas masculinas.

Eu me virei para David e, com toda a educação e objetividade possíveis, perguntei:

— Você ainda vai dar um tempo por aí?

David, com um olhar implacável, respondeu:

— Assim que Samona acabar de conversar com as pessoas, vamos embora. Pode crer.

E lá estava novamente: aquela segurança terrível e esnobe que, no fim, definiria David Taylor.

Ele encolheu os ombros e tomou um gole de sua vodca.

Passei os olhos pelo salão novamente e perguntei:

— Cadê a Samona?

Ele se reclinou, um pouco surpreso com a minha ousadia.

— Não sei. Isso aqui é trabalho para ela.

James soltou uma risada.

— Me engana que eu gosto.

— Então você já... sacou tudo? — perguntei, já no grau após meu encontro com Ethan, finalmente com coragem de falar o que eu bem quisesse. — E está tudo na boa agora?

— Pois é — concordou James. — Não entendo isso. Como uma parada dessas pode acontecer?

— Todo mundo dá seus vacilos, saca — David respondeu sem perder a pose ou sequer pensar. — Isso acontece o tempo todo. Fizemos as merdas, levamos um papo, trocamos algumas promessas e é isso que o povo faz quando vacila. Na vida real, é assim que se consertam as coisas. – David fazia que sim com a cabeça, concordando, sem sentir, com a própria resposta. – Então é isso. Está tudo bem, sim.

Pairou um rápido silêncio marcado apenas pela risada de James, e então David olhou para a sacada onde Ethan estava agora sozinho. James – acompanhando o olhar de David – localizou o cara responsável pela reforma da Sala de Conferência Três, e deu um sorriso macabro.

Ethan flagrou o olhar de David, e quando David o desviou – com vergonha de ter olhado e de não ter conseguido se controlar – Ethan Hoevel sorriu.

David voltou-se para mim.

– Vocês devem ter feito muitas promessas. – Eu tentei canalizar a evasão de Ethan.

Mas não consegui. Ele não entendeu, e respondeu simplesmente gesticulando para James com indiferença. Era muito contrário ao que acabara de acontecer.

– Ah, seu prospecto já foi pro site. E eu pessoalmente emiti mais um cheque para você.

Mas eu não estava ouvindo sua voz caridosa, horripilante, porque eu tinha localizado Samona, que caminhava em nossa direção, vindo do banheiro. Ela veio direto para o bar, onde David lhe deu um cosmo e James Gutterson estava agora falando de seu voo das seis da manhã saindo do JFK para Ontário.

– Eu sempre acabo me sentando ao lado dos caras gordos com partes do corpo esparramadas sobre mim. – Ele parou de falar para olhar Samona.

Eu não comera o dia todo, de forma que o vinho já estava me deixando tonto. Deixei que meus olhos ficassem um tempo ali, fixados nela. Samona sequer olhou para mim – nem pensou em fazer isso –, o que não diminuiu meu desejo, fazendo com que este só aumentasse quando ela terminou de tomar seu drinque e, com uma rápida e discreta olhada para Ethan Hoevel – que ainda estava lá, sozinho –, agarrou a mão de David e o puxou para a pista de dança vazia.

James resmungou consigo mesmo, ainda com o sorriso cruel estampado no rosto.

Stanton estava na extremidade do bar segurando uma bebida, com os pontos claramente fazendo a testa pulsar, parecendo que estava achando a festa ruidosa e confusa.

Ethan mexeu-se contra o gradil.

Estávamos todos assistindo à mesma coisa: David Taylor movendo seu peso de um pé para o outro, mordendo o lábio inferior, rodando os ombros de maneira grotesca de um lado para o outro enquanto Samona movia-se ao seu redor graciosamente, conduzindo-o, olhando-o na sacada de vez em quando.

James tirou um tubinho de vidro do bolso e — sem ao menos disfarçar — fez dois montinhos bem grandes.

— Taylor é muito viadinho. Que loucura, cara.

Ele esfregou o nariz e então começou a rir.

— Você sabia que só haveria modelos homens neste desfile?

Pedi outro copo de merlot e então, todo esquisito, fui arrastando os pés pelo bar, afastando-me dele. Sem perceber, acabei me aproximando de Stanton, que disse:

— Acabou tudo entre nós. Entre mim e Ethan. Acabou pra sempre.

Fiz que sim com a cabeça, sem mostrar o menor interesse enquanto eu me rendia ao fato de que não conseguia tirar os olhos dela.

Samona parou de dançar e sussurrou algo no ouvido de David. Ele fez que sim. Ela veio na direção do bar e deixou David sozinho no meio da pista de dança vazia.

Em um gole, matei meu drinque e pedi outro.

Olhei e não vi mais Ethan, e isso não me assustou como deveria.

Porque Samona estava ali no bar, três banquinhos mais adiante, gesticulando para o barman.

Respirei fundo, mas antes de eu conseguir dizer qualquer coisa, James Gutterson veio depois de cheirar mais um montinho e imediatamente avistou Samona. Ele tomou um gole da vodca e se inclinou para ela. Sua raiva fervia – pois em uma hora ele estaria deitado na cama, sem conseguir pegar no sono depois de tanta coca, tentando se masturbar; e em dez horas estaria num avião tomando um Blood Mary; em um ano estaria ensinando pré-adolescentes a jogar hóquei em um lago em Thunder Bay; e cinco anos depois provavelmente se casaria com uma gorda – e todas essas pequenas depressões que um dia resumiriam a vida de James Gutterson estavam bem ali agora, debochando dele na forma de Samona com um vestido tomara que caia.

Ele assoviou e ela, que olhava para o próprio reflexo no balcão, levantou a cabeça. Ela não confiava muito em James e gesticulou para o barman se apressar.

– Você pode responder a uma pergunta? – James indagou, com um sorriso e uma respiração pesada. – Por que você me odeia tanto?

Samona suspirou sem emoção e continuou calada.

James riu e seus olhos passearam pelas pernas dela, embaixo do balcão, enquanto ele enfiava a mão no bolso e tirava um envelope dobrado. Ao colocá-lo, muito naturalmente, em sua bolsa, ele disse:

– Minha linda, você sabia que seu marido vem sendo enrabado pelo cara que decorou as salas de conferência?

Em questão de segundos, a expressão de indiferença no rosto de Samona passou para a descrença e, então, ela ficou pálida.

Eu estava invisível, três banquinhos adiante, e pareceu que eu estava assistindo a uma cena que já havia testemunhado.

Ela pegou a bolsa e saiu do bar, indo rapidamente para o banheiro, na extremidade esquerda da tenda. Passou direto por David, que procurava o paletó atrás da cabine do DJ.

E Stanton dizia:

– Sabe que a única coisa que aprendi com Ethan foi... – Mas ele se interrompeu quando viu David Taylor desesperado, olhando em volta do salão, na beira da pista de dança.

Stanton se levantou e se aproximou dele – essa lembrança de todos os seus fracassos –, e David imediatamente o reconheceu de uma noite, quase um mês antes, em uma calçada deserta na rua 43. Antes que David conseguisse se afastar, Stanton agarrou-lhe o ombro com firmeza e o impediu de sair do lugar.

(Sei que isso aconteceu porque já previa o que iria rolar e acompanhei Stanton pelo salão para ficar por perto.)

(Eu tinha mentido para Ethan – importava-me com aquilo.)

– Quer saber da parte mais louca? – Stanton perguntou, deixando David atônito. – A maior loucura disso tudo é que sua esposa vinha dando para o Ethan Hoevel ao mesmo tempo que Ethan Hoevel metia no seu rabo. – Stanton olhou bem para David e ficou surpreso. – Gente, o casamento de vocês é pra lá de moderno!

Vi a expressão de David Taylor endurecer – a sugestão fazendo um sentido perfeito e repulsivo em sua cabeça – quando passei por eles a caminho do banheiro.

Mas aquele foi estranhamente apenas um entre tantos detalhes (a música, as pessoas, o passado) e agora uma sensação de liberdade corria por todo o meu corpo.

Porque agora David e Samona sabiam que eu sabia.

Porque oito anos era tempo demais para um cara não dizer a uma garota que ele a amava.

Porque aquele lugar – do lado de fora do banheiro, esperando Samona Taylor – era onde eu tinha que estar.

Eu me reclinei contra a armação da porta, com o coração disparado.

Só me dei conta de que meus olhos estavam fechados quando Ethan pegou na minha mão.

– Tá esperando o que pra entrar? – ele sussurrou. – Precisa de ajuda?

E eu tremi quando ele usou minha mão para bater na porta.

Nós dois ouvimos uma voz de choro.

– Já vai. Só mais um minuto.

– Sou eu – Ethan disse bem baixinho.

Ouvimos os passos dela e o trinco se abriu.

Então entramos – Ethan primeiro, eu em seguida. Samona estava de costas para o espelho e olhou para nós. Estava com a foto na mão.

Ele me soltou e se aproximou dela.

– Você é tão sensual, Samona – ele elogiou. – Você sabe disso. Não sabe, Samona?

Fiquei ali, observando a cara dos dois – a dela na minha frente, a dele no espelho atrás dela. Eu não existia. Ethan e Samona estavam ali sozinhos.

– Por que você fez isso? – ela murmurou, levantando a foto.

Ethan esquivou-se e perguntou:

– Isso ainda tem alguma importância?

Ele tentou tocá-la, mas Samona o afastou violentamente. E então deu-lhe uma bofetada.

– Tem importância sim, Ethan. As coisas têm importância, cacete!

Ela correu para a porta, mas eu atrapalhei a passagem; ela agora olhava para mim – ouvindo e aguardando.

Prendi a respiração e me inclinei na direção dela. Desviei o olhar para Ethan, que nos observava pelo espelho.

Fechei os olhos, então soltei a respiração – tão próximo que o cabelo dela se mexeu – e consegui sussurrar:

– Eu me lembro muito bem de quando a gente se beijou. Lembro mesmo.

Então ela saiu, e era tarde demais. Não importava mais. Nunca aconteceu mesmo.

Ouvi a porta fechar e trancar.

Acariciei Ethan. Senti sua respiração morna em meu pescoço.

– Não – sussurrei.

Fui envolvido por trás e aquelas duas mãos começaram a me tocar e desceram até meu peito.

– Não, Ethan.

Uma língua arrastou-se em minha nuca e então moveu-se rapidamente em minha orelha.

— Não há nenhuma diferença entre nós neste exato momento — ele sussurrou.

— Por favor, não. — Eu estava choramingando.

— Quero esquecer de tudo, como você. Só quero me afastar, esquecer e sair daqui.

Seus dedos deslizaram para dentro de minha boca e abafaram minha voz; eu os molhei com a língua ao inclinar o pescoço para trás, sabendo que depois deste momento — porque eu o havia deixado roubar esse momento de mim — eu nunca mais veria a cara de Ethan Hoevel.

E o verão chegou ao fim.

No meio da noite, enquanto caminhava para casa, eu sabia que James Gutterson ainda estaria no bar, olhando para o relógio e pensando vagamente que seu voo decolaria em cinco horas, e que seus dentes não estavam mais dormentes, mas sua mandíbula estava dolorida e não sobrara ninguém com quem conversar, exceto o cara alinhado e raivoso, com uma jaqueta de couro e uma cicatriz repugnante na testa, acendendo um cigarro dois banquinhos adiante — Stanton Vaughn, cuja festa terminara quando uma voz distante sucumbiu a uma versão techno de "Besame Mucho" e uns caras de macacões azuis começaram a desmontar a tenda. E então James, o grandão de calça cinza e camisa de botão, se levantaria, apontaria para ele e diria:

— Opa, é proibido fumar aqui.

Em resposta, Stanton então soltaria um bafo de fumaça na cara dele, se viraria e escutaria:

— Olha aqui, seu filho da pu...

Antes de balançar o braço com toda a ira acumulada nos últimos três meses escaldantes, indo parar no chão com o cara, James, com a mão que não estava sendo presa nas costas, daria um soco bem direcionado na linha de pontos sobre o olho de Stanton Vaughn, abrindo todos eles.

Enquanto eu passava pela Union Square, sabia que David Taylor também estaria sentindo seu próprio fim de verão na tranquilidade de estar perto do rio ao olhar para um ponto de ônibus e passar por uma galeria de arte, toda escura. E o zumbido da cidade ia baixando e ele respiraria fundo e dobraria na Décima Avenida, parando para tirar o paletó, e então pararia de andar quando visse – do outro lado da rua, na metade do quarteirão – Ethan Hoevel fazendo sinal para um táxi. Para David Taylor haveria tantas escolhas a serem feitas – na verdade, milhares, todos os dias – e o pensamento martelaria sua cabeça quando ele se escondesse na esquina até Ethan desaparecer, e aí ele continuaria a andar bem devagar para a rua 23, pegaria um táxi e repousaria a cabeça nas costas do acento, abriria o vidro da janela, fechando os olhos e imaginando a névoa passando pelas montanhas; o perfil de Ethan desaparecendo, indiferente; os brincos de jade que ele nunca comprou para Samona; e então ele entraria no saguão do Riverview e pegaria o elevador até seu apartamento, as portas se abririam e ele se tocaria de que deixara o paletó, aquele que ele comprara para impressionar Ethan Hoevel, no táxi, com as chaves na carteira.

Parei numa deli na rua 10 para comprar um maço de cigarros que eu não queria. Eu sabia que Samona estaria sentada do lado de fora, com o peito tocando os joelhos, um pedaço de papel amassado no chão a alguns metros de distância, e ela veria o marido arrastar os pés pelo tapete bege, sob as luzes fortes, e passar pelo arranjo de flores plásticas. Ela pegaria seu reflexo no espelho decorado que reveste todo o comprimento da parede do corredor – tons dourados, levemente distorcidos – e murmuraria: "Eu deixei o chaveiro...", e não concluiria a frase porque ela deixara o chaveiro no loft de Ethan uma semana antes; assim, ela olharia para David e não contaria onde estavam as chaves, e diria gentilmente: "Você se incomoda em pegá-las com o porteiro?" O marido então hesitaria por um instante, quase falando, quando ela o cortaria erguendo a mão e sussurrando: "Amanhã."

Cheguei à minha porta e decidi dar um tempo ali nas escadas por um minuto – não era para fumar, mas só mesmo para sentar lá. Uma brisa suave passou carregando o centro da cidade para a rua Warren, onde eu sabia que Ethan estaria entrando em seu loft e a escuridão e o vazio lá dentro intensificariam a dor que ele sentira durante todo o trajeto, e então ele iria até o terraço e abriria uma garrafa de vinho para aliviar a dor, e somente então Ethan Hoevel se daria conta, parado lá em cima, olhando para o rio, de que ele estava sozinho.

IV

29

A HISTÓRIA DE DAVID E SAMONA
Parte 5: O acordo

SAMONA FICOU IRADA e então sua ira aumentou tanto que se tornou uma tristeza profunda. Ela passou alguns dias chorando e foi para Minnesota, pois não conseguia ficar naquele apartamento horroroso com David. Ela não contou aos pais o que acontecera, pois mal conseguia admitir a situação para si mesma.

David ia para o trabalho todos os dias, mas não fazia nada. Só ficava olhando para a tela do monitor por doze horas seguidas. O cursor nunca parecera tão inútil. A cada cinco minutos a luz se apagava e ele balançava o braço ou ficava sentado no escuro. Havia negócios a serem fechados e ativos a serem transferidos, mas David Taylor não se importava mais.

Sentado no Riverview com um copo longo de vodca, David ligou para seu advogado e perguntou sobre a relação custo/benefício de entrar com os papéis do divórcio. A ligação foi feita depois que David Taylor achou a foto dele e Ethan Hoevel na Sala de Conferência Três dentro da gaveta da cabeceira de Samona.

David foi a Minnesota com os papéis necessários para serem assinados e se lembrou de que eles planejavam visitar os pais dela em outubro de qualquer forma. O pai de Samona abriu a porta para ele. Ela estava no quarto, olhando para uma parede. Ao ver David, apenas disse:

— Perdi alguma coisa?

Tana preparou o jantar e quando se sentaram à mesa, ela pensou em voz alta, perguntando por que estavam todos calados. David parecia tão chateado com a pergunta que Tana decidiu, toda triste, que não falaria mais nada. O pai de Samona saiu com David para beber, pois gostava muito do rapaz – afinal, ambos tinham participado da irmandade Sigma Alpha Epsilon, e eram irmãos em um sentido nostálgico. Ele disse a David que Samona era uma garota especial, assim como a mãe; Tana era especial, apesar de difícil – segundo ele, todos os casamentos tinham seus "altos e baixos" e, de alguma forma, ele sabia que David e Samona superariam aquela fase. David não fazia a menor ideia do que dizer ao sujeito.

David e Samona deram voltas em um lago perto da casa dos pais dela e disseram o que ambos já sabiam. As palavras aliviaram uma parte do horror. David estava com os papéis. Quando eles se sentaram em uma pedra na beira do lago, David colocou os papéis entre eles. Os dois olharam para aquelas letrinhas miúdas e para as linhas em negrito onde deveriam assinar. Foi então que pararam e consideraram suas duas opções.

Se terminassem, apagariam os últimos oito anos de vida em comum. David teria seu emprego na Leonard Company e Samona teria uma estamparia nos arredores do SoHo. David esqueceria o investimento na Printing Divine. Samona sairia do apartamento. Reaprenderiam a viver, pois era o que as pessoas faziam. Fariam isso com as taxas de juros e com os rolos de tecidos; atualizariam as assinaturas das revistas – se ocupariam de pequenas coisas.

Essa possibilidade parecia totalmente destituída de esperança e levou à segunda opção que nenhum dos dois tinha considerado seriamente. Podiam ficar juntos. Não conseguiriam passar uma borracha em tudo que acontecera, mas poderiam tentar esquecer. E caso descobrissem que não conseguiriam esquecer, então poderiam fingir. E caso descobrissem que não conseguiriam fingir mais, os papéis do divórcio não iriam a lugar nenhum – sempre haveria essa saída. Concordaram que seria muito mais fácil permanecerem juntos. Talvez valesse a pena tentar.

Antes de saírem da pedra, Samona e David fizeram uma jura desesperada.

Voltaram para Nova York.

David voltou ao trabalho na Leonard Company.

Samona começou a passar menos tempo na Printing Divine. Só trabalhava à tarde e delegou mais responsabilidade à Martha e à jovem assistente (que, como Samona não pôde deixar de notar, era simplesmente linda de morrer) que ela contratara no final do verão. Ela e Martha logo estabeleceram uma ligação que afastou Samona de todas as decisões a serem tomadas. Samona ficou atenta aos olhares estranhos, às risadinhas camufladas, aos desafios amargos em tudo que diziam, não importasse o quão inconsequentes, e acreditava que as duas formavam um complô para fazê-la sentir-se inútil ou – pior que isso – incompetente. Quando contou a David, chorando, ele disse que ela "não precisava mais se envolver naquele mundo".

David deu entrada em uma casa em Short Hills, Nova Jersey. Ele a encontrara durante o inverno e foi logo adiantando a papelada no ato. Samona concordou. Os ajustes – os vidros na varanda, a construção de um pátio, a instalação de um balcão central na cozinha – foram concluídos no final de abril, e eles deixaram o Riverview na primeira semana de maio.

Era uma casa bacana na estrada Knollwood. Dois andares, amarelo-clara, neocolonial, com persianas pretas em um terreno de quatro mil metros quadrados. No andar inferior: uma cozinha, uma sala de jantar, uma sala de estar, uma varanda. No andar superior: dois quartos e um escritório com um teto angulado. Nos fundos, um laguinho contornado por pedras. Havia pilastras de tijolos na entrada da garagem. Tinha uma caixa de correio com a silhueta de um pássaro voando na frente do sol.

David Taylor comprou uma nova escrivaninha de carvalho para seu escritório e a colocou ao lado do sofá de couro preto, que costumava ficar em sua sala na Leonard Company (ele deu as namoradeiras da Ethan Hoevel Designs à esposa de James Leonard como presente de aniversário). Outros itens para a casa incluíam uma mesa de jantar retrátil com seis lugares no valor de trinta mil dólares, com a possibilidade de acomodar mais quatro pessoas, um piano, um home theater da Sony com uma TV de tela plana de 42 polegadas,

DVD, caixas de som e um CD player com capacidade para três mil discos, que funcionava como uma jukebox, um aparador de grama John Deere modelo 2004, uma máquina de expresso Krups e uma cama king-size comprada em um antiquário que ficava numa galeria na rua Wooster. Acordavam ao som da água jorrando no laguinho dos fundos.

Acionavam a programação automática da máquina de expresso para encontrarem café fresquinho logo que acordavam. Tomavam juntos o café antes de David pegar seu novo Lexus e dirigir sete milhas até a estação ferroviária. O trajeto de trem durava 46 minutos até a Penn Station. Como Short Hills ficava relativamente longe (onze estações), David ia comendo um pãozinho e lendo o *Times*, olhando de vez em quando para as cidadezinhas-satélites que passavam.

Quando não tinha nenhum encontro com uma amiga na cidade nem ia a um leilão na Christie's, Samona ficava em casa lendo revistas enquanto tomava café, de camisola até meio-dia, quando se arrumava. Então pegava o Passat que David lhe dera e dirigia até o shopping de Short Hills a um quilômetro, ou então ficava em casa e rabiscava alguma coisa ou fazia pesquisas para a empresa de decoração de interiores que ela queria abrir. Ela encheu caderninhos com detalhes enigmáticos sobre a empresa-fantasma que ela sabia que nunca viria a existir. Fazia ioga quatro vezes por semana.

Todos os dias na Penn Station, David pegava o metrô para o Centro até a esquina da 49 com a Broadway, onde ele esperava não esbarrar com o carro que trazia o cartaz com a propaganda de um dermatologista, com fotos de uma mulher comum cheia de espinhas. Aproveitava a caminhada da 49 até a 52 para espairecer as ideias e se preparar para mais um dia. Em seu aniversário de trinta anos, penduraram uma faixa no escritório e James Leonard o presenteou com um bolo.

Se Samona estivesse na cidade, às vezes David se encontrava com ela para almoçarem. Ele nunca mais entrou no Woo Lae Oak, e ela manteve-se longe do Balthazar. Durante as refeições, eles falavam basicamente sobre os filmes que queriam alugar. De vez em quando eles tinham uma discussão boba.

Quando voltaram a transar, não usaram camisinha nem qualquer outro contraceptivo, pois não havia possibilidade de Samona engravidar – a clamídia que David contraíra de Mattie McFarlane o deixara estéril. Isso não os incomodava, pois tinham concluído – cada um por si – que colocar uma criança no mundo no qual eles agora habitavam não era o que queriam.

David entrou em uma instituição filantrópica para ajudar um garoto de onze anos de Newark que passava por um momento difícil. Ele dedicava três horas de trabalho por mês ao projeto. Samona passara os últimos três anos insistindo para que ele fizesse isso, e para David esse era um passo em direção a um ideal maior, que ele deixara para trás. O garoto se chamava Leonard (David achava essa coincidência perturbadora) e estava um pouco acima do peso, mas ainda vestia camisetas que iam até os joelhos. O pai de Leonard estava preso por homicídio culposo; a mãe fugira com um operador de guindaste, e Leonard vivia com sua única tia e três primos mais novos. O que mais chamava a atenção de David era o silêncio opressivo do garoto, que a princípio David achou que fosse por causa da solidão e da timidez, mas logo percebeu que era uma reação a distância que havia entre eles – social, cultural e financeira; David sabia que seria impossível ultrapassar essa barreira, ainda que tentasse bastante. As perguntas hesitantes de David, "Como está a escola?", "Você tem irmãos homens?" e "Ei, não tem nenhuma gatinha na escola que lhe interesse?", eram respondidas com resmungos e grunhidos apáticos. Depois de três encontros distribuídos em quatro meses, David decidiu que Leonard o deixava sem graça e, além disso, ele gastava muito tempo para chegar a Newark e procurar uma vaga para estacionar perto de um campo de beisebol, para agarrar alguns arremessos, o que o deixava cheio de bolhas. David ficava preocupado com a possibilidade de arrombarem, ou pior, roubarem o Lexus. Então pediu para largar o programa. "Vocês encontrarão alguém muito melhor que eu", ele disse ao diretor durante a rápida conversa telefônica. Ao se ouvir pronunciando essas palavras – e acreditando nelas –, David sentiu que sua decisão estava justificada.

Para espairecer as ideias, David voltou a correr em junho. Comprou um par de tênis New Balance, passou a acordar meia hora mais cedo e começou a correr vagarosamente pelas ruas silenciosas do bairro. No início, só dava para correr meio quilômetro, pois ficava enjoado. No final de julho ele já estava correndo um quilômetro e meio e respirando melhor. Durante cada corrida, concluía que provavelmente havia milhares de pessoas mais infelizes que ele. Simplesmente deveria haver.

Samona começou a correr com o marido. Era um gesto. Ela queria mostrar que estava tentando tanto quanto ele; que ela também queria que desse certo. David educadamente se segurou para não dizer que ficava irritado com sua companhia nas corridas – sua respiração regular e exagerada, a maneira com que ela cerrava os punhos com os polegares apontados para o alto, o constante interrogatório ("Você não acha aquela casa muito pretensiosa?"; "Você tem tempo pra ir pegar meu creme facial na M.A.C da rua 22?"). Entretanto, sua presença também o distraía da obscuridade de seus pensamentos. Logo, David não se sentia mais arrependido das escolhas que fizera e que o levaram até onde ele se encontrava naquele período de sua vida, e parou de remoer todas as dúvidas do que teria sido ou deixado de ser. Para ambos, isso significava progresso.

30

De: Svauhndelite@boiwear.com
Para: Destinatário Oculto
Enviado: Domingo, 14 de novembro 2:17
Assunto: Aluguem meu estúdio!

Caros amigos:

Enfim, aconteceu! Vendi meu roteiro para uns produtores independentes e agora vou embora desta droga de cidade! Vou direto para Los Angeles! Prometo a todos vocês que aprontarei o diabo a quatro com aqueles gostosões deliciosos de Hollywood de maneiras que eles jamais imaginaram.

Enquanto isso, eu gostaria de alugar meu estúdio. Quase todos vocês o conhecem. Estou deixando-o com a metade dos móveis. Levarei minha mesa de trabalho, as coisas de TV, o computador (é claro), pôsteres e roupas. O resto é de vocês, incluindo a cama (juro que não tem nenhuma mancha!) por US$1.600 mensais, mais taxas. Pensem no assunto, meninos!

Abraços, SV.

Stanton Vaughn me ligou para falar do e-mail.
— Cara, para né? Você tem que sair da East Vill se tiver condições, entende? Posso até lhe fazer um desconto!
E depois de forçosamente recusar, petrifiquei-me ao ouvi-lo dizer que estava simplesmente "tocando a porcaria da vida louca" e "deixando tudo para trás — o que eu deveria ter feito há muito tempo, sabe?", e que ele estava "tentando parar de fumar, mas no momento é simplesmente impossível" e estava escrevendo outro roteiro. Quando perguntei qual era o enredo principal, Stanton respondeu:

— Como um cara pode se apaixonar por alguém quando ele se apaixona por Deus e o mundo?

— Tem notícias do Ethan? — Não resisti.

Stanton debochou.

— Ethan se foi. Escafedeu-se.

— Sabe pra onde?

— Não. E acho que não vou ter notícias dele depois do que rolou. Acho que ele foi pra casa enterrar o irmão e coisa e tal... — Ele fez uma pausa. — Que pesadelo dos diabos, né?

Depois daquele papo, raramente Stanton Vaugh cruzou meus pensamentos.

Enquanto isso, a matéria sobre o canal Gowanus havia sido escolhida pelo *New York Post*, que me encomendou mais uma série de reportagens para as edições de domingo que tratariam dos lugares subdesenvolvidos e decadentes espalhados por todos os cinco distritos — a margem do rio sob a ponte George Washington, as esquinas obscuras do Prospect Park no Brooklyn e a seção leste de Van Cortland, no Bronx, o antigo depósito de armas no Harlem, o baixo-leste entre a Broadway e a rua Henry. Concluí que o fato de conseguir pagar o aluguel me ajudaria a continuar tocando em frente.

Mas não foi o que aconteceu.

Eu precisava mais do que uma estabilidade relativa.

E achei que pudesse encontrá-la na reunião dos atletas corredores em dezembro. Estávamos no Spring Lounge, em Nolita, e David Taylor sentou-se à mesa, de frente para mim. Ele deu uns sorrisos tristes ao participar do papo-furado e observei a distância entre a gente. No final do jantar (David pagou para todos, como sempre) David Taylor olhou bem para mim enquanto assinava o cheque. O pessoal foi se afastando, enquanto ele ficou lá, sentado, tomando uma cerveja, olhando para mim, de um jeito que me obrigava a ficar ali com ele. Depois, nós dois saímos juntos, de maneira constrangedora; chegamos lá fora, onde acabara de nevar e o meio-fio estava coberto por montes de terra e gelo. Dei uma olhada geral na rua, tentando avistar um táxi. David colocou a mão no meu ombro e deu uma apertadinha de leve.

— Você fazia isso antigamente, antes das corridas — murmurei.

— Para onde você está indo agora?

Fiquei curioso, tentando entender por que David queria que esse momento acontecesse, o que ele esperava com isso.

— Tô indo pra casa.

— Você está sabendo que a gente está planejando se mudar em breve? Para Nova Jersey.

Fiz que sim com a cabeça quando ele disse "a gente" e cobri o queixo com a gola do casaco, espantado com a maneira com que David Taylor agia, como se aquele verão jamais houvesse existido, como se ele jamais tivesse apertado seu corpo contra o de Ethan Hoevel, como se eu jamais houvesse sido apaixonado por sua esposa. Não sei como, mas ele tinha colocado aquilo tudo de lado, e eu — mais uma vez — estava morrendo de inveja dele.

Um táxi despontou na Lafayette.

— Pode pegar esse — ele ofereceu.

— Não, pega você, David.

Ele fez que sim com a cabeça e me deu um fraco aperto de mão.

— Espero que a gente se esbarre por aí uma hora dessas.

— Quem sabe no próximo reencontro!

E então ele se foi.

Como ficava apenas a alguns quarteirões, caminhei até a rua Greene para ver Samona naquela noite. Não fazia ideia do que iria dizer exatamente, e quando cheguei lá, fiquei do lado de fora e arrastei meus sapatos na calçada congelada, olhando para as janelas do outro lado da rua, na esperança de ver seu rosto, seu perfil, sua sombra — só uma olhadinha era tudo que eu queria. Mas não vi nada, e então finalmente tomei coragem para entrar; entretanto, Martha me informou que já fazia duas semanas que Samona deixara de fazer parte da Printing Divine.

Fui passar o Natal em casa.

O ano acabou.

Informei à minha lista de redatores que eu não "participaria" da Semana de Moda em fevereiro.

Não via Ethan desde setembro, e nenhum conhecido fazia ideia de onde ele tinha se enfiado.

Mesmo assim eu não conseguia me libertar daquela sensação abafada de desapego que eu vinha sentindo desde que saí do terraço de Ethan Hoevel em maio (e há alguns dias, desde que voltara para Nova York): a sensação de estar preso a um momento específico que se acabara; a sensação de existir em uma oportunidade que já se perdeu; a sensação de saber exatamente como um momento específico pode nos assegurar de que não haverá mais volta.

E quando um funcionário da UPS apertou o botão do interfone do apartamento da rua Dez próximo ao início da primavera, desci os seis lances de escada e assinei para pegar uma caixa do tamanho de uma TV pequena. Era pesada, de forma que precisei parar duas vezes para descansar na subida de volta. O nome de Ethan Hoevel e o endereço de uma caixa postal na rua Mercer estavam ali, juntos a uma nota presa com uma fita adesiva na aba superior, dizendo: *Nada mais importante do que os "bons amigos"*.

Dentro da caixa estava a asa preta no interior do invólucro de vidro.

Quando liguei na tomada, o ar não fluiu como era devido – a corrente não era forte o bastante, pois o ar estava vazando pelo vidro que eu tinha quebrado.

Acomodei a peça sobre minha cômoda em um canto do quarto e fiquei um tempo olhando para ela. Anoiteceu lá fora e fiquei sozinho entre as sombras projetadas pelas luzes da rua, o ruído enfadonho da cidade e o ar congelante entrando pelas janelas; e então, naquele lugar, não precisei mais tentar descobrir onde estava Ethan Hoevel – se ele estava em casa em Long Beach, viajando sozinho ou em algum outro lugar que eu não pudesse imaginar. Porque o que me restou foi aquele objeto feito por ele, que me levou de volta a um momento específico de nossa vida: passáramos quase dois semestres sem nos falarmos e Ethan me chamou até seu laboratório para ver seu projeto final, e eu não sabia para onde estava indo e não tinha ideia do que aconteceria a nenhum de nós. Tudo de que eu conseguia ter certeza era da neve que caía e da escuridão. Subi a colina com dificuldade, quase me arrastando. Quando cheguei à porta do laboratório, passei um bom tempo lá fora naquele frio antes de entrar. Ethan me aguardava em sua salinha entulhada de coisas. Nós não nos tocamos. Ele simplesmente se aproximou da caixa de vidro e, sem explicar do que se tratava, a ligou. Enquanto observávamos a asa oscilar no vácuo, ele perguntou bem baixinho:

— Gostou?

E deu a volta na mesa e se aproximou tanto de mim que consegui senti-lo respirar. Além de sua respiração, só se ouvia o ar fluindo pelo vácuo, bem suave, e foi então que entendi que ele construíra aquilo inspirando-se no desencanto que eu lhe proporcionara.

Naquela noite, sonho que estou pegando o mesmo caminho de sempre até seu loft: descendo a Lafayette, atravessando a Grand, pegando a West Broadway e entrando no elevador (no sonho, eu sei qual é o código). Encontro o tapete enrolado na sala de estar. Os móveis se foram. Desmontaram o quarto/estúdio. Embalada em caixas, grande parte dos utensílios de cozinha trazidos de várias partes do mundo.

Abro a geladeira para pegar uma cerveja, mas está vazia. Ouço o novo álbum do U2 tocando baixinho ao fundo, enquanto subo a escada caracol em direção ao terraço. Ethan está sentado em uma cadeira bebendo uma taça de vinho e fumando um cigarro, observando os helicópteros passarem bem baixo sobre o rio. Está ficando frio, mas ele só está vestindo uma jaqueta de brim, que lhe cai muito bem.

E como Ethan não me vê (é um sonho e ele não sabia que eu vinha), limito-me a olhar atentamente para sua nuca. Embora seja provável que ele ouça minha respiração pesada e saiba que estou ali atrás, ele não se vira.

Eu me retiro silenciosamente e vou andando, seguindo o rio, fumando por um tempo antes de ir para casa pela rua Jane.

Não preciso pensar nele.

As pessoas desaparecem; as pessoas somem – acontece isso o tempo todo.

Consigo seguir em frente.

Repito isso tudo para mim mesmo quando acordo.

Agradecimentos

David Halper – um grande agente e um grande amigo. Sarah Self, que teve a bondade de ler um pretenso "escritor" inédito e sem agente e depois me deu um telefonema fantástico, pelo qual sou eternamente grato. Terra Chalberg por seus inúmeros *insights* e sólida inteligência ao editar este livro.

Mamãe e papai por lerem para mim quando quebrei a perna aos três anos de idade e por me apoiarem sempre. Bryan, Lindsay, Andy, vovó e toda a minha família, pelo amor e apoio que palavra alguma é capaz de descrever.

Kathy Robbins, Yaniv Soha, Kate Rizzo e a todos do Robbins Office. Meus professores: Hugh Atkins, John Crowley, Nelson Donegan, Laurie Edinger, John MacKay, David Marshal, John Robinson. Meus amigos e parentes: Thom Bishops, Carter Coleman, James, Martina, Jackson e Louis Donahower, Josie Freedman, James Jordan, Mara Medoff, Seamus Moran, Alexia Paul, Marty Scott, Marion e Henry Silliman, Cara Silverman, Halsey e Gretchen Spruance, Jess e Andy Wuertele, David Yamner. As sempre inspiradoras garotas Learnard: Emmie, Ruthie, Lainie, Annie, Pixie e Batab. Martin e Sugar Goldstein por me acolherem na "Família" no melhor estilo do Brooklyn.

Ao meu melhor amigo Noah, que dormiu fielmente aos meus pés durante a longa e consideravelmente maçante (para ele, uma vez que é um cão) elaboração destas páginas.

Por fim, a Rebecca, por uma infinidade de razões que nada têm a ver com este ou qualquer outro livro, e uma que tem a ver sim: serei eternamente grato a *Os turistas* pela oportunidade que ele me proporcionou de conhecer e de me apaixonar pela minha mulher.

Este livro foi impresso na Editora JPA Ltda.
Av. Brasil, 10.600 – Rio de Janeiro – RJ,
para a Editora Rocco Ltda.